THE
~~PERFECT~~
DIVORCE
JENEVA ROSE

BIS DASS DER TOD
UNS SCHEIDET ...

THE
~~PERFECT~~
DIVORCE

JENEVA ROSE

NEW-YORK-TIMES-BESTSELLERAUTORIN
VON *THE ~~PERFECT~~ MARRIAGE*

LAGO

Bibliografische Information der Deutschen Nationalbibliothek
Die Deutsche Nationalbibliothek verzeichnet diese Publikation in der
Deutschen Nationalbibliografie. Detaillierte bibliografische Daten sind
im Internet über http://dnb.de abrufbar.

Für Fragen und Anregungen
info@m-vg.de

Wichtiger Hinweis
Ausschließlich zum Zweck der besseren Lesbarkeit wurde auf eine genderspezi-
fische Schreibweise sowie eine Mehrfachbezeichnung verzichtet. Alle personen-
bezogenen Bezeichnungen sind somit geschlechtsneutral zu verstehen.

1. Auflage 2025
© 2025 by LAGO, ein Imprint der Münchner Verlagsgruppe GmbH
Türkenstraße 89
80799 München
Tel.: 089 651285-0

Die englische Originalausgabe erschien 2025 bei Blackstone Publishing unter
dem Titel *The Perfect Divorce*. © 2025 by Jeneva Rose. All rights reserved.

Übersetzung: Tanja Schröder
Redaktion: Annett Stütze
Umschlaggestaltung: Isabella Dorsch
Umschlagabbildung: Sarah Riedlinger
Satz: Christiane Schuster | www.kapazunder.de
Druck: CPI
Printed in EU

ISBN Print 978-3-95761-253-3
ISBN E-Book (EPUB, Mobi) 978-3-95762-391-1

Wir produzieren
nachhaltig
www.m-vg.de

Weitere Informationen zum Verlag finden Sie unter

www.lago-verlag.de

Beachten Sie auch unsere weiteren Verlage unter www.m-vg.de

Für meine Gänseschar.
Möget ihr hoch fliegen und albern bleiben.

HAT ER SIE GETÖTET?

DOKUMENTARFILM-TRANSKRIPT

AUSZUG AUS DEN NACHRICHTEN VON CHANNEL 5

Das Sheriffbüro von Prince William County untersucht den Mord an einer Einwohnerin. Heute Morgen wurden die Einsatzkräfte zu einem Wohnhaus am Lake Manassas gerufen, wo die Leiche von Kelly Summers, die brutal erstochen worden war, aufgefunden wurde. Quellen zufolge wurde der Romanautor Adam Morgan, der Eigentümer des Wohnhauses, kurz darauf zur Befragung gebracht. Das Sheriffbüro von Prince William County gab keine weiteren Details bekannt, da die Ermittlungen noch andauern.

INTERVIEWER:

Am 15. Oktober jährt sich der Mord an Kelly Summers und ihrem ungeborenen Kind zum achten Mal. Ihre Leiche wurde am nächsten Morgen in Ihrem Seehaus gefunden, genauer gesagt im Schlafzimmer. Adam, können Sie uns erzählen, was in der Nacht von Kellys Ermordung passiert ist?

7

ADAM MORGAN:
Nein. Ich kann Ihnen erzählen, was vor ihrer Ermordung passiert ist, und ich kann Ihnen erzählen, was danach passiert ist, aber über ihren Tod weiß ich nichts.

INTERVIEWER:
Dann erzählen Sie uns, was davor passiert ist.

ADAM MORGAN:
Kelly kam nach der Arbeit vorbei, und wir taten das, was wir normalerweise taten, wenn sie vorbeikam. Wir tranken ein paar Drinks und hatten Sex … mehrmals.

INTERVIEWER:
Und was passierte danach?

ADAM MORGAN:
Ich wachte mitten in der Nacht auf. Es war stockdunkel. Kelly schlief noch, oder zumindest dachte ich das. Ich musste zurück nach DC fahren und wollte sie nicht wecken. Also ließ ich das Licht aus, während ich mich fertig machte, und fuhr dann los.

INTERVIEWER:
Nicht, bevor Sie Kelly einen Brief geschrieben haben. Ist das richtig?

ADAM MORGAN:

Ja, das stimmt. Ich habe ihn auf die Küchenthe-
ke gelegt, ohne zu ahnen, dass sie nie die Gelegenheit haben würde, ihn zu lesen.

INTERVIEWER:

Was stand in dem Brief, den Sie Kelly geschrieben haben?

ADAM MORGAN:

Das spielt jetzt keine Rolle mehr ... Sie ist
tot.

INTERVIEWER:

Wann erfuhren Sie von ihrem Tod?

ADAM MORGAN:

Am nächsten Tag. Beamte der DC Metro Police
und des Sheriffbüros von Prince William County
tauchten bei mir zu Hause in DC auf, und selbst
da wusste ich es noch nicht. Erst als man mich
zur Befragung brachte, wurde es mir gesagt.

INTERVIEWER:

Wie standen Sie zu Kelly Summers?

ADAM MORGAN:

Sie war ... meine Geliebte.

INTERVIEWER:
Einige Leute haben spekuliert, dass, wenn Sie
in der Lage sind, in einer Sache zu lügen – zum
Beispiel über Ihre Affäre – Sie auch in anderen
lügen könnten.

ADAM MORGAN:
Das ist ein gewaltiger Sprung. Viele Menschen
betrügen, aber nur sehr wenige morden.

INTERVIEWER:
Gehören Sie zu diesen wenigen Menschen?

ADAM MORGAN:
Ich habe Ihnen bereits gesagt, dass ich das
nicht tue.

INTERVIEWER:
Eine Jury befand es für unglaubwürdig, dass
Sie friedlich neben Kelly schlafen konnten,
während sie siebenunddreißig Mal erstochen
wurde. Außerdem fanden sie es höchst unwahrscheinlich, dass Sie ihre verstümmelte Leiche
übersehen konnten, als Sie mitten in der Nacht
das Haus verließen. Was sagen Sie dazu?

ADAM MORGAN:
Bemerkt ein Patient während einer Operation,
dass sein Bauch aufgeschnitten wird? Nein, das

tut er nicht, weil er unter Narkose steht. Kelly und ich wurden in dieser Nacht betäubt. Ich weiß nicht von wem, aber jemand hat uns Drogen verabreicht. Und wie ich bereits sagte: Als ich zu mir kam, war es immer noch stockdunkel; ich konnte nichts sehen.

INTERVIEWER:
Der toxikologische Bericht zeigte, dass Kelly GHB in ihrem System hatte, Ihrer jedoch war sauber.

ADAM MORGAN:
Das ist mir sehr wohl bewusst.

INTERVIEWER:
Wie erklären Sie sich das?

ADAM MORGAN:
Das Sheriffbüro sollte diese Frage beantworten, denn sie haben es bequemerweise versäumt, mich rechtzeitig zu testen, bevor das Nachweisfenster abgelaufen war.

INTERVIEWER:
Wollen Sie damit sagen, dass es Absicht war?

ADAM MORGAN:
Vielleicht. Oder einfach schlampige Polizeiarbeit.

INTERVIEWER:
Glauben Sie, dass Ihnen jemand die Tat angehängt hat?

ADAM MORGAN:
Ja.

INTERVIEWER:
Wer?

ADAM MORGAN:
Es gibt einige Möglichkeiten. Kellys Ehemann
Scott, zum Beispiel. Es könnte die Person
sein, zu der das dritte, unbekannte DNA-Profil gehört, das in Kelly gefunden wurde. Es
gibt auch Bob Miller, den Bruder ihres ersten
Ehemanns. Jeder von ihnen könnte es gewesen
sein.

INTERVIEWER:
Aber nicht Sie?

ADAM MORGAN:
Nein, ich nicht.

INTERVIEWER:
Können Sie uns sagen, was Ihnen durch den Kopf
ging, als das Urteil verlesen wurde?

ADAM MORGAN:

Ich spürte, dass mein Leben vorbei war, und ich … ich konnte es nicht glauben. Man hört von Menschen in den Nachrichten, die unschuldig verurteilt wurden. Aber man erwartet nie, einer von ihnen zu sein. Ich habe Kelly Summers nicht ermordet, und ich werde bis zu meinem letzten Atemzug gegen diese Lüge kämpfen.

INTERVIEWER:

Das Innocence Project lehnte es ab, Ihren Fall zu übernehmen. Warum glauben Sie, dass das so ist?

ADAM MORGAN:

Ich weiß es nicht. Das müssten Sie die fragen.

INTERVIEWER:

Also, Adam, was ist Ihr Plan B?

ADAM MORGAN:

Es gibt keinen Plan B. Ich muss einfach weiterkämpfen, weiter Berufung einlegen und die Hoffnung bewahren, dass meine Verurteilung eines Tages aufgehoben wird.

INTERVIEWER:

Sie haben immer noch Hoffnung?

ADAM MORGAN:
Ja. Es ist das Einzige, was sie mir nicht nehmen
können.

INTERVIEWER:
Sie wurden bekanntlich von Ihrer Ex-Frau Sarah
Morgan verteidigt. Hat sie noch Hoffnung?

ADAM MORGAN:
Sarah ist meine Frau, nicht meine Ex-Frau.

INTERVIEWER:
Mein Fehler. Ja, Ihre Frau Sarah. Sie sind seit
sieben Jahren im Todestrakt, und doch ist sie
Ihnen treu geblieben – warum glauben Sie, dass
das so ist?

ADAM MORGAN:
Weil Sarah mich liebt, und weiß, dass ich unschuldig bin.

1

SARAH MORGAN

Ich wusste schon, als ich Bob heiratete, dass ich mich eines Tages von ihm scheiden lassen würde, denn Männer sind wie Anwälte. Man kann ihnen nicht trauen. Und ich muss es wissen, denn ich bin selbst eine ... und er ebenfalls. Mein Ehemann sitzt mir an einem Konferenztisch für zwanzig Personen gegenüber, doch heute sind nur vier von uns in diesem Raum: ich, Bob und unsere jeweiligen Anwälte. Ich versuche, den Mann nicht anzusehen, mit dem ich die letzten zwölf Jahre verbracht habe. Doch ich spüre die Blicke aus seinen dunklen Augen auf mir, also begegne ich seinem Blick, nur um ihn dazu zu bringen, wegzusehen. Die obersten zwei Knöpfe seines gestärkten weißen Hemds sind geöffnet, seine Krawatte hängt lose um seinen Hals. Trotz der kühlen Raumtemperatur kleben Schweißperlen an seinem Haaransatz.

»Mein Mandant ist an einer Versöhnung interessiert.« Brad schiebt den Ärmel seines Jacketts hoch und präsentiert dabei eine goldene Rolex Day-Date. Es ist, als würde er sagen wollen: *Seht her, was für ein guter Anwalt ich bin.* Er trägt gegeltes blondes

Haar und ein glattrasiertes Gesicht – das komplette Gegenteil von Bobs dunklem Haar und seinem Fünf-Uhr-Schatten. Brad ist Bobs Anwalt, langjähriger Freund und Vollzeit-Schleimbeutel. Er ist dafür bekannt, Abkürzungen zu nehmen, um die gewünschten Ergebnisse zu erzielen, was in Ordnung ist, denn das tue ich auch.

»Das kommt nicht infrage«, sagt Jess bestimmt. Sie legt den Kopf schief und setzt sich ein wenig gerader hin. Jess ist meine Anwältin, und sie arbeitet strikt nach Vorschrift. Das Yin zu meinem Yang.

»Sarah, es war nur einmal.« Bob presst den Kiefer zusammen und reibt sich heftig die Stirn, als würde er versuchen, aus einem Albtraum aufzuwachen. Doch das hier ist unser Leben, unsere Realität, und er ist derjenige, der uns hierher gebracht hat. »Ich verspreche es«, fügt er hinzu. »Es war nur einmal.«

Ist es nicht das, was sie alle sagen? Es war nur einmal. Es war ein Unfall, eine Fehlentscheidung, etwas völlig Außergewöhnliches, etwas, das sie nie wieder tun würden. Es hat nichts bedeutet. *Sie* hat nichts bedeutet. Ja, genau das sagen sie alle – aber erst, wenn sie erwischt werden. Es tut ihnen nicht leid, was sie getan haben. Es tut ihnen leid, dass du weißt, was sie getan haben. Und Bob ist nicht anders. Er ist wie all die anderen.

Brad wirft ihm einen warnenden Blick zu und schüttelt kaum merklich den Kopf, ein Signal, dass er aufhören soll zu reden. Ich kann sehen, wie schwer es Bob fällt, der Klient zu sein und nicht der Anwalt, aber er gibt nach – seufzt tief, lehnt sich in seinem Stuhl zurück und verschränkt die Arme vor der Brust.

»Ich möchte noch einmal betonen, dass mein Mandant die volle Verantwortung für seinen schweren Fehltritt übernimmt und zugestimmt hat, sechs Beratungssitzungen zu besuchen, um auf eine Versöhnung hinzuarbeiten«, sagt Brad und faltet die Hände vor seinem Gesicht. Sonnenstrahlen dringen durch die halb geöffneten Jalousien und glitzern auf seiner Rolex, sodass ein Kaleidoskop aus Licht über die Wand tanzt, jedes Mal, wenn er sein Handgelenk bewegt.

»Ihr Mandant hätte diese Beratungssitzungen vor seinem Seitensprung besuchen sollen.« Jess presst die Lippen zusammen und schiebt langsam ein Blatt Papier über den Tisch. »Das sind die Forderungen von Miss Morgan.«

Bob löst die Arme aus der Verschränkung und beugt sich vor, um das Papier zu schnappen, noch bevor sein Anwalt es nehmen kann. Er verengt die Augen und runzelt die Stirn, während er die Seite überfliegt. Ich kann sehen, dass ihm nicht gefällt, was er liest – was genau der Punkt ist.

»Absolut nicht«, spottet Bob und stößt das Papier von sich. Brad fängt es noch in der Luft ab und glättet es auf dem Tisch.

»Wir halten das Angebot für fair«, sagt Jess.

Brad hebt den Kopf und starrt sie an. »Mein Mandant wird nicht das Sorgerecht für seine Tochter aufgeben. Er wird auch nicht seinen Sitz im Vorstand der Morgan Foundation oder seinen Anteil an der Stiftung abtreten.«

»Ich gebe uns nicht auf ... Punkt«, fleht Bob. Er streckt seine Hand nach mir aus, in der Hoffnung, dass ich ihm entgegenkomme, aber ich greife nicht danach. Stattdessen lege ich meine Hände in meinen Schoß.

»Sarah, bitte«, fügt er hinzu.

Ich beiße mir auf die Zunge, um nicht zu antworten, denn ich weiß, dass Schweigen ihm mehr wehtut als jeder sarkastische

Kommentar es könnte. Und ich will, dass es ihm wehtut – so sehr, wie er mir wehgetan hat.

»Meine Mandantin hat kein Interesse daran, die Ehe zu retten«, stellt Jess klar.

Brad beugt sich zu Bob hinüber und flüstert ihm etwas zu. Bobs Gesichtsausdruck wird mit jedem Wort finsterer. Er errötet, und seine scharfe Kieferlinie wird noch ausgeprägter, während er die Zähne zusammenpresst.

Als sie ihre kleine Besprechung beendet haben, räuspert sich Brad und richtet sich auf. »Da wir hier anscheinend nicht weiterkommen, sollten wir die Sitzung vertagen.«

»Diese Treffen sind nicht dazu gedacht, die Ehe zu retten, Brad. Der einzige Fortschritt, den wir erzielen sollten, ist eine Einigung über die Aufteilung der Vermögenswerte und das Sorgerecht für Summer. Ich möchte noch einmal betonen, dass Miss Morgan eine saubere, schnelle und diskrete Scheidung beantragt hat. Wir möchten nicht, dass dies in die Länge gezogen wird oder vor Gericht endet, aber wir werden diesen Weg gehen, wenn es sein muss«, sagt Jess mit ernster Miene.

Damit stehe ich auf, streiche meinen Rock glatt und knöpfe meinen Blazer zu.

»Verstanden«, sagt Brad und packt seine Aktentasche, ein auffälliges, grelles orangefarbenes Hermès-Stück. »Meine Assistentin wird sich wegen eines neuen Termins melden.«

Bob steht auf und sieht mir direkt in die Augen. Er ist einen Kopf größer als ich, mit breiten Schultern und einem durchtrainierten Körper. Das graumelierte Haar steht ihm gut, ebenso wie die Sorgenfalten auf seiner Stirn. Er wirkt reif und vornehm, auch wenn er sich nicht so verhält.

»Ich rufe dich später an, Sarah«, sagt Jess, während ich zur Tür gehe.

Ich nicke ihr kurz zu und verlasse den Raum.

»Sarah, warte«, ruft Bob und folgt mir dicht auf den Fersen.

Ich gehe weiter, ignoriere ihn völlig – aber plötzlich spüre ich eine Hand auf meiner Schulter, die mich in meinen Schritten stoppt. Mein Herz hämmert gegen meinen Brustkorb.

»Bitte«, fügt er hinzu.

Ich lasse einen schweren Seufzer hören und drehe mich zu meinem Ehemann um. Ich kann ihn kaum noch vor mir sehen, denn er ist bereits Teil meiner Vergangenheit. Er begreift es nur nicht, und ich weiß nicht, wie ich es ihm noch deutlicher machen soll.

»Was?«, frage ich.

In meiner Stimme liegt keinerlei Emotion, denn alles, was ich je für meinen Ehemann empfunden habe, verschwand in dem Moment, als ich von seiner Untreue erfuhr.

»Bitte tu das nicht«, sagt Bob in einem angestrengten Flüstern.

Seine Augen suchen hektisch nach meinen, als würden sie versuchen, uns wieder aneinanderzuketten. Doch es gibt keinen Platz mehr für uns in dieser Welt, denn ich kann nicht mit jemandem verheiratet sein, dem ich nicht vertraue. Vertrauen ist wie Glas. Einmal zerbrochen, lässt es sich nicht mehr zusammensetzen – und selbst wenn du es versuchst, schneidest du dich nur daran. Also kann man es genauso gut wegwerfen.

»Du kannst froh sein, dass das Schlimmste, was ich dir antue, die Scheidung ist.«

Meine Worte klingen sanft, fast beruhigend.

»Ist das eine Drohung?«, fragt er ungläubig.

»Du weißt, dass ich keine Drohungen ausspreche, Bob.«

Er runzelt die Stirn und beginnt, die Brust aufzupumpen, als wolle er mich herausfordern, aber ich habe genug gesehen. Ich schüttle den Kopf, drehe mich um und gehe Richtung Aufzug. Er ruft mehrmals meinen Namen, seine Stimme wird leiser, je weiter ich mich entferne – oder vielleicht verliert sie auch einfach an Überzeugung. *Gut. Ich hoffe, das ist der Fall.*

Bob stellt wirklich meine Geduld auf die Probe. Alles, was ich wollte, war eine schnelle und verschwiegene Scheidung – ähnlich wie seine Affäre, nehme ich an. Aber nein, er muss mir jeden Schritt erschweren, weil er glaubt, dass wir das irgendwie überstehen können. Das werden wir nicht, und tief in seinem Inneren weiß Bob das auch. Ich habe versucht, fair zu bleiben; wirklich. Um unserer Tochter willen, die noch völlig ahnungslos von unserer bevorstehenden Trennung ist. Ich habe es hinausgezögert, es ihr zu sagen, weil ich wollte, dass alles erledigt ist und die rohen Emotionen abgeklungen sind, damit der Fokus auf ihr liegen kann und nur auf ihr. Es scheint, als wäre ich die Einzige, der die Gefühle und das Wohlbefinden unserer Tochter am Herzen liegen.

Am Aufzug drücke ich den Knopf nach unten und warte, bis er kommt. Ich spüre immer noch Bobs Anwesenheit, aber ich drehe mich nicht um. Ich wünschte wirklich, die Dinge wären anders. Sie sollten anders sein. Elternschaft soll einen dazu bringen, ein besserer Mensch sein zu wollen, oder zumindest glauben zu machen, man wäre einer. Die Mutterschaft hat mich verändert, genauso wie ich annahm, dass sie es tun würde. Aber anscheinend hat die Vaterschaft nichts für Bob getan. Er hat nicht nur mich betrogen. Er hat unsere Familie betrogen. Und er hat vorgegeben, etwas zu sein, das er nicht sein kann – ein anständiger Mensch.

Der Aufzug klingelt und öffnet sich. Ich steige ein, drücke den Knopf für das Erdgeschoss und hebe mein Kinn, während ich Bob anstarre. Er steht am Ende des Flurs, seine Augen sind auf meine fixiert, als wäre dies eine Art Showdown. Sein Gesicht ist eine Mischung aus Verbitterung und Trauer, aber da ist noch etwas anderes – ein Funkeln, das ich schon einmal gesehen habe. Ich kann es nur nicht einordnen. Keiner von uns unterbricht den Blickkontakt, bis wir durch die sich schließenden Türen dazu gezwungen werden.

Der Aufzug summt leise, während er seine Abwärtsfahrt beginnt und noch mehr Abstand zwischen uns bringt. Wir waren mehr als ein Jahrzehnt zusammen, aber nur etwas mehr als ein Jahr verheiratet. Bob kann froh sein, dass ich nicht dieselbe Frau bin, die ich war, als ich mit Adam, meinem ersten Ehemann, zusammen war. Hätte ich Kinder mit Adam gehabt, wäre er vielleicht noch da. Denn wie gesagt, die Mutterschaft hat mich verändert, und ich weiß, man sagt, Menschen können sich nicht ändern. Doch, das können sie. Im Kern bleiben wir, wer wir sind – aber das bedeutet nicht, dass Teile von uns nicht weicher oder härter werden können, je nachdem, was das Leben uns abverlangt.

2

UNBEKANNT

Der Raum ist so dunkel, dass nicht einmal Schatten hier existieren.
Das ist der erste Gedanke, der mir kommt, als mein Körper plötzlich zusammenzuckt und ich meine Augen aufreiße. Ich blinzle mehrmals und hoffe, dass sie sich an die Dunkelheit gewöhnen und etwas Vertrautes erkennen – doch ohne Licht ist das unmöglich. Ich halte meine Hand vor mein Gesicht, nur wenige Zentimeter von meiner Nase entfernt, aber sie ist kaum sichtbar, ein grauer Schemen, den mein Verstand nicht erfassen kann. Die Luft ist dick und feucht, stinkt nach Moder und nassen Socken. Ich ziehe mich in eine sitzende Position und drücke meine Hände seitlich neben mich, spüre das leichte Nachgeben einer Federkernmatratze. Die Federn sinken unter dem Druck ein, bevor sie wieder in ihre ursprüngliche Position zurückkehren.

Mein Kopf hämmert, und eine heftige Welle von Schwindel überrollt mich. Mir ist schlecht, als müsste ich mich jeden Moment übergeben. Ich reibe meine Finger gegen meine Schläfen und versuche, die Erinnerungen zurückzuholen. Aber sie kommen nicht. Sie sind verschwunden – vielleicht nur vorübergehend, vielleicht für immer. Was ist letzte Nacht passiert? Habe ich zu viel getrunken? Habe ich wieder LSD oder E genommen?

»Hallo?«, rufe ich in die Dunkelheit, während ich mein Gewicht verlagere und unsicher aufstehe.

Die Ballen meiner Füße berühren eine kalte, harte Oberfläche. Vorsichtig mache ich einen Schritt nach vorn, und da höre ich es – das Geräusch von Metall, das über Beton kratzt. Ich versuche, weiter in die Dunkelheit zu treten, aber mein Bein wird abrupt zurückgerissen. Ein stechender Schmerz schießt durch meinen Knöchel, als der Metallring sich in meine Haut gräbt.

»Was zur Hölle?« Ich greife nach unten und fühle das kalte Metall der Fessel. Die Erkenntnis, dass sie fest um meinen Knöchel sitzt und mich an Ort und Stelle hält, löst eine plötzliche Panikattacke aus. Mein Puls rast, mein Atem kommt schnell und keuchend. Ich zittere, obwohl mir der Schweiß in Strömen aus den Poren läuft. »Nein, nein, nein … Hilfe! Bitte, helft mir!« Die Tränen schießen mir in die Augen, und ich schreie, bis meine Kehle rau und keine Luft mehr in meinen Lungen ist.

Zusammengekauert auf der dünnen Matratze packe ich die Kette und ziehe und zerre daran, so fest ich kann, wobei ich mir die Haut an den Händen aufreiße. »Los, du Scheißteil, gib nach!«, schreie ich und hoffe, dass es ein schwaches Glied gibt oder dass sie sich von dem Punkt löst, an dem sie befestigt ist.

Ich krieche vorwärts, folge der Kette bis zu ihrem Ursprung – einem dicken Metallpfosten, der in den Betonboden zementiert ist. Stehend taste ich mit meinen Händen so hoch, wie ich kann. Es muss eine Stütze sein, die bis zur Decke geht, denn ich kann die Spitze nicht erreichen. Ich richte meine Aufmerksamkeit wieder auf die Kette und taste sie Zentimeter für Zentimeter ab. Wie ein Satellit in seiner Umlaufbahn habe ich nur etwa zwei Meter Spielraum, um mich rundherum zu bewegen.

Mit ausgestreckten Händen beginne ich, meine Umgebung zu erkunden. Ich spüre eine Wand und lege meine Handfläche dagegen, folge dem rauen Beton, bis die Kette an meinem Knöchel sich strafft.

»Scheiße!«, murmle ich, als mein Schienbein gegen etwas Hartes stößt. Ich beuge mich hinunter, bis meine Fingerspitzen etwas berühren – einen glatten, runden Rand. Es ist ein Eimer, ein robuster Plastikeimer, wie man ihn in einem Baumarkt kaufen kann. Ich setze meine Suche fort. Meine Hände gleiten über eine raue Oberfläche – Holz, glaube ich. Etwas schneidet in meine Handfläche, und ich zucke zurück. Ich bringe die Wunde an meinen Mund und sauge daran, bis der Schmerz nachlässt. Der metallische Geschmack von Blut füllt meinen Mund.

Ich kehre zur Matratze zurück, ziehe meine Knie an meine Brust und beginne zu weinen, während ich vor und zurück schaukle. Meine Hand berührt eine Decke – nein, einen Schlafsack. Ich greife danach und wickle ihn fest um meinen Körper, als könnte er mich vor dieser dunklen Hölle schützen, in der ich aufgewacht bin.

3

SARAH MORGAN

Meine Absätze klacken auf dem Fliesenboden und schicken Echos durch das alte Gebäude, die noch lange nachhallen, nachdem ich gegangen bin. Ich ziehe eine Sonnenbrille aus meiner Handtasche und schiebe sie mir auf die Nase, um meine Augen vor der aufsteigenden Sonne zu schützen. Mein Büro liegt nur wenige Gehminuten entfernt in Old Town Manassas. Viele Dinge in meinem Leben haben sich verändert, nicht nur ich. Ich bin nicht länger Namenspartnerin bei Williamson & Morgan in DC. Meine Entscheidung, nicht die eines anderen. Ich war es leid, einen Männernamen vor meinem eigenen zu sehen, und genauso leid, verdorbene Individuen mit viel zu viel Geld zu verteidigen. Man kann wirklich mit allem davonkommen, wenn man die nötigen Mittel hat. Ich bin der Beweis dafür – und meine ehemaligen Mandanten auch.

Ich habe das Praktizieren von Recht nicht aufgegeben. Ich habe nur aufgegeben, es für bestimmte Personen zu tun. Meine Arbeit ist jetzt ausschließlich pro bono – und das bevorzuge ich, weil es eine größere Herausforderung ist. Ich bin die Gründerin und geschäftsführende Direktorin einer Wohltätigkeitsorganisation namens Morgan Foundation. Die Worte *Wohltätigkeit* und *Morgan* in einem Satz klingen wahrscheinlich seltsam, ein Oxymoron, aber das sollten sie nicht. Wohltätigkeitsarbeit bringt viele Vorteile mit sich – Steuervergünstigungen, ein makelloses öffentliches Image, politischen Einfluss und so viel mehr. Alles hübsch verpackt mit einer Schleife, die als Nächstenliebe getarnt ist. Und der Name Morgan? Ich bin sicher, das wirft Fragen auf. Warum habe ich ihn behalten? Warum habe ich meine Stiftung danach benannt? Nun, witzigerweise ist Morgan mein Geburtsname. Ich habe Adams Namen nie angenommen, und es war ihm auch egal. Seiner Mutter wäre es wichtig gewesen, aber nicht ihm. Als Adam seinen ersten Buchvertrag bekam, entschied er sich dafür, Morgan als Pseudonym zu verwenden – *Rumple* hatte einfach nicht die gleiche Eleganz. Seine Mutter war außer sich, aber was sie noch mehr hasste, war, dass Adam den Namen offiziell ändern ließ. Deshalb heißt die Stiftung Morgan Foundation: weil *Morgan* mir gehört, und das schon immer so war.

Bob arbeitet weiterhin bei Williamson & Morgan, nur heißt es jetzt Williamson, Miller & Associates, da er Anfang des Jahres zum Namenspartner aufgestiegen ist. Es brauchte meinen Weggang von der Kanzlei, damit er meine Position erreichen konnte, und selbst dann war es lange Zeit nur Williamson & Associates. Es scheint, dass wir nie wirklich zusammengepasst haben, denn ich habe ihn immer übertroffen.

Ein paar Blocks weiter nehme ich in einem Backsteingebäude den Aufzug in die oberste Etage. Er öffnet sich zu einem Empfangsbereich mit einem großen, halbmondförmigen Schreibtisch, an dem Natalie, die Empfangsdame der Stiftung, sitzt. Eine Glaswand befindet sich hinter dem Schreibtisch und trennt das Atrium vom Rest des Büros. Der Name der Stiftung ist in das Milchglas eingraviert, die Buchstaben großgeschrieben und fett.

»Guten Morgen, Sarah«, sagt Natalie und steht mit einem Lächeln von ihrem Stuhl auf. Sie ist jung und zielstrebig, mit einer Macher-Einstellung und dem unbedingten Wunsch, zu gefallen – ideale Eigenschaften für jemanden in ihrer Position. Ihr kastanienbraunes Haar ist zu einem niedrigen Dutt zurückgebunden, und sie trägt ein elegantes, komplett schwarzes Outfit. »Ich habe Ihren Neun-Uhr-Termin im Konferenzraum vorbereitet«, fügt sie schnell hinzu.

Ich runzele die Stirn und werfe einen Blick auf meine Cartier-Uhr. Es ist zwanzig nach neun. Natalie wird nicht erwähnen, dass ich zu spät bin, aber ich bin zu spät – und das ist überhaupt nicht meine Art. Ich respektiere Zeit mehr als alles andere, denn sie ist unsere wertvollste Ressource. Geld kommt und geht, aber Zeit vergeht nur. Nicht viele Menschen verstehen das. Wenn du jemandem deine Zeit schenkst, gibst du ihm in Wirklichkeit ein Stück von dir selbst – und genau deshalb muss man vorsichtig damit sein.

»Alejandro Perez, unser fünfzigster Reformer«, sagt Natalie, während sie durch einen Stapel Papiere blättert, die in einem Ordner stecken, und mir diesen dann reicht.

Ich überfliege die Seiten und mache mich mit dem Inhalt vertraut.

»Sarah, ich weiß, dass du gerade viel um die Ohren hast.« Sie pausiert und wirft mir einen mitleidigen Blick zu. »Also, wenn du willst, kann ich …«

»Nein, ich schaffe das schon«, unterbreche ich sie.

»Okay … Ach, und dein Kaffee.« Sie greift nach einem großen Coffee-to-go-Becher auf ihrem Schreibtisch und reicht ihn mir.

Ich bedanke mich und biege um die Ecke der Glasabtrennung, gehe tiefer hinein in die Morgan Foundation. Der Raum wirkt offen, mit hohen Decken, freiliegenden Balken und großen, bogenförmigen Fenstern. Es ist eine Mischung aus modern und rustikal, mit einem Hauch von Minimalismus. Es gibt keine Cubicles, weil ich sie nie mochte. Wer möchte schon in einer Kiste arbeiten? Das ist etwas, worin wir begraben werden, nicht etwas, worin wir unser Leben verbringen sollten.

Der Grundriss ist offen – abgesehen von zwei Eckbüros und einem großen Konferenzraum zwischen ihnen. Das größere Büro gehört mir, das andere Anne. Ja, ich habe Anne behalten. Sie ist eine große Bereicherung, weil sie tut, was man ihr sagt, und keine Fragen stellt. Außerdem ist es heutzutage schwer, jemanden zu finden, dem man vertrauen kann. Jeder hat eine Agenda, etwas, das er will, und etwas, das er bereit ist dafür aufzugeben. Aber Anne ist nicht so. Ihre Rolle hier ist viel größer als damals bei Williamson & Morgan. Sie ist nicht länger meine Assistentin. Sie ist die Büroleiterin und sitzt im Vorstand der Stiftung.

Einige Mitarbeiter bemerken meine Anwesenheit und halten kurz inne, um mich lächelnd und grüßend willkommen zu heißen. Ich erwidere die Höflichkeiten knapp, aber freundlich. Sie sind stolz darauf, hier zu arbeiten, weil wir einen Unterschied machen. Ich habe zwanzig Angestellte, die Hälfte davon sind Anwälte und Rechtsanwaltsgehilfen. Die andere Hälfte unterstützt den Reformbereich der Morgan Foundation, der uns wirklich bekannt gemacht und uns so viele Unterstützer beschert hat. Unsere Spender investieren nicht nur in die Zukunft der Menschen, die für das Reformprogramm ausgewählt wurden, sondern auch in ihre eigene Zukunft – denn jeder Kriminelle, den wir reformieren, ist ein Krimineller weniger, der unser System belastet und unserer Gesellschaft schadet. Bisher haben wir eine tadellose Erfolgsbilanz, und ich hoffe, dass Alejandro diese Serie fortsetzen wird.

Durch das milchige Glas sehe ich nur die Rückseite seines Kopfes, wie er in einem Konferenzstuhl sitzt und aus dem Fenster blickt.

Ich schlage den Ordner erneut auf und betrachte ein Polizeifoto von »Fall Fünfzig«. Sein Gesichtsausdruck ist leer, trotz eines markanten Kiefers und scharf geschnittener Züge. Seine Augen haben die Farbe von frischem Salbei, ein krasser Kontrast zu seinem pechschwarzen Haar. Ein Mosaik aus Tattoos ziert seinen Hals und setzt sich unter dem Ausschnitt seines Hemdes fort. Ich frage mich unwillkürlich, wie weit sie wohl reichen. In einem anderen Leben hätte Alejandro Model sein können. Vielleicht kann er es immer noch werden – mit der Unterstützung meiner Stiftung. Ich überfliege den Rest seiner Akte, sehe mir seinen Strafregisterauszug, seinen beruflichen Werdegang und seinen Antrag auf das Programm an, inklusive eines handgeschriebenen Aufsatzes.

»Hey, wie lief das Meeting?«, ruft eine Stimme.

Ich blicke von der Akte auf und sehe Anne auf mich zukommen. Ihr glänzender Bob schwingt mit jeder Bewegung, und ihr marineblaues A-Linienkleid wiegt bei jedem Schritt sanft hin und her.

»Es lief genauso gut wie das letzte«, sage ich leise.

Mein Privatleben ist kein Thema, das ich gerne mit meinen Angestellten bespreche, aber Anne ist mehr als eine Angestellte. Sie ist eine Freundin, also weiß sie, was bei mir los ist. Ich denke, Natalie weiß es auch, aber dieses Wissen hat sie sich durch Herumschnüffeln angeeignet, denn ich habe es ihr nicht anvertraut.

Anne schüttelt verständnislos den Kopf und folgt mir in mein Büro, das im Grunde eine Kopie meines alten Büro in der Kanzlei ist. In der Ecke steht ein Laufband, daneben eine gemütliche Sitzecke, und eine überdimensionale, überquellende Bücherwand nimmt eine ganze Wand ein. Ich lege meine Sachen ab und ziehe die Jalousien auf. Der Blick fällt auf den Baldwin Park und das Manassas Museum, halb verdeckt von einem großen Parkhaus. Früher hätte mich das gestört, aber heute nicht mehr. Ein Ausblick ist nur ein Ausblick, bis man aufhört, ihn zu schätzen – und irgendwann tut das jeder.

»Also, was ist passiert?«, fragt Anne. »Fleht Bob immer noch um Vergebung?«

Ich reiße an der letzten Jalousie, sodass sie gegen den Fensterrahmen knallt.

»Ja, und er denkt immer noch, wir könnten uns versöhnen«, sage ich und drehe mich zu Anne um. »Wir kommen keinen Schritt voran, weil er diese Scheidungsverhandlungen wie eine Paartherapie behandelt.«

Sie verdreht die Augen. »Was stimmt nicht mit ihm?«

»Nun, zuallererst: Er ist ein Mann.«

»Stimmt.« Anne legt den Kopf schief und sieht mich belustigt an. »Warum sind Männer so …?«

Ich kneife die Augen zusammen und warte darauf, dass sie den Satz beendet.

»Das war's. Das ist die ganze Frage. Warum sind Männer so?«

Sie kichert.

Ich lächle und schüttle den Kopf. Mein Blick fällt auf Alejandros Akte, die auf meinem Schreibtisch liegt – eine Erinnerung daran, wo ich jetzt sein sollte und was ich eigentlich zu tun habe.

»Ich muss mich um Fall Fünfzig kümmern.«

»Das kann ich übernehmen.«

»Nein«, sage ich und nehme die Mappe an mich. »Du weißt, dass ich gerne persönlich involviert bin. Als Gründerin ist es wichtig, dass ich zeige, wie sehr wir in jeden einzelnen Fall investiert sind.«

»Hast du ihn gesehen?« Anne lehnt sich aus meiner Bürotür und tut so, als würde sie in seine Richtung spähen. Dann zieht sie ihren Kopf zurück und sagt: »Bei ihm wäre ich auch gerne persönlich involviert.«

»Anne«, warne ich sie, halb im Scherz, halb im Ernst.

»Was? Ich mache nur Spaß ... größtenteils. Aber sag Jamie nicht, dass ich das gesagt habe«, sagt sie lachend und spielt auf ihre Partnerin an.

»Dein Geheimnis ist bei mir sicher«, antworte ich, während ich mein Büro verlasse und Richtung Konferenzraum gehe.

»Sag Bescheid, wenn du Hilfe brauchst.« Anne zwinkert mir zu, bevor sie in ihr eigenes Büro abbiegt.

Ich bleibe vor dem Raum stehen, in dem Fall Fünfzig wartet. Meine Hand ruht für einen Moment auf der Türklinke, und ich atme tief durch, bevor ich eintrete.

31

Alejandro steht sofort auf, seine Hände sind vor ihm verschränkt.

»Entschuldigung, dass Sie warten mussten«, sage ich und schließe die Tür hinter mir.

»Kein Problem. Warten bin ich gewohnt.« Er lächelt sanft.

Ich erwidere das Lächeln nicht, sondern strecke ihm meine Hand entgegen. Ich erwarte einen festen Händedruck, doch er spiegelt meinen. Offensichtlich versucht er, mir Respekt zu zeigen.

»Ich bin Sarah Morgan, Gründerin und geschäftsführende Direktorin der Morgan Foundation.«

»Alejandro Perez, Häftlingsnummer …« Er stoppt mitten im Satz, und seine Wangen röten sich leicht. »Entschuldigung, Macht der Gewohnheit … Ähm, es ist schön, Sie kennenzulernen.«

Ich lächle höflich, um ihn zu beruhigen. »Nun, wir sind hier, um diese Gewohnheit abzulegen und um sicherzustellen, dass Sie sich nie wieder als Nummer bezeichnen müssen«, sage ich und setze mich.

Er nickt und setzt sich erst, nachdem ich Platz genommen habe. Ich lege seine Akte, einen Stapel Broschüren und einen großen, verschlossenen Umschlag auf den Tisch, bevor ich ihm in die Augen sehe. Das Licht, das durch das Fenster fällt, lässt seine Augen noch heller erscheinen als auf seinem Polizeifoto.

»Zuerst möchte ich Ihnen gratulieren, Alejandro, dass Sie für unser Reformprogramm ausgewählt wurden.«

»Danke. Ich bin wirklich dankbar für diese Chance, und bitte nennen Sie mich Alex. Nur die Polizei und meine Mutter nennen mich Alejandro.«

»Ich werde daran denken, Alejandro.«

Er neigt den Kopf leicht zur Seite, kneift die Augen zusammen und entspannt sein Gesicht dann wieder. Grenzen sind wichtig, besonders in Fällen wie diesem, wenn man mit Menschen arbeitet, die Grenzen nicht respektieren. Das Gesetz ist eine Grenze, und Alejandro hat in seinem Leben viele davon überschritten. »Nun, lassen Sie uns besprechen, wie das Programm funktioniert. Alles, was Sie brauchen, finden Sie hier drin«, sage ich und schiebe ihm den dicken Umschlag über den Tisch zu. »Öffnen Sie ihn ruhig.«

Alejandro öffnet den Verschluss und greift hinein, zieht einen Schlüsselbund heraus.

»Das sind die Schlüssel zu Ihrem Briefkasten, Ihrer Wohnung und Ihrem Fahrzeug, die von der Stiftung für die nächsten sechs Monate übernommen werden. Die Wohnung ist vollständig möbliert, mit Waschmaschine und Trockner sowie einem gefüllten Kühlschrank und allem Nötigen für den Start.«

Seine Hand verschwindet erneut im Umschlag, und er zieht eine Debitkarte heraus.

»Darauf sind tausend Dollar geladen, um zusätzliche Ausgaben zu decken. Das sollte reichen, bis Sie eine Arbeitsstelle finden.«

Alejandro nickt und blättert durch den Stapel Broschüren.

»Darin finden Sie alle verfügbaren Ressourcen sowie Informationen darüber, was von Ihnen erwartet wird, um im Programm zu bleiben. Sie müssen aktiv nach Arbeit suchen. In Ihrer Akte steht, dass Sie keine Drogen nehmen, aber Sie werden alle drei Wochen einen Drogentest machen. Wenn Sie einen Test nicht bestehen, fliegen Sie aus dem Programm. Wenn Sie sich rechtliche Schwierigkeiten einhandeln – abgesehen von einem einfachen Verkehrsverstoß – fliegen Sie ebenfalls aus dem Programm. Außerdem müssen Sie jede Woche eine Therapiesitzung besuchen. Die erste ist bereits für Sie angesetzt und in Ihrem Kalender vermerkt.«

Er nimmt den Planer aus dem Umschlag und legt ihn auf den Tisch, studiert ihn kurz.

»Haben Sie bis hierhin Fragen?«, erkundige ich mich.

Sein Blick schweift über die Schlüssel, den Kalender, die Broschüren und die Debitkarte, doch sein Gesichtsausdruck bleibt unverändert, als wüsste er nicht, was er von alldem halten soll.

»Das ist zu viel«, sagt Alejandro und deutet auf alles auf dem Tisch. »Wie können Sie sich das leisten? Und ich bin Ihr fünfzigster Fall?« Er lehnt sich zurück, als könne er sein Glück kaum fassen.

»Es ist nicht zu viel. Es gibt viele Menschen auf dieser Welt, die helfen wollen.«

»Wem gehört die Wohnung, und wem gehört das Auto, das ich fahren werde?«

»Die Morgan Foundation besitzt einen Pool an gebrauchten Fahrzeugen und viele Immobilien. Da unser Programm sechs Monate dauert, wechseln unsere Reformer regelmäßig durch.«

»Reformer …« Er lächelt. »Das erinnert mich an Transformers.«

»Ja, der Name war leider schon vergeben.« Ein flüchtiges Lächeln erscheint auf meinem Gesicht, das ich schnell wieder verschwinden lasse. Mein Blick fällt auf seine Brust und seine Oberarme. Das enge weiße T-Shirt lässt wenig Raum für Fantasie, und es ist offensichtlich, dass er seine Zeit im Gefängnis mit Training verbracht hat.

»Was passiert nach den sechs Monaten?«, fragt er.

»Dann sind Sie finanziell für sich selbst verantwortlich, aber die Ressourcen der Morgan Foundation stehen Ihnen weiterhin zur Verfügung, so lange Sie sie brauchen.«

Alejandro neigt den Kopf zur Seite. »Und so reparieren Sie einen schlechten Menschen?«

Seine Frage überrascht mich, und für einen Moment treffen sich unsere Blicke erneut. Es fühlt sich an, als könnten wir einander in die Seele sehen. Ich frage mich, was er in meiner sieht.

»Nein. So geben wir jemandem, der schlechte Dinge getan hat, eine zweite Chance, gute Dinge zu tun.«

Mein Handy vibriert auf dem Tisch. Auf dem Display steht *Unbekannt* – keine Seltenheit in meiner Branche. Viele Anrufe kommen aus Gefängnissen, von Polizisten oder Wegwerf-Handys – sie alle teilen dieselbe einladende Anruferkennung.

»Ich muss rangehen«, sage ich, nehme mein Handy und drehe meinen Stuhl leicht von ihm weg. Ich drücke auf »Annehmen« und halte das Telefon ans Ohr. »Sarah Morgan am Apparat.«

Ein schwerer Atemzug dröhnt durch den Hörer, und ich kann den Luftzug fast spüren, als wäre die Person am anderen Ende direkt hier im Raum. Über meine Schulter hinweg bemerke ich, dass Fall Fünfzig seinen Blick nicht von mir abgewendet hat.

Ich drehe mich weg und sage leise ins Telefon: »Hallo?«

»Sarah.« Eine raue Stimme dringt durch die Leitung, eine, die ich sofort erkenne. Sie hat den Autoritätston verloren, den sie einst hatte. Das Leben kann das mit einem Menschen machen. Bei den meisten geschieht es langsam, über Jahre und Jahrzehnte hinweg – aber bei einigen passiert es plötzlich. Er gehört zur zweiten Gruppe.

»Ich brauche deine Hilfe«, sagt er.

»Womit?«

Er atmet laut aus. »Ich weiß es nicht genau, aber ich habe das Gefühl, dass ich deine juristische Unterstützung brauchen werde.«

»Wo bist du?«

»Im Polizeirevier von Prince William County … in Gewahrsam.«

»Ich bin unterwegs«, sage ich und lege auf.

Ich atme tief durch, während ich beginne, meine Sachen zusammenzupacken. Dann wende ich mich Alejandro zu.

»Es tut mir leid, dass ich das hier abbrechen muss, aber ich muss los. Eine meiner Mitarbeiterinnen wird das Gespräch mit Ihnen fortsetzen«, erkläre ich und stehe auf.

»Ist alles okay?«, fragt er.

»Nein, aber das wird es werden.«

4

SHERIFF HUDSON

Ich schüttele den Kopf, als ich ihn vor der Gefangenen-Telefon-station stehen sehe, den Hörer fest ans Ohr gepresst. Er lehnt gegen die Betonwand, um sich aufrecht zu halten. Einer meiner Deputys steht seitlich daneben, die Arme verschränkt, und wartet darauf, dass der Häftling fertig wird. Er wurde am frühen Dienstagmorgen hergebracht. Es ist mittlerweile Mittwoch, und er ist endlich aus seinem Rausch aufgewacht.

Meine Hände ballen sich zu Fäusten, aber ich atme tief durch und spreize die Finger, sodass meine Knöchel knacken, während ich sie beuge und wieder strecke. Er kann froh sein, dass ich meine Emotionen heutzutage besser im Griff habe. Außerdem steckt er bereits in genug Schwierigkeiten, ich muss nicht noch mehr Schaden anrichten, ganz gleich wie wütend ich bin – nicht nur auf ihn, sondern auch auf mich selbst. Hätte ich ihm nicht so viele Chancen gegeben, wäre das hier nie passiert.

Mein Deputy fängt meinen Blick auf und strafft sich, seine Brust bläht sich leicht auf.

»Ich übernehme hier«, sage ich und erlöse ihn von seiner Aufgabe.

»Ja, Sheriff.« Er nickt und verlässt den Raum, genau in dem Moment, in dem der Häftling den Hörer auflegt und seinen Kopf hängen lässt.

Ich lege meine Hand auf Ryans Schulter und übe leichten Druck aus.

»Komm, Mann. Gehen wir.«

Der ehemalige Sheriff Ryan Stevens stößt einen schweren Seufzer aus und wirft mir einen flüchtigen Blick über die Schulter zu. Seine Haare sind struppig und ungepflegt, stehen in alle Richtungen ab. Rosazea färbt seine Wangen, und ein gelblicher Schimmer liegt über seinen blutunterlaufenen Augen. Sein Blick senkt sich und bleibt an seinen Füßen hängen.

Früher war er es, der hier die Befehle gegeben hat. Aber jetzt nicht mehr. Die Dinge ändern sich – und anscheinend auch die Menschen – zum Schlechteren, wohlgemerkt. Ryan fing schon seit einer Weile an, abzurutschen. Vor etwa einem Jahr begann sein Absturz, und es dauerte nicht lange, bis die Gemeinde bemerkte, dass ihr Sheriff ein Säufer war. Anfangs hatten sie noch Mitleid mit ihm, aber das hielt nicht lange an. Es folgte eine Petition, ein Protest und schließlich eine Abwahl vor etwa fünf Monaten. Er war raus, und kurz darauf wurde ich zum neuen Sheriff gewählt.

Ich gebe ihm ein Zeichen zu gehen, und Ryan fügt sich, hebt kaum die Füße, während er den Flur entlang schlurft. Außer seinen schwerfälligen Atemzügen und dem Schlurfen seiner Schuhe über den Epoxidboden ist nichts zu hören.

Als wir den Zellenbereich erreichen, fragt er: »Wie lange war ich weg?«

Es ist unser altes Spiel, aber leider gibt es keine Musik mehr dazu.

»Fast dreißig Stunden.« Ich schließe die Tür zu seiner Zelle auf; die Scharniere quietschen, als ich sie aufziehe. Ryan schleppt sich hinein und reibt sich die Stirn.

»Herrgott«, murmelt er, als er sich auf die zwei Zoll dünne Matratze des Metallbetts plumpsen lässt. Er beugt sich nach vorne und stützt seine Ellbogen auf seine Knie.

Ich stelle mich breitbeinig hin. »Sie werden Sie gleich zur Abwicklung bringen.«

Ryan verzieht den Mund und seine Brauen ziehen sich zusammen. »Was meinen Sie mit Abwicklung?«

»Sie wissen genau, was ich meine.«

»Ich dachte, Sie stehen hinter mir«, sagt er und schüttelt benommen den Kopf.

»Nicht dieses Mal, Ryan.«

»Warum *nicht* dieses Mal?« Seine Augen irren unstet umher, als würde ihm gerade klar, dass diese Zelle für absehbare Zeit sein Zuhause sein könnte.

»Weil Sie jemanden mit Ihrem Truck angefahren haben.«

Sein Kiefer klappt nach unten, und es dauert einige Sekunden, bis er spricht. »Ich … ich weiß nicht, was passiert ist.«

»Aber ich. Sie haben sich sturzbetrunken – mal wieder – hinters Steuer gesetzt und eine Frau überfahren, die frühmorgens joggen war.« Meine Worte kommen lauter und schärfer heraus, als ich es beabsichtigt hatte.

»Geht … geht es ihr gut?« Seine Stimme bricht, ein unübersehbares Zeichen seiner Angst.

»Nein, Ryan … sie ist tot.«

Er sitzt regungslos da, während die Worte in der Luft hängen und über ihm kreisen.

Ich warte darauf, dass er die Schwere seiner Tat begreift, dass er versteht, dass nichts jemals wieder so sein wird wie zuvor. Er sollte von Scham, Schuld und Verzweiflung erfüllt sein, denn er hat jemanden getötet, egal, ob er sich daran erinnert oder nicht.

Endlich weiten sich seine Augen, als die Worte ihren Weg in sein Bewusstsein finden.

»Nein, das – das kann nicht wahr sein«, stammelt er.

»Es ist wahr«, sage ich kopfschüttelnd.

Ryan vergräbt sein Gesicht in seinen Händen, und ein tiefer, herzzerreißender Schrei dringt aus ihm hervor.

»Es tut mir leid«, schluchzt er.

»Ja, mir auch.«

Hätte ich Ryan nicht immer wieder den Vorteil des Zweifels eingeräumt und ihn jedes Mal mit einer Verwarnung davonkommen lassen, wenn er wegen Trunkenheit am Steuer aufgegriffen wurde, wäre eine unschuldige Frau noch am Leben. Ich bin genauso schuldig wie er.

Klack. Klack. Klack. Klack.

Dieses Geräusch habe ich schon einmal gehört.

Klack. Klack. Klack. Klack.

Es sind die Absätze einer Frau. Natürlich tragen viele Frauen Schuhe, die dieses Klacken verursachen. Aber das hier ist anders. Es ist absichtsvoll und ohne Eile. Es ist das Geräusch einer Frau, die sich mit Entschlossenheit bewegt. Sie läuft, als hätte sie einen bestimmten Ort, den sie erreichen will – aber dieser Ort ist unwichtig, bis sie ihn einnimmt.

Ich drehe mich um und sehe, wie die Gestalt mit jedem Schritt größer wird, begleitet von einem Deputy. Ihr Kinn ist hoch erhoben – wie immer. Ihre langen blonden Haare fallen in sanften Locken über ihre Schultern und wippen bei jedem Schritt. Sie trägt perfekt auf ihren Körper zugeschnittene Kleidung, ohne eine einzige Falte.

Sarah Morgan.

»Sie haben Sarah angerufen?«, frage ich ungläubig.

Ryan starrt mich an, sagt aber kein Wort. Die Tränen sind versiegt, und sein Selbstmitleid verwandelt sich schnell in Verzweiflung.

Es ist eine Weile her, seit ich mit Sarah Morgan im selben Raum war. Ich habe sie gelegentlich gesehen, aber wir haben nicht wirklich miteinander gesprochen. Ich weiß, dass sie eine Wohltätigkeitsorganisation gegründet hat, weil ich die wohlwollenden Artikel in der Zeitung gelesen habe. Aber ich traue ihr nicht. Ich habe ihr nie getraut, und genau deshalb habe ich Abstand gehalten. Ryan wäre gut beraten, dasselbe zu tun.

»Deputy Hudson«, ertönt Sarahs Stimme über meine Schulter hinweg. Ich drehe mich um und sehe sie in der Tür stehen, ihre smaragdgrünen Augen gleiten abschätzend über mich hinweg.

»Es heißt jetzt *Sheriff*«, korrigiere ich sie.

Ich bin mir sicher, dass sie das bereits wusste und dies nur eines ihrer Machtspielchen ist. Sie betrachtet das Abzeichen an meiner Brust, bevor sie mir direkt in die Augen sieht.

»So scheint es. Glückwunsch.«

Ich nicke nur knapp, denn mit Sarah zu reden ist wie ein Verhör bei der Polizei – je weniger man sagt, desto besser.

»Aber als Sheriff«, fügt sie hinzu, »müssen Sie wissen, dass es eine Verletzung der verfassungsmäßigen Rechte meines Mandanten ist, mit ihm zu sprechen, ohne dass sein Anwalt anwesend ist.« Ihre scharlachrot bemalten Lippen ziehen sich zu einer harten Linie zusammen.

Meine Brust wird eng, und unter meinem Kragen beginnt die Haut zu schwitzen. Ein Schweißtropfen rinnt meinen Rücken hinunter und jagt mir einen Schauer über die Wirbelsäule.

»Stimmt. Ich wollte ohnehin gerade gehen«, sage ich, trete zur Seite und steuere auf die Tür zu.

5

BOB MILLER

»Wie stehen meine Chancen, das alleinige Sorgerecht für Summer zu bekommen?« Ich kenne die Antwort bereits, aber manchmal muss man sie einfach von jemand anderem hören – zum Beispiel von meinem Anwalt Brad.

Wir kennen uns seit dem Jurastudium, wo wir beide alles getan haben, um voranzukommen. Wahrscheinlich sind wir deshalb noch Freunde, verbunden durch die schrecklichen Dinge, die wir getan haben.

Brad sitzt mir in einem Café in der Innenstadt von Manassas gegenüber. Er beißt in ein Stück trockenen Toast, wobei er ein paar Nuancen zu weiße Veneers entblößt. Krümel fallen auf seinen Schoß, und er wischt sie schnell auf den Boden. Mein Essen bleibt größtenteils unberührt; ich bin noch immer zu wütend, um etwas zu essen. Ich kann nicht glauben, dass Sarah die Dreistigkeit besitzt, das alleinige Sorgerecht zu fordern, vor allem angesichts unserer gemeinsamen Geschichte. Es ist ein emotionaler Schritt von ihr, völlig untypisch für jemanden wie sie.

Brad kaut zu Ende, bevor er spricht. »Praktisch null«, sagt er und tupft sich mit einer Serviette die Lippen ab. »Es sei denn, du kannst beweisen, dass Sarah eine Gefahr für Summer darstellt.« Er legt eine kurze Pause ein und hebt eine Augenbraue. »War Sarah jemals gewalttätig gegenüber Summer?«

Die Frage dreht sich in meinem Kopf und wirbelt alte Erinnerungen auf – na ja, genau eine, um ehrlich zu sein. Sie spielt sich vor meinem inneren Auge ab, so lebendig wie an dem Tag, an dem sie passierte. Vielleicht, weil dieses Ereignis den Lauf meines gesamten Lebens verändert hat.

Brad und das Café verblassen, und plötzlich stehe ich vor Sarah Morgans Büro, spät in der Nacht, vor über einem Jahrzehnt. Alle waren längst nach Hause gegangen – sogar Anne, was selten vorkam, weil die beiden unzertrennlich waren. Meine Fingerknöchel klopften leicht gegen die Tür, weil ich nicht zu eifrig erscheinen wollte. Ich hatte einen Plan, und der Manila-Umschlag in meiner Hand würde alles in Gang setzen.

»Kommen Sie rein«, rief Sarah von der anderen Seite der Bürotür.

Ich zögerte keine Sekunde und trat ein. Meine Anwesenheit sorgte sofort für einen Ausdruck der Enttäuschung in ihrem Gesicht. Nicht überraschend, denn wir konnten uns nicht leiden.

Ihr Blick fiel auf die verstreuten Unterlagen auf ihrem Schreibtisch, ein klares Zeichen dafür, dass ich nicht ihre volle Aufmerksamkeit bekommen würde. »Was, Bob?«

»Ich habe etwas für Sie«, sagte ich und durchquerte den Raum. Ich legte den Umschlag direkt auf Sarahs Fallakten – mein Weg, ihr zu zeigen, dass ich sehr wohl ihre volle Aufmerksamkeit verdiente.

Sie hielt inne und musterte ihn misstrauisch. Zu diesem Zeitpunkt waren wir erbitterte Feinde, weil wir beide die gleiche

Karriereleiter erklimmen wollten. Sie war mir voraus, nachdem sie Anfang des Jahres zur Namenspartnerin ernannt worden war. Diese Beförderung war eigentlich für niemanden von uns vorgesehen, denn zwei andere Mitarbeiter hatten mehr Erfahrung – aber auf mysteriöse Weise wurde einer wegen Fehlverhaltens gefeuert und der andere kündigte ohne Vorankündigung. Ich habe immer gedacht, dass sie etwas damit zu tun hatte, dass die beiden ihren Job verloren. Partnerin mit dreiunddreißig? Ha! Das ist nur möglich, wenn man die Konkurrenz ausschaltet, und sie war meine Konkurrenz. Also musste ich sie loswerden.

»Was ist das?«, fragte sie und versuchte Desinteresse vorzutäuschen.

»Machen Sie es einfach auf.«

Sie zögerte, aber dann siegte ihre Neugier. Ihre langen roten Fingernägel glitten unter den Metallverschluss und bogen die kleinen Klammern vorsichtig zurück. Sie öffnete die Lasche, schob ihre Hand in den Umschlag und zog den Stapel Fotos heraus. Ich beobachtete ihr Gesicht genau, studierte jede Regung, wartete darauf, dass sich etwas veränderte. Eine zitternde Lippe. Eine Träne, die sich in ihrem Augenwinkel bildete. Eine gerunzelte Stirn. Aber nichts veränderte sich. Sie blieb stoisch, und es war, als würde sie einen Fall überprüfen und nicht intime Fotos ihres Mannes mit einer anderen Frau betrachten.

»Woher haben Sie die?«, fragte sie und blätterte weiterhin durch die Fotos.

»Sagen wir einfach … ich behalte die Frau, mit der Ihr Ehemann eine Affäre hat, genau im Auge.«

Das erregte ihre Aufmerksamkeit. Sie sah mir direkt in die Augen, leicht misstrauisch. »Warum?«

»Weil sie meinen Bruder getötet hat.«

Sarah zog eine Augenbraue hoch und schob mir die Fotos zurück.

»Wenn das wahr ist, warum sitzt sie dann nicht im Gefängnis?«

»Weil nicht jeder für seine Verbrechen bezahlt.« Ich legte den Kopf schief. »Als Anwältin sollten Sie das besser wissen als jeder andere.«

Sie lehnte sich in ihrem Stuhl zurück, legte die Ellbogen auf die Armlehnen und faltete die Hände vor ihrem Gesicht. Einen Moment lang schwieg sie. Ich hatte keine Ahnung, was sie dachte, denn ihre Reaktion war nicht so, wie ich erwartet hatte. Ich dachte, sie würde untröstlich und wütend sein, bereit, die Welt niederzubrennen. Aber nein, nicht Sarah.

»Warum erzählen Sie mir das?«, fragte sie schließlich.

»Ich dachte nur, Sie sollten es wissen ... Es tut mir leid.« Es kostete mich alles, ihr mein Beileid auszusprechen, denn ich empfand es nicht. Ich versiegelte die Worte mit einem mitleidigen Blick und hoffte, dass sie mir glaubte.

»Nein.« Sie verengte die Augen. »Ich weiß, was Sie denken, warum Sie mir das erzählen sollten, Bob.«

»Was?«

»Sie dachten, ich würde ausrasten, mir eine Auszeit nehmen, mich in eine chaotische Scheidung verstricken, den Fokus verlieren. Und dann? Dann würden Sie hineingrätschen und meinen Platz als Partner übernehmen.«

»Sarah, nein. Das stimmt nicht«, log ich. Sie hatte mich durchschaut, war immer einen Schritt voraus, zu klug für ihr eigenes Wohl.

»Doch, und genau das denken Sie. Aber ich weiß, warum Sie es mir wirklich erzählt haben.«

Ich sah sie verwirrt an.

»Sie wollen, was ich will, Bob.«

»*Und was glauben Sie, was ich will?*«

»*Rache.*«

Die Mundwinkel zogen sich zu einem diabolischen Lächeln nach oben, das mich augenblicklich in seinen Bann zog. Ich wusste, dass sich die Dinge zwischen uns verändern würden. Sie konnten gar nicht anders.

»Bob?«, sagt Brad. Er wedelt mit der Hand vor meinem Gesicht herum und zwingt die Vergangenheit, zu verblassen, während die Gegenwart zurückkehrt. »War Sarah jemals gewalttätig gegenüber Summer?«

»Nein.« Ich schüttle den Kopf. Nicht gegenüber Summer. Diesen Teil sage ich nicht laut, denn das bleibt vorerst nur zwischen mir und Sarah.

Ich nippe an meiner Tasse lauwarmen Kaffees und stochere in meinem Essen herum, wobei ich ein Stück kalten Speck herauspicke.

»Was ist mit Vernachlässigung? Hat sie jemals vergessen, Summer von der Schule abzuholen? Irgendetwas in der Art?«

Ich atme schwer aus, versuche, die Schuld und die Angst auszuatmen, die mich seit der Zustellung der Scheidungspapiere gefangen halten. Ehrlich gesagt, dachte ich, Sarah würde mir eine Kugel in den Kopf jagen, wenn sie jemals von meiner Untreue erfahren würde – deshalb war ich schockiert, dass ihre Reaktion nicht tödlich war. Und genau daran klammere ich mich fest. Das ist der Grund, warum ich glaube, dass wir wieder zueinanderfinden können. Wenn sie mich nicht lieben würde, hätte sie mich längst getötet.

»Nein, Sarah ist eine wunderbare Mutter«, sage ich.

»Warum willst du dann das volle Sorgerecht, Bob?«

»Das will ich nicht. Ich will meine Familie zurück.«

Brad runzelt die Stirn. »Ich glaube, diesen Punkt haben wir längst überschritten. Wir haben uns jetzt schon dreimal mit ihr und ihrer Anwältin getroffen, und sie rückt keinen Zentimeter ab. Hast du bemerkt, dass ihre Liste an Forderungen länger wird, je mehr du das Ganze in die Länge ziehst? Wenn du so weitermachst, wird sie irgendwann alles wollen.«

»Sie ist nur wütend.«

»Das ist sie nicht. Sie ist gleichgültig, und das zeigt mir, dass es vorbei ist. Je schneller du das akzeptierst, desto schneller kannst du weitermachen.«

Ich starre ihn mit unbewegtem Blick an. »Ich kann das wieder hinbiegen.«

»Und wenn nicht?«

»Dann werde ich kämpfen, als hinge mein Leben davon ab.«

Brad lächelt schwach. Er denkt, ich mache einen Witz, aber das tue ich nicht. Ich werde kämpfen müssen, als hinge mein Leben davon ab, denn bei Sarah weiß ich, dass es das tut.

6

SARAH MORGAN

»Berichten Sie mir bitte, was geschehen ist«, sage ich und schlage die Beine an den Knöcheln übereinander.

Ryan Stevens sitzt mir in einem privaten Besuchsraum gegenüber und schafft es nicht, mir in die Augen zu sehen.

»Ich erinnere mich an nichts«, sagt er und starrt in seinen Schoß, als würde er nach den Antworten suchen, die er auf dem Grund einer Flasche verloren hat.

»Das überrascht mich nicht, da Ihr Blutalkoholgehalt bei 2,8 Promille lag. Sie können froh sein, dass Sie nicht an einer Alkoholvergiftung gestorben sind.«

»Wünschte, ich wäre es.« Er zuckt mit den Schultern.

Ich verenge meine Augen zu Schlitzen. »Sagen Sie so etwas nicht in der Nähe Ihrer alten Kollegen. Sie sind nicht mehr Ihre Freunde. Sie sind das Gesetz, und Sie sind ein Krimineller. Wenn sie Sie über Selbstmordgedanken reden hören, werden Sie unter Beobachtung gestellt, und das würde Ihre Chancen auf Kaution zerstören.«

»Ist das überhaupt eine Möglichkeit?«

Ich blättere durch den Bericht und versuche, so viel wie möglich daraus zu entnehmen.

»Ich hatte noch keine Zeit, alles durchzugehen, aber soweit ich erkennen kann, ist es eine Möglichkeit. Es wird nur nicht einfach werden.«

»Das habe ich mir gedacht«, sagt er und stützt den Kopf in die Hände. »Also, was ist Ihr Plan?«

Ich schließe die Mappe und schiebe sie in meine Tasche, gönne mir einen Moment zum Nachdenken. Eigentlich sollte ich ihm aus mehreren Gründen nicht helfen. Es würde kein gutes Bild der Stiftung abgeben, vor allem, da er der ehemalige Sheriff ist und es sehr wahrscheinlich ist, dass er wegen fahrlässiger Tötung angeklagt wird. Aber Stevens und ich haben eine gemeinsame Geschichte, ein Band, das uns verbindet, selbst wenn er sich dessen nicht bewusst ist. Es liegt also leider in meinem Interesse, ihm zu helfen.

»Die Staatsanwaltschaft wird Sie als verantwortungslosen Säufer darstellen, der so leichtsinnig mit seinem eigenen Leben umgeht, dass er zu einer Gefahr für die Gesellschaft geworden ist. Was ich versuchen werde, ist, Sie als das genaue Gegenteil darzustellen: einen verdienstvollen Sheriff, der leicht vom Weg abgekommen ist, aber eine zweite Chance verdient.«

»Glauben Sie, dass uns das jemand abkauft?« Er schnaubt.

»Vielleicht. Vielleicht auch nicht. Aber das überlassen Sie mir«, sage ich mit einem Nicken. »Wenn die Autopsie des Opfers irgendwelche Auffälligkeiten zeigt, die darauf hindeuten könnten, dass sie in irgendeiner Form beeinträchtigt war, könnten wir ihr eine Mitschuld zuschreiben. Allerdings wird eine Jury wahrscheinlich sofort abschalten, wenn wir anfangen, die Schuld auf eine tote Frau zu schieben. Mein Team wird nach Zeugen suchen, Überwachungsaufnahmen der Gegend prüfen, die Straßenverhältnisse zur Unfallzeit analysieren und den Polizeibericht mit der Lupe durchsuchen. Wenn bei Ihrer Festnahme irgendwelche Fehler gemacht wurden, die Beweise oder sogar den ganzen Fall zunichtemachen könnten, werden wir sie finden.«

»Es klingt, als käme ich nur mit Glück da raus«, sagt er.

Ich neige den Kopf und mustere das bemitleidenswerte Bild vor mir. »Das ist eine treffende Einschätzung.«

»Was soll ich jetzt tun?«

»Sie bleiben ruhig, während ich arbeite. Aufgrund Ihres Hintergrunds bei der Polizei und der Tatsache, dass dies Ihr erstes schwerwiegendes Vergehen ist, haben Sie gute Chancen auf Kaution. Ich werde also …«

Mein Handy vibriert auf dem Metalltisch und tanzt dabei im Kreis. Auf dem Display erscheint der Name *Jess*.

»Das ist meine Anwältin. Ich muss das annehmen«, sage ich, während ich meine Sachen zusammenpacke und aufstehe. Ich gehe zur Tür und klopfe mehrmals, um dem Wachmann zu signalisieren, dass ich fertig bin.

»Sie haben eine Anwältin?«, fragt Stevens. »Wofür?«

Ich blicke zurück zu ihm. Seine Stirn ist gerunzelt, seine Verwirrung offensichtlich.

»Scheidung.«

Ich drücke auf *Annehmen* und halte das Handy an mein Ohr. »Sarah Morgan.«

»Warten Sie«, ruft Ryan.

»Einen Moment, Jess.« Ich drücke die Stummschaltung und sehe ihn mit festem Blick an.

»Sagen Sie es mir ehrlich. Wie stehen meine Chancen, hier rauszukommen?« Er rutscht unruhig auf seinem Stuhl hin und her.

Ich neige den Kopf zur Seite und verenge die Augen leicht. »Erinnern Sie sich an den Fall meines ersten Ehemanns?«

»Ja.«

»Ihre Chancen stehen schlechter als seine.«

7

BOB MILLER

Mein Haus fühlt sich nicht mehr wie ein Zuhause an, und das liegt wahrscheinlich daran, dass ich hier nicht willkommen bin – selbst wenn ich mit Geschenken wie dem Strauß roter Rosen in meiner linken Hand erscheine. Der Platz am Kopf des Küchentisches sowie der Sessel im Wohnzimmer laden nicht mehr zum Verweilen ein.

Ich schüttle frustriert den Kopf, als mir auffällt, dass Sarah alle Fotos, auf denen ich zu sehen bin, abgenommen und durch Bilder von Summer oder von ihr und Summer zusammen ersetzt hat. Meine Schritte hallen wider, als würden sie mich verspotten, während ich zum großen Erkerfenster gehe, das einen Blick auf den See bietet. Dieser Anblick hat mir früher Frieden gebracht, aber jetzt weiß ich nicht, was er mir bringt. Da heute kein Wind weht, sieht das Wasser aus wie eine Glasscheibe, zerbrechlich genug, um zu zersplittern, wenn ich nur einen Finger hineinstecke. Die Wolken sind dunkel und schwer, fast so, als wären sie bereit, auseinanderzubrechen. Dasselbe könnte man auch über mich sagen. Erst meine Ehe. Dann diese Wolken. Und dann ich.

Sie müssten jeden Moment nach Hause kommen, und ich bin mir sicher, dass meine Frau nicht erfreut sein wird, mich hier zu sehen – aber meine Tochter schon. Sarah und ich haben uns darauf geeinigt, nach außen hin für Summer den Schein zu wahren, zumindest bis alles geregelt ist. Für Sarah bedeutet das Scheidung und getrennte Wege – das sagt sie zumindest. Für mich bedeutet es, um unsere Ehe zu kämpfen.

Ein stechender Schmerz zieht durch meine Handfläche. Ich zucke zusammen und merke, dass ich die dornigen Stiele zu fest umklammert habe. Ich wechsle die Blumen in die andere Hand. Ein Tropfen leuchtend roten Blutes sickert aus der Wunde. Ich führe die Hand zum Mund und sauge daran, bis die Blutung nachlässt. Das ist der vierzehnte Rosenstrauß, den ich Sarah mitgebracht habe. Sie macht jedes Mal dasselbe damit, aber ich halte an der Hoffnung fest, dass sie eines Tages die Stiele kürzen und sie in eine Vase mit Wasser stellen wird.

Die Haustür öffnet sich, und Summer rennt durch das Haus, direkt den Flur entlang in ihr Zimmer, ohne mich auch nur zu bemerken. Einen Moment später erscheint meine Frau, eine Tüte mit Lebensmitteln in der Hand.

Ich bewege mich schnell, um die Tüte zu nehmen, aber sie weigert sich und verstärkt ihren Griff um die Henkel, während sie zurückzuckt. »Ich brauche deine Hilfe nicht, Bob.«

Sarahs bevorzugte Konfliktstrategie ist ein direkter Angriff, aber ihre zweitliebste ist Sturheit, und die finde ich extrem nervig. Sie glaubt, wenn sie meine Hilfe annimmt, dann knickt sie ein und ihr Ärger lässt nach. Also nimmt sie nichts von mir an – kein Geschenk, keine helfende Hand, kein Kompliment, keinen Ratschlag, gar nichts.

Besiege sie mit Freundlichkeit, erinnere ich mich selbst und zwinge mir ein Lächeln ab, während ich ihr die Blumen entgegenstrecke. »Die sind für dich.«

Sarah verdreht die Augen und nimmt sie widerwillig entgegen. Vielleicht ist das der Tag, an dem sie in eine Vase gestellt werden. Sie legt die Lebensmittel und ihre Handtasche auf der Arbeitsplatte ab und tritt um die Kücheninsel herum. Ich denke, sie geht zum Waschbecken, damit die Blumen endlich gekürzt, gewässert und umplatziert werden. Aber nein, sie bleibt direkt vor dem Mülleimer stehen und drückt mit der Spitze ihres Stilettos auf den Hebel. Der Deckel klappt auf, sie wirft den Strauß in den Müll und drückt die Blumen mit Nachdruck nach unten, um ein Zeichen zu setzen.

Ich kann ein frustriertes Seufzen nicht unterdrücken, während ich beginne, die Lebensmittel auszupacken. Es sind größtenteils Zutaten für das, was ich für das heutige Familienessen halte – Spaghetti mit Fleischbällchen, von denen sie weiß, dass ich sie hasse. Und wahrscheinlich genau deshalb hat sie sie ausgewählt. Sarah füllt einen Topf mit Wasser und stellt ihn auf den Herd, während sie eine Handvoll Salz hineinschüttet.

»Können wir reden?«, frage ich.

»Wir sollten nicht ohne unsere Anwälte reden«, sagt Sarah und stellt den Herd an.

»Komm schon, Sarah. Wir *sind* Anwälte. Die sind nur da, um sicherzustellen, dass wir uns nicht gegenseitig umbringen.«

Sie dreht den Kopf zu mir und hebt eine Braue bei meiner Wortwahl. Mehr als das bekomme ich nicht. Am Küchenblock zieht Sarah ein großes Küchenmesser aus dem Messerblock. Das Licht der Pendelleuchten über der Theke lässt die Klinge glänzen.

Ich atme aus, lasse die Luft aus meiner aufgeblähten Brust und senke die Schultern, um eine ruhigere Haltung einzunehmen. Das Macho-Gehabe hat bei Sarah noch nie funktioniert. Im Gegenteil, es macht sie nur noch wütender – und das ist das Letzte, was ich gebrauchen kann, wenn ich das hier jemals wieder in Ordnung bringen will.

Mit einem Schneidebrett und dem Messer in der Hand räuspert sich Sarah – ihre passiv-aggressive Methode, mir zu sagen, dass ich verdammt noch mal aus dem Weg gehen soll. Widerstand ist zwecklos. Ich trete zur Seite und gebe ihr den Platz, den sie einfordert.

»Ich will einfach nur reden«, sage ich und lehne mich gegen die Theke ihr gegenüber.

Sie legt eine Zwiebel auf das Schneidebrett und setzt das Messer an. Die Klinge gleitet mühelos hindurch und schlägt dumpf gegen das Holz.

»Du hast es mich nie erklären lassen«, füge ich hinzu und hoffe, sie so zum Reden zu bringen.

Sarah wiegt das Messer hin und her und würfelt rasch die Zwiebel. Sie erwidert meinen Blick mit einem Ausdruck, der so angespannt ist, dass sie wie aus Stein gemeißelt wirkt. Das Messer schlägt weiter gegen das Schneidebrett, immer lauter, je mehr Kraft sie in jeden Hieb legt.

»Weil es nichts zu erklären gibt.« Ihre Stimme ist emotionslos, als würde sie aus einem juristischen Dokument vorlesen und nicht über unsere gescheiterte Ehe sprechen.

»Doch, gibt es.«

»Was denn, Bob?« Sie neigt den Kopf zur Seite. »Abgesehen davon, dass du es als Unfall bezeichnest – welche andere

Erklärung gibt es dafür, dass du irgendein Mädchen in einem Hotelzimmer gevögelt hast?«

Ich atme tief aus und trete näher an die Kücheninsel heran, sodass ich direkt in ihre verhärteten Augen blicken kann.

»Es war ein Fehler, der größte meines Lebens, und ich schwöre, es hat nichts bedeutet. *Du* bist die Einzige, die zählt. Es war ein großer Abend für mich, und ich war betrunken. Ich weiß nicht, was passiert ist. Im einen Moment war ich noch bei meiner Rede, und im nächsten . . . nun ja, ich erinnere mich nicht. Und ich erinnere mich auch nicht an sie.«

»Soll mich dein Gedächtnisverlust jetzt trösten?« Die Zwiebel hat sich unter ihren endlosen Hackbewegungen fast in Brei verwandelt, aber sie macht trotzdem weiter. Ich bin mir sicher, dass sie sich mich unter diesem Messer vorstellt – oder einen empfindlichen Teil von mir.

»Nein, überhaupt nicht. Ich sage nur, dass es ... nie wieder passieren wird. *Niemals.*« Ich lehne mich über die Theke, verringere den Abstand zwischen uns und hoffe, dass meine Nähe irgendeinen Rest von Verständnis in dieser emotionslosen Statue weckt.

»Da hast du recht, Bob, denn du kannst deine Ex-Frau nicht betrügen.«

»Sarah, bitte.« Ich strecke meine Hand nach ihrer aus, aber sie reißt sie zurück – und das Messer schneidet durch meine Handfläche. Blut sickert aus der frischen Wunde, und ich balle die Faust, während ich aufschreie:»Herrgott, verdammt!«

»Sorry«, sagt sie kühl.»Das war ein Unfall.« Es liegt keinerlei Aufrichtigkeit in ihrer Stimme, und ein schwaches Lächeln umspielt ihre Lippen.

Sie legt das Messer auf das Schneidebrett und zieht ein Küchentuch aus der Schublade neben sich, das sie mir hinhält. »Pass auf, dass du dein Blut aufwischst.«

Einen Moment zögere ich und fixiere sie mit meinem Blick. Man sagt, es gebe keinen Unterschied zwischen einer verschmähten Frau und dem Teufel selbst – und ich glaube das, weil ich nicht sagen kann, wen von beiden ich gerade ansehe.

Ich nehme das Tuch und murmle: »Danke.«

»Immer wieder gerne«, spottet sie.

Sarah setzt die Essensvorbereitung fort, als wäre nichts geschehen, während ich die Blutflecken von der Theke abwische und das Tuch fest um meine Hand wickle. Sie holt eine Bratpfanne aus dem Schrank und stellt sie auf den Herd. Der Brenner klickt mehrmals, bevor eine offene Flamme unter der Pfanne tanzt und am Metall leckt. Ich muss sie reden lassen, denn wenn wir reden, vielleicht … vielleicht finden wir einen Weg zurück zueinander.

»Sei bitte nicht so unbedacht. Als du herausgefunden hast, was … passiert ist, hast du mich nicht einmal zur Rede gestellt. Du hast mich nicht damit konfrontiert, nicht mit mir gestritten, nicht geschrien. Wir haben kein einziges Gespräch darüber geführt. Du hast einfach die Scheidung eingereicht. Wer macht sowas?«

»Ich«, sagt sie und träufelt Olivenöl in die Pfanne, gefolgt von den matschigen Zwiebeln.

»Wir haben eine Tochter. Ich weiß, dass du wütend auf mich bist, aber denk an Summer.«

Sarah greift nach Gewürzen aus dem Schrank und stellt sie auf die Theke. »Genau an sie denke ich. Und deshalb habe ich die Scheidung eingereicht, anstatt irgendeinen anderen Weg einzuschlagen.«

Meine Frau kennt nur zwei Formen von Aggression – passiv oder absolut zerstörerisch. Ich fürchte, ich sollte mich glücklich schätzen, dass sie sich für Ersteres entschieden hat, da sie nicht aufhört, mich daran zu erinnern.

»Ich gebe nicht so einfach auf«, sage ich und straffe die Schultern, um meine Entschlossenheit zu zeigen.

Sarah streut Thymian über die köchelnden Zwiebeln und dreht sich zu mir um. Sie neigt den Kopf auf eine herablassende Art und Weise. »Irgendwann wirst du es.«

»Mama, Papa!«, ruft Summer und stürmt in die Küche, gekleidet in einen Badeanzug und Shorts. Sie sieht ihrer Mutter mit jedem Tag ähnlicher. Ich hoffe nur, dass ihre Optik das Einzige ist, das sie von Sarah erbt.

Unsere Aufmerksamkeit fällt auf unsere neunjährige Tochter – das Einzige, das Sarah und mich noch verbindet. Und vielleicht der einzige Grund, warum meine Frau mich nur geschnitten und nicht gleich komplett aufgeschlitzt hat.

»Darf ich bitte, bitte, bitte schwimmen gehen?«, bettelt sie.

Das Wasser kocht über, zischt und brodelt über die heiße Herdplatte.

»Verdammt«, stöhnt Sarah. Sie kümmert sich schnell darum, reduziert die Hitze und legt einen Holzlöffel quer über den Topf, um den aufsteigenden Schaum zu bändigen.

»Das ist ein böses Wort, Mama«, neckt Summer. »Du sollst doch keine bösen Wörter sagen.«

»Ich weiß, Schatz. Manchmal machen Erwachsene aus Versehen Dinge, die sie eigentlich nicht tun sollten«, sagt sie und wirft mir dabei einen kurzen, eisigen Blick zu. »Das Essen ist bald fertig, und dein Vater hat sich verletzt. Warum hilfst du ihm nicht, den Tisch zu decken?«

Summer sieht mich traurig an, als sie das blutige Handtuch um meine Hand bemerkt. »Papa, du blutest. Was ist passiert?«

»Ich hab einen Fehler gemacht«, sage ich, während mein Blick zwischen meiner Frau und meiner Tochter hin und her wandert.

Sarah schenkt mir keinerlei Aufmerksamkeit und konzentriert sich weiter auf die Essensvorbereitungen, während Summer versucht, einen besseren Blick auf meine Verletzung zu erhaschen. Ich wickle das Küchentuch ab und zeige ihr den blutigen Schnitt auf meiner Handfläche, etwa fünf Zentimeter lang.

»Das sieht echt übel aus, Papa«, sagt sie mit einer Mischung aus Faszination und Ekel. »Du brauchst ein Pflaster. Nein, eher fünf davon. Ich hole den Erste-Hilfe-Kasten.« Bevor sie ihren Satz überhaupt beendet hat, sprintet Summer schon in Richtung Flur.

»Zumindest liebt mich noch irgendwer in diesem Haus«, sage ich, in der Hoffnung, dass meine Frau zugeben wird, dass sie noch etwas für mich empfindet. Doch sie reagiert nicht. Sarah legt vorgefertigte Frikadellen eine nach der anderen in die Pfanne und tut so, als wäre ich gar nicht anwesend.

8

SARAH MORGAN

Das Geschirr klirrt gegen das Metallbecken, als ich eine Handvoll schmutziger Teller und Besteck hineinfallen lasse. Bob hatte angeboten, beim Aufräumen zu helfen, aber ich schickte ihn nach draußen, damit er ein Auge auf Summer werfen konnte. Ich wollte ihn einfach nicht mehr in meiner Nähe haben, das Gewimmer ist unerträglich. Ich spritze Spülmittel in die Spüle und drehe den Wasserhahn auf. Der drohende Sturm hat sich bisher zurückgehalten, aber vom Küchenfenster aus sehe ich, dass sich der Himmel kohlschwarz verdunkelt hat und der Wind auffrischt. Er wird bald da sein, denn ein so großer Sturm zieht selten einfach vorbei.

Während ich warte, dass sich das Spülbecken mit Wasser füllt, gehe ich ins Wohnzimmer und schalte die Nachrichten ein. Das Geräusch im Hintergrund ist eine willkommene Ablenkung, um auf dem Laufenden zu bleiben. Ich vermute, dass Ryans Verhaftung bereits durchgesickert ist. Angesichts der Schwere seines Verbrechens und der Tatsache, dass er der ehemalige Sheriff ist, wird irgendein lokaler Sender danach lechzen, als Erster darüber zu berichten. Tod und Skandale verkaufen sich immer gut, und in einer Stadt mit weniger als fünfzigtausend Einwohnern ist ihr Wert noch höher.

Zurück an der Spüle beginne ich, die Teller von Hand zu spülen. Wir haben zwar eine Spülmaschine, aber ich traue ihr nicht, dass sie die Arbeit gründlich genug erledigt. Die meisten Dinge muss man einfach selbst in Ordnung bringen.

Die Terrassentür schiebt sich auf, und Summer stürzt herein, eingewickelt in ein übergroßes Handtuch, und hinterlässt eine Spur nasser Fußabdrücke, während sie zielstrebig aus meinem Blickfeld und den Flur entlang verschwindet.

»Vorsichtig, Summer!«, ruft Bob. »Und häng deinen Badeanzug über die Duschstange.«

»Mach ich, Dad!« Summers gedämpfte Stimme hallt vom anderen Ende des Hauses wider.

Ich sehe zu Bob und mein Blick fragt: *Was ist aus dem Schwimmen geworden?*

Ohne dass ich etwas sagen muss, erklärt er: »Der Wind hat aufgefrischt, und der See war kälter als erwartet.«

Ich richte meine Aufmerksamkeit wieder auf die Spüle und schaue aus dem Fenster darüber. Ein Blitz zuckt über den Himmel, gefolgt von einem Donnerschlag nur Sekunden später. Der Regen prasselt plötzlich und unerbittlich herab. Keiner von uns reagiert auf den Sturm draußen, weil hier drinnen bereits ein viel mächtigerer tobt.

»Ein paar Bretter auf der Terrasse müssen ersetzt werden.« Bob steckt seine Hände in die Taschen seiner Anzughose und schaukelt auf den Fersen. »Eigentlich sollte die ganze Terrasse erneuert werden. Ich will nicht, dass Summer sich verletzt, also werde ich daran arbeiten.«

Er sucht eindeutig nach einem Vorwand, mehr Zeit hier zu verbringen.

»Bob, du besitzt nicht einmal einen Bohrer«, sage ich spitz.

»Ich meinte, ich würde jemanden engagieren, der es repariert.«

»Es ist schon gut.« Ich puste eine lose Haarsträhne aus meinem Gesicht. »Ich kümmere mich darum.«

Er presst die Lippen fest zusammen und macht einen kleinen Schritt in die Küche. »Kann ich bei irgendwas helfen?«

Ich schüttle den Kopf und schrubbe hartnäckig an einer Pfanne, die mit Öl überzogen ist.

»Wie wäre es mit einem Glas Wein?«, fragt er.

Ich möchte ein Glas Wein, aber nicht von ihm. Ich will überhaupt nichts von ihm, außer seiner Unterschrift auf den Scheidungspapieren.

»Nein, danke, ich brauche nichts.«

Bob seufzt müde und bleibt zwischen Essbereich und Wohnzimmer stehen. Ich spüre seine Blicke, die mich anflehen, ihm in die Augen zu sehen. Sie brennen sich förmlich in meine Haut, aber ich sehe nicht auf. Ich schrubbe einfach weiter.

Schließlich gibt er auf, und seine Schritte hallen auf dem Boden, werden etwas leiser, als er den Teppich im Wohnzimmer erreicht. Meine Augen wandern kurz zu ihm, als er sich auf die Couch plumpsen lässt. Der Hinterkopf versperrt einen Teil des Fernsehbildschirms, und ich frage mich, ob er sich absichtlich dorthin gesetzt hat, um mich zu ärgern. Aber ich sage nichts. Man muss seine Kämpfe sorgfältig wählen, und er und ich befinden uns bereits im Krieg.

Eine hübsche dunkelhaarige Nachrichtensprecherin erscheint auf dem Bildschirm, mit einer Grafik über ihrer rechten

Schulter, die ich wegen Bobs großem Kopf nicht vollständig sehen kann. Ich spüle eine Pfanne ab, stelle sie in den Abtropfständer und greife nach einem weiteren schmutzigen Teller aus der Spüle.

»Eilmeldung aus Prince William County«, verkündet die Moderatorin. »Der ehemalige Sheriff Ryan Stevens wurde wegen Verdachts auf Trunkenheit am Steuer und fahrlässiger Tötung verhaftet ... doch das ist noch nicht einmal das Schlimmste. Channel 5-Reporterin Gretchen Waters ist live vor dem Sheriffbüro mit den neuesten Informationen.«

Genau wie erwartet. Die Nachricht hat es endlich an die Öffentlichkeit geschafft, obwohl ich annehme, dass Sheriff Hudson sie so lange wie möglich unter Verschluss gehalten hat.

Das Bild wechselt zu einer jungen Reporterin mit glänzend braunem Haar und auffälligem Lippenstift, die vor dem Sheriffbüro von Prince William County steht. Die Reporterin drückt sich einen Finger ans Ohr, wartet auf ihr Signal zum Start. Es gibt offensichtlich eine kleine Verzögerung. Als das Signal durchkommt, senkt sie ihre Hand, positioniert das Mikrofon ein paar Zentimeter vor ihrem Mund und setzt ihr ernstestes Reporter-Gesicht auf.

»Ich stehe vor dem Sheriffbüro von Prince William County, wo der langjährige ehemalige Sheriff Ryan Stevens am frühen Dienstagmorgen unter Verdacht auf Trunkenheit am Steuer und fahrlässige Tötung festgenommen wurde. Laut Polizeibericht war Stevens stark alkoholisiert, als er bei Rot über eine Ampel fuhr und dabei die 44-jährige Jackie Clarke erfasste und tötete, die gerade joggen war. Unser tiefstes Mitgefühl gilt den Freunden und der Familie von Jackie Clarke.«

Ich richte meine Aufmerksamkeit wieder auf die Spüle und schrubbe einen Teller, bewege den nassen Schwamm langsam und kreisförmig über das Geschirr.

»Vor etwa einer Stunde haben wir einen anonymen Hinweis zur Verhaftung von Ryan Stevens erhalten«, fährt die Reporterin fort. »Laut unserer Quelle wurde Stevens' DNA-Profil in das nationale DNA-Index-System eingegeben, um festzustellen, ob es mit Beweisen eines Fahrerfluchtunfalls übereinstimmt, der sich letzten Sommer ereignete und bei dem der 57-jährige Tim Redding ums Leben kam. Es wurde keine Übereinstimmung gefunden, und dieser Fall bleibt weiterhin offen. Jedoch stimmte Stevens' DNA mit Beweismaterial überein, das mit einem Doppelmordfall in Verbindung steht, der mehr als ein Jahrzehnt zurückliegt.«

Der Essteller rutscht mir aus der Hand und zerschellt in einem Topf, der im Spülwasser einweicht.

»Mach das lauter!«, rufe ich.

Bob greift hektisch nach der Fernbedienung und dreht die Lautstärke auf.

»Vor zwölf Jahren erschütterte der Mord an Kelly Summers und ihrem ungeborenen Kind diese kleine Gemeinde aufgrund seiner Brutalität und des medial stark verfolgten Gerichtsprozesses.«

Meine Augen weiten sich, während ich meine Hände mit einem Küchentuch abtrockne und langsam zum Fernseher gehe – wo die Vergangenheit ihr hässliches Gesicht zeigt. Genau davor hatte ich Angst. Ich würde Stevens gerne jetzt sofort töten. Wahrscheinlich hätte ich es schon vor Jahren tun sollen. Er war immer ein glitschiges, loses Ende.

»Der ehemalige Sheriff Ryan Stevens leitete die Ermittlungen im Summers-Mordfall und konzentrierte sich schnell auf den Autor Adam Morgan, der eine Affäre mit dem Opfer hatte. Ihre Leiche wurde in seinem Haus gefunden, und er war der Letzte, der sie lebend gesehen hatte«, fährt die Reporterin fort. »Adam wurde von seiner Frau Sarah Morgan, einer hochkarätigen Anwältin aus DC, verteidigt, jedoch für schuldig befunden und letztlich zum Tode verurteilt. Der Fall erhielt zusätzliche Aufmerksamkeit, nachdem Netflix die Dokuserie *Did He Kill Her?* veröffentlichte, die die Ereignisse rund um den Mord an Kelly Summers und den darauffolgenden Prozess detailliert darstellte.«

»Vor etwas mehr als einem Jahr wurde Adam Morgan durch eine tödliche Injektion hingerichtet. Die Entdeckung, dass das DNA-Profil des ehemaligen Sheriffs Stevens mit Beweismaterial übereinstimmt, das am Körper des Opfers gefunden wurde, stellt die Gültigkeit des Urteils gegen Adam Morgan infrage. Die große Frage ist nun: Wurde der falsche Mann hingerichtet? Wir werden über diese Geschichte berichten, sobald weitere Informationen vorliegen. Ich bin Gretchen Waters von Channel 5 News.«

Bob dreht sich langsam in seinem Sitz um, den Mund halb geöffnet und die Haut fahl wie Asche.

Meine Hände beginnen zu zittern. Das Letzte, was ich jetzt brauche, ist noch ein Problem. Ich atme ein paar Mal tief durch und versuche, mich zu beruhigen, damit ich klar denken kann.

»Sarah.« Bobs Stimme zittert. »Wir sollten darüber reden?« Es klingt sowohl wie eine Frage als auch wie eine Feststellung.

»Nein, sollten wir nicht«, sage ich, weil ich längst weiß, dass man ihm nicht vertrauen kann.

9

SHERIFF HUDSON

»Wer zur Hölle hat das an die Medien weitergegeben?!«, brülle ich in den Raum voller Untergebener. In meiner Hand halte ich die Ergebnisse der DNA-Analyse, die Stevens mit dem Summers-Fall in Verbindung bringen – dieselben Ergebnisse, über die Channel 5 News letzte Nacht berichtet hat. Die Papiere flattern in meiner Hand, als ich sie hochhalte und schüttle.

Der Raum ist totenstill, abgesehen von den Telefonen, die ununterbrochen klingeln. Kein einziger Anruf wird beantwortet, weil jeder wie eingefroren dasteht und niemand die Aufmerksamkeit auf sich ziehen will. Ihre Blicke huschen nervös umher, vermeiden aber konsequent den Kontakt mit mir. Selbst Chief Deputy Olson steht schweigend an der Seite, blickt auf ihre Stiefel und hat die Hände fest ineinander verschränkt. Normalerweise ist sie diejenige, die mich beruhigt, aber jetzt lässt sie mir Raum, um Dampf abzulassen. Olson weiß, dass wir tief in der Scheiße stecken, aber sie weiß nicht, wie tief – weil sie damals noch nicht hier war.

Ich wusste immer, dass mit dem Kelly-Summers-Fall etwas nicht stimmte. Nichts daran fühlte sich je richtig an. Ich hatte meine Theorien, aber das hier … das war keine davon. Damals habe ich versucht, Nachforschungen anzustellen, aber ich kam nicht weit. Ich war zu grün hinter den Ohren, zu weit unten in der Hierarchie. Und Stevens hielt mich auf Abstand – unter dem Vorwand eines möglichen Interessenkonflikts wegen meiner Freundschaft mit Kellys Ehemann Scott, der damals Chief Deputy war. Heute weiß ich, dass das alles eine einzige Lüge war.

»Jemand sollte jetzt besser reden!«, brülle ich, mein Herz hämmert in meiner Brust. Es fühlt sich an, als würde es sich mit jeder Sekunde enger zusammenziehen. Je schneller meine Gedanken rasen, desto mehr scheint mein Brustkorb zu schrumpfen. Es fühlt sich an, als würde ich die Kontrolle über meine Station und vielleicht sogar über mich selbst verlieren.

»Wir sind ein Team«, sage ich mit scharfer, fester Stimme. »Wir treten als Einheit auf. Wir planen, welche Informationen wir teilen und wie wir sie teilen. Was wir nicht tun, ist, Dinge aus dieser Station heraussickern zu lassen. Und warum?«

Ich gehe zu den Fenstern, drehe mich zu meiner gesamten Schicht um und reiße die Jalousien nach oben. Sechs Übertragungswagen stehen draußen, und ich bin sicher, dass noch mehr auf dem Weg sind. Kameras sind in Position, und Reporter mit Mikrofonen stehen bereit. Wir befinden uns mitten im Zentrum eines Medienspektakels, statt davor, dank irgendeines Idioten, der beschlossen hat, auf eigene Faust zu handeln.

»Deshalb!«

Mehrere Beamte zucken zusammen, als meine Fingerknöchel gegen das Glas krachen. Die Öffentlichkeit hat das *Recht*, solche Informationen zu erhalten, aber es gibt einen Grund, warum wir Verfahren haben. Das hätte über eine Pressekonferenz geteilt werden sollen, nicht als Teil der Abendnachrichten.

Ich ziehe an der Kordel, und die Jalousien fallen ruckartig nach unten, klatschen gegen die Fensterbank. »Wer hat das weitergegeben? Wer!? Ich will es sofort wissen!« Ich gehe auf und ab, meine Schritte hallen durch den Raum, während ich darauf warte, dass jemand nach vorne tritt.

»Sir«, sagt eine zaghafte Stimme irgendwo aus dem hinteren Teil des Raums. Es ist einer meiner Neulinge, ein dürrer kleiner Kerl, aber zuverlässig. Langsam steht er von seinem Schreibtisch auf, stammelt herum.

»Raus damit, Deputy Lane. Ich habe keine Zeit für Spielchen.«

Lane räuspert sich und blickt vorsichtig durch den Raum zu den anderen Beamten. Sein Gesichtsausdruck zeigt deutlich, dass er es jetzt schon bereut, das Wort ergriffen zu haben. »Wir haben die CODIS-Ergebnisse erst nach der Nachrichtensendung erhalten, also muss die Info aus dem Labor an die Medien gesickert sein.«

Leutnant Neill tritt einen Schritt nach vorn, hebt sein Kinn. Er überragt alle anderen, mit einem ausgeprägten Kiefer und einem noch ausgeprägteren Arbeitsethos.

»Lane hat recht, Sheriff Hudson. Die Ergebnisse wurden uns zugestellt, nachdem es in den Nachrichten lief.«

Ich kneife die Augen zusammen und bewege meinen Mund von einer Seite zur anderen, während ich einen kurzen Blick auf den Laborbericht werfe, den ich in der Hand halte. Der Zeitstempel der Zustellung lautet 21:42 Uhr, und der Nachrichtenbeitrag wurde nur wenige Minuten nach neun ausgestrahlt. *Sie haben recht*. Das Leck muss im Labor sein, nicht hier. Wahrscheinlich dachte jemand dort drüben, dass wir versuchen würden, alles unter den Teppich zu kehren, um einen von uns zu schützen – also haben sie die Sache selbst in die Hand genommen.

Ich könnte einen Beamten darauf ansetzen, die verantwortliche Person zu finden, aber aus PR-Sicht würde eine Hexenjagd unser ohnehin schon angekratztes Image noch weiter ruinieren. Und wir stehen momentan alles andere als gut da.

Ich presse die Lippen zusammen und nicke Deputy Lane und Lieutenant Neill zu. Lane setzt sich wieder, und Neill tritt zurück in die Reihe der anderen Beamten. Ich ziehe tief Luft ein, halte sie für ein paar Sekunden an und atme langsam aus. Ein Teil der Anspannung in meinen Schultern löst sich, gerade genug, um mich davon abzuhalten, weiter auf meinem Team herumzuhacken. Sie haben dieses Chaos nicht verursacht. Die meisten von ihnen waren nicht einmal alt genug, um Auto zu fahren, als Kelly Summers ermordet wurde. Verdammt, das ist jetzt über zwölf Jahre her.

»In Ordnung«, sage ich, diesmal mit ruhigerer Stimme. »Wir müssen das in den Griff kriegen. Die Summers-Ermittlung wird vollständig neu aufgerollt, und ich brauche jeden einzelnen von Ihnen dafür. Wer damals noch nicht hier war, macht sich mit dem Fall vertraut. Wer dabei war, frischt sein Gedächtnis auf. Ich will alles aus diesem Fall sehen, und ich meine *alles*. Zeugenaussagen, Gerichtsnotizen, Protokolle, Polizeiberichte, jedes verdammte Beweisstück. Verstanden?«

»Ja, Sheriff«, antwortet der Raum unisono.

Ich stehe noch einen Moment da und lasse meinen Blick über jeden Einzelnen von ihnen schweifen, um sicherzustellen, dass der Ernst meiner Worte bei ihnen ankommt. »Gut. Dann an die Arbeit.«

Mein Team verliert keine Zeit – weil wir auch keine zu verlieren haben. Sie zerstreuen sich sofort in alle Richtungen. Ich gehe in mein Büro und knalle die Tür hinter mir zu.

»Was zum Teufel haben Sie getan, Ryan?«, frage ich in den leeren Raum hinein und schüttle den Kopf, um meinen Frust zu unterstreichen. Selbst wenn Stevens jetzt hier wäre, würde er mir irgendeine beschissene Ausrede liefern.

Ich werfe den Laborbericht auf meinen Schreibtisch und lasse mich in meinen Stuhl fallen, während ich die rissigen Deckenplatten anstarre und mich frage, wie das alles passieren konnte. Stevens ist im letzten Jahr völlig abgestürzt – aber war er jemals wirklich gut? Ich kann nicht begreifen, wie er eine Affäre mit der Frau seines stellvertretenden Chefs haben konnte. So etwas tut man einem Kollegen nicht an. Und was würde Scott Summers denken? Hat er schon erfahren, dass sein ehemaliger Vorgesetzter ihn verraten hat und möglicherweise sogar etwas mit dem Tod seiner Frau zu tun hatte? Lebt Scott überhaupt noch? Er hat nach dem Prozess gekündigt und die Stadt verlassen. Seitdem habe ich nie wieder von ihm gehört.

Ich gehe zu einem der Aktenschränke an der Wand, ziehe eine Metallschublade auf und blättere durch die Ordner, bis ich den richtigen gefunden habe. Mein Finger streicht über ihren Namen auf dem Reiter: Kelly Summers. *Arme Kelly.* Ich dachte, wir hätten es richtig gemacht, Gerechtigkeit für sie erlangt. Aber ehrlich gesagt, hat sich die ganze Ermittlung nie richtig angefühlt. Es war zu einfach. Und dann dieser vermasselte Prozess. Ich weiß nicht viel über die juristische Seite des Gesetzes, aber dass Sarah Morgan als Verteidigerin ihres eigenen Ehemanns in einem Mordfall auftrat, war eindeutig ein Interessenkonflikt – und die

Staatsanwaltschaft hat das nie in Frage gestellt. Vielleicht, weil die Beweise gegen Adam erdrückend waren und der Fall eindeutig erschien. Oder vielleicht, weil Stevens den Prozess durchgedrückt hat. Wer weiß das schon? Es war auch ein schneller Prozess, einer der schnellsten, die ich je gesehen habe. Die meisten Mordfälle benötigen Jahre der Vorbereitung, bevor sie überhaupt vor Gericht verhandelt werden. Aber nicht der Summers-Fall.

Ich setze mich wieder an meinen Schreibtisch und breite die Akte vor mir aus. Es ist nicht die vollständige Fallakte, nur die wichtigsten Details. Der Gedanke, diesen gesamten Fall noch einmal aufzurollen – jedes Wort, jedes Beweisstück, jedes Protokoll und jede Zeugenaussage – ist gelinde gesagt überwältigend. Ganz zu schweigen davon, dass es fast unmöglich sein wird, Zeugen und Verdächtige nach all den Jahren erneut zu befragen. Das wird eine Menge mühsame Arbeit für diese Dienststelle bedeuten, und höchstwahrscheinlich wird sie zu nichts führen.

Ich hebe den Kopf und blicke auf das halbe Dutzend Aktenschränke entlang der Wand. Im Archivraum stehen noch Dutzende weitere. Sobald die Medien das Thema aufgreifen und Anwälte Blut wittern, könnte jede einzelne Ermittlung, die Ryan Stevens unterschrieben hat – Hunderte über Hunderte – zur Berufung anstehen, je nachdem, welchen Mist er während seiner Amtszeit noch verzapft hat.

Zweimaliges Klopfen an der Tür reißt mich aus meinen kreisenden Gedanken.

»Herein«, sage ich.

Die Tür öffnet sich einen Spalt, und meine Assistentin Marcy steckt den Kopf hinein. »Sheriff Hudson, wir haben Reporter in der Lobby, die darauf bestehen, dass Sie herauskommen und eine Erklärung abgeben. Ich habe ihnen gesagt, dass Sie beschäftigt sind, aber ich weiß nicht, wie lange ich sie noch vertrösten kann.«

Ich lasse einen tiefen Seufzer hören und sage: »Ist schon gut, Marcy. Ich werde eine Erklärung abgeben.«

Sie schenkt mir ein mitfühlendes Lächeln. Ich erhebe mich, folge ihr aus meinem Büro, durch das Großraumbüro hindurch und einen langen Korridor hinab, der zum Vordereingang der Wache führt. Meine Hände ballen sich zu Fäusten, so angespannt, dass es sich anfühlt, als könnten meine Knöchel die Haut durchstoßen und schneebedeckte weiße Gipfel freilegen. Ich bleibe abrupt stehen. Es gibt keine Möglichkeit, jetzt eine Erklärung abzugeben, nicht ohne vorher etwas anderes zu tun. Ich schüttle meine Hände aus und löse mich von Marcy.

»Sheriff, die Presseleute sind draußen. Wohin gehen Sie?«, ruft Marcy, als sie bemerkt, dass ich abbiege.

»Mit Stevens reden«, sage ich, und hoffe, dass dies das Einzige sein wird, was ich ihm antue.

10

BOB MILLER

»Verdammt!«, sagt Brad.

Ich lasse mich in den Stuhl vor seinem übergroßen Schreibtisch fallen. Ich weiß, dass er das Ding gekauft hat, um größer zu wirken, aber es hat den gegenteiligen Effekt, da er dahinter winzig erscheint. Er hat bei der Einrichtung seines Büros keine Kosten gescheut. Die Beleuchtung ist gedimmt und erzeugt ein warmes Leuchten. Seine Diplome hängen in goldenen Rahmen hinter ihm, Bachelor von der UW–Madison und Jura-Abschluss von der University of Chicago. Eine Bar in Form eines Globus steht in Reichweite. Sie ist geöffnet und präsentiert eine Auswahl teurer Scotch-Whiskys und ein Set Kristallgläser. Eine Wand wird vollständig von deckenhohen Bücherregalen eingenommen, die mit ledergebundenen Büchern und goldgeprägten Titeln gefüllt sind – alle juristischen Texte, die man jemals brauchen könnte.

Brad blickt von seinem Handybildschirm auf. »Das wird chaotisch werden, und es könnte in einer riesigen Einigung enden. Ist das der Grund, warum du mir das erzählst? Versuchst du, die

Scheidung hinauszuzögern, um vielleicht von einer möglichen Mordanklage zu profitieren?«

Ich sehe ihn ungläubig an und lehne mich in meinem Stuhl nach vorne.

»Nein, Brad. Du weißt, dass ich die Scheidung überhaupt nicht will, also geht es nicht ums Geld. Aber das hier« – ich deute auf den Nachrichtenartikel über Ryan Stevens' Verbindung zum Kelly-Summers-Fall, der auf seinem Handy geöffnet ist – »ist ein Problem.«

Er bemerkt den Verband um meine Hand und mustert ihn misstrauisch.

»Was ist da passiert?«

»Es war ein Unfall. Ich habe mich geschnitten«, lüge ich und lasse meinen Arm seitlich hängen. Ich weiß nicht einmal, warum ich lüge oder warum ich Sarah immer noch beschütze. Ich meine, nachdem die Nachricht bekannt wurde, hat sie mich praktisch rausgeworfen. Sie wirkte verängstigt – nein, panisch. Ihr Gehirn arbeitete wie ein überlastetes Uhrwerk. Ich versuchte ihr zu sagen, dass wir gemeinsam stärker wären. Aber Sarah wollte es nicht hören. Sie sagte, sie brauche Zeit zum Nachdenken, und bat mich zu gehen. Also ging ich.

»Okay …«, sagt Brad. »Aber warum ist der Kelly-Summers-Fall ein Problem?«

Ich blinzle mehrmals und überlege, wie viel ich ihm sagen kann. Ich bin mir nicht sicher, wie ich das Ganze spielen soll, weil ich nicht weiß, was Sarah tun wird oder ob sie überhaupt etwas tun wird. Wird sie klug genug sein, um mit mir zusammenzuarbeiten, so wie wir es immer gesagt haben? Oder wird jeder für sich allein kämpfen? Zusammen wären wir unschlagbar, aber getrennt – ich weiß nicht, was wir dann wären.

»Es ist nur … das Timing von all dem ist ein Problem. Sarah und ich befinden uns mitten in einer Scheidung, und dann kommt das ans Licht. Außerdem war ich damals auch ein Verdächtiger.«

»Aber du wurdest offensichtlich entlastet«, sagt er.

»Ja, in dieser Ermittlung, die von einem Sheriff geleitet wurde, der mit dem Opfer geschlafen hat. Kelly und ich hatten auch eine gemeinsame Vergangenheit, und ich bin mir sicher, dass das wieder aufgerollt wird.« Ich reibe mir die Stirn.

»Was meinst du mit gemeinsamer Vergangenheit?« Brad neigt den Kopf, verwirrt über diese neue Information.

Brad weiß nichts von dieser Zeit in meinem Leben. Er lebte damals in einem anderen Bundesstaat, und wir hatten den Kontakt verloren. Als er vor etwa fünf Jahren in die Gegend von DC zog, haben wir uns wieder angenähert, aber ich habe ihm nie etwas davon erzählt. Warum auch? Es war Vergangenheit, und es sollte dort bleiben.

»Ihr richtiger Name war nicht Kelly Summers.« Ich zögere, wissend, welche Wirkung das haben wird, sobald die Worte meine Lippen verlassen. »Er war Jenna Way.«

Seine Augen weiten sich. »Willst du mich auf den Arm nehmen?«

»Ich meine es ernst.«

»Jenna Way? Diese Schlampe, die deinen Bruder umgebracht hat?« Brad schüttelt den Kopf und lehnt sich in seinem Stuhl zurück. »Das nennt man wohl Karma.«

Ich nicke, obwohl ich weiß, dass Karma nichts mit ihrem Tod zu tun hatte. Es ist nicht immer das Universum, das dafür sorgt, dass man erntet, was man sät.

»Deine Vergangenheit mit Kelly – oder Jenna – ist bestenfalls Indizienbeweis. Das reicht nicht aus, um dir irgendetwas anzuhängen, besonders wenn es keine anderen Beweise gibt, die dich mit ihrem Mord in Verbindung bringen.«

»Ich weiß, und ich war in Wisconsin, neunhundert Meilen entfernt, als sie getötet wurde. Es wäre also ziemlich schwierig, mich damit in Verbindung zu bringen, weil ich nicht an zwei Orten gleichzeitig sein kann.«

Er hebt eine Augenbraue und tippt mit seinem Zeigefinger an sein Kinn. »Außer natürlich, du hättest jemanden angeheuert, um sie zu töten?«

Ich kneife die Augen zusammen und erhebe mich von meinem Sitz. »Arbeitest du für mich, Brad, oder versuchst du gerade, einen Fall gegen mich aufzubauen?«

Er lehnt sich nach vorne, stützt seine Ellbogen auf den Schreibtisch, während ich über seinen üppigen persischen Teppich auf und ab gehe.

»Ich versuche, mit dir zu arbeiten, Bob. *Du* hast mich gebeten, dich in deiner Scheidung zu vertreten, aber du trittst die ganze Zeit auf der Stelle. Du lässt mich nicht meinen Job machen, und jetzt bringst du auch noch einen Fall ins Spiel, der nichts mit deiner Scheidung zu tun hat … Also sag mir, *was willst du*?«

Brads freundliches Auftreten ist verschwunden, ersetzt durch die schroffe, kompromisslose Art, für die er bekannt ist.

Ich lasse einen schweren Seufzer ertönen und gehe weiter auf und ab, grüble. Ich weiß nicht, was ich tun soll. Mein Herz will für Sarah kämpfen. Ich will sie zurückgewinnen. Aber mein Bauchgefühl sagt mir, dass bald alles den Bach runtergeht, und wenn ich jetzt nicht klar denke, werde ich mitgerissen. Ich weiß, dass ich den

Fokus verloren habe. Ich habe einen Tunnelblick. Sarah und ich sind seit über einem Jahrzehnt zusammen, und das ist nichts, was ich einfach hinter mir lassen kann – es sei denn, ich weiß, dass ich keine andere Wahl habe. Ich *habe* sie im Blick, also weiß ich, dass sie nichts Böses im Schilde führt, zumindest noch nicht. Na ja, abgesehen davon, dass sie mir die Hand aufgeschlitzt hat. Ich blicke auf den weißen Verband und reibe mit meinem Daumen über die weiche Baumwolle. Es war eher ein kleiner Liebesklaps, denn ich weiß genau, wozu sie mit einem Messer wirklich in der Lage ist.

»Bob!«, schnauzt Brad und macht klar, dass seine Geduld erschöpft ist. »Was willst du?«

»Ich weiß es nicht«, sage ich. »Ich brauche noch etwas Zeit, um das herauszufinden.«

»Gut, aber du musst auch entscheiden, was du in der Scheidung willst.«

Ich werfe ihm einen finsteren Blick zu.

»*Für den Fall*, dass du Sarah nicht überzeugen kannst, bei dir zu bleiben«, fügt er hinzu. »Und im letzten Meeting hat sie gesagt, dass sie das volle Sorgerecht für Summer will. Das wird eindeutig ein Kampf, und du wirst Munition brauchen, wenn du das nicht willst.«

»Sie hat das nicht ernst gemeint«, sage ich.

»Auf mich wirkte sie ziemlich ernst. Ist Sarah jemand, der blufft?«

Ich starre Brad an, während ich nachdenke und an meine geliebte Frau denke – mit ihren blonden Haaren und grünen Augen, den markanten Wangenknochen und ihrer schlanken Figur könnte man sie für einen Engel halten. Allerdings nur, wenn man sie nicht kennt.

Ich schüttle den Kopf. »Nein, sie blufft nicht.«

»Dann wirst du Munition brauchen.«

»Die habe ich bereits.«

Er lächelt mich an, zufrieden mit dieser Information.

Ich wusste von Anfang an, dass ich eine Versicherungspolice gegen Sarah brauche – etwas, das garantiert, dass sie mir niemals das antun kann, was sie ihrem ersten Ehemann Adam angetan hat. In diesem Moment bin ich froh, dass ich sie habe, aber ich hoffe immer noch, dass ich sie nicht einsetzen muss. Es gibt kein Zurück, wenn ich es tue.

11

SHERIFF HUDSON

Ich muss Stevens in die Augen sehen, wenn ich ihn auf Kelly anspreche. Ich werde sofort wissen, ob er in ihren Mord verwickelt war, weil er noch nie ein guter Lügner gewesen ist. Außerdem muss ich sicherstellen, dass es nichts gibt, das er in der Summers-Ermittlung verschwiegen hat – oder in irgendeiner anderen Ermittlung, die er leitete. Das Letzte, was ich jetzt brauche, sind noch mehr verdammte Überraschungen.

Ich halte meinen Dienstausweis vor den Scanner und öffne die Tür, um den Aufnahmebereich zu betreten. Es ist ruhig hier, leer, abgesehen von Officer Clark, der hinter dem Kontrollpult sitzt.

»Guten Morgen, Sheriff Hudson.« Clark ist ein stämmiger Mann mit einem kaputten Bein, weshalb er Schicht am Schreibtisch schiebt.

»Wie geht es Stevens?«

Er blickt auf seine Uhr. »Vor zwanzig Minuten hat er noch geschlafen, also würde ich sagen, ihm geht es bestens.«

»Ich will ihn sehen.«

»Natürlich, Sheriff«, sagt Officer Clark und erhebt sich langsam von seinem Stuhl. Er zieht den Schlüsselbund von seinem Gürtel, schlurft ein paar Schritte und schließt die Stahltür auf, die zum hinteren Bereich mit den Zellen führt.

Ich strecke meine Hand aus, die Handfläche nach oben. »Ich übernehme ab hier.«

Er nickt und übergibt mir die Schlüssel.

»Weiß Stevens irgendwas über das Medien-Leck?«

Officer Clark schüttelt den Kopf. »Ich glaube nicht. Er hatte keine Besucher und keine Anrufe, seit die Nachricht rausgekommen ist.«

»Gut«, sage ich und weiß, dass es besser ist, ihn unvorbereitet zu erwischen, damit er keine Zeit hat, Geschichten zu erfinden.

Meine Einsatzstiefel hallen bei jedem Schritt auf dem Betonboden wider und werfen das Echo von den Wänden des Flurs zurück. Zu seiner eigenen Sicherheit wird Ryan in einer Einzelzelle festgehalten, getrennt von den anderen Insassen, da Kriminelle selten freundlich auf Polizisten – oder Ex-Polizisten – reagieren. Ich hätte fast Lust, ihn zu den anderen zu stecken, nach dem, was er getan hat, aber das wäre eher etwas, das Stevens tun würde, nicht ich.

Ich erreiche die letzte Sicherheitstür zum privaten Zellenbereich, wo zwei Zellen nebeneinander liegen. Diese werden selten benutzt, da die meisten Zugänge keine erhöhte Sicherheit erfordern. Ich scanne meinen Dienstausweis. Der Leser piept und die Tür summt. Ich greife nach dem Griff und öffne sie.

»Stevens, Sie haben echt …«, hebe ich an, doch dann stoppe ich abrupt, als mein Blick auf ihn fällt. Meine Augen weiten sich ungläubig, und mein Magen zieht sich zusammen, als würde ich auf einer Achterbahn den ersten steilen Abhang hinunterrasen.

»Sanitäter! Wir brauchen einen Sanitäter!«, schreie ich aus voller Kehle und stürze zu Stevens' Zelle. Meine Kehle brennt, als meine Stimmbänder an ihre Grenzen stoßen, die Muskeln in meinem Nacken spannen sich, als wollten sie durch die Haut brechen, die sie zurückhält. Die Schlüssel rutschen mir aus der Hand und fallen mit einem lauten Klirren auf den Boden. Ich hebe sie hastig auf und suche verzweifelt nach dem richtigen Schlüssel, um die Zellentür zu öffnen.

»Stevens!«, rufe ich.

Ich probiere mehrere Schlüssel aus, doch keiner passt.

Weil ich merke, dass mich niemand durch die dicken Stahltüren hören kann, drücke ich den Knopf an meinem Funkgerät. »Ich brauche sofort Sanitäter im privaten Zellenbereich!«, sage ich, während ich einen weiteren Schlüssel versuche.

Das Schloss klickt, und ich reiße die Tür auf, stürze zu Ryan. Das schwere Metall schlägt gegen die Wand, hallt wie ein tiefer Gong nach. Sein Körper hängt schlaff nach vorn gebeugt, leblos. Ein Gürtel ist fest um seinen Hals geschlungen, das andere Ende an das obere Bettgestell geknotet. Seine Augen sind weit aufgerissen, das Weiß komplett von Rot überzogen, als hätten die geplatzten Blutgefäße das Licht in ihnen ausgelöscht. Ich hoffe nur, dass ich nicht zu spät bin.

»Halten Sie durch, Mann«, sage ich und versuche, etwas Spiel in das Leder zu bekommen. Mit einer Hand stemme ich Ryans Oberkörper hoch, während ich mit der anderen an dem Knoten arbeite. Tränen steigen mir in die Augen, verschleiern meine Sicht und machen es immer schwieriger, etwas zu erkennen. Ich kralle mich in die Lücken des Leders, meine Nägel biegen sich dabei, splittern schließlich.

Endlich gelingt es mir, meine Finger tief in den Knoten zu graben und ihn loszureißen. Die improvisierte Schlinge löst sich. Die Gürtelschnalle klirrt auf den Boden, und Ryans Oberkörper sackt nach vorne. Sein Gewicht reißt mich zu Boden, und ich falle mit ihm. Ich drehe ihn auf den Rücken und ziehe den Gürtel von seinem Hals. Die Haut darunter ist schwarz-blau, übersät mit roten Flecken von geplatzten Äderchen. Eine feine Blutspur zieht sich über seinen Hals, dort, wo das Leder tief in sein Fleisch geschnitten hat. Ich taste nach einem Puls, doch finde nichts. Ich halte meine Hand knapp vor seine Nase, hoffe auf einen warmen Luftzug – doch der bleibt aus.

»So treten Sie nicht ab, Ryan«, sage ich, neige seinen Kopf nach hinten und hebe sein Kinn, um die Atemwege freizumachen. Ich lege meine Hände übereinander, setze sie auf das untere Drittel seines Brustbeins und beginne mit kräftigen Kompressionen, 110 Schläge pro Minute. In der Ferne höre ich Stiefel auf dem Betonboden – zumindest hoffe ich, dass es das ist, was ich höre.

»Komm schon, verdammt!«, rufe ich und drücke noch fester und schneller. Etwas in seiner Brust knackt, aber ich mache weiter. Ich weiß, dass bei einer Reanimation oft Rippen brechen. Es ist, als würde Gott zu seinem ursprünglichen Abkommen mit Adam zurückkehren und eine Rippe entfernen, um neues Leben zu schaffen. Ich pausiere nur kurz, um ihn zu beatmen, und beginne dann erneut mit den Kompressionen.

»Oh, Scheiße!«, ruft eine panische Stimme. Ich blicke kurz auf und sehe Officer Clark in der Tür stehen. Jegliche Farbe ist aus seinem Gesicht gewichen, seine Augen sind weit aufgerissen – wie ein Reh, das in die Scheinwerfer starrt.

»Sie haben gesagt, Sie hätten nach ihm gesehen!«, schreie ich, und Speichel sprüht wie ein feiner Nebel durch den Raum.

»Das habe ich. Er hat geschlafen.«

»Wer zur Hölle hat ihm erlaubt, seinen Gürtel zu behalten!?«

Clark stammelt. »Ich ... ich weiß es nicht.«

Zwei Sanitäter drängen sich an ihm vorbei und lassen sich neben Ryan auf die Knie fallen. Sie feuern Fragen auf mich ab: *Wie lange war er ohne Bewusstsein? Wie lange habe ich die Kompressionen durchgeführt? Atmete er noch, als ich ihn fand?* Ich beantworte ihre Fragen, so gut ich kann, aber ich weiß nicht, ob meine Antworten richtig sind. Ich höre meine eigenen Worte nicht einmal mehr.

Ein Sanitäter setzt eine Sauerstoffmaske auf Ryans Mund und Nase, während der andere die Kompressionen fortsetzt. Ich sacke zurück, rutsche in eine sitzende Position, bis mein Rücken gegen die kalten Gitterstäbe der Zelle stößt.

Mein Blick wandert zu Officer Clark, der neben der Sicherheitstür steht. Er versucht, sich so klein wie möglich zu machen. Schweißperlen sammeln sich an seinem schütteren Haaransatz, und seine Augen huschen nervös umher. Einen Moment lang macht er den Fehler, meinen Blick zu erwidern.

Ich hebe meine Hand, zeige mit einem zitternden Finger auf ihn. »Sie sollten besser hoffen, dass er überlebt.«

12

SARAH MORGAN

Ein unangenehmer, aber erwarteter Anblick begrüßt mich, als ich meinen Range Rover auf dem Parkplatz der Morgan Foundation abstelle. Ein halbes Dutzend Reporter lehnt an ihren jeweiligen Übertragungswagen. Kameramänner stehen bereit, warten auf mich, gierig nach dem ersten Statement. Es sind vermutlich dieselben, die heute Morgen am Ende meiner Einfahrt herumlungerten, als ich losfuhr, um Besorgungen zu machen und Summer zur Schule zu bringen. Wahrscheinlich haben sie ihre Sachen gepackt, sobald ich außer Sichtweite war, und sind hierher gerast, um mich abzufangen.

Ich parke auf meinem reservierten Platz, der glücklicherweise nur nummeriert und nicht mit meinem Namen versehen ist. Das verschafft mir einen kurzen Moment, um mich zu sammeln, bevor jemand meine Ankunft bemerkt. Ich hatte darüber nachgedacht, heute zu Hause zu bleiben, aber die Stiftung braucht mich, und ich habe Arbeit zu erledigen. Ein kurzer Blick in den Rückspiegel zeigt mir die Frau, die ich heute sein muss. Da ist sie. Sie sieht fast genauso aus wie sonst, aber in ihren grünen

Augen liegt mehr Tiefe. Ich ziehe meinen Lippenstift nach und lächle sie an.

Sobald meine Stilettos den Asphalt berühren, höre ich es.

»Da ist sie!« Gefolgt von hastigen Schritten, während Reporter um die Wette laufen, um mich als Erste zu erreichen.

Ich schließe die Autotür hinter mir, werfe meine Tasche über die Schulter und beginne zu laufen.

»Miss Morgan!«

»Sarah!«

Sie drängen sich um mich, schreien durcheinander, sodass es unmöglich ist, ihre Fragen zu verstehen – nicht, dass ich sie beantworten würde. Kameras klicken und blitzen, Mikrofone werden mir ins Gesicht gedrückt. Eines davon trifft mich an der Lippe, und ich wische es gereizt beiseite.

Eine tiefe Stimme durchbricht das Chaos. »Hey!«, brüllt er. »Zurücktreten, lasst ihr Platz.«

Alejandro taucht mitten aus der Menge auf und schiebt sich durch die aufdringlichen Reporter. Als er mich erreicht, dreht er sich um und streckt die Arme zur Seite, schafft so eine Art menschlicher Barriere zwischen mir und ihnen. Mein Blick wandert über seinen Rücken, nimmt alles in sich auf – seine breiten Schultern, das kurz geschnittene, ordentliche Haar und seinen kräftigen Nacken. Ein Mosaik bunter Tattoos erstreckt sich entlang seines Halses und verschwindet unter seinem enganliegenden, langärmligen Henley. Alejandro wedelt mit den Händen, fordert die Reporter auf, zurückzuweichen. Mit seiner imposanten Statur und dem Auftreten eines Leibwächters, kombiniert mit dem harten Blick eines ehemaligen Häftlings, gehorchen sie.

Die Medienleute verstummen, als sie ihre neuen Plätze einnehmen, in sicherer Entfernung zu mir. Zufrieden dreht sich Alejandro zu mir um, hebt leicht den Kopf. Ich presse meine Lippen fest zusammen und nicke ihm zu, signalisiere, dass alles in Ordnung ist. Daraufhin tritt er an meine Seite und gibt den Blick auf die Menge frei.

Ein Reporter wagt es schließlich, das Schweigen zu brechen. »Miss Morgan, werden Sie eine Stellungnahme abgeben?«

Ich atme tief durch und nicke, wissend, dass ich etwas sagen muss, aber nicht sicher, was dieses Etwas sein sollte. Ich weiß genau, was sie hören wollen. Es steht ihnen ins Gesicht geschrieben. Ich sollte wütend sein, erschüttert, am Boden zerstört. Angesichts der Nachricht von Sheriff Stevens' Verbindung zum Fall Kelly Summers – was nur für sie eine Neuigkeit ist, nicht für mich – sollte ich bereit sein, die Erde unter mir zu verbrennen.

Das ist der Sensationalismus, nach dem sie gieren, also werde ich ihnen etwas geben. Ich räuspere mich, bevor ich beginne, und rufe Traurigkeit aus einem tief verborgenen Winkel meines Inneren hervor. Emotionen verkaufen sich gut, und was sie von mir wollen, ist Empörung.

»Guten Morgen. Mein Name ist Sarah Morgan, und vor zwölf Jahren verteidigte ich meinen Ehemann Adam vor Gericht, nachdem gegen ihn Anklage wegen des Mordes an Kelly Summers und ihrem ungeborenen Kind erhoben wurde. Als seine Frau wusste ich, dass er unschuldig war. Ich wusste, dass er nicht zu einem Mord fähig war, aber ich konnte die Jury nicht davon überzeugen, und jetzt weiß ich, warum. Eine der großen Unbekannten im Summers-Fall war die Identität des dritten DNA-Profils, das am Körper des Opfers gefunden wurde. Das

Sheriffbüro von Prince William County versicherte mir, sie hätten alles in ihrer Macht Stehende getan, um die Wahrheit aufzudecken.« Ich lasse meinen Blick dramatisch über die Menge schweifen und beobachte, wie sie an meinen Lippen hängen. »Das war eine glatte Lüge, denn sie haben nach ihren eigenen Regeln gespielt. Mein Ehemann erhielt keinen fairen Prozess, obwohl ihm dieses Recht nach der Verfassung der Vereinigten Staaten zustand – ein Recht, das ich zu wahren geschworen habe, und das auch der ehemalige Sheriff Stevens zu wahren schwor. Nur einer von uns hat diesen Eid gehalten.« Ich mache eine Pause, weil das eine knackige Aussage ist, und hoffe, dass die Medien genau diesen Satz aufgreifen werden.

»Ich habe die Morgan Foundation gegründet, weil ich an Gerechtigkeit glaube, aber ich glaube auch an Reformen und an zweite Chancen. Zu erfahren, dass Adam nie eine Chance hatte, ist unermesslich niederschmetternd.« Ich blicke direkt in die Kamera des größten Nachrichtensenders. »Und was ich nicht aus meinem Kopf bekomme, was mich die ganze letzte Nacht wachgehalten hat und vielleicht für immer wachhalten wird … ist die Frage, welches Schicksal Adam erwartet hätte, wenn die Wahrheit damals in diesem Gerichtssaal ans Licht gekommen wäre.« Ich rufe Bilder in meinen Kopf auf, die mir die Tränen in die Augen treiben – meine wunderschöne Tochter in einem Sarg liegend, ich blicke auf ein viel zu früh beendetes Leben. Der Verlust meiner Tochter ist das Einzige, wovor ich wirklich Angst habe. Sofort schießen mir Tränen in die Augen.

»Entschuldigung«, sage ich und tue so, als wären meine Emotionen unkontrollierbar. Ich räuspere mich und fahre fort: »Mein Ehemann wurde mir im Namen der Gerechtigkeit durch den Staat

Virginia genommen. Aber sagen Sie mir – wie kann das Gerechtigkeit sein, wenn Beweise, die Adam hätten freisprechen können, verborgen wurden? Wie kann das Gerechtigkeit sein, wenn die Person, die die Ermittlungen leitete, eine Affäre mit dem Opfer hatte? Das ist keine Gerechtigkeit; das ist Korruption; *das ... ist Mord*.« Ich lege besonderen Nachdruck auf das Wort *Mord* und blicke jedem einzelnen Reporter in die Augen, um sicherzugehen, dass sie meine Worte nicht nur hören, sondern auch fühlen. Ich will, dass sie sich an diesen Moment erinnern, und ich will, dass sie ihn mitnehmen, wenn sie ihre Berichte verfassen.

»Wenn unser Rechtssystem nicht in der Lage ist, Gerechtigkeit zu schaffen ... dann werde ich es tun. Danke, und ich werde zu diesem Zeitpunkt keine Fragen beantworten.«

Ein Moment der Stille folgt meiner Erklärung, und Alejandro führt mich sofort durch die Menge in Richtung des Bürogebäudes. Der Schleier, der die Reporter kurzzeitig erfasst hat, verfliegt nach wenigen Sekunden, und sie drängen sich wieder heran, folgen uns und rufen wild durcheinander. Die Medien können sich nie zurückhalten. Sie wollen immer mehr. Gibt man ihnen den kleinen Finger, reißen sie einem die ganze Hand ab. Ich gehe weiter, fest entschlossen, kein weiteres Wort zu sagen. Doch eine Frage stoppt mich abrupt, und ein Reporter, der mir dicht auf den Fersen war, stößt mit mir zusammen, weil ich so plötzlich stehen bleibe.

»Zurück!«, ruft Alejandro, schafft mehr Abstand zwischen uns und den Reportern. Er beugt sich zu mir und flüstert: »Alles in Ordnung?«

Ich schaue ihm in die Augen und nicke, bevor ich mich langsam umdrehe und mich den Reportern noch ein letztes Mal stelle.

»Könnten Sie das bitte wiederholen?«, sage ich zu der Frau, die die Frage gestellt hat.

Alle Augen richten sich auf sie, und sie räuspert sich.

»Was sagen Sie zu der Stellungnahme, die Eleanor Rumple heute Morgen gegenüber den Medien abgegeben hat? Adams Mutter … Ihre Schwiegermutter oder ehemalige …«

Ich hebe die Hand, um sie zu unterbrechen. »Ich weiß, wer Eleanor ist, aber leider hatte ich noch keine Gelegenheit, ihre Stellungnahme zu hören, also kann ich dazu nichts sagen.«

»Eleanor hat erklärt, dass sie plant, eine Klage gegen das Sheriffbüro von Prince William County wegen Verschleierung entlastender Beweise einzureichen, und dass sie, falls sie Erfolg hat, eine Klage wegen unrechtmäßiger Tötung nachlegen wird. Unterstützen Sie sie dabei?« Die Reporterin streckt mir das Mikrofon entgegen.

Ich überlege kurz, kann mich aber nicht dazu durchringen zu sagen, dass ich Eleanor unterstütze.

Stattdessen sage ich: »Ich unterstütze die Gerechtigkeit.«

»Wie fühlen Sie sich angesichts der Tatsache, dass sie Ihnen vorwirft, Adams Fall falsch gehandhabt zu haben?«, fügt dieselbe Reporterin schnell hinzu.

Wie soll ich auf diese dumme Frage überhaupt antworten? *Mir geht's großartig. Ich liebe es, dass meine alte, verbitterte Schwiegermutter mir nach all den Jahren immer noch das Leben schwer macht.*

Ich sollte mich weigern, das zu kommentieren, aber ich weiß, dass diese widerliche Frau jetzt gerade vor dem Fernseher sitzt, grinsend von einem Ohr zum anderen. Und wenn ich dieses selbstgefällige Lächeln von ihrem Gesicht wischen kann, dann werde ich es tun.

»Ich will ehrlich sein: Es macht mich traurig, dass Eleanor das überhaupt denkt, geschweige denn öffentlich ausspricht. Aber ich muss ihr Nachsicht gewähren. Sie hat erst ihren Ehemann verloren, dann ihren einzigen Sohn. Sie ist seit Langem allein. Eleanor hat viele ihrer besten Jahre trauernd verbracht, und in Anbetracht ihres Alters hat sie vielleicht nicht mehr viele vor sich. Aber ich empfinde Mitgefühl mit ihr.«

Ich beiße mir auf die Zunge, um nicht loszulachen, denn ich weiß, dass die Erwähnung ihres Alters sie mehr auf die Palme bringen wird als alles andere. »Ich möchte auch anmerken, dass Eleanors Erinnerung an den Prozess ihres Sohnes nicht die beste ist. Und angesichts der kürzlichen Entdeckung neuer DNA-Beweise kann ich verstehen, wie verwirrend das für eine ältere Dame sein muss.« Ich bin mir sicher, dass sie gerade einen Wutanfall bekommt. Vielleicht habe ich Glück und ihr Herz gibt einfach auf, und sie fällt tot um. Andererseits – Eleanor hatte nie wirklich ein Herz.

»Trotz der falschen Behauptungen meiner Schwiegermutter in Bezug auf meine juristische Arbeit möchte ich klarstellen, dass ich alles in meiner Macht Stehende getan habe, um meinen Ehemann Adam zu verteidigen. Doch da entscheidende Beweise absichtlich zurückgehalten wurden, wurde mir diese Macht genommen. Jetzt, da die Wahrheit endlich ans Licht gekommen ist, werde ich sie mir zurückholen. Danke.«

Ich drehe mich um und gehe, Alejandro an meiner Seite, während die Medien erneut dicht hinter uns folgen, durcheinander brüllend. Aber dieses Mal werde ich keine weiteren Fragen beantworten. Ich habe ihnen genug Material geliefert.

Wir erreichen das Bürogebäude, und Alejandro hält mir die Tür auf, damit ich zuerst eintreten kann. Er zieht sie hinter sich zu und lässt die Reporter draußen zurück, die weiterhin Fragen in unsere Richtung schreien.

Ich gehe weiter in die leere Lobby hinein, meine Absätze hallen laut auf dem Fliesenboden wider. Roger, der Sicherheitsangestellte des Gebäudes, ist nicht an seinem Platz an der Rezeption. Ich nehme an, dass er draußen eine seiner zahlreichen Zigarettenpausen macht.

Alejandro schlendert mir hinterher, ein besorgter Ausdruck liegt auf seinem Gesicht.

»Was machen Sie hier?«, frage ich, bevor er etwas sagen kann.

»Ich fuhr gerade vorbei, als ich die ganzen Übertragungswagen gesehen habe. Die Neugier hat gesiegt, und ich wollte wissen, was los ist. Dann habe ich Sie gesehen und dachte, Sie könnten vielleicht etwas Unterstützung gebrauchen.« Er schiebt seine Hände in die vorderen Taschen seiner Jeans.

»Nun, danke. Ich weiß zu schätzen, was Sie da draußen getan haben.« Ich lächle gequält.

»Natürlich.« Er zuckt mit den Schultern. »Das Mindeste, was ich tun konnte, besonders weil Sie mir etwas geben, das mir sonst niemand gibt.«

»Und was ist das?«

»Eine zweite Chance.«

Sein Blick trifft meinen, und für einen Moment scheint es, als würden wir uns gegenseitig abtasten, unsere Grenzen neu ausloten – ob wir sie dort belassen oder vielleicht ein wenig verschieben sollten. Draußen schreien die Reporter weiterhin ihre Fragen.

»Das Mindeste, was man tun kann«, sage ich.

Er lächelt, doch dann wird sein Gesichtsausdruck ernst.

»Wissen Sie, ich verstehe nicht alles, was hier gerade passiert.

Ich habe mir das meiste aus dem Gekreische dieser Hyänen da draußen erschlossen.« Alejandro nickt Richtung Tür. »Aber ich bin hier, wenn Sie reden wollen.«

»Danke, aber mir geht es gut«, sage ich, weil das nichts ist, worüber ich mit ihm – oder irgendjemand anderem – reden möchte. All das hätte in der Vergangenheit bleiben sollen, wo es hingehört.

»Wie ist die Wohnung?«, frage ich, nur um das Thema zu wechseln, bevor er noch tiefer bohrt.

»Sie ist großartig. Ich hätte nicht erwartet, dass sie so schön ist.«

»Sie soll widerspiegeln, was Sie erreichen können. Manchmal müssen wir uns selbst als die Person sehen, die wir sein wollen, bevor wir diese Person tatsächlich werden können.«

»Ein guter Gedanke«, sagt Alejandro. »Auch die Kleidung passt gut.« Er deutet auf sein Outfit.

Meine Augen wandern von den weißen Turnschuhen über die blauen Jeans bis hin zu dem langärmeligen Henley-Shirt, das wie eine zweite Haut sitzt.

»Das tut sie.«

Er lehnt sich leicht zurück und lächelt schief. »Na ja, ich sollte Sie nicht länger aufhalten. Ich hab noch ein paar Bewerbungen auszufüllen.« Er zuckt mit den Schultern und presst die Lippen aufeinander.

»Wie läuft's damit?«

»Ganz gut … zumindest bis sie herausfinden, dass ich vorbestraft bin.« Er zuckt mit den Schultern. »Ich suche schon eine Weile, aber ich hoffe, mit der Unterstützung durch die Karriere-Ressourcen Ihrer Stiftung wird die Suche bald vorbei sein.«

»Das hoffe ich auch. Die Beseitigung von Hürden bei der Beschäftigung für Menschen mit einem Vorstrafenregister ist eines der Hauptziele der Stiftung.« Ich sehe ihm direkt in die Augen, während ich über eine Idee nachdenke, die für uns beide von Vorteil sein könnte. »Wissen Sie, ich hätte vielleicht etwas für Sie. Wenn Sie interessiert sind. Es ist nur vorübergehend, aber es würde Ihnen etwas zu tun geben und zusätzliches Geld einbringen.«

»Ich bin interessiert«, sagt er sofort. »Ich würde im Moment alles nehmen.«

»Alles?« Ich ziehe eine Braue hoch.

»Alles Legale, meine ich.«

Ein Hauch von Rot steigt in seine Wangen, während ich einen Notizblock und einen Stift aus meiner Handtasche ziehe und schnell eine Adresse darauf kritzle.

Das Geräusch von eiligen Absätzen, die über den Lobbyboden klacken, zieht meine Aufmerksamkeit auf sich. Ich drehe mich um und sehe Anne auf mich zustürmen. Ich reiße das Stück Papier vom Block ab, falte es und stecke Stift und Block zurück in meine Tasche.

»Sarah! Oh Gott sei Dank, da bist du!«, ruft Anne erleichtert, während sie langsamer wird. »Es tut mir leid. Einer der Mitarbeiter hat gerade die ganzen Übertragungswagen vor dem Gebäude bemerkt. Ich schwöre, die waren noch nicht da, als wir ankamen. Haben sie dich überfallen? Geht es dir gut?«

»Mir geht's gut, und ja, haben sie. Aber zum Glück war Alejandro in der Nähe, und er hat mich da rausgeholt.«

Anne schaut zu ihm auf und grinst, während sie ihm die Hand entgegenstreckt. »Das war wirklich Glück. Schön, Sie wiederzusehen.«

»Gleichfalls«, sagt er und schüttelt ihre Hand.

»Was zum Teufel ist da draußen los?«, ruft Roger, während er in die Lobby schlurft. Roger ist ein älterer Mann mit einem kaputten Rücken und einem Nikotinproblem. Trotzdem ist er zäh wie Leder.

»Es ist die Presse, Roger«, sagt Anne.

»Du meinst Fake News?« Er lacht trocken und wedelt mit der Hand. Der Zigarettengeruch erreicht uns, bevor er es tut. »Was wollen die?«

»Es spielt keine Rolle, was sie wollen, denn sie wollen immer mehr«, sage ich.

»Da sagen Sie was Wahres.« Er schnaubt verächtlich. »Ein Haufen Blutsauger.«

»Können Sie dafür sorgen, dass sie draußen bleiben?« Anne verengt die Augen.

»Kein Problem.« Er grinst und klopft auf die Pistole, die an seiner Hüfte hängt.

Ich presse die Lippen fest zusammen. »Roger, Sie können sie nicht erschießen.«

Ein amüsiertes Funkeln erscheint in seinen Augen, während seine andere Hand zum Taser wandert. »Wer hat was von Schießen gesagt?«

Anne tadelt Roger, während ich Alejandro den gefalteten Zettel reiche.

»Samstagmorgen um sieben«, sage ich leise genug, dass nur er es hören kann.

Er nimmt den Zettel entgegen, nickt und steckt ihn in seine Tasche. Aus professioneller Sicht sollte ich ihm das wahrscheinlich nicht anbieten, aber ich fühle mich verpflichtet. Außerdem gibt es etwas an ihm, das mich fasziniert, und ich möchte herausfinden, was es ist.

Ich richte meine Aufmerksamkeit auf den Sicherheitsangestellten. »Roger, würden Sie Alejandro bitte durch den Hintereingang begleiten?«

»Natürlich, Chefin. Eine weitere Zigarette wäre sowieso nicht schlecht.« Er nickt Alejandro zu. »Los geht's, Muskelprotz.«

Alejandro formt stumm ein *Danke* mit den Lippen und winkt mir zu, bevor er mit Roger um die Ecke verschwindet. Mein Blick wandert zur Eingangstür der Lobby, wo die Reporter immer noch lauern und versuchen, durch die Fenster einen besseren Blick ins Innere zu erhaschen. Ich werde unter Beobachtung stehen, bis dieses ganze Chaos geklärt ist, und das ist das Letzte, was ich im Moment brauche. Alle Augen sind auf mich gerichtet – die trauernde Witwe. Das ist nicht die Rolle, die ich gerade spielen möchte, aber ich kann sie spielen, und ich kann sie verdammt gut spielen. Denn ich habe sie schon einmal gespielt. Es fühlt sich an, als würde ich in eine Rolle zurückkehren, von der das Publikum einfach nicht genug bekommen kann.

Anne legt eine Hand auf meine Schulter und erschreckt mich damit. Ich drehe den Kopf und blicke ihr in die Augen. »Ich habe den Nachrichtenbericht gesehen. Ich kann es kaum glauben. Bedeutet das, dass Adam unschuldig war?«, fragt sie leise, ihre Stirn gerunzelt.

»Für mich war er das immer.«

»Ich weiß, aber ich meine rechtlich gesehen … Was wird jetzt passieren?«

Ich stoße scharf Luft aus, bevor ich antworte. »Ich bin mir nicht sicher. Für solche Dinge gibt es keinen Fahrplan, aber ich nehme an, dass das Sheriffbüro gezwungen sein wird, die Kelly-Summers-Ermittlung aufgrund der offensichtlichen Korruption während der ursprünglichen Untersuchung wieder aufzurollen.«

Anne zieht das Kinn ein, als würde sie über ihre nächste Frage nachdenken. »Glaubst du, dass Sheriff Stevens Kelly getötet hat?«

»Ich weiß es nicht.«

Sie drückt sanft meine Schulter und lässt ihren Arm dann wieder sinken. »Du hast schon so viel um die Ohren wegen der Scheidung, und jetzt das … Ich kann mir nicht vorstellen, wie das für dich sein muss. Das Timing ist einfach verrückt.«

Anne hat recht. Mit der anstehenden Scheidung … könnten die Dinge unübersichtlich werden, sogar komplett durcheinandergeraten. Die Wahrheit und Summer sind die einzigen Dinge, die Bob und mich noch verbinden – aber es fühlt sich eher wie eine Schleife an, die sich leicht lösen lässt anstatt wie ein stabiler Seemannsknoten. Hätte ich gewusst, dass das alles herauskommen würde, hätte ich mit der Trennung gewartet, bis sich der Staub gelegt hat. Aber jetzt ist es zu spät. Ich kann es nicht ungeschehen machen. Und ehrlich gesagt will ich das auch gar nicht. Ich nicke zustimmend in Annes Richtung.

»Gehen wir?«, frage ich und deute auf den Aufzug, der uns in die Büros der Morgan Foundation bringen wird. Anne schenkt mir ein knappes Lächeln, und wir gehen darauf zu.

Das Wort *Timing* wirbelt durch meinen Kopf, während wir auf den Aufzug warten. Die Türen öffnen sich, und Anne und ich treten ein. Sie drückt den Knopf für den dritten Stock. Das *Timing* ist etwas zu perfekt. Letzte Nacht, nachdem die Nachricht herauskam, flehte Bob mich an, bei ihm zu bleiben, als

Einheit aufzutreten, damit wir das gemeinsam durchstehen könnten. Aber jetzt frage ich mich: Hatte er etwas mit dem Leck an die Medien zu tun? So wie ich hat auch er Freunde sowohl in hohen als auch niedrigen Positionen. Wäre er dermaßen dumm oder verzweifelt? Würde er denken, dass mich das dazu bringen würde, bei ihm zu bleiben? Nein, ich bin paranoid. Ich schüttle den Gedanken ab.

»Wenn das Sheriffbüro die Ermittlungen wieder aufnimmt, was bedeutet das fürs Gericht?«, fragt Anne, als der Aufzug zu steigen beginnt.

»Noch nichts, aber wenn sie das durchziehen, sollten wir ihnen zuvorkommen.«

»Und wie machen wir das?«

Ich atme tief ein. Ich kenne die richtige Antwort, diejenige, die in der Öffentlichkeit am besten aussieht. Aber sie könnte mich verletzlich machen, und das ist das Letzte, was ich will. Nichts zu tun könnte allerdings Verdacht auf mich lenken. Die Aufzugtüren öffnen sich, und Anne tritt hinaus. Ich bleibe stehen und überlege. Ich weiß, was ich tun muss, auch wenn ich es nicht will.

»Wir müssen beim Gericht einen Antrag stellen, um Adams Fall wieder aufzurollen«, sage ich.

Anne dreht sich um, ein entschlossener Ausdruck auf ihrem Gesicht.

»Ich möchte, dass du sofort ein paar unserer Anwälte darauf ansetzt. Nimm außerdem Kontakt mit unseren Freunden in DC auf. Finde heraus, welche Hebel wir in Bewegung setzen oder welche Gefallen wir einlösen können, um das so schnell wie möglich gerichtlich durchzudrücken.«

»Bin schon dabei«, sagt sie. Die Türen beginnen sich zu schließen, und sie streckt die Hand aus, um sie aufzuhalten.

Mein Telefon klingelt, und ich ziehe es schnell aus meiner Handtasche. Auf dem Display steht *Unbekannt*.

»Kommst du mit?«, fragt Anne.

»Nein«, sage ich. »Ich habe noch ein paar Dinge zu erledigen, und ich sollte das hier annehmen.«

»Okay. Ich melde mich mit Updates. Lass mich wissen, wenn du etwas brauchst. Aber mach dir keine Sorgen. Die ganze Morgan Foundation steht hinter dir, Sarah.«

»Danke, Anne.« Ich lächle sanft. »Ich wüsste nicht, was ich ohne dich tun würde.«

Sie zieht ihre Hand zurück, und die Türen schließen sich.

Ich drücke den Knopf für die Tiefgarage, um die Reporter zu umgehen. Mein Telefon klingelt weiter, und ich drücke auf *Annehmen*, bevor ich es ans Ohr halte. »Sarah Morgan am Apparat.«

»Sarah, hier ist Sheriff Hudson.«

Ich bin nicht überrascht, seine Stimme zu hören. Ich hatte erwartet, dass er sich melden würde. Die Tatsache, dass es ein Anruf und kein Besuch ist, zeigt mir, wie beschämt und verlegen er sich fühlen muss. Er muss zurückrudern und um Verständnis bitten – oder zumindest um Nachsicht – in dieser schwierigen Zeit für das Sheriffbüro.

»Ich nehme an, es geht um den Kelly-Summers-Fall.«

»Nein«, sagt er. »Das ist jetzt eine laufende Ermittlung, also kann ich dazu keine Details herausgeben.«

Es scheint, dass in diesem Büro endlich jemand weiß, wie laufende Ermittlungen funktionieren. Ich mochte es lieber, als Stevens noch Sheriff war. Er hielt sich nie an die Vorschriften, teilte mir Details mit und ließ mich Tatorte betreten – aber das geschah alles nur, um seinen eigenen Hintern zu retten. Dieses Mal werde ich keine Insiderinformationen bekommen, aber ich glaube nicht, dass ich sie brauche.

»Worum geht es dann, Sheriff?«

»Ich wollte Sie darüber informieren, dass Ihr Mandant Ryan Stevens vor etwas mehr als einer Stunde einen Selbstmordversuch unternommen hat. Er befindet sich derzeit in kritischem Zustand im UVA Medical Center.«

Die Aufzugtüren öffnen sich, und ich betrete den düsteren Bereich des Hintereingangs.

»Das tut mir leid zu hören, Sheriff. Aber Stevens ist nicht länger mein Mandant. Trotzdem danke ich Ihnen für den Anruf«, sage ich und lege auf.

13

SHERIFF HUDSON

»Die Presse ist bereit für Sie«, sagt Marcy und steckt den Kopf in mein Büro, genau in dem Moment, in dem ich mein Handy weglege.

Ich bestätige mit einem knappen »Okay«.

Sarahs Reaktion auf Ryans Suizidversuch überrascht mich nicht. Ich hatte erwartet, dass sie ihn als Klienten fallen lässt, nachdem die Medien Wind von allem bekommen hatten. Vielleicht hat sie sich insgeheim sogar über die Nachricht gefreut. Ich schließe die Augen und versuche, das Bild von Stevens aus meinem Kopf zu verdrängen. Seine erstarrten Augen. Der Gürtel, straff um seinen Hals gezogen. Seine Haut, übersät mit geplatzten Blutgefäßen und dunklen Hämatomen. Ich atme tief ein, versuche, das Bild auszublenden, aber es bleibt. Egal, ob meine Augen offen oder geschlossen sind – es verfolgt mich. Die Ärzte glauben, dass Ryan durchkommen wird. Sie sagen, ich sei rechtzeitig gekommen. Eine Minute später, und er wäre tot gewesen. Wenn er aufwacht, wird er wahrscheinlich genauso sauer auf mich sein, weil ich sein Leben gerettet habe, wie ich auf ihn bin, weil er meins ruiniert hat.

Mein Blick fällt auf das Blatt Papier auf meinem Schreibtisch – meine Erklärung für die Medien. Es ist kein vollständiges Statement, nur ein paar Worte, Erinnerungen daran, was ich sagen und was ich vermeiden soll. Es darf nicht einstudiert wirken, sonst denken die Leute, dass unser Büro schon lange von der Korruption wusste. Aber der Shitstorm, den Ryan losgetreten hat, hat gerade erst begonnen. Er wird wie ein Damoklesschwert über mir schweben, mit Anschuldigungen, Klagen, Entlassungen, Budgetkürzungen und Schmutzkampagnen in der Presse – wie tennisballgroßer Hagel, der alles und jeden in diesem Gebäude zu zerschmettern versucht. Das ist meine Prognose für die kommenden Jahre. Aber ich bin ein besserer Sheriff, als Ryan es jemals war, und ich werde uns da durchbringen – egal, was es kostet. Mit dem Zettel in der Hand stehe ich auf und gehe in Richtung Vordereingang.

Marcy wartet in der Lobby auf mich, mit einem angespannten Lächeln, das sagt: *Tut mir leid, dass Sie das durchmachen müssen.*

Mir auch, Marcy, denke ich. Ich halte meinen Kopf hoch und straffe meine Schultern, als ich das Gebäude verlasse.

Reporter und Kameraleute stehen unten an den Betontreppen, aufgereiht wie ein Regiment, bereit, mich zu umzingeln. Ein halbes Dutzend Deputys sind seitlich vom Podium positioniert, wo ich meine Erklärung abgeben werde. Dahinter sorgen Absperrungen und weitere Beamte dafür, dass die Menge nicht außer Kontrolle gerät. Etwa vierzig Menschen haben sich versammelt, viele halten Schilder hoch. Ich lasse meinen Blick kurz über die Botschaften schweifen:

Adam ist unschuldig!!

ACAB

Schickt Stevens auf den elektrischen Stuhl!

Tötet alle Cops!

Hudson muss weg!

Langsam steige ich die Treppen hinunter. Noch bevor ich das Podium erreiche, schreien die Reporter bereits Fragen, und die Menge ist in Aufruhr. Ihre Münder bewegen sich, aber ich kann keine Worte verstehen. Was auch immer sie rufen, es ist wahrscheinlich genauso hässlich wie die Worte auf ihren Schildern. Einige meiner Deputys werfen mir Blicke zu, die ihre Solidarität ausdrücken. Die Sonne scheint grell auf uns herab – ein unpassend heiteres Wetter für diesen Tag. Ich blicke kurz zum Himmel hoch, als wollte ich mich daran erinnern, dass all das hier so klein ist im großen Ganzen. Dann richte ich meinen Blick wieder nach vorne. Mein Verstand rast mit hundert Meilen pro Stunde über eine vielbefahrene Autobahn, und ich spüre meinen Herzschlag in jeder Faser meines Körpers. Ich muss meine Gedanken ordnen, also atme ich tief ein und versuche, mich zu fokussieren. Drei Dinge sehe ich: Gretchen Waters von Channel 5 News, die ein paar Schritte vor ihren Kollegen steht, mit ernster Miene und einem Mikrofon in der Hand. Ein kleiner Hund, den eine ältere Frau in ihren Armen wiegt. Ein Mann mit einer Baseballkappe, tief ins Gesicht gezogen. Alles, was ich von seinem Gesicht sehe, wird von einem blonden Bart bedeckt. Er versucht, unauffällig zu wirken, aber er sticht hervor – durch seine aufrechte Haltung, die ihn wie einen Ex-Soldaten oder ehemaligen Polizisten erscheinen lässt. Er trägt gewöhnliche Kleidung und ist größer als die meisten um ihn herum. Ich kenne diesen Mann, aber ich kann ihn gerade nicht einordnen.

»Sheriff«, flüstert Lieutenant Neill an meiner Seite und reißt mich aus meinen hektischen Gedanken.

Ich atme tief durch, nicke ihm zu und blicke dann in die Menge.

»Guten Morgen, ich bin Sheriff Hudson von Prince William County«, beginne ich. Die Leute ermahnen sich gegenseitig zur Ruhe, und Schweigen breitet sich aus. »Ich möchte mit einigen Neuigkeiten zu dem ehemaligen Sheriff Ryan Stevens beginnen …«

Als ich fertig bin, ihnen mitzuteilen, was passiert ist, brüllen mehrere Leute in der Menge beleidigende Kommentare. Sie sind unvorstellbar grausam, und jeder einzelne fühlt sich an wie ein Schlag in den Magen.

Gut.

Bringt es zu Ende.

Stevens versagt in allem, sogar beim Selbstmord.

Er verdient den Tod.

Sie sehen Ryan nicht als Mensch. Sie sehen ihn als Uniform, genauso wie uns alle, die wir geschworen haben, zu schützen und zu dienen. Doch im Gegensatz zu Ryan habe ich meinen Eid gehalten. Ich schlucke schwer und fahre mit meiner Erklärung fort, komme zu dem Punkt, weshalb sie wirklich hier sind. Sie wollen wissen, was wir tun, um das Ruder herumzureißen.

»Wie viele von Ihnen wissen, sind durch die kürzliche Festnahme von Ryan Stevens neue Informationen bezüglich der Mordermittlungen an Kelly Summers ans Licht gekommen.« Die Menge beruhigt sich wieder etwas.

»Ich möchte Ihnen allen versichern, dass niemand über dem Gesetz steht, auch nicht der ehemalige Sheriff. Aus diesem Grund wurde er umgehend wegen des Unfalls aufgrund von Trunkenheit am Steuer festgenommen, bei dem die 44-jährige Jackie Clarke ums Leben kam. Meine Abteilung hat gemäß den Protokollen gehandelt und Ryan Stevens' DNA in CODIS eingegeben, um festzustellen, ob es eine Verbindung zwischen ihm und einem Unfall mit Fahrerflucht vom letzten Sommer gibt, bei dem Tim Redding ums Leben kam. Es wurde kein Zusammenhang gefunden, aber ich spreche im Namen des gesamten Sheriffbüros von Prince William County, wenn ich sage, dass wir genauso schockiert und erschüttert waren wie Sie alle, als wir von der Verbindung zwischen Ryan Stevens und dem Fall Kelly Summers erfuhren. Ich weiß, wie aufgebracht wir alle sind. Glauben Sie mir, ich teile Ihre Gefühle.« Mein Mund verzieht sich zu einer harten Linie, und ich halte inne, um die versammelte Menge zu überblicken.

»Als Sheriff habe ich geschworen, die Bevölkerung zu schützen und ihr zu dienen, und genau das werde ich weiterhin tun, so wie ich es seit meinem Amtsantritt vor fünf Monaten tue. Diese neuen Informationen stellen unbestreitbar die Gültigkeit und die Handhabung der Mordermittlungen an Kelly Summers infrage. Wie Sie alle will ich Gerechtigkeit, und ich will mir zu einhundert Prozent sicher sein, dass die Person, die für diesen Mord verantwortlich ist, für ihre Tat bezahlt ... egal, wer es ist. Seit heute Morgen habe ich daher die Wiederaufnahme der Ermittlungen im Mordfall Kelly Summers angeordnet.« Leises Murmeln und Gespräche folgen dieser Ankündigung.

»Es handelt sich jetzt um eine laufende Ermittlung, daher werde ich keine Fragen dazu beantworten. Danke.« Ich falte das Stück Papier, auf das ich kein einziges Mal geblickt habe, und stecke es in meine Tasche.

Die Medien explodieren förmlich mit Fragen, Reporter schreien durcheinander. Die Menge ist ebenfalls in Aufruhr, aber ihre

Meinung ist jetzt gespalten. Einige jubeln, andere schleudern weiterhin hasserfüllte Bemerkungen. Wenigstens habe ich es geschafft, ein paar von ihnen auf unsere Seite zu ziehen. Diese Ermittlungen werden schon kompliziert genug, da der Mord so lange zurückliegt, daher ist die Unterstützung der Öffentlichkeit entscheidend. Ich drehe mich von dem Spektakel weg und beginne, die Stufen zum Sheriffbüro hinaufzusteigen, jede einzelne schön langsam, damit es nicht so aussieht, als würde ich vor dieser Situation davonlaufen.

Oben an der Treppe hält Marcy die Tür auf. »Großartige Arbeit, Sheriff.«

»Danke«, sage ich, während ich die Lobby betrete. »Ich bin in meinem Büro, falls Sie mich brauchen.«

Marcy schenkt mir ein kleines Lächeln, als wir uns trennen.

Als ich um die Ecke biege, laufe ich direkt in meine Stellvertreterin hier und meine Chefin zu Hause, Chief Deputy Pam Olson, hinein. Sie ist klein, aber verdammt zäh, weshalb sie beim Zusammenstoß nicht nach hinten taumelt. Die Notizblöcke und Ordner, die sie trug, fallen jedoch zu Boden, und ich bücke mich schnell, um sie für sie aufzuheben.

»Entschuldige, Marcus«, sagt sie. »Ich meine, Sheriff Hudson.«

Sie nennt mich Marcus außerhalb der Arbeit und hier entweder Sheriff oder einfach Hudson, aber manchmal kommt sie durcheinander, was ich irgendwie charmant finde. Wir sind seit über zwei Jahren zusammen, lange bevor ich Sheriff wurde. Auch wenn ich hier das Sagen habe, wird niemand vorgezogen – so gerne ich es bei Pam manchmal tun würde, denn ohne sie wäre ich nicht da, wo ich bin.

Ich richte mich auf und gebe Olson die Ordner zurück. »Warum die Eile?«

»Ich wollte dich sprechen«, sagt sie, während sie die Unterlagen neu stapelt.

»Gibt es noch eine alte Ermittlung, die mich jetzt in den Hintern beißt?«, sage ich scherzend, meine es aber durchaus ernst.

»Negativ, aber ich habe gerade mit einer Frau namens Deena Walsh gesprochen. Sie ist gekommen, um eine Vermisstenanzeige für ihre Mitbewohnerin Stacy Howard aufzugeben. Niemand hat sie seit drei Tagen gesehen oder von ihr gehört.«

»Okay, dann gib eine Fahndung für Miss Howard raus und weise einen Deputy zu«, sage ich und mache mich auf den Weg, weil ich nicht verstehe, warum sie mir das bei all dem Chaos erzählt, das wir gerade bewältigen müssen.

»Hudson«, sagt sie mit fester Stimme. »Das solltest du dir anhören.«

Ich seufze und drehe mich zu ihr um, wobei ich den Ernst in ihren Augen bemerke. »Ich hoffe, es lohnt sich, Olson.«

»Deena sagte, sie habe am Montagabend gegen fünf Uhr eine Textnachricht von Stacy erhalten. In der Nachricht stand, dass sie nicht zu Hause sein würde, wenn Deena von der Arbeit zurückkommt, was kurz nach zehn Uhr abends gewesen wäre, weil sie sich mit einem Mann treffen wollte, den sie datet.«

»Okay, und …?«

»Der Mann, den Stacy treffen wollte, ist Bob Miller.«

14

BOB MILLER

In einem Verhörraum des Sheriffbüros von Prince William County zu sitzen, war etwas, das ich aufgrund der Wiederaufnahme der Ermittlungen im Kelly-Summers-Fall erwartet hatte – allerdings nicht so früh. Ich nehme an, sie machen jetzt Nägel mit Köpfen. Ich hätte nur nicht gedacht, dass ich der Erste sein würde, den sie einschlagen. Seit meinem letzten Besuch hier hat sich ein bisschen was verändert. Die Lichter sind heller, die Stühle neu und unbequemer. Vielleicht war das sogar die Absicht hinter dem Austausch.

Vor ein paar Stunden erhielt ich einen Anruf von Chief Deputy Olson, die mich bat, für eine Befragung vorbeizukommen. Ich habe zugesagt, denn eine Ablehnung hätte den Anschein erweckt, ich hätte etwas zu verbergen. Ich würde meinen Klienten niemals raten, dem zuzustimmen – aber ich bin Anwalt, und ich weiß, was ich tue. Hudson hat dieser Gemeinde eine Menge zu beweisen, zumindest habe ich das aus seiner Erklärung vor der Presse entnommen. Ich bin mir sicher, sie wollen die Ermittlungen schnell abschließen, um das Kapitel endlich hinter sich zu lassen. In diesem Punkt sind wir uns einig, und ich werde tun, was ich kann, um mir zu helfen – nicht ihnen.

Die Tür schwingt auf, und Sheriff Hudson tritt zusammen mit einem weiblichen Deputy ein. Sie ist deutlich kleiner als er. Ihr Haar ist zu einem niedrigen Dutt gebunden, und ihr Mund zu einer harten Linie gepresst, als hätte sie etwas zu beweisen. Die beiden scheinen so etwas wie eine *Good Cop–Bad Cop*-Schiene zu fahren.

»Danke, dass Sie vorbeigekommen sind, Mister Miller«, sagt Hudson und knallt eine Akte auf den Tisch. »Das ist meine Kollegin, Chief Deputy Olson.« Er deutet auf die Frau mit dem finsteren Gesichtsausdruck. Genau die, die mich angerufen hat.

»Kein Problem, Sheriff Hudson, und es freut mich, Sie kennenzulernen, Chief Deputy Olson.« Ich nicke beiden zu, während sie sich mir gegenüber setzen.

Als weder Hudson noch Olson sprechen, füge ich hinzu: »Ich nehme an, das hier dreht sich um den Kelly-Summers-Fall.«

Die beiden wechseln einen Blick, verengen leicht die Augen, bevor sie ihre Aufmerksamkeit wieder auf mich richten. Ihren Gesichtsausdrücken nach zu urteilen, habe ich bereits mehr als einen Fehler gemacht. Ich sollte nicht hier sein ... denn ich weiß jetzt, dass es nicht um Kelly Summers geht.

»Nein.« Sheriff Hudson runzelt die Stirn. »Warum sollten wir Sie deswegen herbestellen?«

Verdammt.

Plötzlich fühlt sich mein Hemdkragen zu eng an. Eine Schweißperle rinnt mir den Rücken hinunter, und ich spanne mich an, um nicht zu schaudern. Mein Herzschlag beschleunigt sich. Ich kann ihn in meinem Handgelenk spüren, wie er gegen den kalten Metalltisch pocht. Ich muss die Richtung ändern, und zwar schnell. Ich bereite mich mental darauf vor, in den Anwaltsmodus zu wechseln, und räuspere mich, um sowohl meinen Hals als auch meinen Kopf freizubekommen.

»Ich habe Ihre Stellungnahme heute Morgen in den Nachrichten gesehen, Sheriff Hudson«, sage ich ruhig. »Da die Ermittlungen wieder aufgenommen wurden, bin ich davon ausgegangen, dass ich erneut befragt werde, da ich das Opfer kannte. Ich möchte betonen, dass mein Alibi überprüft wurde und ich von jeglicher Beteiligung an dem Mord freigesprochen wurde. Aber ich verstehe, dass Sie alle Details klären müssen, wie man so schön sagt, und dachte, deshalb hätten Sie mich hergebeten.«

»Nein.« Hudson schüttelt leicht den Kopf. »Das brauchen wir nicht, aber gut zu wissen, falls wir später noch Fragen haben.« Er klappt die Akte auf, zieht das oberste Foto heraus und schiebt es über den Tisch. »Kennen Sie diese Frau?«

Das Foto zeigt eine attraktive Frau Mitte zwanzig mit langem roten Haar, hohen Wangenknochen und vollen Lippen. Sie kommt mir bekannt vor, sehr bekannt sogar. Aber ich kann sie nicht einordnen. Mein Gehirn findet sie in Bruchstücken und Wellen, verschwommen im Hintergrund von Erinnerungen, aber nichts Handfestes. Und wenn es nichts Handfestes ist, bedeutet das …

»Nicht, dass ich mich erinnern könnte«, sage ich und schiebe das Foto zurück zu ihnen.

»Sie können sich nicht erinnern?«, fragt Chief Deputy Olson.

»Nein, kann ich nicht.«

Sie zieht eine Braue hoch, als würde sie mich dafür verurteilen. »Nach allem, was wir gehört haben«, sagt Olson, »sind Sie beide befreundet. Man könnte sogar sagen, enger als befreundet. Warum schauen Sie sich das Foto nicht noch einmal an?« Sie schiebt das Foto zurück zu mir.

Ich verenge die Augen und blicke zwischen den beiden hin und her. Dann lasse ich meinen Blick sinken, betrachte das Foto erneut, nehme jedes Detail in mich auf. Ein paar Sommersprossen, die sich über den Nasenrücken ziehen. Ihre Haut, gebräunt von dem, was vermutlich ein Spray-Tan ist. Eine silberne Halskette mit einem S-Anhänger, der in der Mitte ihrer Brust ruht, knapp unterhalb des Schlüsselbeins. Ich habe sie schon einmal gesehen. Eine Erinnerung, tief in meinem Gehirn vergraben, taucht wieder auf. Es ist diese Kette ... der kalte Anhänger, der meine Wange berührt. Ihr langes, weiches Haar, das sich um mein Gesicht legt, während sie mich schnell und hart reitet. Ich blinzle rasch, um das Bild loszuwerden.

Verdammt. Ein weiterer Fehler. Das ist die Frau, mit der ich geschlafen habe, und ich habe gerade behauptet, sie nicht zu kennen. Wie mache ich das rückgängig? Erkläre ich, dass ich sturzbetrunken war, als wir ... zusammen waren, und dass ich mich kaum an sie erinnere? *Moment.* Warum fragen sie überhaupt nach ihr? Ich versuche, meine Fassung zu bewahren, einen neutralen Ausdruck aufrechtzuerhalten. Doch jeder Muskel in meinem Gesicht zuckt. Ich frage mich, ob sie es bemerken. Meine Augen wandern zwischen ihnen hin und her. Der Deputy trägt einen angewiderten Ausdruck, als würde sie auf einen Haufen verrottenden Müll starren und nicht auf den angesehenen Anwalt, der ich bin. Etwas ist mit der Frau auf dem Foto passiert, und es ist klar, dass sie glauben, ich hätte etwas damit zu tun.

»Bleiben Sie dabei, dass Sie diese Frau nicht kennen?« Hudson hebt sein Kinn. »Oder gibt es etwas, das Sie uns erzählen möchten?«

Vielleicht ist es an der Zeit, einen Anwalt zu rufen. Auch Anwälte brauchen Anwälte. Aber ich muss wissen, wessen sie mich beschuldigen oder in was sie mich verwickelt sehen.

»Ich erkenne ihre Kette«, sage ich schließlich. Es ist die Wahrheit. Das war der Auslöser für meine Erinnerung, und technisch gesehen widerrufe ich meine Aussage nicht.

»Woher?«, fragt Olson.

Ich schlucke schwer, als die Erinnerung an diese Nacht wieder hochkommt. Ihre heiße, verschwitzte Haut, die sich gegen meine presst. Ihr Stöhnen und ihre Schreie, als ich in sie stieß. Das silberne Medaillon, das über meinem Gesicht schwang und leicht gegen meine Stirn klopfte. Meine Zunge, die das kalte Metall berührte, als es in meinen Mund geriet, kurz bevor ich kam. Ich kann den metallischen Geschmack fast wieder auf meiner Zunge spüren. Ich muss den One-Night-Stand mit dieser Frau offenlegen, denn sie werden es ohnehin herausfinden. Wie es klingt, wissen sie es sowieso bereits und warten nur darauf, ob ich die Wahrheit sage.

»Ich hatte vor ein paar Wochen einen One-Night-Stand mit dieser Frau. Abgesehen davon kenne ich sie nicht. Es war nur ein einziges Mal, und ich war betrunken. Ich erinnere mich kaum daran, und ich erinnere mich nicht an sie. Aber … ich erinnere mich an diese Kette.« Meine Stimme bleibt emotionslos, als würde ich eine Reihe von Fakten vortragen. Ich halte direkten Blickkontakt mit Hudson, um zu vermitteln, dass ich die Wahrheit sage. Er ist derjenige, der das Sagen hat, und ihn muss ich überzeugen. Die andere verachtet mich ohnehin bereits.

Olson beugt sich vor. »Ihr Name ist Stacy Howard«, sagt sie mit einem harten Ton.

Ich sehe sie kurz an und richte meinen Blick dann wieder auf Hudson. Es spielt keine Rolle, wie sie heißt. Das Einzige, was für mich zählt, ist, warum ich hier sitze, in diesem Verhörraum.

»Wann hatten Sie das letzte Mal Kontakt mit ihr?«, fragt Hudson.

»Vor drei Wochen.«

Er legt den Kopf schief. »Sind Sie sich da sicher?«

»Absolut.«

»Interessant«, sagt Olson. »Denn wir haben etwas anderes gehört.« Sie zieht ein Blatt Papier aus der Akte und legt es mir vor. Es ist ein Screenshot eines Nachrichtenverlaufs.

STACY HOWARD:

Hey, D! Ich treffe mich mit dem Typen, von dem ich dir erzählt habe, also bin ich nicht hier, wenn du von der Arbeit nach Hause kommst. Könnte eine lange Nacht oder ein früher Morgen werden. 😉

DEENA WALSH:

Der Anwalt?

STACY HOWARD:

Genau der ... vorerst. 😏

DEENA WALSH:

Erinnere mich nochmal an seinen Namen, nur für den Fall, dass er ein Psychopath ist. 💀

STACY HOWARD:

Bob Miller.

DEENA WALSH:

Bob? Ist der sechzig oder was?

STACY HOWARD:

Nein, höchstens Mitte vierzig.

»Das ist ein Textaustausch zwischen Stacy und ihrer Mitbewohnerin Deena von Montagabend.« Olson tippt mit dem Finger auf eine der Nachrichten. »Erkennen Sie diesen Namen, Bob?«

Der Name, auf den sie zeigt, ist mein eigener.

»Das ist Schwachsinn«, sage ich schroff und schiebe das Papier zurück zum Deputy. »Ich hatte seit Wochen keinen Kontakt mit dieser Stacy.«

»Nicht laut diesen Texten.«

»Worum geht es hier eigentlich?«, frage ich, zunehmend frustriert.

Hudson lehnt sich in seinem Stuhl nach vorne. »Stacys Mitbewohnerin Deena hat eine Vermisstenanzeige aufgegeben. Niemand hat Stacy seit drei Tagen gesehen oder von ihr gehört. Können Sie uns sagen, wo Sie am Montagabend waren?« Er neigt den Kopf leicht zur Seite.

Verdammt! Ich atme scharf durch die Nase aus und versuche, mich an die letzten Tage zu erinnern. Meine Hand kribbelt, und ich blicke auf den Verband, der sie umwickelt. Überraschend, dass sie bisher noch nicht danach gefragt haben. Warum zur

Hölle sollte diese Frau ihrer Mitbewohnerin sagen, dass wir uns treffen? Das ist nicht wahr. Ich kenne sie nicht einmal.

»Ich habe nach der Arbeit meine Tochter von ihrer Freundin abgeholt.«

»Uhrzeit?«, unterbricht er mich.

»Ungefähr um sieben.«

Er nickt.

»Ich habe mit ihr und meiner Frau bei uns zu Hause am Lake Manassas zu Abend gegessen.«

»Uhrzeit?«, unterbricht mich Hudson erneut.

»Gegen halb acht. Danach bin ich zurück nach DC gefahren und ins Bett gegangen.«

»Warum sind Sie nach DC gefahren? Warum sind Sie nicht bei Ihrer Frau und Ihrem Kind geblieben?« Olson kneift die Augen zusammen und mustert mich abschätzig.

»Ich habe eine Wohnung in der Stadt, weil ich dort arbeite. Das erleichtert den Arbeitsweg, besonders wenn ich früh morgens Meetings habe oder vor Gericht erscheinen muss«, erkläre ich.

»Kann irgendjemand bestätigen, dass Sie nach DC gefahren sind?«

»Ja, meine Frau und meine Tochter.«

»Ich meine, nachdem Sie gegangen sind. Kann irgendjemand außer Ihnen bestätigen, dass Sie nach DC gefahren sind und die ganze Nacht dort geblieben sind?«, präzisiert sie.

Ich presse die Lippen fest aufeinander und schüttele den Kopf. »Nein, ich war allein.«

»Apropos Ihre Frau, weiß Sarah von Ihrer Affäre?«, fragt Hudson.

Ich fahre mir mit der Zunge über die Vorderzähne und beiße mir dann auf die Zunge, um nicht wie ein Wahnsinniger loszulachen. *Sarah. Diese böse, berechnende, rachsüchtige ...* Das trägt eindeutig ihre Handschrift. Meine Augen wandern von Hudson zu Olson und wieder zurück. Wie können sie das nicht sehen? Ihr erster Ehemann, Adam, hatte eine Affäre, und seine Geliebte wurde brutal ermordet aufgefunden. Mein One-Night-Stand (denn ich würde sie nicht als Geliebte bezeichnen) wird jetzt vermisst. Sie spielt mit mir, das ist die einzige Erklärung.

»Nicht, dass es Sie etwas angeht, aber ja, Sarah weiß von dem Fehler, den ich gemacht habe.« Ich neige den Kopf leicht und hoffe, dass sie die Botschaft verstehen.

»Sarah muss ziemlich sauer sein«, sagt Hudson.

Da haben wir es. Ich glaube, er versteht es langsam. Er setzt die Teile dieses völlig verkorksten Puzzles zusammen und erkennt, dass es bei Sarah keine Zufälle gibt.

»Sie hat die Scheidung eingereicht.«

»Gut für sie«, sagt Olson mit einem leichten Grinsen.

Ich muss dem ein Ende setzen. Sie ziehen Verbindungen, die nicht gezogen werden sollten. Ich habe ihnen genug von meiner Zeit geschenkt, wahrscheinlich zu viel davon, denn wenn Sarah hinter all dem steckt, habe ich vielleicht nicht mehr viel Zeit übrig. Vielleicht versucht sie nur, mir Angst zu machen, damit ich aufhöre, gegen die Scheidung zu kämpfen. Oder sie hat einen viel düstereren Plan in petto. Bei ihr weiß man das nie.

»Kann ich jetzt gehen?«, frage ich.

Hudson lehnt sich in seinem Stuhl zurück. »Ja, Sie können gehen.«

Ich stehe auf und gehe sofort zur Tür. Es fühlt sich an, als hätte ich eine Uhr über meinem Kopf hängen, aber sie zeigt keine Zeit an – sie zählt herunter.

»Hey, Bob«, ruft Hudson, gerade als meine Hand den Türgriff umschließt.

Ich halte inne und schaue über die Schulter zurück zu ihm.

»Verlassen Sie die Stadt nicht.«

Ich sehe den Sheriff amüsiert an und schüttele den Kopf. »Sie wissen genau, dass Sie über keine rechtliche Handhabe verfügen, um das durchzusetzen.«

Er grinst. »Das weiß ich sehr wohl. Aber ich weiß auch, dass Sie *genau verstehen*, was das bedeutet.«

Das Blut steigt mir ins Gesicht, und ich verlasse den Raum, bevor mein Temperament mit mir durchgeht.

Und ja, ich weiß genau, was das verdammt noch mal bedeutet. Es bedeutet, dass ich ihr Hauptverdächtiger bin.

15

SARAH MORGAN

Meine Tochter, gekleidet in einen schwarzen Badeanzug, klettert auf den Startblock und blickt zu den Tribünen hinauf. Als sie mich ganz oben sitzen sieht, strahlt sie übers ganze Gesicht. Ich lächle zurück und klatsche in die Hände. Sie ist das Einzige auf der Welt, das für mich zählt. Summer rückt ihre Schwimmbrille zurecht und konzentriert sich auf das Becken, bereit für den Start. Die anderen Eltern sitzen weiter unten, unterhalten sich miteinander. Manchmal geselle ich mich zu ihnen, aber meistens sitze ich allein.

Eine Trillerpfeife erklingt, und die Kinder tauchen ins Wasser, Summer sofort in Führung. Sie ist die Beste im Team, und ich könnte nicht stolzer auf sie sein. Nicht, weil sie die Beste ist – ich würde genauso empfinden, wenn sie die Schwächste wäre. Ich bin stolz, weil sie alles gibt. Sie arbeitet hart. Sie trainiert. Sie gibt nicht auf. Einsatz ist das, was ich bewundere, denn ohne ihn gibt es keine Ergebnisse.

Schwere Schritte hallen über die Tribüne, lassen die Sitzreihen erzittern. Es wirkt absichtlich, als wolle jemand sicherstellen, dass ich seine Anwesenheit bemerke. Ich schaue nach links und sehe Bob, wie er mit verengten Augen und dermaßen zusammengepressten Lippen auf mich zukommt, als könnten sie jeden Moment platzen. Ich habe keine Lust, mich jetzt mit ihm auseinanderzusetzen, also schüttle ich den Kopf und wende meine Aufmerksamkeit wieder Summer zu.

Bob setzt sich direkt neben mich, weil er keine Grenzen versteht.

»Wo zur Hölle ist sie?«, zischt er.

»Herrgott, Bob.« Ich sehe ihn ungläubig an und rutsche ein paar Zentimeter von ihm weg. »Summer schwimmt in Bahn vier.«

»Du weißt genau, dass ich nicht von ihr rede«, sagt er und beißt die Zähne zusammen. »Ich rede von Stacy Howard.«

»Wer?«

»Die Frau, mit der ich geschlafen habe.« Seine Worte kommen als gepresstes Flüstern heraus, belegt mit Scham und Schuld.

»Mir war nicht klar, dass es meine Aufgabe ist, deine Geliebte im Auge zu behalten.«

»Sie ist nicht meine Geliebte.« Bob presst die Zähne so fest zusammen, dass ich es fast hören kann.

»Mein Fehler ... deine Hure.« Ich verdrehe die Augen und richte sie wieder auf meine Tochter, die am Ende des Beckens wendet und sich mit den Füßen von der Wand abstößt. Sie gleitet mit Anmut und Geschwindigkeit durch das Wasser.

Bob stößt einen frustrierten Seufzer aus. »Stacy, die Frau, mit der ich mich getroffen habe ... sie wird vermisst.«

»Das ist bedauerlich. Hattest du vor, noch einmal mit ihr anzubandeln?«

»Nein!«, brüllt er fast.

Sein Ausbruch erregt die Aufmerksamkeit eines Elternteils, das weiter unten sitzt. Die Frau dreht sich zu uns um und schaut hoch. Bob und ich winken ihr zu. Sie lächelt beiläufig und wendet sich wieder um.

»Ich wurde heute ins Sheriffbüro von Prince William County zitiert, und sie haben mich zu ihrem Verschwinden befragt«, sagt Bob mit angespannter Stimme.

Er will, dass ich reagiere, dass ich besorgt bin, dass ich auf seiner Seite stehe – aber das werde ich nicht tun. Denn es ist mir völlig egal, in welchen Schwierigkeiten er steckt.

»Und was hat das mit mir zu tun?«, frage ich.

»Es hat alles mit dir zu tun, Sarah. Du und ich wissen das beide, also sag mir, was du mit ihr gemacht hast.«

Als ich nicht antworte, packt Bob meinen Arm und drückt zu. »Wo ist sie?«

»Lass mich los«, sage ich und versuche, mich aus seinem Griff zu befreien. Er weigert sich, mich loszulassen, also ramme ich meinen Ellbogen nach hinten. Ich treffe sein Kinn, und ein knackendes Geräusch ertönt. Bob verzieht das Gesicht und lässt meinen Arm los.

»Fass mich nie wieder an«, warne ich, richte mich zurecht und betrachte die unteren Reihen der Tribüne, um sicherzugehen, dass niemand etwas gesehen hat.

Er reibt sich mit der Hand über das Kinn, um den Schmerz zu lindern. »Du täuschst mich nicht. Ich weiß genau, wer du bist, Sarah, und ich bin mir sehr bewusst, wozu du fähig bist.«

»Nein, Bob, das weißt du nicht. Wenn du es wüsstest … würdest du vermutlich etwas netter zu mir sein.«

Er schnaubt und schüttelt den Kopf. »Also, was ist dein Plan? Wirst du mir ihr Verschwinden anhängen? Ist sie bereits tot, und es wartet eine Mordanklage auf mich? Oder spielst du einfach nur mit mir, bis ich die Scheidung durchziehe? Was ist es, Sarah?«

»Nichts davon. Und bevor du mir weiter Vorwürfe machst, frag dich lieber, was du eigentlich über dieses Mädchen weißt.« Ich verenge meine Augen und starre ihn an. »Weißt du überhaupt irgendetwas?«

Er schweigt für einen Moment, seine Augen huschen umher. Es ist offensichtlich, dass er keine Ahnung von dieser Frau hat.

»Ist sie eine Prostituierte?«

Er antwortet sofort und sagt nein.

»Was ist mit Drogenabhängigkeit? Kriminelle Vergangenheit? Wilde Partygängerin? Hat sie noch jemanden getroffen?«

Bob sagt kein Wort. Er sitzt einfach nur da mit leerem Gesichtsausdruck.

»Genau. Du hast keine Ahnung, mit wem du geschlafen hast. Du weißt nicht, worin sie verwickelt war oder nicht. Und wie lange ist sie schon verschwunden?«

Er blickt in seinen Schoß und dann zurück zu mir. »Ungefähr drei Tage.«

»Drei Tage sind gar nichts. Vielleicht ist sie auf einem Trip. Vielleicht hat sie die Stadt verlassen. Und nach dem, was mir deine Kollegin erzählt hat, ist sie jung. Junge Menschen machen dumme Dinge.«

»Stacy hat ihrer Mitbewohnerin geschrieben, dass sie sich in der Nacht, in der sie verschwunden ist, mit mir treffen würde«, sagt Bob mit einem leisen Seufzen.

»Ich wusste nicht, dass ihr euch noch seht.«

»Tun wir nicht. Ich hatte seit Wochen keinen Kontakt mehr zu ihr, also weiß ich nicht, warum sie ihrer Mitbewohnerin das gesagt hat.«

»Vielleicht hast du sie verärgert. Und jetzt spielt sie mit dir. Frauen mögen es nicht, benutzt und vergessen zu werden, Bob. Oder wusstest du das nicht?«

Er vergräbt den Kopf in seinen Händen und stößt einen noch tieferen Seufzer aus. Ich richte meine Aufmerksamkeit wieder auf das Schwimmbecken, gerade rechtzeitig, um zu sehen, wie Summer als Erste ins Ziel kommt. Sofort springe ich auf und juble für sie. Aus dem Augenwinkel bemerke ich, dass Bob nicht einmal aufgeschaut hat, nicht einmal bemerkt, dass das Rennen vorbei ist und seine Tochter gewonnen hat. Summer reißt ihre Schwimmbrille herunter, strahlt über das ganze Gesicht und winkt mir aufgeregt zu, ihr Kopf ragt gerade so über die Wasseroberfläche.

»Schenk deiner Tochter ein Lächeln, Bob«, sage ich, ohne den Blick von ihr abzuwenden.

Er hebt langsam den Kopf und steht auf, winkt Summer schwach zu, seine Lippe zittert unter der Anstrengung, ein künstliches Lächeln aufrechtzuerhalten.

16

SHERIFF HUDSON

Pam und ich sitzen uns in einer Nische einer kleinen Bar gegenüber, die hauptsächlich von Polizisten frequentiert wird – was gut ist, denn wir brauchen Abstand von der Öffentlichkeit, während wir versuchen, das Chaos zu bereinigen, das Ryan angerichtet hat. Der Raum ist schummrig beleuchtet und stiller als gewöhnlich. Abgesehen von uns beiden sitzen ein paar ältere Kollegen an der Theke und streiten darüber, wie eine Firma aus einer Folge von *Shark Tank* bewertet wurde. Es ist ihnen egal, was die Leute in dieser Stadt von ihnen halten, denn bald können sie ihre Uniformen ablegen, ihre Pensionen kassieren und das friedliche Leben führen, für das sie die letzten vierzig Jahre gearbeitet haben.

Pam strafft ihre Schultern und legt beide Hände um die Bierflasche vor sich auf dem Tisch. »Wie fühlst du dich ... wegen Ryan?«

Wir haben bisher nicht wirklich darüber gesprochen, weil ich jedes Mal, wenn sie gefragt hat, das Thema gewechselt habe. Das Bild von Stevens, wie er vornübergebeugt mit einem Gürtel um den Hals in seiner Zelle hängt, blitzt wieder vor meinen Augen auf. Ich habe schon weitaus Schlimmeres gesehen, aber meistens war ich darauf vorbereitet. Wenn ich zu einem Tatort gerufen werde, weiß ich bereits, was passiert ist und was mich erwartet, also kann ich mich zumindest ein wenig darauf einstellen. Aber bei Stevens hatte ich keine Ahnung, worauf ich stoße. Die Momente, die dich überraschen, sind die, die dich für immer verfolgen.

»Marcus?« Pam schnipst mit den Fingern ein paar Zentimeter vor meinem Gesicht.

Ich blinzle mehrmals, und sie kommt wieder in den Fokus. Sie holt mich immer zurück.

»Ich bin einfach nur froh, dass es ihm wieder besser gehen wird«, sage ich und starre in mein Glas mit der bernsteinfarbenen Flüssigkeit.

»Das beantwortet nicht meine Frage.«

Ich hebe den Kopf und schenke ihr ein schwaches Lächeln, wohl wissend, dass sie mich dieses Mal nicht drumrum reden lassen wird. Bevor Pam in mein Leben trat, habe ich alles in mich hineingefressen, alles verdrängt, bis es in mir gärte und sich aufstaute. Ich dachte, das wäre eine gute Möglichkeit, mit dem Trauma umzugehen, das dieser Job mit sich bringt, aber es hat seinen Tribut gefordert. Ich bin seit dreizehn Jahren im Dienst und habe das Schlimmste vom Schlimmen gesehen. Ich habe alle Formen des Bösen erlebt, grausame Tatorte, Leichen in allen Stadien des Verfalls. Du trägst all das mit dir herum, ob du willst oder nicht. Die beste Möglichkeit, damit umzugehen, ist darüber zu reden – zumindest sagt Pam das.

Ich sehe sie an. »Ich weiß nicht genau, was ich fühle, aber wenn ich es weiß, sage ich es dir.«

Sie hält meinen Blick einen Moment lang fest und nickt dann, weil sie weiß, dass das die ehrliche Antwort ist. Pam nimmt einen Schluck aus ihrer Bierflasche und stellt sie zurück auf den Tisch.

»Okay, wie fühlst du dich wegen der Befragung von Bob Miller?«

»Ich denke, er verheimlicht etwas, und es geht nicht nur um das Verschwinden von Stacy Howard.« Ich nippe an meinem Whiskeyglas.

Ich war nie ein Biertrinker. Ich mag die harten Sachen, weil sie beim Hinunterschlucken brennen. Manche Dinge im Leben sind dafür gedacht, genossen zu werden, andere nicht. Alkohol gehört für mich zur zweiten Kategorie. Genau wie die Wahrheit – sag sie mir ins Gesicht, egal, wie weh sie tut.

»Ich hatte dasselbe Gefühl«, sagt Pam. »Warum hat er überhaupt angenommen, dass wir mit ihm über den Summers-Fall sprechen wollten?«

Ich drehe das Glas zwischen meinen Händen, um sie zu beschäftigen. »Ich muss zugeben, seine Erklärung dafür war nicht schlecht, schließlich war er einmal ein Verdächtiger. Aber er hat heruntergespielt, warum er überhaupt verdächtig war.«

»Was meinst du?« Sie kneift die Augen zusammen.

Pam arbeitet seit fünf Jahren auf der Wache, daher hat sie keine persönlichen Erfahrungen mit dem Summers-Fall. Davor lebte sie in Florida, aber es fühlt sich an, als wäre sie schon immer hier gewesen. Vielleicht liegt das daran, dass sie von Anfang an perfekt ins Team gepasst hat. Ich hatte noch keine Gelegenheit, Pam über die Details des Summers-Falls auf den neuesten Stand zu bringen, und ich weiß, dass sie noch keine Zeit hatte, sich durch diese Mammut-Akte zu arbeiten.

»Kelly war mit Bobs Bruder Greg verheiratet. Damals hieß sie noch Jenna. Die beiden lebten in Wisconsin. Greg wurde ermordet, und sie wurde dafür angeklagt, aber der Fall gegen sie brach zusammen, als wichtige Beweise während des Prozesses verschwanden. Danach änderte Jenna ihren Namen zu Kelly und zog hierher nach Virginia, um ein neues Leben zu beginnen.«

Pams Mund öffnet sich leicht. »Das ist ein ziemlich gutes Motiv.«

»Das ist es, und wir – na ja, Stevens – haben es damals auch untersucht, aber wie Bob erwähnte, hatte er ein solides Alibi. Er war zum Zeitpunkt von Kellys Ermordung außerhalb des Bundesstaates.«

»Es sei denn, er hat jemanden angeheuert, um es für ihn zu tun«, sagt sie und hebt ihr Glas, um einen schnellen Schluck zu nehmen. »Hat die Abteilung jemals seine Finanzen überprüft?«

Ich schüttle den Kopf. »Nein, Stevens hatte einen Tunnelblick auf Adam. Alle anderen, die hätten verdächtig sein können, wurden fast sofort ausgeschlossen, obwohl sie das eigentlich nicht hätten werden sollen. Damals habe ich versucht, auf eigene Faust zu graben, aber es war Ryans Ermittlung, und ich bin ständig gegen eine Mauer aus Bürokratie gerannt.«

»Dachtest du, Bob hätte es getan?«

»Ich weiß nicht, vielleicht.« Ich lehne mich vor. »Lange Zeit dachte ich, dass es Sarah war.«

Pam sieht mich amüsiert an und winkt ab. »Warum? Weil es immer die Ehefrau ist?«

»Nein«, sage ich mit einem kleinen, aber ernsten Lächeln. »Sie hatte ein Motiv. Das Opfer hatte schließlich eine Affäre mit ihrem Ehemann. Aber Ryan hat ihr die Gelegenheit abgesprochen.«

»Wie?«

»Sarah war zur Tatzeit mit ihrer Assistentin Anne in DC etwas trinken.«

»Und das wurde durch eine Bar-Quittung, Überwachungskameras oder Zeugen wie Barkeeper oder Kellner bestätigt?«

»Nein«, sage ich und starre in mein Glas. Es ist mir peinlich, wie schlampig unsere Polizeiarbeit damals war. Jeder denkt, nur weil wir Protokolle haben, folgen wir ihnen auch immer. Ja, wir legen einen Eid ab und tragen eine Uniform – aber unter dieser Uniform sind wir genauso Menschen wie jeder andere. Wir sind unvollkommen. Wir machen Fehler, manchmal aus Versehen, manchmal absichtlich. Es ist klar, dass Ryans Handeln beabsichtigt war. Er sah Adam als Selbstläufer und wollte diese Ermittlung so schnell wie möglich abschließen, damit niemand von seiner Affäre mit Kelly erfahren würde. Ich frage mich sogar, wie Adam damals aus dem Gefängnis fliehen konnte. Das hat für mich nie Sinn ergeben, aber vielleicht hat Ryan ihn absichtlich entkommen lassen. Es würde Adam noch schuldiger aussehen lassen – und das hat es auch, denn unschuldige Menschen laufen nicht davon.

»Was ist mit Fingerabdrücken auf der Tatwaffe?«, fragt sie.

»Die wurde nie gefunden.«

»Das ist ja praktisch«, sagt Pam und neigt ihren Kopf. »Glaubst du wirklich, Sarah hätte Adam den Mord an seiner Geliebten anhängen können?«

»Sie hat ihn vor Gericht vertreten. Das wäre ein ziemlich gewagter Schachzug. Aber Kelly wurde siebenunddreißigmal erstochen, und ich kann mir schwer vorstellen, dass eine Frau das einer anderen Frau antut.«

»Ich habe gelernt, dass jeder zu allem fähig ist, wenn er glaubt, es aus den richtigen Gründen zu tun. Sieh dir Ryan an. Er hat Beweise zurückgehalten und manipuliert, hat es versäumt, sich aus den Ermittlungen zurückzuziehen, und hat seine Beziehung zum Opfer verschwiegen. Er muss gedacht haben, dass er das Richtige tut.« Pam trinkt den Rest ihres Bieres aus und stellt die leere Flasche auf den Tisch.

»Um sich selbst zu schützen?«

»Das wären für ihn die richtigen Gründe gewesen.«

»Ich könnte Ryan auf der Stelle umbringen.«

Sie legt ihre Hand auf meine geballte Faust, und ihre Berührung entspannt sie augenblicklich. »Nein, das könntest du nicht, Marcus. Deine Gründe sind richtig, weil sie moralisch sind, nicht weil sie für dich das Beste sind.«

»Ich hoffe, das stimmt«, seufze ich.

»Ich weiß, dass es so ist.«

Ich bringe Pams Hand an meine Lippen und küsse sie sanft auf den Handrücken. Sie hat mehr Vertrauen in mich, als ich jemals in mich selbst hatte, und ich weiß nicht, woher sie es nimmt.

»Das Einzige, was ich weiß«, sage ich mit einem entschlossenen Blick, »ist, dass du und ich das herausfinden werden. Und dieses Mal werden wir es richtig machen.«

17

UNBEKANNT

Etwas klatscht auf den Betonboden und reißt mich aus dem Schlaf. Ein noch lauteres Objekt kracht in meiner Nähe zu Boden, springt mehrmals auf, bevor es gegen die Wand stößt, rollt und schließlich liegen bleibt. Eine Tür knallt zu. Es klingt, als wäre sie etwa drei Meter über mir und ein Stück entfernt, wie eine Kellertür am oberen Ende einer Treppe.

»Hallo?«, sage ich vorsichtig in den dunklen Raum hinein. »Ist da jemand?«

Laute, schwere Schritte stampfen über die Decke. Sie klingen wie Arbeitsstiefel, die Art, die ein Bauarbeiter tragen würde.

Ich suche nach den Gegenständen, die zu mir heruntergeworfen wurden, in der Hoffnung, dass es wieder Essen und Wasser ist. Zweimal habe ich bereits etwas bekommen. Das erste Mal habe ich es kurz nachdem ich hier aufgewacht bin gefunden. Dann wurde mir eine Weile später etwas zugeworfen. Ich glaube, ich bekomme jeden Tag etwas, aber ich bin mir nicht sicher, weil es hier kein Licht gibt. Ich finde das Objekt, das an die Wand gerollt ist. Es ist eine Plastikflasche. Ich schraube den Deckel ab und rieche daran, um sicherzugehen. Es riecht nach nichts, also wird es Wasser sein. Mein Hals ist ausgetrocknet, und ich trinke die ganze Flasche in wenigen Sekunden leer. Sofort bereue ich, alles getrunken zu haben, denn ich bin immer noch durstig und weiß nicht, wann ich wieder etwas bekomme.

Beim Herumtasten finde ich den anderen Gegenstand. Er ist etwa zwanzig Zentimeter lang, weich und matschig, mit einer Schicht Plastikfolie umwickelt. Es ist ein Sandwich, aber welche Sorte? Ich ziehe die Plastikfolie ab, und der Geruch malt mir ein Bild. Brot, Senf, Zwiebeln, Tomaten, Salat und vermutlich Schinken. Das letzte Sandwich war Roastbeef, was ich nicht besonders mag, aber ich habe es trotzdem gegessen. Entführte können nicht wählerisch sein. Ich beiße hinein und stelle fest, dass das Fleisch tatsächlich Schinken ist. Fast verschlucke ich mich, weil ich zu schnell esse, und muss mich daran erinnern, langsamer zu kauen. Ich kaue, bis jeder Bissen zu einer Paste wird, und schlucke dann herunter. Ich wünschte wirklich, ich hätte nicht die ganze Flasche Wasser auf einmal getrunken.

Ich weiß nicht, wie lange ich schon hier bin, weil ich die meiste Zeit schlafe, und wenn ich nicht schlafe, denke ich nur daran, dass ich schlafen möchte. Ich habe aufgegeben, um Hilfe zu schreien, weil niemand gekommen ist außer der Person, die mir Essen und Wasser zuwirft. Aber diese Person hilft mir offensichtlich nicht. Sie hält mich am Leben, und ich weiß nicht, warum.

Ich habe eine Weile herumgesucht, versucht, irgendetwas zu finden, das mir bei der Flucht helfen könnte. Das Einzige, was ich davon habe, ist ein Splitter, der in meiner Handfläche steckt. Es pocht, und ich habe versucht, ihn herauszudrücken oder herauszubeißen, aber ich kann ihn nicht sehen – also wird er wohl ein Teil von mir bleiben, genau wie die dicke Metallkette, die um mein Fußgelenk geschnallt ist.

Ich bin mir nicht sicher, wer das hier tut, aber mir fallen mindestens fünf Personen ein, die einen guten Grund hätten, mir weh zu tun.

18

BOB MILLER

Ich checke mein Handy erneut, um zu sehen, ob Brad mir endlich geantwortet hat: noch immer nichts. Ich habe ihm gestern Abend gesagt, dass er alles über Stacy Howard herausbekommen soll. Er meinte, er hätte heute Morgen etwas für mich – aber es ist fast Mittag, und es herrscht absolute Funkstille.

Nachdem ich eine Nacht drüber geschlafen habe, wurde mir klar, dass Sarah recht hatte. Sie könnte versuchen, mich in eine andere Richtung zu lenken, mich von ihrer Spur abzubringen, aber in einem Punkt hatte sie tatsächlich recht: Ich weiß nichts über Stacy Howard – keinen einzigen relevanten Fakt. Nun ja, eigentlich weiß ich zwei Dinge.

Erstens: Sie ist eine Diebin. Am Morgen nach unserem Stelldichein wachte ich auf und stellte fest, dass sie bereits weg war – zusammen mit meiner Rolex und dem ganzen Bargeld in meinem Portemonnaie.

Und zweitens: Sie ist eine Erpresserin. Weniger als eine Woche nach unserer Begegnung bekam ich eine Nachricht von ihr. Sie forderte Geld, sonst würde sie meiner Frau von uns erzählen.

Meine Nummer hatte sie von der Visitenkarte, die sie aus meinem Portemonnaie genommen hatte. Anfangs wollte ich sie tatsächlich bezahlen, nur um sie ruhigzustellen, aber am nächsten Tag wusste Sarah ohnehin Bescheid – dank irgendeines Idioten aus meiner Kanzlei. Also ignorierte ich Stacys Nachricht genauso wie ihre weiteren Erpressungsversuche. Dass sie ihrer Mitbewohnerin erzählt hat, wir würden uns noch sehen, ist eine glatte Lüge. Ich habe sie nach dieser Nacht nie wieder gesehen, und genau deshalb muss ich herausfinden, wer sie wirklich ist.

»Bob«, blafft Anne mich an, »wie stimmst du ab?«

Ich sehe zu Sarah, die bei dieser Quartalssitzung des Vorstands der Morgan Foundation am gegenüberliegenden Ende des Konferenztisches sitzt. Ihr Daumen zeigt nach oben, also zeige ich meinen nach unten. Ich habe keine Ahnung, worüber ich gerade abgestimmt habe. Anne sitzt zu ihrer Linken, ebenfalls mit erhobenem Daumen. Sie ist die Moderatorin und hat daher auch eine Stimme, was im Grunde bedeutet, dass Sarah zwei Stimmen hat. Früher habe ich immer mit Sarah gestimmt, was ihr garantiert hat, drei von sieben Stimmen zu haben, aber das mache ich jetzt nicht mehr.

»Sechs dafür und einer dagegen bei der Abstimmung über die Spende von hochwertigen Hygieneprodukten für Frauengefängnisse in ganz Virginia. Der Antrag ist angenommen«, verkündet Anne.

Großartig. Jetzt wirke ich wie ein Idiot vor den anderen Vorstandsmitgliedern, die alle hoch angesehene Persönlichkeiten aus den umliegenden Gemeinden sind – der Leiter eines Gefängnisses, der CEO einer Buchhaltungsfirma, die Inhaberin einer PR-Agentur und ein Mann, der ein Lobbyunternehmen in DC besitzt. Der Gefängnisleiter mustert mich mit einem merkwürdigen Blick. Er ist älter, mit einem verhärteten Gesichtsausdruck und einer donnernden Stimme, egal, in welcher Lautstärke er spricht. Ich senke meinen Kopf und reibe mir die Stirn, damit er denkt, ich sei krank und nicht einfach nur unaufmerksam und abgelenkt.

»Alles in Ordnung, Bob?«, fragt der Gefängnisleiter.

»Ja«, sage ich. »Nur ein Migräneanfall.« Ich gieße mir ein Glas Wasser aus der Karaffe ein und trinke es in einem Zug leer, während ich über den Rand hinweg zu Sarah blicke, die dort sitzt, elegant und aufrecht, als wäre alles einfach nur wunderbar. Bei unserem auseinanderfallenden Eheleben und der Wiederaufnahme des Kelly-Summers-Falls habe ich keine Ahnung, wie sie so ruhig und gelassen wirken kann. Ich stelle das Glas ab und fülle es erneut.

Sarah schenkt mir keine Beachtung, wirft nicht einmal einen Blick in meine Richtung. Ich wünschte, ich wüsste, was sie denkt, welche Gedanken durch ihren brillanten, aber teuflischen Kopf schwirren. Ich würde ihr gerne den Schädel aufbrechen und in ihrem Gehirn herumstochern, nachsehen, was es zum Ticken bringt, nachsehen, wo sie ihre dunkelsten Gedanken und tiefsten Geheimnisse versteckt. Selbst wenn ich ihre Gedanken hören könnte, glaube ich nicht, dass ich alles hören würde. Sarah kann Teile ihrer wahren Persönlichkeit und die schrecklichen Dinge, die sie getan hat, wie die Seiten eines Würfels abteilen. Nur eine Seite liegt oben – die, die sie zeigen möchte. Im Moment ist sie eine angesehene Geschäftsinhaberin, Vorstandsmitglied, eine starke Stütze der Gemeinschaft, Aktivistin, liebevolle Mutter, fürsorgliche Freundin und großartige Führungspersönlichkeit. Oder zumindest denken das die anderen fünf Idioten hier, weil sie genau das glauben sollen. Die meisten Psychopathen können sich in verschiedene Teile aufspalten, und genau das ist Sarah. Es ist der Grund, warum sie Kelly siebenunddreißig Mal erstechen und am nächsten Tag zur Arbeit gehen konnte, als wäre nichts passiert. In diesem Sinne sind wir uns ähnlich.

Anne tippt auf ihrem Laptop herum und sagt: »Damit kommen wir zu Fall fünfzig, Alejandro Perez. Zuerst einmal Glückwunsch an Bob für eine erfolgreiche Nominierung.«

Ein leiser Applaus folgt. Sogar Sarah klatscht, und dieses Mal sucht sie Blickkontakt mit mir, schenkt mir ein erfreutes Lächeln. Das ist sicherlich alles nur Show. Ich presse die Lippen zusammen und nicke.

»Alejandro hat sich in seiner Wohnung eingelebt«, liest Anne von ihrem Bildschirm vor. »Er hat seinen ersten Drogentest bestanden und Sarah hier gestern vor einem Reporter-Überfall gerettet.«

Sarahs Lächeln wird angespannt. Die Vorstandsmitglieder klatschen erneut und werfen ihr mitfühlende Blicke zu.

»Was ist mit Arbeit?«, fragt der Gefängnisleiter. »Gab es Erfolg bei der Jobsuche?« Er lehnt sich zurück und verschränkt die Arme vor seiner breiten Brust.

»Er hat einen temporären Job gefunden«, sagt Sarah. »Aber sobald dieser endet, wird er seine Arbeitssuche fortsetzen. Alejandro hat geäußert, dass er bereits vor der Aufnahme in das Morgan-Foundation-Programm Schwierigkeiten hatte, eine feste Anstellung zu finden, aufgrund seines Status als Straftäter.«

»Dazu möchte ich etwas sagen«, meldet sich Kendall und hebt die Hand. Sie ist eine elegante, zierliche Frau, immer makellos gekleidet, und sie besitzt eine renommierte PR-Agentur.

Für sie dreht sich alles um Image, aber sie ist großartig in dem, was sie tut – nämlich Bullshit in Gold zu verwandeln.

Sarah nickt und gibt ihr grünes Licht, weiterzusprechen.

»Wir haben mehrere nationale Medienbeiträge in Planung, die darauf abzielen, den Begriff *Straftäter* als abwertendes Label umzudefinieren und die Öffentlichkeit darüber aufzuklären, dass ehemals Inhaftierte eigentlich Mitglieder einer unterrepräsentierten Gemeinschaft sind. Diese Narrative sollen die jüngere Generation motivieren, sich für diese Gruppe einzusetzen, so wie sie es bereits für viele andere getan hat. Und wir denken, dass der zusätzliche Druck auf Unternehmen und Konzerne positive Auswirkungen auf die Beschäftigungschancen dieser Gemeinschaft haben wird«, erklärt Kendall.

Der Gefängnisleiter neigt den Kopf. »Wie wollen Sie sie dann nennen?«

»Mein Team arbeitet an einer Liste neuer Begriffe, die wir für positiv besetzt und politisch korrekt halten, und ich werde sie bei der nächsten Vorstandssitzung präsentieren können.«

»Wenn wir jedem, der den neuen Begriff nicht akzeptiert oder verwendet, ein -ist oder -phob anhängen, könnten wir eine Bewegung starten«, sagt Corey und hebt seine perfekt gezupften Augenbrauen. Er ist Lobbyist in DC, mit übermäßig gestyltem Haar, das aussieht, als gehöre es zu einer Ken-Puppe. Wenn man in DC etwas erledigt haben will, wendet man sich an Corey. Ich schwöre, er kennt dreckige Geheimnisse von jedem in dieser Stadt.

»Genau das ist unser Plan«, grinst Kendall.

»Gut, ich bin gespannt, was Ihr Team sich ausdenkt.« Sarah nickt. Sie wendet sich Corey zu. »Gibt es Neuigkeiten von Ihrer Seite?«

»Ja, ich bin kurz davor, einen Gesetzentwurf im Senat durch-zubringen, der zusätzliche Anreize für Arbeitgeber bietet, die ehemals Inhaftierte einstellen«, sagt er.

Sarah legt die Finger vor ihrem Gesicht zusammen. »Zusätz-lich zum Work Opportunity Tax Credit, der bereits existiert?«

»Genau.« Er nickt. »Wenn das durchkommt, wird es den WOTC verdoppeln und den Arbeitgebern Zugang zu noch niedrigeren Krankenversicherungsprämien für alle Mitarbeiter ermöglichen.«

»Wie zuversichtlich sind Sie, dass es durchgeht?«, fragt Sarah.

Corey liefert ein teuflisches Lächeln. »Sehr.«

»Das höre ich gerne«, sagt sie zufrieden.

Kopfnicken und Lächeln rundum, während Anne Notizen macht und zum nächsten Punkt der Tagesordnung übergeht. Mein Handy vibriert gegen den Tisch und sorgt für eine kleine Störung. Sarahs Augen verengen sich leicht, aber sie sagt nichts. Ich schalte es stumm, werfe jedoch vorher einen kurzen Blick auf die Nach-richt von Brad. Ich unterdrücke fast ein Seufzen der Erleichterung.

> Hintergrundcheck von Stacy Howard ist da.
> Vor ein paar Jahren wurde sie wegen Erpressung angeklagt, nachdem sie einen amtierenden Kongressabgeordneten erpresst hatte. Sie kam jedoch mit einem Klaps auf die Hand davon.

Ich schreibe zurück.

> Hatte sie eine Affäre mit dem Kongressabgeordneten und drohte, es seiner Frau zu erzählen?

Seine Antwort kommt sofort.

> Ähm. Nicht sicher. Es ist eine versiegelte
> Akte, aber ich schau mal, ob ich einen Weg
> finde, das zu umgehen.

Es sieht so aus, als wäre ich nicht Stacys erster Versuch. Bevor ich antworten kann, schreibt Brad erneut.

> Da war noch etwas, das ein
> schlechtes Omen sein könnte.

> Was!?!?!

Ich beiße mir auf die Unterlippe und warte darauf, dass er zurückschreibt. Schließlich erscheint die Nachricht auf meinem Bildschirm, und ich spüre, wie mir das Blut ins Gesicht schießt. Die dicke Ader auf meiner Stirn beginnt zu pochen, während ich lese.

> Stacys Name tauchte auf der externen
> Gehaltsliste der Morgan Foundation auf.
> Ich versuche noch, herauszufinden, wofür
> genau sie bezahlt wurde, da sie als
> Vertragspartnerin gelistet ist. Mehr folgt.

Meine Hände ballen sich zu festen Fäusten, und ich hebe langsam meinen Kopf, meine Frau am anderen Ende des Tisches anstarrend. Ich wusste es. Sie schmiedet einen Plan gegen mich.

Wahrscheinlich seit dem Moment, in dem sie von meiner Affäre erfahren hat.

Bevor ich einen klaren Gedanken fassen kann, greife ich nach dem Kugelschreiber, der neben meinem Handy liegt, und werfe mich auf sie. Niemand hat Zeit zu reagieren, und im nächsten Moment bin ich über Sarah, die in ihrem Stuhl nach hinten kippt. Wir stürzen auf den Boden, ihr kleiner blonder Kopf schlägt auf und sie ist augenblicklich benommen. Entsetztes Luftschnappen und Schreie erfüllen den Raum. Den Kugelschreiber fest in meiner Hand hole ich hoch über meinen Kopf aus und ramme ihn in ihre Augenhöhle. Blut spritzt aus der Wunde und besprenkelt mein weißes Hemd mit roten Flecken. Ich stoße den Kugelschreiber immer wieder in ihr Gesicht, bis sie völlig unkenntlich ist – nur noch ein zerfetztes Chaos aus Haut, Blut, Knorpel und freiliegendem Knochen. Ich kann nicht anders, als manisch zu lachen.

Ding Dong, die Hex' ist tot.

»Bob«, sagt Sarah mit einem Hauch Besorgnis in ihrer Stimme. Ich schüttle die Fantasie ab und finde mich immer noch im Konferenzraum sitzend vor, ihr direkt gegenüber. Ihr Kopf ist leicht zur Seite geneigt, und ihre Stirn ist beunruhigt gerunzelt. Der Stift in meiner verkrampften Hand ist in zwei Hälften zerbrochen, wodurch rote Tinte aus meiner geschlossenen Faust auf den Konferenztisch tropft. Die anderen Vorstandsmitglieder mustern mich genauso wie sie.

»Wie stimmst du ab?«, fragt sie und entspannt ihr Gesicht wieder zu einem neutralen Ausdruck. Ihre Hand ist ausgestreckt, der Daumen nach oben gerichtet.

Ich lasse den Kugelschreiber aus meiner Hand fallen und halte meine mit roter Tinte beschmierte Faust hoch, drehe sie langsam zu einem Daumen nach unten. Sarah weiß es noch nicht, aber sie hat ihren Meister gefunden.

19

SARAH MORGAN

Anne stellt zwei Tassen Kaffee auf den lilafarbenen Tisch und setzt sich mir gegenüber. Wir sind in einem gemütlichen Café, nur ein paar Blocks vom Büro entfernt. Das Café ist in einem eklektischen Stil eingerichtet, mit einer wilden Mischung aus nicht zusammenpassenden Stühlen und Tischen, aber irgendwie funktioniert es. Es erinnert mich an Bob und mich, bevor er sein wahres Gesicht zeigte und mir klar wurde, dass man ihm nicht trauen konnte. Aber ich glaube, ich habe ihm nie wirklich vertraut ... zumindest tief in meinem Inneren nicht.

»Was war eigentlich mit Bob in der Vorstandssitzung los? Hat er absichtlich bei jedem Punkt das Gegenteil von dir gestimmt?« Anne nimmt einen vorsichtigen Schluck vom heißen Kaffee. Der Dampf steigt immer noch auf, aber Geduld war noch nie ihre Stärke. Nur mit mir ist sie geduldig. Als die Flüssigkeit ihre Lippen berührt, zuckt sie zusammen und stellt die Tasse zurück auf den Tisch.

»Das ist dir auch aufgefallen?«, frage ich und ziehe eine Augenbraue hoch.

»Das konnte man gar nicht übersehen.«

»Er spielt verrückt wegen der Scheidung. Muss in der Wutphase seiner Trennungstrauer sein, was ein schneller Übergang vom Betteln und der Verleugnung war.« Ich bringe die Tasse Kaffee an meine Lippen und nippe langsam. Es brennt, aber ich habe eine hohe Schmerztoleranz, also stört es mich nicht.

Anne runzelt die Stirn. »Und seine Hand hat mittendrin geblutet?«

»Ich bin sicher, dass das rote Tinte von dem Stift war, den er zerbrochen hat«, sage ich und verdrehe die Augen.

Bob hat sich immer geweigert, irgendetwas mit blauer oder schwarzer Tinte zu schreiben, sei es sein Name oder Trinkgeld auf einer Quittung. Es musste rot sein. Ein dummes kleines Machtsymbol, das ihn meiner Meinung nach eher wie einen Idioten aussehen lässt, als wie den Alpha-Mann, der er zu sein vorgibt.

»Seltsames Verhalten für eine Vorstandssitzung.«

»Sehr seltsam«, sage ich mit einem Nicken.

»Was ist der Plan nach der Scheidung? Bleibt er im Vorstand?«

»Mein Wunsch ist, dass er zustimmt, zurückzutreten, als Teil der Scheidungsvereinbarung, aber er hat bisher nichts zugestimmt, nicht einmal der Scheidung.«

»Das ist lächerlich. Er sollte es dir leichter machen, besonders nach dem, was er getan hat. Und mit dem Fall … ach, das erinnert mich an was. Ich habe heute einen Anruf von Sheriff Hudson bekommen. Er hat gefragt, ob ich wegen des Summers-Falls zu einer Befragung kommen würde. Ist das normal?« Anne hebt eine Augenbraue über ihrer Tasse, während sie trinkt.

»Ja, das ist normal. Mit der Wiederaufnahme der Ermittlungen müssen sie alle erneut befragen, die mit der ursprünglichen Ermittlung in Verbindung standen.«

»Aber das ist über ein Jahrzehnt her. Erwarten sie wirklich, dass ich mich an irgendwas erinnere?«

»Das tun sie eigentlich nicht. Es ist nur eine Formsache«, sage ich.

Sie nickt. »Machst du dir wegen des Summers-Falls Sorgen?« Meine Augen verengen sich kurz, aber ich entspanne mich, bevor sie es bemerkt. »Was meinst du?«

»Falls sie herausfinden, dass Adam nicht derjenige war, der Kelly Summers getötet hat?« Sie hält inne, senkt ihren Blick auf die Kaffeetasse und trifft dann wieder meinen. »Ich weiß nicht, wie du damit leben könntest, vor allem, weil es jetzt zu spät ist, die Dinge wieder gut zu machen. Ich wäre so wütend und am Boden zerstört. Ich weiß nicht, was ich tun würde.«

Ich lasse einen kleinen Seufzer entweichen. »Ich versuche einfach, nicht daran zu denken.«

Sie streckt ihre Hand über den Tisch und legt sie auf meine, drückt sie sanft. »Ich bin immer für dich da. Egal, was ist, Sarah.«

»Ich weiß, Anne.«

Mein Telefon vibriert in meiner Tasche und ich ziehe meine Hand zurück, um es herauszuholen. Eine Nachricht von Bob leuchtet auf dem Bildschirm.

Ich weiß genau, was du vorhast, Sarah, und du wirst damit nicht durchkommen. Hör sofort damit auf, oder ich werde es unterbinden ... endgültig.

»Was ist los?«, fragt Anne, als sie bemerkt, dass mein Blick am Telefon klebt.

Ich hebe den Kopf und stecke mein Handy schnell wieder in die Tasche.

»Nichts. Nur eine von diesen Spam-Nachrichten«, lüge ich.

So sehr ich mir auch wünschen würde, dass Bobs Drohungen leer sind, weiß ich, dass sie es nicht sind.

20

SHERIFF HUDSON

»Wir danken Ihnen, dass Sie heute gekommen sind, Anne«, sage ich, während Chief Deputy Olson und ich sie aus dem Verhörraum begleiten, wo wir die letzten dreißig Minuten damit verbracht haben, ihre Aufenthaltsorte in der Nacht, als Kelly Summers ermordet wurde, durchzugehen.

»Natürlich.« Anne lächelt gezwungen. »Ich wünschte, ich könnte mehr helfen, aber das ist so lange her, ich kann mich kaum noch an Details erinnern.«

»Das verstehen wir«, sage ich. »Und wenn wir weitere Fragen haben, melden wir uns.«

»Natürlich.« Sie nickt. »Ihnen noch einen schönen Tag.« Anne macht ein paar Schritte rückwärts, bevor sie sich umdreht und den Gang hinunter zur Vordertür geht.

Als sie außer Hörweite ist, stößt mich Olson mit ihrer Schulter an. »Was denkst du?«

Ich sehe sie an und zucke mit den Achseln. »Nicht viel. Sie hatte nichts Neues hinzuzufügen und konnte sich kaum an ihre ursprüngliche Aussage erinnern.«

»Fast so, als wäre es gar nicht ihre Aussage gewesen.« Olson hebt eine Augenbraue. »Schade, dass wir ihre Geschichte nicht mit etwas Konkretem wie einer Quittung aus der Bar, in der sie und Sarah waren, oder mit Verkehrskameras oder Handy-Ortungsdaten verifizieren können.«

»Nun, damals hätte ich das vielleicht gekonnt, wenn Stevens nicht ...«

Olson unterbricht mich. »Daran können wir jetzt nichts ändern, also konzentrieren wir uns einfach auf das, was wir kontrollieren können.«

Mein Mundwinkel hebt sich leicht, als ich in ihre großen braunen Augen blicke und dankbar dafür bin, wie sie mich immer geerdet hält, im Hier und Jetzt. Nicht die Vergangenheit bedauernd, nicht ängstlich über die Zukunft nachgrübelnd. Bevor Pam in mein Leben kam, habe ich entweder wütend reagiert oder mich komplett zurückgezogen. Sie hat mir geholfen, die Balance zwischen beiden Extremen zu finden, aber bei allem, was gerade passiert, fällt es mir immer schwerer, dieses Gleichgewicht zu halten – selbst mit ihrer Hilfe.

»Wo stehen wir bei der Howard-Vermisstenmeldung?«, fragt Olson und reißt mich aus meinen Gedanken.

»Krankenhäuser und Gefängnisse in der Umgebung haben nichts ergeben. Lieutenant Neill und ein paar Deputys befragen Freunde, Familie, Kollegen, Nachbarn – jeden, der etwas über ihren Aufenthaltsort wissen könnte«, antworte ich ihm, nachdem ich in die Unterhaltung zurückgefunden habe.

»Hoffentlich finden wir eine Spur, oder sie taucht einfach wieder auf. Und wen müssen wir für den Summers-Fall noch einmal verhören?«, fragt sie.

Ich ziehe ein kleines Notizbuch aus der Vordertasche meines Hemdes und blättere es auf. »Da wäre Bob, aber ich will ihn wegen der Howard-Ermittlungen als Letzten drannehmen.«

»Am besten belassen wir es jetzt dabei, um ihn nicht noch mehr aufzuwühlen.« Sie nickt zustimmend.

»Dann ist da noch Scott Summers, Kellys Ehemann, aber wir konnten ihn nicht ausfindig machen, und ich bin mir nicht sicher, ob wir das jemals werden – es sei denn, er will, dass wir ihn finden.«

»Was meinst du damit?«

»Scott ist nach dem Prozess aus der Stadt geflüchtet. Niemand hat ihn seither gesehen oder von ihm gehört.«

»Das ist ziemlich verdächtig, oder?« Olson neigt ihren Kopf. »Schuldige fliehen.«

»Ja, das tun sie. Ich habe immer gedacht, dass er an irgendetwas schuldig war, aber ich glaube nicht, dass es etwas mit Kellys Mord zu tun hatte.«

Sie hebt eine Augenbraue, doch bevor sie eine weitere Frage stellen kann, lenke ich das Gespräch in eine andere Richtung.

»Da wäre noch Jesse Hook, der Typ, der Kelly gestalkt hat. Aber er ist vor drei Jahren an einer Überdosis gestorben.«

»Gestalkt?«

»Die Verteidigung beschrieb Jesse als Stalker. Die Staatsanwaltschaft sagte, er sei nur ein Typ gewesen, der ein bisschen zu besessen von Kelly war. Stevens hat ihn von der Angel gelassen, aber wir wissen jetzt, dass das nicht bedeutet, dass er wirklich unschuldig war.«

Olson schüttelt ungläubig den Kopf.

»Und dann ist da noch Sarah«, füge ich hinzu. »Aber bei ihr möchte ich vorsichtig sein.«

»Warum?«

»Sie hat einen Antrag gestellt, Adams Fall wieder aufzunehmen, und ich habe einen Tipp aus dem Büro von Richter Carmack bekommen, dass ihrem Antrag stattgegeben wird. Das wird die Abteilung extrem anfällig für rechtliche Schritte machen, also möchte ich sie nicht verärgern, bevor es absolut notwendig ist.«

»Wird dem so schnell stattgegeben?« Olsons Tonfall ist skeptisch.

»Sarah hat Freunde in allen möglichen Positionen. Wenn sie etwas will, wird es erledigt, und zwar schnell.«

»Die Tatsache, dass Sarah den Antrag gestellt hat, lässt mich denken, dass sie nichts mit Kellys Mord zu tun hat. Warum hätte sie ihn sonst gestellt?«

»Es würde verdächtig wirken, wenn sie es nicht täte, angesichts der neuen Informationen.«

»Stimmt.« Olson nickt. »Vielleicht spielt sie einfach nur das Spiel. Und was ist mit Stevens? Haben wir etwas über den Verlauf seiner Operation erfahren?«

Ich blicke auf mein Handgelenk und überprüfe die Zeit.

»Noch nicht. Aber er sollte bald fertig sein. Wie auch immer, der Chirurg hat gesagt, dass er nach seiner Operation für ein paar Tage nicht sprechen können wird, falls alles gut verlaufen ist.«

»Verdammt«, sagt sie.

»Verdammt ist das richtige Wort, und die Öffentlichkeit will einen endgültigen Beweis dafür, wer Kelly umgebracht hat. Wenn kein Wunder geschieht, glaube ich nicht, dass wir ihnen das geben können.« Ich atme tief durch die Nase aus.

»Wenn wir genug Druck ausüben, kommt die Wahrheit vielleicht ans Licht.«

»Vielleicht. Aber ich denke, das geschieht nur, wenn zwei Personen an Kellys Mord beteiligt waren und eine von ihnen die andere verrät. Wer auch immer das getan hat, wahrt dieses Geheimnis seit zwölf Jahren. Und wie man so schön sagt: Zwei können ein Geheimnis bewahren, wenn einer von ihnen tot ist.«

»Dann hoffen wir mal, dass es zwei sind – und dass sie beide noch leben«, sagt Olson mit einem sehnsüchtigen Lächeln.

Wir werden durch das Klingeln meines Telefons unterbrochen. Ich nehme es von meinem Gürtel und halte es ans Ohr.

»Sheriff Hudson.«

»Sheriff, hier ist Lieutenant Neill. Wir haben Stacy Howards Fahrzeug gefunden.«

»Wo?«

»Drüben auf der Lawson Road.«

»Ich bin unterwegs«, sage ich und lege auf.

Chief Deputy Olson und ich gehen auf den Tatort zu, der sich in einer Sackgasse eines Wohngebiets befindet. Es gibt Grundstücke zu verkaufen, und einige Häuser befinden sich in verschiedenen Bauphasen, aber keines davon ist fertiggestellt. Deputys sind verteilt und durchsuchen das Gebiet. Das Forensik-Team ist bereits damit beschäftigt, Stacys Fahrzeug zu untersuchen, einen schwarzen Hyundai Santa Fe, während Neill mit dem Rücken zu uns neben dem verlassenen SUV steht.

»Lieutenant Neill«, rufe ich, als wir uns nähern.

Er dreht sich zu uns um und nickt. »Sheriff Hudson. Chief Deputy Olson.«

»Was haben wir?«, frage ich.

»Ein Streifenwagen hat den SUV entdeckt und gemeldet. Ich habe Deputys abgestellt, die nach Hinweisen suchen, und die Spurensicherung untersucht das Fahrzeug nach forensischen Beweisen.«

Ich blicke zum Forensik-Team hinüber und dann zurück zu Neill. »Haben sie schon etwas gefunden?«

»Ja, anscheinend getrocknetes Blut am Lenkrad. Ich denke, wir haben es hier mit einer möglichen Entführung zu tun, Sir.«

»Können wir bestätigen, dass es von Stacy stammt?«, fragt Olson.

»Nicht ohne eine DNA-Probe. Sie ist ein Einzelkind. Ihre Mutter ist gestorben, als sie zwanzig war, und ihr Vater hat sie als Kind verlassen, laut ihrer Mitbewohnerin. Allerdings ist Sergeant Lantz unterwegs zu Stacys Wohnung, um eine Haarbürste und eine Zahnbürste zu holen; hoffentlich kann das Labor einen dieser Gegenstände für DNA-Vergleiche verwenden.«

»Gut«, sage ich. »Und ja, ich stimme zu, dass es sich hier um eine mögliche Entführung handelt. Das bedeutet, dass Stacys Status von einer vermissten Person zu einer kritisch vermissten Person hochgestuft wird. Wurde sie in das National Crime Information Center und das Virginia Criminal Information Network eingetragen?«

»Ich werde Deputy Lane damit beauftragen, wenn wir zurück im Revier sind.«

»Sobald das eingetragen ist«, sage ich und blicke zu Olson, »möchte ich, dass Sie sich mit dem Bureau of Criminal Investigation in Verbindung setzen.«

»Wird gemacht«, sagt sie.

»Und was ist mit einer Vermisstenmeldung oder einer Pressemitteilung?«, fragt Neill.

»Das müssen wir erst mit dem BCI abstimmen, und die werden dann die Koordination mit der Staatspolizei übernehmen, um eine Meldung rauszugeben, sowie mit dem Büro für Öffentlichkeitsarbeit, um Pressemitteilungen und Social-Media-Posts zu veröffentlichen«, sage ich, während ich die Umgebung eingehend betrachte. »Ich nehme an, hier gibt es keine Überwachungskameras.«

»Das ist leider korrekt, Sheriff«, erwidert Neill.

Ich stoße einen tiefen Atemzug aus und schüttele den Kopf. »Wer auch immer das Fahrzeug hier abgestellt hat, hatte entweder verdammtes Glück oder wusste, dass dies ein Überwachungs-Blindspot ist. Noch irgendetwas im Fahrzeug gefunden?«

»Ein Handy auf dem Boden der Beifahrerseite. Es ist allerdings leer, was wir schon erwartet hatten, da der letzte bekannte Standort laut Stacys Mobilfunkanbieter in der Nähe ihrer Wohnung war.«

»Sorgen Sie dafür, dass es direkt ins Labor geht, damit sie daran arbeiten können, es zu entsperren.«

»Ist bereits unterwegs«, sagt Neill.

»Gut. Hoffentlich kriegen sie es hin, damit wir ihre Textnachrichten einsehen können, da der Mobilfunkanbieter sie nicht speichert.«

»Was ist mit Stacys Mitbewohnerin?«, fragt Olson. »Wir sollten Lantz kontaktieren, da er ohnehin zu Deenas Wohnung fährt, um DNA-Proben zu sammeln. Vielleicht kennt sie Stacys Passwort.«

»Gute Idee«, sage ich. »Nehmen Sie Kontakt zu Sergeant Lantz auf, damit er sie danach fragt, während er dort ist.«

Neill nickt erneut. »Es gibt auch noch das hier, Sheriff.« Er hält eine Beweismitteltüte hoch, die eine weiße Visitenkarte mit roter Schrift enthält.

»Bob Miller«, lese ich die Karte laut vor.

»Sollen wir ihn nochmal zur Befragung einbestellen?« Olson hebt eine Augenbraue.

Ich schüttele den Kopf. »Nein, noch nicht. Wir haben ihn gerade erst verhört, und er hat bereits zugegeben, sie getroffen zu haben. Das ist aktuell nur ein Indizienbeweis. Außerdem habe ich nicht genug, um ihn festzuhalten. Lassen Sie die Karte ins Labor schicken.«

»Ja, Sir. Noch etwas?«, fragt Neill.

Mein Blick wandert zum Fahrzeug, wo das Forensik-Team nach Fingerabdrücken sucht und jede Spur von Beweisen sammelt. Stacy wird seit vier Tagen vermisst. Wir haben die ersten achtundvierzig Stunden verpasst, die am entscheidensten sind. Mit ihrem zurückgelassenen Handy, dem verlassenen Fahrzeug und dem getrockneten Blut am Lenkrad handelt es sich eindeutig um eine Entführung – oder schlimmer. Mein Bauchgefühl sagt mir, dass Bob etwas damit zu tun hat, aber ich darf mich nicht darauf versteifen. Genau deshalb stecken wir in diesem Schlamassel mit dem Summers-Fall. Vielleicht gibt es hier noch einen anderen Ansatz, den ich übersehe.

»Sheriff«, sagt Neill und reißt mich aus meinen Gedanken.

Ich sehe ihn und dann Olson an. »Hat jemand einen Background-Check zu Stacy Howard gemacht?«

Beide schütteln den Kopf.

»Das will ich auch haben.«

»Bin dran«, sagt Neill und dreht sich auf dem Absatz um. Er funkt Sergeant Lantz und Deputy Lane an, um ihnen die neuen

Aufträge mitzuteilen, und ruft dann sein Team zusammen, um die nächsten Schritte zu besprechen.

»Background-Check?« Olson verengt die Augen.

»Nur so ein Bauchgefühl«, sage ich.

»Und bist du sicher, dass wir Bob nicht nochmal zur Befragung reinholen sollten?«

Ich lasse meinen Blick über die Szene vor mir schweifen und nehme alles in mich auf.

»Nein, ich bin mir nicht sicher«, sage ich. »Aber wir haben ihn gestern verhört, und bis die forensischen Ergebnisse von diesem Tatort zurückkommen, haben wir keine direkten Beweise, die ihn mit Stacys Verschwinden in Verbindung bringen. Also haben wir nichts Neues, worüber wir ihn befragen könnten … zumindest noch nicht.«

21

SARAH MORGAN

Ich lege die Metallzange um den knusprigen Speck und hole jedes Stück aus der heißen Pfanne, um es in eine flache Schüssel mit Küchenpapier zu legen. Plötzlich springen zwei Toastscheiben aus dem Toaster und erschrecken mich. Ich mache mir Sorgen um Summer, was das alles mit ihr macht, welche Auswirkungen es auf sie haben wird. Alles, was ich will, ist, sie zu beschützen.

Summers nackte Füße klatschen auf den Holzboden, als sie den Flur entlangrennt und in die Küche stürmt. Es ist mein Lieblingsgeräusch auf der ganzen Welt, und ich liebe es mehr als alles andere, weil ich weiß, dass es nicht für immer sein wird. Eines Tages werden ihre Schritte schwerfällig sein, die Begeisterung, mich zu sehen, wird verfliegen. Und dann wird der Moment kommen, in dem ich sie gar nicht mehr höre. In ihrem Nachthemd, mit wild in alle Richtungen abstehendem blondem Haar, reibt sich Summer verschlafen mit der Rückseite ihrer Hand die Augen.

»Guten Morgen, Liebling«, sage ich lächelnd, während ich ihr einen Teller mit Speck, Toast und einem Stück Spinat-Gouda-Quiche serviere.

»Hi, Mom«, murmelt sie.

»Hast du gut geschlafen?«

»Ich glaube schon.« Der Stuhl kratzt über den Boden, als Summer sich an den Tisch setzt.

»Das hoffe ich doch.« Ich stelle ihr ein Glas Orangensaft und ihren Teller hin. »Hast du Hunger?«

»Ich verhungere. Ich habe seit gestern nichts mehr gegessen.«

»Das stimmt.« Ich lache. »Ich hole dir Besteck.« Ich gehe in die Küche, um ihr eine Gabel zu holen.

»Mom!«, schreit Summer plötzlich.

Mein Kopf fährt herum, und ich sehe ihren ausgestreckten Arm, der auf die gläserne Schiebetür zeigt.

»Was? Was ist los?«, frage ich und eile zu ihr.

»Da ist ein Mann draußen.«

Ich atme erleichtert aus und folge ihrem Blick zu Alejandro, der Jeans, Arbeitsstiefel und ein enges weißes T-Shirt trägt. Er kniet auf der Veranda, hält eine Bohrmaschine in der Hand, während die Sonne auf ihn hinunterbrennt. Das Elektrowerkzeug summt, als er eine Schraube in ein neues Holzbrett dreht.

»Das ist Alejandro, Schatz. Ich habe ihn beauftragt, die Veranda zu reparieren.«

Sie lässt ihren Arm sinken und runzelt die Stirn, während sie ihn beobachtet. »Warum hat er so viele Tattoos, Mom?«

»Weil er sie wollte, und das ist seine Entscheidung«, sage ich und reiche ihr das Besteck.

Summers Augen leuchten auf, als sie die Gabel nimmt. »Ich will auch Tattoos.«

»Vielleicht, wenn du älter bist.« Ich lächle und gehe zurück in die Küche, um mein Essen anzurichten.

»Mit dreizehn?«

»Nicht mal ansatzweise.«

»Und was ist mit Ohrlöchern? Kann ich mir die mit dreizehn stechen lassen?«

»Vielleicht«, sage ich, kehre zum Tisch zurück und nehme Platz.

»Aber meine Freundin Courtney hat ihre Ohrlöcher bekommen, als sie noch ein Baby war. Sie erinnert sich nicht mal mehr daran.« Summer schmollt.

»Ich habe vielleicht gesagt, Süße. Das ist kein Nein, also lass uns das jetzt nicht weiter diskutieren.«

Sie seufzt und kaut auf einem Stück Speck herum.

»Freust du dich darauf, den Tag mit deinem Vater in DC zu verbringen?«, frage ich, um das Thema zu wechseln.

»Irgendwie schon.«

»Warum nur irgendwie?«

Summer senkt den Kopf. »Weil ich mir wünsche, dass du auch mitkommst.«

Ich streiche ihr sanft über den Kopf, glätte ihre weichen blonden Haare. So sehr ich versucht habe, sie im Dunkeln über die Trennung zwischen Bob und mir zu lassen, weiß sie es auf irgendeiner Ebene bereits. Kinder sind sehr feinfühlig, weil sie noch dabei sind, diese Welt zu verstehen – eine Welt, die gleichzeitig grausam und wunderschön sein kann.

»Ich weiß, Schatz. Ich wünschte auch, ich könnte mitkommen«, lüge ich. »Aber ich habe Arbeit zu erledigen.« Noch eine Lüge. »Außerdem wird es schön sein, wenn du und dein Vater etwas Zeit miteinander verbringen, nur ihr zwei.« Das ist die Wahrheit.

Sie sticht mit ihrer Gabel in die Quiche und nimmt einen viel zu großen Bissen. Ich ermutige sie, etwas zu trinken, damit sie sich nicht verschluckt. Sie ist neun Jahre alt, aber diese Fürsorge ist ein Überbleibsel aus ihrer Kleinkindzeit und ein Mangel meinerseits als Mutter, da ich mich immer sorge. Mein Blick fällt erneut auf Alejandro. Er trägt ein Brett über der Schulter und legt es ab, richtet es eng an dem aus, das er gerade an der Veranda befestigt hat. Er muss spüren, dass ich ihn anschaue, denn er hebt den Kopf und sieht in meine Richtung. Schnell wende ich meinen Blick ab und konzentriere mich wieder auf Summer, die sich gerade einen weiteren riesigen Bissen Quiche in den Mund stopft.

»Trink etwas und nimm nächstes Mal kleinere Bissen«, erinnere ich sie.

Sie nimmt das Glas Orangensaft, setzt es an die Lippen und trinkt die Hälfte aus, wobei sie einen orangefarbenen Schnurrbart auf ihrer Oberlippe hinterlässt. Ich stochere ein wenig in meinem Essen herum, meine Augen springen zwischen meiner Tochter und dem Fremden draußen hin und her. Ich bin mir nicht sicher, ob es eine gute Idee ist, ihn hier zu haben, weil ich nicht weiß, wozu er fähig ist. Ich weiß, was seine Akte darüber sagt, was er getan hat – oder zumindest, wofür er rechtlich verantwortlich gemacht wurde. Aber das bedeutet nicht, dass sie jede schreckliche Tat umfasst, die er jemals begangen haben könnte. Schließlich ist mein eigenes Vorstrafenregister so sauber wie ein frisch poliertes Fenster.

»Fertig«, verkündet Summer. Auf ihrem Teller sind nur noch die Krusten der Quiche und des Toasts übrig.

»Warum gehst du nicht duschen und packst deine Sachen?« Ich werfe einen Blick auf meine Uhr. »Dein Vater sollte bald hier sein.«

Sie springt von ihrem Stuhl und rennt den Flur entlang. Die Badezimmertür schlägt zu, und einen Moment später höre ich, wie die Dusche angeht. Ich hätte diesen Übernachtungsbesuch absagen sollen, nachdem Bob mir gedroht hat, aber es wäre unfair, unsere Tochter für das erratische Verhalten ihres Vaters zu bestrafen. Ich hoffe nur, dass er sich zusammenreißt und ihr zumindest einen angenehmen und erinnerungswürdigen Tag in der Stadt bietet.

Meine Augen sind wieder auf Alejandro gerichtet. Er zieht sein Shirt hoch, um sich das Gesicht abzuwischen, und enthüllt dabei seine verschwitzten, gut definierten Bauchmuskeln. Schnell reiße ich mich los, nehme die Teller und bringe sie zum Spülbecken. Doch durch das Fenster darüber kann ich ihn immer noch sehen, wie er ein Holzbrett an die Veranda schraubt, seine Unterarme angespannt, die Haut schweißbedeckt. Ich habe noch nie wirklich jemanden bei körperlicher Arbeit beobachtet. Adam hat nie etwas mit seinen Händen gearbeitet, und Bob wüsste nicht einmal, was ein Schraubenzieher ist. Alejandro hält inne, um einen Schluck Wasser zu trinken, und leert die Flasche. Er war jetzt schon ein paar Stunden draußen, und ich bin mir sicher, dass er hungrig sein muss. Ich bereite ihm einen Teller vor, gieße ein Glas Orangensaft ein und gehe zur Schiebetür, um sie aufzuschieben. Alejandro hebt den Kopf und lächelt, sobald er mich hört.

»Ich dachte, Sie könnten hungrig sein«, sage ich und reiche ihm das Essen und den Orangensaft.

»Da haben Sie recht.« Er steigt über das Loch in der Veranda, wo die Bretter entfernt wurden, und nimmt den Teller und das Glas entgegen, bedankt sich.

Ich ziehe die Schiebetür zu und trete vorsichtig über den Bereich mit den fehlenden Brettern. »Es sieht gut aus«, sage ich.

»Danke. Ich sollte in ein paar Tagen fertig sein.« Alejandro steckt sich ein Stück Speck in den Mund und kaut.

»Keine Eile.«

Er nickt und isst weiter, leert den Teller in weniger als einer Minute. »Sie müssen wirklich hungrig gewesen sein«, sage ich und nehme ihm den Teller ab.

Alejandro leckt sich über die Oberlippe. »Entschuldigung, Gewohnheit. Wenn du im Knast nicht schnell gegessen hast, hast du gar nichts abbekommen.« Er leert das Glas mit Orangensaft in einem Zug.

»Wie war es drinnen?«

Seine Augen treffen meine, und er schweigt einen Moment, als würde er überlegen, wie er auf meine Frage antworten soll. »Sagen wir einfach, ich will nie wieder zurück.«

Ich habe bemerkt, dass Alejandro nicht besonders gesprächig ist, zumindest nicht bei mir. Aber er stellt gerne Fragen. Ich strecke meine Hand aus, um ihm das Glas abzunehmen.

»Nun, diese Wahl liegt bei Ihnen.«

Kaum habe ich die Worte ausgesprochen, denke ich an Adam. Er hatte keine Wahl, weil ich sie für ihn getroffen habe. Manchmal tragen wir die Konsequenzen unserer eigenen Entscheidungen, und manchmal die von anderen. Andererseits hat Adam auf gewisse Weise sein eigenes Schicksal besiegelt.

»Wissen Sie« – Alejandro verschränkt die Arme vor der Brust – »ich glaube, beim ersten Mal hatte ich keine Wahl.«

Ich neige meinen Kopf, fasziniert von seiner Antwort. »Und warum nicht?«

»Ich war jung. Mein Vater hatte uns verlassen, und meine Mutter war nicht in der Lage, eine Mutter zu sein. Sie hat ihre eigenen Laster ihren Kindern vorgezogen, und das hat mich dazu gebracht, nach einem Platz zu suchen, wo ich hineinpasse, akzeptiert werde, das Gefühl habe, Teil von etwas zu sein. Menschen, die nach Zugehörigkeit suchen, finden sie schnell in einer Gang«, sagt er, ohne meinen Blick zu erwidern.

Seine Antwort erinnert mich an meine eigene Kindheit. Mein Vater, der starb. Meine Mutter, die abstürzte, Drogen nahm, um zu überleben. Alles zu verlieren. Gezwungen zu sein, in Motels zu leben. Sie brachte fremde Männer mit in unser Zimmer, die ihr einen Schuss gaben im Austausch für das Einzige, was sie noch zu bieten hatte: sich selbst. Und manchmal war selbst das nicht genug. Sie sahen mich an, nachdem sie eingeschlafen war, wie eine Art Bonus. Ich habe mich immer gewehrt … auf die eine oder andere Art. Du tust, was du tun musst, um zu überleben. Die meisten von uns mussten noch nie eine Wahl zwischen Leben und Tod treffen. Aber ich kann sagen, wenn du es musst, wenn du zu dieser Wahl gezwungen wirst, verändert dich das für immer.

»Es ist schade, dass ich da hineingeraten bin«, fügt er hinzu und hebt den Blick, um mich anzusehen.

»Ja«, sage ich. »Sie und ich sind gar nicht so verschieden. Wir sind nur in unterschiedliche Dinge hineingeraten.«

Alejandro zeigt ein knappes Lächeln. »Und wo sind Sie hineingeraten, Sarah?«

»Überleben.«

Ich muss nicht weiter ausholen, denn ich sehe es in seinen Augen. Er weiß genau, was ich meine.

22

Ich schlage die Autotür hinter mir zu und blicke zu meinem Haus, das von Wäldern umgeben ist. Der Anblick der ausladenden Veranda, die sich um das Haus windet, und der großen Erkerfenster hat mir früher Freude bereitet. Jetzt ist es nur noch eine Erinnerung an das, was ich verloren habe – oder vielmehr an das, was Sarah mir genommen hat. Ich weiß, dass sie hinter all dem steckt. Das muss sie. Es kann kein Zufall sein, dass Stacy für die Morgan Foundation gearbeitet hat. Mein Verdacht ist, dass Sarah sie angeheuert hat, um mich zu verführen. Aber ich verstehe nicht, warum sie das tun würde.

Brad hat ein wenig mehr recherchiert und herausgefunden, dass Stacy vor sechs Monaten als Event-Model für eine Fundraising-Gala der Morgan Foundation engagiert wurde. Das heißt, sie war eine attraktive Kellnerin, ein Hingucker, um männliche Spender dazu zu bringen, großzügiger zu sein. Vielleicht war das der Moment, in dem Sarah die Idee kam. Vielleicht hat sie mitbekommen, wie ich Stacy angesehen habe, und wollte mich testen, ob ich treu bleibe. Oder vielleicht hatte sie Größeres im Sinn?

Sarah war es, die vorschlug, denselben Catering- und Event-service für die Feier zu nutzen, die meine Kanzlei ausrichtete, als ich zum Partner ernannt wurde. An dem Abend meiner Feier sagte Sarah, sie könne nicht kommen, weil Summer krank sei und sie sich nicht wohl damit fühle, sie bei einem Babysitter zu lassen. Ich war so enttäuscht. Nein, ich war wütend. Damals dachte ich, sie wollte mich nicht in ihrer alten Position sehen, vielleicht aus Eifersucht. Aber jetzt weiß ich, warum Sarah nicht dort sein konnte. Denn wenn sie da gewesen wäre, wie hätte Stacy mich testen können?

Ein stechender Schmerz in meinem Kiefer unterbricht meine Gedanken, und ich merke, dass ich die Zähne zu fest aufeinan-dergepresst habe – also entspanne ich mich, halte den Kopf hoch und gehe zum Haus. An der Tür klopfe ich nicht, denn es ist auch mein Zuhause.

»Summer«, rufe ich, während ich eintrete.

Unter der Badezimmertür im Flur scheint Licht hindurch, und ich höre das Summen des Ventilators sowie das Rauschen von Wasser. Gerade als ich die Küche betrete, öffnet sich die glä-serne Schiebetür, und Sarah kommt herein. Sie trägt einen leeren Teller in einer Hand und ein Glas in der anderen.

»Guten Morgen, Bob«, sagt sie, schließt die Tür hinter sich und geht zur Spüle. Sie versucht, unbeeindruckt zu wirken, so zu tun, als wäre alles in Ordnung, und dass nur ich mich daneben benehme. Genau dasselbe hat sie mit Adam durchgezogen, ihn verrückt gemacht, während sie ihn hintenrum langsam zerstörte. Der einzige Unterschied ist, dass ich ihr Spiel durchschaut habe.

Eine Bewegung auf der hinteren Veranda erregt meine Auf-merksamkeit, und ich erkenne ihn sofort. Fall fünfzig, Alejandro

Perez. Er trägt ein Brett über der Schulter und hält inne, als er merkt, dass ich ihn beobachte. Alejandro erwidert meinen Blick und nickt mir zu.

Ich schüttle den Kopf und wende mich wieder Sarah zu. »Ich sehe, du hast einen Kriminellen eingestellt.«

»Er ist resozialisiert, Bob.« Sie spült einen Teller ab und stellt ihn in den Abtropfständer. »Und er war deine Nominierung. Hast du kein Vertrauen in deine Auswahl?« Sarah wirft mir einen Blick über die Schulter zu und hebt eine Augenbraue.

»Das habe ich nicht gesagt.« Ich trete in die Küche und senke meine Stimme. »Aber ich fühle mich nicht wohl dabei, ihn in Summers Nähe zu wissen.«

»Ich würde niemals zulassen, dass ihr etwas passiert.« Sie hält inne und wirft mir einen eindringlichen Blick zu. »Und außerdem hat die Stiftung eine hundertprozentige Erfolgsquote bei der Verhinderung von Rückfälligkeit.«

»Es braucht nur einen, um diese Quote zu ruinieren.« Ich presse die Lippen fest aufeinander.

»Jeder verdient eine zweite Chance.«

»Oh, wirklich? Was ist mit dir und mir? Wo bleibt meine zweite Chance, Sarah?«

»Die bekommst du bei deiner nächsten Frau, Bob.« Sie sieht mich nicht an, während sie das sagt. Stattdessen zieht sie den Stöpsel aus dem Abfluss und trocknet sich die Hände mit einem Handtuch.

Ich lache kurz sarkastisch auf und mache einen Schritt auf sie zu. »Wann hast du es gewusst?«

»Wann ich was gewusst habe?« Sie verengt die Augen.

»Wann du wusstest, dass du dich von mir scheiden lassen willst.«

»In dem Moment, als ich herausgefunden habe, dass du mit einer anderen Frau geschlafen hast.«

»Das wusstest du schon vorher«, werfe ich herausfordernd ein und hebe das Kinn.

Sarah schnaubt nur und macht sich wieder daran, aufzuräumen. Sie behandelt mich wie diese Küche, als wäre ich nur ein weiteres Chaos, das sie beseitigen muss.

»Ich weiß, dass du sie angeheuert hast«, sage ich.

»Wen angeheuert?«

»Stacy.«

»Ich weiß nicht, wovon du redest.« Sie wischt die Arbeitsfläche ab, hält sich beschäftigt, um klarzumachen, dass dieses Gespräch nicht ihre volle Aufmerksamkeit verdient.

»Warum zum Teufel steht Stacy auf der Gehaltsliste deiner Firma?«

Sarah legt den Kopf leicht zur Seite und sieht verwirrt aus, sagt aber kein Wort.

»Ja, genau. Ich habe deinen Rat befolgt und sie mir genauer angesehen. Stacy wurde als Event-Model oder Cocktailkellnerin oder was auch immer für eine Gala deiner Stiftung vor sechs Monaten angeheuert.« Ich verschränke die Arme vor der Brust und denke: *Schachmatt, du Schlampe. Ich bin dir auf die Schliche gekommen.*

Vielleicht hätte ich meine Karten besser zurückgehalten, aber ich habe noch andere, die ich dicht an meiner Brust verwahre. Ich will, dass Sarah weiß, dass ich voll und ganz verstehe, was sie tut, damit sie vielleicht erkennt, dass nichts davon funktionieren wird, und damit aufhört.

»Erklärst du mir gerade, wie du andere Frauen kennenlernst, Bob?«

Immer diese cleveren Bemerkungen.

»Nein!«, sage ich und presse den Kiefer zusammen. »Ich sage dir, dass du und Stacy miteinander in Verbindung steht. Ich würde es Zufall nennen, aber bei dir gibt es keine Zufälle.«

Sie unterbricht ihr Putzen, um mir direkt in die Augen zu sehen, und starrt mich eindringlich an. »Glaubst du wirklich, ich stelle die verdammten Cocktailkellnerinnen ein? Ich bin die Gründerin und CEO der Firma. Anne und ihre Assistentin kümmern sich um solche Sachen.«

»Als ob Anne irgendeine Entscheidung ohne deinen Segen träfe ...«

»Doch, das tut sie. Genau deshalb gibt es Mitarbeiter in Unternehmen.«

»Du täuschst niemanden, Sarah«, sage ich kopfschüttelnd. »Ich weiß, dass du Stacy angeheuert hast, damit sie mit mir schläft.«

Sie wirft den Spüllappen in die Spüle. »Mein Gott. Du bist völlig durchgedreht.«

»Nein, du bist diejenige, die den Verstand verloren hat. Warum hast du es getan? Warum hast du mich reingelegt? Habe ich dich wütend gemacht? Hast du entschieden, dass du mich nicht mehr brauchst? Hast du aufgehört, mich zu lieben?« Meine Stimme wird mit jeder Frage lauter, und ich spüre, wie eine Ader in meinem Nacken zu pochen beginnt, während die Wut in mir aufwallt. »Gibt es jemand anderen? Oder liegt es daran, dass du es nicht ertragen konntest, dass ich deine Partnerposition übernommen habe? Ist das der Grund? Hast du dich durch mich *klein* gefühlt?«

Sarah antwortet nicht. Sie steht einfach nur da, so ruhig wie eh und je, mit einem mitleidigen Ausdruck im Gesicht. Das ist das Letzte, was ich von ihr brauche.

»Was ist es?«, schreie ich. »Warum hast du entschieden, unsere Familie zu zerstören?«

Mein Herz schlägt so hart und schnell, dass es sich anfühlt, als könnte es jeden Moment aus meiner Brust schießen. Schweiß sammelt sich an meinem Haaransatz, und meine Finger schmerzen von der Anspannung meiner geballten Fäuste. Am liebsten würde ich sie um ihren hübschen kleinen Hals legen und so lange zudrücken, bis ihr Kopf abfällt. Meine Atemzüge werden flach und schnell, wie das Schnauben eines Bullen, bevor er auf den Matador zustürmt. Ich schlage mit der Faust auf die Granit-Arbeitsplatte, um all die Wut loszuwerden, die ich seit der Übergabe der Scheidungspapiere in mir trage. Etwas in meiner Hand knackt. Aber ich spüre es nicht. Alles, was ich spüre, ist die Wut.

»Sag mir, warum du es getan hast!«, schreie ich.

»Das kann ich nicht«, sagt sie.

»Warum?«

»Weil ich nichts getan habe. Deine Handlungen haben Konsequenzen, Bob, und es tut mir leid, dass du nicht in der Lage bist, das zu akzeptieren.«

»Dad«, ruft Summer. Ich drehe mich um und sehe sie im Türrahmen des Flurs stehen. Ein Rucksack hängt über ihrer Schulter, und sie sieht mich an, als hätte sie Angst vor mir. »Warum schreist du Mom an?« Ihre Stimme zittert.

Ich lasse einen schweren Seufzer entweichen und die Anspannung in meinem Körper abfließen. Meine Schultern sinken herab, und meine Brust fällt ein. »Wir hatten nur eine kleine Meinungsverschiedenheit, Liebling. Manchmal passiert das bei Erwachsenen. Aber jetzt ist alles in Ordnung, also brauchst du dir keine Sorgen zu machen.« Ich untermauere meine Worte mit einem Lächeln. »Wie wäre es, wenn du schon mal nach draußen gehst? Ich komme gleich zu dir.«

»Okay«, antwortet sie zögerlich, als würde sie mich genau studieren. Sie ist clever, genau wie ihre Mutter. Manchmal zu clever. Summer eilt an mir vorbei zu Sarah und gibt ihr eine Umarmung. »Tschüss, Mom. Ich hab dich lieb.«

Sarah umarmt sie ebenfalls und küsst sie auf die Stirn. In diesem Moment wirkt sie fast wie ein echter Mensch.

»Ich hab dich auch lieb, Schatz. Sei brav bei deinem Papa.« Ihre Stimme ist fröhlich, als sie sie verabschiedet.

»Mach ich«, sagt Summer und geht zur Haustür. Ich warte, bis sie das Haus verlassen hat, bevor ich weitermache, denn ich muss mich nicht noch mehr wie der Bösewicht darstellen, als Sarah es sicher ohnehin schon getan hat.

»Das ist noch nicht vorbei«, sage ich mit zusammengebissenen Zähnen.

Sarah starrt mich einen Moment lang an, mustert mich, versucht einzuschätzen, wie ernst ich es meine und wie weit ich bereit bin, zu gehen.

»Doch, Bob«, sagt sie, aber ich merke, dass kaum Überzeugung in ihrer Stimme liegt – denn tief im Inneren weiß sie, dass wir gerade erst anfangen.

23

SHERIFF HUDSON

Das Klingeln eines Telefons reißt mich aus dem Schlaf – oder vielleicht war ich gar nicht wirklich eingeschlafen. Stress und Angst können das bewirken. Sie lassen dich glauben, du hättest keine Sekunde geschlafen, egal, wie lange du schon mit geschlossenen Augen im Bett liegst. Ich klatsche meine Hand auf den Nachttisch und taste herum, bis meine Finger das kalte Metall meines Handys berühren. Ich drücke auf *Annehmen* und halte es ans Ohr.

»Sheriff Hudson«, flüstere ich mit heiserer Stimme. Mein Blick wandert zu Pam. Sie schläft tief und fest neben mir, ihr langes Haar ist über das Kissen verteilt.

»Tut mir leid, dass ich Sie wecke, Sir. Hier ist Deputy Morrow. Aber … ähm … ich dachte, Sie möchten das sofort erfahren …«

»Raus damit, Morrow.«

»Stevens ist tot, Sir.«

Meine Augen weiten sich vor Unglauben. Ich schwinge meine Beine aus dem Bett und stelle meine nackten Füße auf den Boden. Mit der Hand reibe ich mir die Schläfe und frage mich, ob das ein Traum ist.

»Was zur Hölle meinen Sie mit tot? Sein Arzt hat gestern gesagt, die Operation sei gut verlaufen und er würde sich vollständig erholen.«

»Das war kein natürlicher Tod, Sir.« Am anderen Ende bleibt Morrow still, abgesehen von seinen schweren Atemzügen. »Stevens wurde ermordet«, fügt er schließlich hinzu.

———

Weniger als zwanzig Minuten später kommen Olson und ich im Krankenhaus an. Sobald sie mich aufstehen hörte, war sie ebenfalls wach und schneller bereit als ich. Sie bestand darauf, mitzukommen. Ich habe nicht widersprochen, denn wenn sie sich einmal etwas in den Kopf gesetzt hat, gibt es kein Zurück mehr. Wir machen uns auf den Weg zu Ryan Stevens' Zimmer – oder besser gesagt zu seinem früheren Zimmer? Hört es auf, sein Zimmer zu sein, wenn sein Körper noch darin liegt, obwohl kein Leben mehr in ihm ist? Deputy Morrow steht Wache. Warum er das nicht getan hat, bevor Stevens ermordet wurde, ist mir ein Rätsel. Über den Türrahmen ist Polizeiband gespannt. Das hat er offenbar richtig gemacht, aber das macht seinen Fehler nicht wett.

»Sheriff Hudson, ich …«, beginnt er mit einer schuldbewussten Miene.

Ich hebe die Hand, um ihn zu stoppen. »Sparen Sie sich das. Ich kümmere mich später um Sie.« Er tritt beiseite, und ich hebe das Polizeiband an, damit Pam zuerst darunter hindurchgehen kann.

Ein Arzt, der in der hinteren Ecke des Zimmers auf einem Stuhl sitzt, steht sofort auf, als Pam und ich eintreten.

»Hallo, Officers«, sagt er, während er auf uns zukommt, ein Klemmbrett in der Hand. »Ich würde Guten Abend sagen, aber …« Er blickt zu dem Körper unter dem blutgetränkten Laken auf dem Krankenhausbett.

»Ja, eine höllische Art, einen Samstagabend zu verbringen, Doc«, sage ich und schüttle den Kopf. »Ich bin Sheriff Hudson, und das ist Chief Deputy Olson.«

»Ich bin Dr. Boyd. Freut mich, Sie beide kennenzulernen, obwohl ich mir andere Umstände gewünscht hätte.« Er presst die Lippen zusammen.

Ich nicke und durchquere den Raum, bleibe am Bett stehen. Das Laken ist direkt unter Ryans Kopf rot durchtränkt, sodass ich bereits eine Vorstellung davon habe, was mich darunter erwartet. Kein Schrödinger Zwischenzustand – ich weiß, dass er tot ist, und das Warten wird daran nichts ändern. Langsam ziehe ich das Laken nach unten und enthülle das Gesicht eines Mannes, den ich seit vielen Jahren kenne, aber nie so gesehen habe. Seine Augenlider sind zur Stirn hochgezogen. Er muss sie vor Schock aufgerissen und seine letzten qualvollen Sekunden damit verbracht haben, zu der Person hochzustarren, die ihm gerade das Leben nimmt. Weiter unten ist die Wunde, die alles beendet hat – ein langer, tiefer Schnitt unter seinem Kinn, der sich von einem Ohr zum anderen erstreckt. Blut rinnt seinen Hals hinunter. Das weiße Laken hat einen Großteil davon aufgesogen und lässt den Fleck immer weiter wachsen und sich ausbreiten.

Ein Gedanke schleicht sich in meinen Kopf. Der Deputy sagte, es war Mord, aber ich kann mir da noch nicht sicher sein. Ich ziehe ein Paar Latexhandschuhe von meinem Gürtel und streife sie über meine großen Hände. Angesichts dessen, warum Ryan überhaupt im Krankenhaus war, könnte es auch Selbstmord gewesen sein. Ehrlich gesagt, so schrecklich es auch klingt, wäre Selbstmord die bessere Todesursache. Andernfalls haben wir einen Mörder auf der Flucht. Ich blicke für einen Moment zu Deputy Morrow hinüber und verenge meine Augen in Missbilligung. Sein Gesicht ist so weiß, wie das Laken früher einmal war.

»Wer hat ihn gefunden?«, frage ich.

Morrow räuspert sich. »Ich, Sir.«

»Hat jemand etwas bewegt?« Meine Augen wandern zwischen Morrow und Dr. Boyd hin und her.

»Ich habe nach einem Puls gesucht und dann das Laken über seinen Kopf gezogen, um ihn zu bedecken«, sagt der Arzt.

Ich beuge mich hinunter und sehe unter das Bett, um nach Gegenständen wie einem Skalpell zu suchen. Aber da ist nichts. Dann hebe ich das Kopfkissen und Ryans Kopf an, schiebe meine Hand unter seine Schultern – auch dort finde ich nichts.

»Olson, kannst du mir helfen, ihn anzuheben?«

»Sicher.« Sie zieht sich ebenfalls Handschuhe an und hilft mir, Ryan erst nach rechts und dann nach links zu neigen.

»Es ist unwahrscheinlich, dass er das alleine geschafft hätte«, sagt Dr. Boyd.

Ich öffne Ryans Hände und untersuche sie auf Spuren oder Gegenstände. Auch da ist nichts.

»Wieso das?«, frage ich.

»Ein Mensch könnte nur einen schnellen Schnitt quer über den Hals machen, bevor der Körper in einen Schockzustand verfällt und sich verkrampft, aber …« Der Arzt tritt an Ryans Körper heran und deutet auf den Anfang des Schnitts unter dem Ohr. »Dieses Schnittmuster, das von unter dem Ohr entlang der

Kehle und zurück bis zum anderen Ohr verläuft, würde eine durchgehend ruhige Hand erfordern. Ich bin kein Experte für postmortale Wunden, aber dieser Schnitt ist außerdem sehr tief und konstant. Die Wahrscheinlichkeit, dass er diese Kraft die komplette Kurve entlang durchhalten könnte, ist extrem gering.«

Ich blicke erneut auf die Wunde, diesmal noch genauer. Sie ist fast einen Zoll tief über die gesamte Länge des Schnitts hinweg und wird an den Enden nicht flacher.

»Danke, Doc«, sage ich und ziehe die Latexhandschuhe aus, werfe sie in einen nahegelegenen Abfalleimer.

»Natürlich, Sheriff.«

Ich richte meine Aufmerksamkeit auf meinen Deputy. »Also, erzählen Sie mir, was passiert ist.«

»Ich weiß es nicht. Ich war …«

»Das weiß ich schon alles. Ich weiß bereits, dass Sie nicht wissen, was passiert ist. Ich weiß, dass Sie nicht wissen, wer das getan hat. Ich weiß, dass Sie nicht hier waren und Ihren verdammten Job nicht gemacht haben. All das weiß ich bereits. Also ersparen Sie mir die Zeit und kommen Sie direkt zu dem Teil, wo Sie erklären, warum zur Hölle Sie nicht vor dieser Tür gestanden haben!«, fauche ich und gestikuliere wütend zur Tür des Zimmers.

Deputy Morrow öffnet den Mund, aber kein Wort kommt heraus.

»Ich habe keine Zeit für Ihre Sprachlosigkeit. Wir haben einen Mörder auf freiem Fuß, und ich muss alles wissen. Also, wo waren Sie?«

»Ich war auf der Toilette, Sir.« Deputy Morrow schafft es nicht, mir in die Augen zu sehen, sondern starrt auf den Boden.

»Auf der Toilette? Was haben Sie da gemacht, dass jemand genug Zeit hatte, zu bemerken, dass Sie weg waren, unbemerkt reinzukommen, den Herzmonitor auszustecken, Stevens die Kehle von einem Ohr zum anderen aufzuschlitzen und wieder zu verschwinden – alles, ohne dass Sie etwas bemerkt haben? Haben Sie ein verdammtes Klo installiert?«

»Es ist das Essen aus dem Automaten und der Kaffee hier, Sir. Das fährt direkt durch mich durch. Ich war auf der Toilette und …«

»Genug! Ich brauche keine Details davon, wie Sie sich das Hirn aus dem Leib scheißen, Deputy. Wann genau haben Sie Ihren Posten verlassen?«

»Uhhh, ich glaube so gegen 1:15 Uhr, Sir.«

»Und wann sind Sie zurückgekommen?«

Er senkt den Blick und murmelt: »Ungefähr um 1:40.«

»Herrgott«, stöhne ich und stoße einen schweren Seufzer aus, während ich einen Schritt auf ihn zumache. »Wissen Sie, was Sie jetzt machen werden? Sie werden jeden einzelnen Flur auf dieser Etage ablaufen und jede Person, die nicht ans Bett gefesselt ist, fragen, ob sie vielleicht etwas gesehen hat, während Sie auf Ihrem Porzellanthron saßen. Und dann machen Sie dasselbe bei allen, die an der Rezeption arbeiten oder in den letzten drei Stunden das Gebäude betreten oder verlassen haben.«

»Sir, das wird …«

»Die ganze Nacht dauern, ich weiß. Also fangen Sie besser an.« Ich starre Deputy Morrow an, das Feuer in meinen Augen brennt sich durch ihn hindurch, bis er den Raum verlässt.

Ich drehe mich zum Arzt um. »Welche Art von Überwachung gibt es in diesem Gebäude?«

Er stottert, fängt sich aber fast sofort wieder. So wie ich ist er in einem Beruf, in dem ein einziger Fehler über Leben und Tod entscheiden kann.

»Wir haben Kameras in jedem Flur, jedem Aufzug, an jeder Station und jedem Ausgang. Außerdem sind mehrere Kameras an der Rezeption und im Wartebereich positioniert. Auch die Parkplätze werden überwacht«, sagt Dr. Boyd.

»Perfekt. Könnten Sie bitte Ihre Sicherheits- oder IT-Person, wer auch immer die Kameras überwacht, herholen? Ich brauche sämtliche Aufnahmen von heute Abend.«

»Natürlich. Ich werde ihn sofort anrufen.« Er verlässt den Raum mit weit mehr Dringlichkeit als mein Deputy.

»Wer könnte das getan haben?«, fragt Olson und blickt auf das blutbefleckte Laken, das Ryans Körper bedeckt.

»Jeder«, sage ich kopfschüttelnd. »Ich weiß, du warst nicht bei der Pressekonferenz, aber die Leute waren wütend. Du hättest sie sehen sollen. Wie ein Mob mit Mistgabeln und Fackeln. Sie wollten Blut.« Ich deute auf das Bett. »Sie wollten *sein* Blut.«

Sie runzelt die Stirn. »Ich glaube nicht, dass es so einfach ist, Marcus. Klar, sie sind wütend, aber das hier geht darüber hinaus.« Olson deutet auf den ehemaligen Sheriff. »Wer auch immer das getan hat, war bereit, alles zu riskieren. Sie wussten, dass Stevens bewacht wurde, aber sie sind trotzdem hierhergekommen und haben ihm ohne zu zögern die Kehle durchgeschnitten. Das war kein anonymer Bürger, der so wütend war, dass er beschlossen hat, die Gerechtigkeit in die eigenen Hände zu nehmen. Das war persönlich.«

Ich weiß, dass sie höchstwahrscheinlich recht hat, auch wenn ich nicht will, dass sie recht hat. Ihre Theorie ist viel gefährlicher als meine. Wenn diese Person Ryan wegen etwas angegriffen hat, das er in der Vergangenheit getan hat, dann könnten auch alle anderen, die mit diesem Fall oder Vorfall zu tun hatten, in Gefahr sein.

»Wenn deine Theorie stimmt, wer könnte so weit getrieben worden sein, das zu tun?«, frage ich.

»Was ist mit der Familie von Jackie Clarke, der Frau, die Stevens angefahren und getötet hat? Wissen wir etwas über sie? Gibt es ehemalige Sträflinge oder ehemalige Militärangehörige? Denn wer auch immer das getan hat, war sehr geschickt.«

Auch das ist eine gute Theorie. Wenn jemand ein Mitglied meiner Familie getötet hätte, würde ich sicher ebenfalls Vergeltung wollen. Aber was Olson nicht weiß, ist all der andere Schmutz und Dreck aus Ryans Vergangenheit. Ich kenne selbst nicht einmal alles. Wenn eine durchschnittliche Person sich hinsetzen und eine Liste von Leuten erstellen müsste, die bereit wären, ihr die Kehle durchzuschneiden, hätten 99 Prozent von ihnen ein leeres Blatt Papier. Aber ich bin sicher, dass Ryan keine Probleme gehabt hätte, eine ausführliche Liste zusammenzustellen. Die Frage ist: Wessen Name stünde ganz oben?

24

SARAH MORGAN

Nachrichtenwagen säumen beide Seiten der Straße, und sobald sie mein Auto sehen, verstreuen sich Reporter und Kameraleute, bereit, ihr Foto zu schießen und hoffend, dass ich anhalte, um Fragen zu beantworten. Ich sehe einigen von ihnen direkt in die Augen, während ich langsam in die lange Auffahrt einbiege, die sich durch die Wälder windet und ihnen dadurch den Blick auf mein Haus verwehrt. Selbst an einem Sonntagmorgen sind sie da, um jedes kleine Detail für ihre Story zu ergattern. Sie waren nicht da, als ich vor etwa einer Stunde losgefahren bin, und abgesehen von dem Aufeinandertreffen im Büro konnte ich ihnen bisher größtenteils aus dem Weg gehen. Die Medien sind wie frisch geschlüpfte Eintagsfliegen: eine überwältigende Plage, die plötzlich über einen hereinbricht, aber nur ein oder zwei Wochen überlebt, genau wie eine Nachrichtengeschichte. Ich kann es kaum erwarten, dass das alles vorbei ist, damit sie zum nächsten sensationslüsternen Thema übergehen, das nichts mit mir zu tun hat.

Ich stelle den Motor ab und steige aus, nehme zwei Tüten mit Lebensmitteln vom Rücksitz. Ich hatte in der Stadt ein paar

Besorgungen zu erledigen und dachte, ich sollte damit fertig sein, bevor Summer nach Hause kommt. Sonnenstrahlen dringen durch die Äste, die sich wie ein Dach über das Haus spannen. Ich höre die kleinen Wellen des Sees ans Ufer schlagen. Ein Seetaucher ruft irgendwo in der Ferne mit seinem melancholisch schönen Ruf, dessen Klang mühelos über das Wasser getragen wird.

Im Haus packe ich die Lebensmittel aus und werfe einen Blick aus dem Küchenfenster, um nach Alejandro zu sehen. Er streicht mit einem Pinsel über die frischen Deckbretter und trägt Beize in einem Zedernholzton auf. Ich habe die Schiebetür offengelassen, falls er während meiner Abwesenheit die Toilette benutzen wollte, aber ich bin mir nicht sicher, ob er überhaupt reingekommen ist. Ich mustere das Wohnzimmer und die Küche, überprüfe, ob irgendetwas nicht an seinem Platz ist oder auch nur um einen Zentimeter verschoben wurde. Meine Augen wandern zu dem Teppich vor der Tür, die zur Veranda führt. Die Ecke des Teppichs ist hochgeklappt. Er war drin.

Ich gehe ins Badezimmer und schalte das Licht an. Meine Finger streichen über das Waschbecken, prüfen, ob es feucht ist. Es ist knochentrocken. Der Toilettensitz ist heruntergeklappt. Das Handtuch, das an dem mattschwarzen Ring hängt, ist noch perfekt an seinem Platz. Ich fange meinen Blick im Spiegel auf und sehe ihr Gesicht in der Reflexion. Ich lasse einen schweren Seufzer aus, lasse sie dort und gehe zurück in die Küche.

Mit der Schuhspitze streiche ich die hochgeklappte Ecke des Teppichs glatt und beobachte Alejandro durch die Glasschiebetür. Er kniet auf der Veranda, eine Hand auf dem Boden, um sich abzustützen. Sein Rücken ist zu mir gedreht, sodass er meine Anwesenheit nicht bemerkt. Durch sein weißes T-Shirt sehe ich, wie sich die Muskeln seines Rückens anspannen, dann hebt er die Hand von den Brettern und hält sie vor sein Gesicht. Alejandro lässt den Pinsel fallen und sinkt auf die Knie, beugt den Hals vor, als würde er etwas inspizieren.

Ich schiebe die Tür auf und stecke den Kopf hinaus. »Alles in Ordnung?«

»Ja, nur ein Splitter«, sagt er und hebt seine Hand.

»Kommen Sie rein. Ich helfe Ihnen, ihn zu entfernen.«

»Ist schon gut. Ich kümmere mich später darum.«

»Das könnte sich entzünden oder noch tiefer in die Haut eindringen«, widerspreche ich.

Er seufzt und neigt den Kopf. »Okay.« Alejandro erhebt sich und folgt mir ins Haus.

Er setzt sich an den Tisch, während ich ein kleines Nähset aus dem Flurschrank hole. Als ich in die Küche zurückkehre, bemerke ich, dass er seine Umgebung mustert und alles genau betrachtet.

»Hab's gefunden«, sage ich. Sein Blick schnellt zurück zu mir, und er lächelt angespannt.

Ich ziehe einen Stuhl vor ihn und setze mich. Unsere Knie stoßen gegeneinander, aber keiner von uns nimmt davon Notiz. Mit einer Nadel zwischen meinen Fingern halte ich ihm meine andere Hand hin, und er legt seine hinein, mit der Handfläche nach oben.

Seine Haut ist warm und weich, mit bunten Tattoos, die seinen gesamten Unterarm bedecken. Aus der Nähe kann ich einige von ihnen erkennen: ein Kreuz, umwickelt von Stacheldraht, eine aufgehende Sonne, das Gesicht einer Frau, umgeben von Blumen und Flammen, ein Totenkopf und die Worte *Fear nothing, for fear is nothing but a defect.* Ich frage mich, ob er wirklich daran glaubt. Keine Angst zu haben ist ignorant. Angst hält uns wachsam, sorgt dafür, dass wir einen Schritt voraus sind. Angesichts seiner Vergangenheit ist klar, dass er mehr als einmal Schritte zurückgefallen ist, weshalb er jetzt hier ist – mir in meiner Küche gegenübersitzend. Ich weiß, wer er ist, aber er hat keine Ahnung, wer ich bin.

Ich hebe seine Hand an und bringe sie näher an mein Sichtfeld. Die Haut um den Splitter ist geschwollen und rot. Ich drücke die Nadel hinein, schabe und grabe.

»Tut das weh?«, frage ich und halte inne, um ihn anzusehen.

Ich habe ihn noch nie so nah gesehen und entdecke kleine Details, die mir vorher nicht aufgefallen sind: eine etwa zwei Zentimeter lange Narbe, die von der Kurve seiner rechten Augenbraue ausgeht, dichter, kurz getrimmter Bartwuchs und ein schwarzer Punkt auf seiner Iris, fast wie ein Schönheitsfleck.

»Nein«, sagt er.

Ich wende meine Aufmerksamkeit wieder seiner Hand zu und beuge mich vor, werfe mein Haar über meine Schulter. Mit der Nadelspitze durchbohre ich seine Haut, drücke und stoße, um den kleinen Fremdkörper herauszuzwingen. Sein heißer Atem streift die Spitze meines Ohrs und die Seite meines Halses, ein Schauer läuft mir über den Rücken.

»Sie sind angespannt«, bemerkt er.

»Ich versuche, Sie nicht zu verletzen.«

»Das halte ich für unmöglich.«

Ich kann nicht sagen, ob seine Worte spielerisch oder herausfordernd gemeint sind, also sehe ich ihm erneut in die Augen, um ihn einzuschätzen. Ich fixiere den kleinen dunklen Punkt, der von dem salbeigrünen Ring seiner Iris umgeben ist. Er hat die Anziehungskraft eines schwarzen Lochs, und ich frage mich, wie viele Menschen es schon hineingezogen hat.

»Ist es nicht«, sage ich sachlich und senke meinen Kopf wieder. Diesmal drücke ich die Nadel etwas stärker in seine Haut und durchbohre eine neue Stelle, durch die der Splitter austreten kann. Manchmal kann man nicht denselben Weg zurückgehen, den man gekommen ist. Das gilt sowohl für Splitter als auch für Menschen. Sein Unterarm spannt sich und mehrere Adern schwellen an, bilden lange, violette Erhebungen von seinem Handgelenk bis zu seinem Ellbogen. Er zieht die Luft durch die Zähne ein, ein winziger Ausdruck von Schmerz.

»Hat das wehgetan?«, frage ich mit einem Grinsen.

»Keineswegs«, lügt er.

Einen Moment herrscht Stille, bevor Alejandro wieder spricht. »Wissen Sie, gestern habe ich mitbekommen, wie Sie und Ihr Mann gestritten haben. Die Art, wie er mit Ihnen gesprochen hat.« Er schüttelt den Kopf und schnaubt. »Es hat alles in mir abverlangt, mich nicht einzumischen. Ich wollte ihn umhauen.«

»Gut, dass Sie es nicht getan haben.«

»Kein Mann sollte so mit einer Frau sprechen, besonders nicht ein Ehemann.«

»Ich weiß … deshalb lasse ich mich ja von ihm scheiden.«

»Wirklich?«

Ich sehe zu ihm auf, aber sein Blick liegt etwas tiefer als meiner, direkt auf meine Lippen gerichtet.

»Wirklich«, sage ich und wende meine Aufmerksamkeit wieder seiner Hand zu.

Er räuspert sich. »Wenn ich fragen darf, wie lange sind Sie schon zusammen?«

»Das geht Sie nichts an.«

»Verzeihung«, sagt er.

»Ich meine … es ist auch egal, wie lange wir zusammen waren. Zeit ist kein Anker. Sie hält dich nicht fest, nur weil du so lange an einem Ort warst. Wie lange waren Sie im Gefängnis?«

Er stammelt kurz. »Zehn Jahre.«

»Und wenn es nur ein Jahr gewesen wäre, hätten Sie dann noch neun weitere gewollt?«

»Natürlich nicht.« Alejandro schüttelt den Kopf. »Aber das ist etwas anderes.«

»Eigentlich nicht. Wir alle sind auf die eine oder andere Weise eingesperrt. Manche von uns sehen nur die Käfige nicht, in denen wir stecken.«

Die Spitze der Nadel zwingt den Splitter endlich aus dem frischen Loch, das ich in seine Haut gestochen habe.

»Da haben wir's. Fast wie neu«, sage ich und schaue zu Alejandro auf.

Sein Gesichtsausdruck ist ernst, seine Augen wandern über mein Gesicht. Dann lehnt er sich vor und streift mit seinen Lippen meine. Sie sind warm und weich, und er drückt etwas fester. Überraschend ist das nicht, denn ich konnte von dem Moment an, als wir uns trafen, spüren, dass er das tun wollte.

Die Haustür öffnet sich, und wir weichen voneinander zurück.

»Mama!«, ruft Summer. Ihre Schuhe fliegen nacheinander gegen die Wand, als sie sie abstreift.

Sie bleibt stehen, als sie Alejandro am Tisch sitzen sieht, wie er seine Handfläche reibt.

»Oh, hallo«, sagt Summer mit großen Augen und schaut zu ihm hinauf.

Alejandro nickt und sagt: »Hey, wie geht's dir?«

»Alejandro, das ist meine Tochter Summer. Summer, das ist Alejandro.«

»Freut mich, dich kennenzulernen«, grüßt er.

»Freut mich auch. Ich mag deine Tattoos.«

Er grinst kurz und betrachtet seine bunten Arme. »Danke.«

Ein weiteres Paar Schuhe stampft ins Haus. Bob kommt um die Ecke, geht den Flur hinunter, ohne uns eines Blickes zu würdigen. Seine Schritte sind schwer, und kurz darauf fällt die Badezimmertür mit einem lauten Knall ins Schloss.

Summer läuft zu mir und schlingt ihre Arme um meine Taille. Ich küsse ihren Kopf und erwidere die Umarmung.

Alejandro erhebt sich und nickt mir zu, ein Zeichen, dass er wieder an die Arbeit geht. Ich nicke ebenfalls, ganz sachlich. Sein Blick ist intensiv, und er lässt mich nicht aus den Augen, bis er draußen auf der Veranda ist und die Schiebetür hinter sich schließt.

»Hattest du eine schöne Zeit?«, frage ich und hebe das Kinn meiner Tochter mit der Hand an, um ihr blasses Gesicht zu betrachten.

»Ja«, sagt Summer und sieht zu mir auf. Etwa einen Zentimeter unterhalb ihrer Unterlippe, direkt auf ihrem Kinn, bemerke ich einen blauen Fleck, schattiert in Blau- und Lilatönen. Er ist klein, etwa so groß wie eine Münze – aber er ist da, und gestern war er nicht da.

»Was ist hier passiert?«, frage ich und streiche sanft mit dem Finger darüber.

»Ich bin abgerutscht, als ich auf die Arbeitsplatte geklettert bin, um die Erdnussbutter zu holen, und mein Kinn hat die Kante erwischt.«

»Du weißt, dass du nicht auf Arbeitsplatten klettern sollst.«

»Ich konnte die Erdnussbutter nicht erreichen, Mama. Ich bin zu klein«, sagt sie und rückt ein Stück weg.

»Dein Vater hätte sie dir holen können.«

»Er war nicht zu Hause«, brummelt sie.

Ich neige meinen Kopf und kneife die Augen zusammen. »Was meinst du damit, er war nicht zu Hause?«

»Papa meinte, er müsse etwas erledigen.« Sie verschränkt die Arme vor der Brust. »Aber das heißt, ich brauche Anne oder Natalie nicht mehr, um auf mich aufzupassen, oder? Ich habe das ganz alleine hingekriegt.«

»Wie lange war dein Vater weg?«

»Weiß ich nicht.« Summer zuckt mit den Schultern. »Ich habe ein paar Folgen von *Stranger Things* geschaut, also vielleicht drei Stunden.«

Ich presse die Lippen fest aufeinander. Ich bin wütend auf Bob. Er hat darum gebeten, dass Summer bei ihm in DC übernachtet, und dann lässt er sie allein zu Hause – warum?!

»Es ging mir gut, Mama«, murrt sie, weil sie meine Unzufriedenheit bemerkt.

Ich entspanne mein Gesicht, denn sie ist nicht diejenige, auf die ich wütend bin, und ich will nicht, dass sie jemals Angst hat, mir etwas zu erzählen, auch wenn es mich mächtig sauer macht.

»Warum gehst du nicht auspacken und machst deine Hausaufgaben?«, sage ich in einem ruhigen, freundlichen Ton.

Summer stöhnt, und bevor sie protestieren kann, sage ich: »Jetzt.« Ihre Schultern sinken, und ihr Kopf fällt nach vorne, aber sie tut, was ich sage, und hebt ihren Rucksack auf, bevor sie in ihr Zimmer geht.

»Bob«, sage ich, als er aus dem Flur auftaucht. Meine Stimme ist voller Wut, aber er scheint es nicht zu bemerken.

»Bereit zu reden?«, fragt er und schlendert auf mich zu.

»Warum hast du Summer allein zu Hause gelassen?«

Er kneift die Augen zusammen, als wüsste er nicht, wovon ich rede, hebt dann aber trotzig das Kinn. »Das geht dich nichts an.«

»Bullshit. Sie ist meine Tochter.«

»Sie ist auch meine Tochter!«

»Ach ja? Was für ein Vater lässt sein Kind allein zu Hause, vor allem, wenn er sie sowieso kaum sieht?«

Bob zuckt nonchalant mit den Schultern. »Es war keine Ewigkeit, und sie war völlig okay.«

»Mir ist egal, ob es nur zwanzig Minuten waren. Sie hat einen blauen Fleck am Kinn, Bob, also war sie nicht okay. Sie hätte sich ernsthaft verletzen können«, fauche ich.

»Ja, hat sie aber nicht. Du musst wirklich aufhören, sie so zu verhätscheln.«

»Verhätscheln? Meinst du damit, sich wie ein Elternteil zu verhalten, auf sie aufzupassen und sicherzustellen, dass sie in Sicherheit ist? Sie ist neun Jahre alt, verdammt noch mal.« Ich hebe nun ebenfalls mein Kinn. »Also, was war so dringend, dass du sie allein lassen musstest?«

»Wir sind nicht mehr zusammen, Sarah. Ich muss dir keine Rechenschaft ablegen.«

»Ja, weil du weder als Ehemann noch als Vater vertrauenswürdig bist«, sage ich und schüttle den Kopf. »Wenn ich mit dir fertig bin, wirst du Glück haben, überhaupt Besuchsrechte zu bekommen.«

»Das bezweifle ich. Du hast keine Ahnung, mit wem du dich anlegst.« Seine Augen verengen sich. »Ich werde beim Gericht das volle Sorgerecht beantragen, damit Summer nicht so endet wie du.«

Ich trete einen Schritt näher an ihn heran und fixiere ihn mit meinem Blick. »Nur über meine Leiche.«

Seine Antwort ist ein Flüstern, aber ich registriere es nicht sofort. Meine Stirn kräuselt sich. »Was hast du gesagt?«

Ein kleines Lächeln erscheint auf seinem Gesicht. »Nichts, Sarah. Überhaupt nichts.«

Endlich kommen seine Worte bei mir an. *Oder im Gefängnis.* Und aus irgendeinem Grund lassen mich diese drei Worte in Rage geraten. Vielleicht ist es Angst, die das auslöst. Die Angst davor, was mit Summer passieren würde, wenn ich nicht da wäre. Die Angst, dass er sie mir wegnehmen könnte.

»Raus aus meinem Haus, Bob!«

»Es ist unser Haus«, sagt er mit einem Hauch von Arroganz.

»Raus!«

Wir stehen nur Zentimeter voneinander entfernt. Er ist einen halben Kopf größer als ich, aber in diesem Moment scheint er so klein. Vielleicht habe ich ihn schon immer so gesehen, und das war mein Fehler.

Die Terrassentür gleitet auf, genau in dem Moment, als ich ihn erneut auffordere zu gehen. Diesmal ist meine Stimme ruhiger und kontrollierter. Ich habe meine Fassung wiedergewonnen, denn wenn man die Beherrschung verliert, verliert man.

»Sie hat Sie gebeten zu gehen«, sagt Alejandro bestimmt.

Bobs Augen wandern zwischen mir und einem Punkt hinter mir hin und her, etwas links von mir, wo Alejandro wohl steht. Ich muss mich nicht umdrehen, um zu wissen, wie er jetzt aussieht. Ich stelle es mir genauso vor wie damals, als er mich vor den Reportern beschützt hat. Brust raus. Schultern zurück. Kinn gehoben. Und ein Blick so intensiv, dass er mehr wie eine Drohung wirkt als wie eine kritische Musterung. Bob kneift seine Augen so fest zusammen, dass sie fast hinter seinen Lidern verschwinden, während er abwägt, ob er Alejandro herausfordern oder sich zurückziehen soll.

»Ich habe ohnehin noch etwas zu erledigen«, sagt er schließlich und grinst mich an. »Ein paar lose Enden, die ich zusammenbinden muss.«

Ich weiß, dass es eine Drohung ist, aber ich weiß nicht genau, mit was er droht oder was er im Schilde führt. Die Worte *oder im Gefängnis* kreisen in meinem Kopf. Ich wusste immer, dass man ihm nicht trauen kann, aber das bestätigt es. Bob verlässt das Haus, ohne ein weiteres Wort zu sagen, nur mit einem Blick, den er so lange hält, wie er kann. Die Haustür fällt laut hinter ihm ins Schloss. Ich atme tief aus und drehe mich zu Alejandro um, der genau so aussieht, wie ich ihn mir vorgestellt habe. Jetzt, da Bob weg ist, entspannt sich seine Brust, und seine Schultern und sein Kinn kehren in eine neutrale Haltung zurück.

»Danke«, sage ich.

»Kein Problem, und ich wollte nicht stören. Ich wollte nur die Toilette benutzen.«

Ich deute auf den Flur. »Zweite Tür rechts.«

Er nickt und geht um den Küchentisch herum in den Flur. Ich atme dieses Mal noch tiefer aus, versuche, die aufgestaute Frustration loszuwerden. Aber sie ist immer noch da.

Es klopft an der Haustür, genau dreimal. Der Stachel in meiner Seite ist zurück. Ich stapfe zur Tür, bereit, Bob den Kopf abzureißen.

Während ich die Tür aufreiße, sage ich: »Ich habe dir gesagt, du sollst ...«

Aber ich stoppe mitten im Satz, denn es ist nicht Bob, der auf meiner Veranda steht. Es ist jemand, der viel schlimmer ist. Jemand, der mir schon weitaus länger ein Dorn im Auge ist als mein Ehemann.

»Hallo, Sarah«, sagt sie mit ihrem typischen selbstgefälligen Grinsen.

»Eleanor.«

25

SHERIFF HUDSON

»Morgen«, sage ich, als ich den lebhaften Besprechungsraum betrete, der an ein typisches Klassenzimmer erinnert. Es gibt Reihen von Tischen, an denen Deputys sitzen, alle nach vorne gewandt. Sie verstummen und setzen sich aufrecht hin, als ich nach vorne gehe. Olson und Neill stehen an der Seite, die Hände vor sich gefaltet.

Ich nehme Platz, starte den Computer und öffne das Dokument mit den neuesten Updates zu unseren laufenden Ermittlungen. Der Computer projiziert drei Stichpunkte auf die weiße Tafel hinter mir:

- Mord an Ryan Stevens
- Wiederaufnahme der Ermittlungen
  im Fall Kelly Summers
- Verschwinden von Stacy Howard

Ich hebe den Kopf und schaue in die Runde meiner Mitarbeiter. »Offensichtlich haben Sie alle die Nachricht gehört, dass Ryan

Stevens tot ist. Er wurde ermordet, während er gegen ein Uhr dreißig heute Morgen in seinem Krankenhausbett schlief.«

Ich klicke mit der Maus, und ein unscharfes Bild eines Mannes, der im Krankenhausflur steht, wird auf die weiße Tafel projiziert. Er trägt OP-Kleidung, einen Arztkittel sowie eine OP-Mütze und Maske. »Die Kehle des Opfers wurde von diesem Mann durchgeschnitten.« Ich deute auf das Bild, das von einer Überwachungskamera aufgenommen wurde.

Es fühlt sich seltsam an, Ryan als Opfer zu bezeichnen. Er war lange Zeit Sheriff, dann ein Trinker und dann ein Querschläger, der mir auf den Sack ging. Aber er war nie ein Opfer.

»Haben wir die Tatwaffe gefunden?«, fragt ein Deputy aus der ersten Reihe.

Ich schüttle den Kopf. »Nein, aber der Gerichtsmediziner geht davon aus, dass die Waffe ein Skalpell war.«

Ich wende mich Pam zu. »Olson, möchten Sie uns über den aktuellen Stand der Sicherheitsaufnahmen und Zeugenaussagen informieren?«

Sie nickt und tritt nach vorne, um die Gruppe anzusprechen. »Wir sind noch dabei, das gesamte Material zu sichten, aber wir wissen, dass er kurz vor ein Uhr durch einen Mitarbeitereingang ins Krankenhaus gekommen und es um ein Uhr vierzig auf demselben Weg wieder verlassen hat. Er verhielt sich unauffällig, wartete ab, bis Deputy Morrow seinen Posten verließ, und bewegte sich zwischen anderen Räumen hin und her, als würde er Krankenhausrunden drehen. Er hat weder seine Maske noch seine OP-Mütze abgenommen, was die Identifizierung erschwert, aber wir schätzen, dass er ein weißer Mann ist, irgendwo zwischen 1,80 m und 1,95 m groß, von durchschnittlicher Statur und wahrscheinlich zwischen Mitte dreißig und Mitte fünfzig. Es ist jedoch schwer zu sagen, da sein Gesicht weitgehend verdeckt war.«

»Wie kam er durch den Mitarbeitereingang? Benötigt man dafür nicht einen Code, einen Schlüsselanhänger oder eine Karte?«, fragt ein Deputy aus der hinteren Reihe.

»Er hat eine Mitarbeiterkarte benutzt, die einer Krankenschwester gehört, die dort arbeitet. Sie sagte, die Karte sei irgendwann zwischen ihrer letzten Schicht am Donnerstag und ihrer gestrigen Nachtschicht verschwunden, aber sie hatte den Verlust noch nicht der IT-Abteilung gemeldet«, erklärt Olson.

Sergeant Lantz räuspert sich. »Glauben wir ihr?« Er ist schon länger bei der Truppe als ich, hat aber eine Einstellung, die ihn bisher daran gehindert hat, befördert zu werden – und das wird sich wahrscheinlich auch nie ändern. Sein trauriger und gleichzeitig wütender Gesichtsausdruck zeigt, dass er die Nachricht von Stevens' Ermordung nicht gut verkraftet.

»Ihre Aussage wurde von einer anderen Krankenschwester bestätigt, die sie gestern Nachmittag zu Beginn ihrer Schicht eingecheckt hat. Ich möchte anmerken, dass sie sehr aufgewühlt war, als wir sie befragt haben«, sagt Olson.

»Warum hat sie den Verlust ihrer Karte nicht zu Beginn ihrer Schicht der IT-Abteilung gemeldet? Stevens ist tot wegen ihr«, knurrt Sergeant Lantz, sein Gesicht läuft rot an.

»Das ist ihr durchaus bewusst, Sergeant.« Olson presst die Lippen zusammen. »Aber Stevens ist nicht tot, weil irgendeine Krankenschwester ihre Karte verloren hat oder sie ihr gestohlen wurde. Stevens ist tot, weil ihn jemand ermordet hat.« Sie wendet sich wieder an den gesamten Raum. »Wer auch immer dieser Mann ist, er wusste genau, was er tat. Er handelte ruhig, änderte niemals sein Tempo, selbst nachdem er Stevens getötet hatte. Wir haben mehrere Zeugen befragt, die dem Verdächtigen begegnet sind, meist nur, weil sie im Flur an ihm vorbeigegangen sind, und niemand konnte uns ein einziges Detail über ihn nennen. Er fügte sich nahtlos ein, zog keinerlei Aufmerksamkeit auf sich. Ihn zu identifizieren wird extrem schwierig, wenn nicht gar unmöglich.«

Eine Hand hebt sich im hinteren Teil des Raums. »Glauben wir, dass das mit dieser Clarke zusammenhängt, die von Stevens getötet wurde?«

Olson schaut zu mir, um eine Antwort zu erhalten.

»Wir schließen nichts aus«, sage ich.

Sie nickt zustimmend. »Mein Team wird anfangen, eine Liste potenzieller Verdächtiger zusammenzustellen, die der physischen Beschreibung entsprechen und ein Motiv sowie die Gelegenheit hatten. Stevens erhielt jede Menge Drohungen, hauptsächlich online, und wir werden jede davon nachverfolgen.«

»Eine Stellungnahme wird an die Presse gegeben, also rechnet mit zusätzlicher Medienberichterstattung und möglicherweise mit zivilen Unruhen«, füge ich hinzu.

»Warum sollte die Öffentlichkeit verärgert sein? Wollten sie nicht, dass Stevens tot ist?«, spottet einer meiner erfahreneren Deputys, der mit verschränkten Armen an der Rückwand lehnt.

»Einige schon, aber andere könnten glauben, dies wäre eine Vertuschung, um die Ermittlungen im Summers-Fall zu überdecken«, erkläre ich.

Seine Augenbrauen ziehen sich zusammen. »Pff. Das ist lächerlich.«

»Das ist es«, stimme ich nickend zu.

Im Moment ist diese Ermittlung ein Schuss ins Blaue, und das weiß jeder hier. Es ist einer dieser Fälle, die einen glücklichen Zufall benötigen, um gelöst zu werden. Tatsächlich ist das bei den meisten Mordermittlungen heutzutage der Fall. In den Achtzigern lag die Aufklärungsquote bei Morden bei etwa 71 Prozent. Jetzt sind es nur noch 50 Prozent. Unsere Technologie und forensischen Methoden sind fortschrittlicher als vor vierzig Jahren, und dennoch bleiben 50 Prozent der Morde ungelöst. Das ergibt keinen Sinn.

»Gibt es noch Fragen oder Anmerkungen zum Stevens-Fall, bevor ich weitermache?« Ich lasse meinen Blick durch den Raum schweifen. Niemand sagt etwas, einige schütteln den Kopf.

»Weiter zum Kelly-Summers-Fall.« Ich klicke mit der Maus, und eine neue Folie wird an die Tafel projiziert:

- Ryan Stevens – verstorben
- Jesse Hook – verstorben
- Scott Summers – Aufenthaltsort unbekannt
- Anne Davis – erneut befragt, keine neuen Informationen
- Bob Miller – ausstehend
- Sarah Morgan – ausstehend
- Adam Morgan – verstorben

»Das sind die Verdächtigen und/oder Zeugen aus der ursprünglichen Untersuchung. Wie Sie sehen, sind einige von ihnen verstorben, was es noch schwieriger macht, den Fall erneut zu untersuchen. Wir hatten auch keine Gelegenheit, Stevens zu seiner

Verschleierung von DNA-Beweisen und seiner Verbindung zum Opfer vor seinem vorzeitigen Tod zu befragen. Olson und ich haben Anne Davis erneut befragt, aber sie konnte keine neuen Informationen liefern, und da das Ganze so lange her ist, können wir ihre Geschichte nicht überprüfen.«

»Herrgott, was für ein Fiasko«, kommentiert ein Officer.

»Der JonBenét-Fall wäre leichter zu lösen als dieser hier«, fügt Sergeant Lantz hinzu. Die Erwähnung des berüchtigten ungelösten Ramsey-Falls bringt die Runde in Wallung, und sie beginnen, Theorien auszutauschen.

»Jeder weiß, dass es die Mutter war«, sagt ein Deputy.

»Nein, es war der Bruder. Die Eltern haben nur geholfen, es zu vertuschen«, sagt ein anderer.

»Okay, Schluss jetzt.« Ich strecke die Arme aus und wedle mit den Händen, um für Stille zu sorgen. »Konzentrieren wir uns auf unsere eigenen ungelösten Fälle.«

»Was, wenn wir schon den richtigen Typen haben? Was, wenn Adam Morgan Kelly wirklich umgebracht hat?«, fragt Deputy Lane nachdenklich.

»Das könnte durchaus sein, aber unabhängig davon müssen wir den Fall erneut prüfen, insbesondere da der Grund, warum er durch den Berufungsprozess geht, die schlampige Untersuchung ist, die unser Büro damals durchgeführt hat. Ich weiß, dass die meisten von Ihnen nicht hier oder nicht an diesem Fall beteiligt waren, aber es ist unsere Verantwortung sicherzustellen, dass diesmal alles nach Vorschrift gemacht wird«, sage ich bestimmt und suche den Blickkontakt mit meinen lautstärksten Beamten. Sie nicken, und ihre ernsten Gesichter bestätigen, dass sie es zwar frustrierend finden, aber akzeptieren.

Ich zeige auf drei meiner Streifenpolizisten, die zusammen an einem Tisch sitzen. »Ich möchte, dass Sie alle physischen Beweise zum Summers-Fall aus der Mordabteilung holen.«

Da Mord keine Verjährungsfrist hat, müssen wir diese Beweise für immer aufbewahren, und sie sind alle in der letzten Reihe unseres Lagerraums verstaut. Die Beweise im Summers-Fall wurden seit über zwölf Jahren nicht mehr angerührt, aber vielleicht bringt eine erneute Überprüfung neue Erkenntnisse.

Die drei Deputys nicken.

»Das war es vorerst zum Summers-Fall«, sage ich, da es wirklich nichts Neues zu berichten gibt. Wieder ein Fall, bei dem wir kaum etwas in der Hand haben. Ich klicke mit der Maus und schaue zu Neill.

»Lieutenant, informieren Sie uns über das Verschwinden von Stacy Howard.« Mein Blick wandert zu dem Foto, das auf die Tafel hinter mir projiziert wird. Es zeigt Stacy in einem engen schwarzen Kleid, das ein paar Zentimeter über ihren Knien endet. Sie hält ein Glas Weißwein in der Hand, ihr langes rotes Haar fällt in lockeren Wellen herab, und ihr Mund ist halb geöffnet, als ob das Bild mitten in einem Lachen aufgenommen wurde.

Neill nickt und tritt einen Schritt vor. »Eine kleine Zusammenfassung: Stacy Howard wurde von ihrer Mitbewohnerin Deena als vermisst gemeldet. Handy-Daten zeigen ihren letzten Standort in der Nähe ihrer Wohnung, bevor ihr Handy entweder ausging oder ausgeschaltet wurde. Niemand hat sie seit sechs Tagen gesehen oder von ihr gehört. Ihr letzter Kontakt war eine Textnachricht an Deena gegen 17 Uhr am Montagabend, in der sie schrieb, dass sie vorhabe, sich mit einem Mann namens Bob Miller zu treffen.

Sheriff Hudson und Chief Deputy Olson haben Mister Miller befragt. Er bestritt, sich in der Nacht, in der sie verschwand, mit ihr getroffen zu haben, und sagte, er habe sie nur einmal vor fast vier Wochen getroffen, als die beiden einen One-Night-Stand hatten. Mit der kürzlichen Entdeckung von Stacys verlassenem Fahrzeug wurde das Bureau of Criminal Investigation hinzugezogen. Heute Morgen wurde eine Vermisstenmeldung für Erwachsene mit kritischem Status herausgegeben, ebenso Beiträge in den sozialen Medien und eine Pressemitteilung.«

»Haben wir schon etwas vom Labor zurückbekommen?«, unterbreche ich.

»Ja, das BCI hat die DNA-Tests beschleunigt. Das getrocknete Blut, das am Lenkrad gefunden wurde, wurde mit einer Haarsträhne von Stacy verglichen, die ihre Mitbewohnerin von einer Bürste eingesammelt hat. Es gab eine Übereinstimmung.«

»Und was ist mit dem Hintergrundcheck, den ich angefordert habe?« Ich blicke Neill direkt an.

»Den haben wir gerade erhalten. Stacy wurde zuvor wegen Erpressung und Nötigung eines Bundesangestellten verurteilt.«

Olson und ich werfen uns einen vielsagenden Blick zu, jeder hebt eine Augenbraue.

»Erzählen Sie mehr.«

»Laut den Gerichtsunterlagen hatte Miss Howard eine Affäre mit einem amtierenden Kongressabgeordneten und drohte, dies öffentlich zu machen, wenn er sie nicht finanziell unterstütze. Der Kongressabgeordnete kam ihren Forderungen eine Zeit lang nach, wandte sich dann aber an die Bundesbehörden. Sie verbrachte zwei Jahre auf Bewährung und zahlte eine hohe Geldstrafe sowie Schadenersatz.«

»Ist dieser Bob, der Mann, mit dem Stacy sich laut ihrer Mitbewohnerin treffen wollte, verheiratet?«, fragt Deputy Lane.

»Ja, das ist er«, antworte ich.

»Wissen wir, ob Stacy ihn erpresst oder genötigt hat?«, fragt Lane.

»Das ist eine Möglichkeit, aber wir haben es noch nicht bestätigt«, antworte ich.

»Das wäre definitiv ein Motiv«, kommentiert ein anderer Deputy.

»Und was ist mit Bobs Frau? Was wissen wir über sie?«

»Eine ganze Menge. Bob Miller ist mit Sarah Morgan verheiratet, die, wie Sie alle wissen, die Ehefrau von Adam Morgan war. Es gibt also eine Überschneidung zwischen dem Verschwinden von Howard und dem Summers-Fall«, erkläre ich.

»Klingt, als hätte die Ehefrau es getan«, ruft Sergeant Lantz.

»Wir untersuchen alle Möglichkeiten, aber wir wollen keine voreiligen Schlüsse ziehen, insbesondere angesichts der sensiblen Natur der Wiederaufnahme des Summers-Falls.« Ich wende mich an Neill. »Bitte fahren Sie mit dem Briefing zum Verschwinden von Howard fort, Lieutenant.«

»Wir konnten das Handy entsperren, das im verlassenen Fahrzeug von Stacy gefunden wurde, und wir arbeiten uns immer noch durch alle Daten«, fährt Neill fort. »Es gab eine Nachricht an eine Telefonnummer, die unter dem Kontakt *Bob Miller* gespeichert war, am Abend von Stacys Verschwinden. Darin wurde bestätigt, dass sie sich treffen wollten. Allerdings ist diese Telefonnummer nicht registriert.«

»Also ein Wegwerf-Handy?«, fragt einer meiner weniger erfahrenen Deputys.

Es gibt allgemeines Nicken im Raum.

Deputy Lane hebt die Hand. »Hat diese nicht registrierte Nummer Stacy zurückgeschrieben?«

Neill schüttelt den Kopf.

»Was ist mit Fingerabdrücken oder DNA? Hat die Forensik etwas im Fahrzeug gefunden, Lieutenant?« Olson schaut zu ihm.

Er schüttelt weiter den Kopf. »Leider wurde alles sorgfältig gereinigt, bis auf Stacys Blut am Lenkrad.«

»Wurde Miller erneut befragt?«, ruft Sergeant Lantz.

»Noch nicht«, sage ich.

Lantz kneift die Augen zusammen. »Sollten wir ihn nicht nochmal reinholen?«

Ich nehme mir einen Moment, um darüber nachzudenken. Wir haben keine Fingerabdrücke oder DNA von ihm im oder am Fahrzeug. Die Nummer, die mit dem Kontakt *Bob Miller* in Stacys Telefon gespeichert ist, ist nicht registriert, also können wir nicht bestätigen, dass sie überhaupt Bob gehört. Ich weiß, dass wir nicht genug für einen Durchsuchungsbefehl haben, und Bob ist ein erfahrener Anwalt. Wir werden ihm die Wahrheit nicht so leicht entlocken können wie einem beliebigen Durchschnittstypen.

»Nein«, entscheide ich schließlich. »Aber, Lieutenant Neill, ich möchte, dass Sie ein Überwachungsteam auf Bob Miller ansetzen. Sie und drei Deputys. Teams von zwei Personen in rotierenden Zwölf-Stunden-Schichten, so schnell wie möglich. Bleiben Sie unauffällig. Bob weiß bereits, dass er auf unserem Radar ist, aber ich will nicht, dass er merkt, dass er beschattet wird.«

»Was ist mit einer Überwachung seines Handys oder einem Durchsuchungsbefehl?«, fragt Lantz.

»Ich habe nicht genug Beweise, um einen Richter dazu zu bringen, so etwas zu unterschreiben, Sergeant.« Ich presse die Lippen zusammen. »Hoffen wir einfach, dass Bob uns zu Stacy führt.«

Die Anwesenden nicken zustimmend.

»Das wär's«, sage ich.

Gespräche setzen ein, und mein Team verlässt nach und nach den Raum. Ich fahre den Computer herunter und stehe auf, während Olson mit erhobenem Kopf auf mich zukommt.

»Wir müssen Sarah zum Verhör laden«, sage ich.

Sie runzelt die Stirn. »Ich dachte, du wolltest warten, wegen der Berufung.«

»Wollte ich auch, aber mit Stevens' Tod gehen mir die Leute aus, die ich befragen kann. Außerdem muss ich herausfinden, was sie über die Beziehung ihres Mannes zu Stacy weiß, und dann entscheiden, ob sie selbst eine Verdächtige ist.«

26

SARAH MORGAN

Ich halte die Haustür auf und lasse Eleanor eintreten. Wäre sie nicht so alt und gebrechlich, hätte ich sie abgewiesen, aber ich weiß, das würde unter den gegebenen Umständen ungünstig auf mich zurückfallen. Sie hat ihre Manolo-Blahnik-High-Heels gegen bequemere flache Schuhe eingetauscht, und ich bin mir sicher, dass sie sie hasst – besonders jetzt, da ich sie um mehrere Zentimeter überrage. Ihr typischer Duft von Chanel No. 5 erfüllt meine Nase, aber sie trägt inzwischen viel zu viel davon – höchstwahrscheinlich, um ihren Altersgeruch zu überdecken. Es ist, gelinde gesagt, widerlich. Es ist etwas mehr als ein Jahr her, seit ich Eleanor zuletzt gesehen habe, und in dieser Zeit ist sie so stark gealtert. Das überrascht mich nicht. Es muss schwierig sein, mit dem Wissen zu leben, dass sie ihren einzigen Sohn direkt vor ihren Augen sterben sah und nichts dagegen tun konnte. Die Haut in ihrem Gesicht ist so straff gezogen, dass es aussieht, als könnte sie jeden Moment reißen wie ein Gummiband, das bis zum Äußersten gespannt ist. Man sieht deutlich, dass sie alles getan hat, um den

Alterungsprozess aufzuhalten, aber ihre Bemühungen haben sie lediglich entstellt.

Eleanor fragt nicht, ob sie ihre Schuhe ausziehen soll, sondern schwebt einfach in mein Haus, als gehörte es ihr. In der Küche hält sie inne, um sich umzusehen, ihre Hände umklammern die Rückenlehne eines Stuhls, um ihren Körper aufrecht zu halten. »Es ist ziemlich beengt hier«, bemerkt sie.

Ich ignoriere ihren Seitenhieb und biete ihr etwas zu trinken an.

»Kaffee«, sagt Eleanor und hebt ihr Kinn.

Ich nehme eine Tasse aus einem Schrank und fülle sie mit dem Kaffee, den ich heute Morgen gemacht habe. Ich erinnere mich, dass sie ihn schwarz trinkt – genau wie ihr kaltes, totes Herz. Sie steht in der Nähe des Küchentischs und wartet auf ihr Getränk. Ich reiche ihr die Kaffeetasse und ziehe einen Stuhl für sie heraus. »Möchtest du dich setzen?«

Eleanor antwortet nicht, setzt sich aber dennoch. Ihre Hände zittern, als sie die Tasse hebt und an ihre Lippen führt. Das Letzte, was ich will, ist mit ihr zu reden, aber ich weiß, dass sie nicht gehen wird, bevor sie gesagt hat, was sie zu sagen hat. Also ziehe ich ebenfalls einen Stuhl heraus und setze mich.

Zitternd stellt sie die Tasse ab und verzieht das Gesicht, um zu zeigen, dass ihr das Getränk nicht schmeckt. »Hast du Geldprobleme, Sarah? Dieser Kaffee schmeckt billig.«

»Es geht mir gut, Eleanor. Was hat dich heute hergeführt?«

»Nun«, sagt sie und verengt ihre Augen, »ich habe deinen kleinen Auftritt in den Nachrichten gesehen.«

Ich hatte schon vermutet, dass das der Grund für ihren überraschenden Besuch war. Sie muss immer das letzte Wort haben, den letzten Seitenhieb austeilen. Ich wusste, dass sie zugesehen hat und dass sie wütend sein würde. Aber ich hätte nicht gedacht, dass sie an meine Tür klopfen würde. Ich hatte angenommen, sie wäre zu alt für die Reise. Andererseits wurde sie schon immer von Boshaftigkeit angetrieben.

»Ich habe auch die Erklärung gehört, die du abgegeben hast.«

»Sarah, es ist kein Geheimnis, wie ich zu der rechtlichen Vertretung stehe, die du meinem Sohn geboten hast. Das habe ich vor zwölf Jahren klargemacht, und diese Gefühle haben sich nicht geändert. Aber offensichtlich haben sich deine Gefühle mir gegenüber geändert.«

Ich lehne mich in meinem Stuhl zurück und runzle die Stirn.

»Ich bin mir nicht sicher, was du meinst, Eleanor.«

»Ich weiß, wir hatten unsere Differenzen, aber du warst meine Schwiegertochter, und ich habe dich immer als solche behandelt.« Sie hebt ihr Kinn ein Stück höher.

Ich bewahre meine Fassung und zwinge mich, nicht meine Augen angesichts ihrer vollumfänglichen Selbsttäuschung zu verdrehen. Entweder leidet sie an Gedächtnisverlust, oder sie spielt ein Spiel mit mir, versucht so zu tun, als hätte sie immer die Vernünftigere von uns beiden sein wollen. Mein Blick fällt auf ihre faltige Hand, die mit protzigen Ringen und langen scharlachroten Nägeln geschmückt ist. Ich erinnere mich an genau diese Hand, wie sie mir ins Gesicht schlug, so heftig, dass es blutete. Die Worte, die sie vor dem Schlag sagte, hallen in meinem Kopf nach: *Du hast keinen Schimmer von Mutterliebe, du kleine Schlampe.* Ich schätze, das ist in ihren Augen eine angemessene Behandlung für eine Schwiegertochter.

Stiefel stampfen den Flur entlang, und Alejandro taucht in der Küche auf, bleibt jedoch stehen, als er uns sieht. Er betrachtet mich und dann meine ehemalige Schwiegermutter – oder zumindest ihr Profil von der Seite. Eleanor dreht sich steif auf ihrem Stuhl herum, um einen besseren Blick auf ihn zu werfen. Ihr Kopf wippt, während sie ihn mustert, bevor sie in ihre ursprüngliche Position zurückkehrt.

»Ich sehe, dein Geschmack in Männern hat nachgelassen, Sarah«, sagt sie und versucht, eine kritische Augenbraue zu heben. Doch die sind durch ihre Operationen dauerhaft hochgezogen, in einem ständigen Ausdruck der Überraschung.

Alejandro verengt die Augen, aber ich schüttle kaum merklich den Kopf, signalisiere ihm, dass ich ihre Unhöflichkeit nicht gutheiße und dass es nicht wert ist, darauf einzugehen. Er versteht meinen nonverbalen Hinweis, entspannt sein Gesicht und nickt mir stumm zu, bevor er zur Tür geht.

»Warum bist du hier, Eleanor?«, frage ich schroff, meine Geduld fast erschöpft. Eigentlich schwand sie bereits, als ich sie erblickte.

Die Glastür öffnet sich und zieht die Luft aus dem Raum. Alejandro tritt auf die Veranda hinaus und schließt die Tür hinter sich.

Sie wartet, bis er weg ist, bevor sie spricht. »Aus mehreren Gründen.«

»Dann mal raus damit«, sage ich.

»Die jüngsten Nachrichten, dass der ehemalige Sheriff ein Verhältnis mit Kelly Summers hatte, waren gelinde gesagt enttäuschend. Und das war etwas, das du als Adams Anwältin hättest herausfinden müssen.«

»Es wurde sowohl vor der Staatsanwaltschaft als auch vor …«

Sie hebt ihre dünne, zittrige Hand. »Ich will keine Ausreden hören, Sarah. Dafür ist es zu spät.«

Wenn Eleanor die Wahrheit wüsste – dass ich die Affäre zwischen Stevens und Summers während des Prozesses aufgedeckt und beschlossen habe, sie zu verschweigen – würde sie wahrscheinlich aus purer Wut und Entsetzen tot umfallen. Aber darauf kann ich mich nicht verlassen. Wie gesagt, sie wird von ihrer Abneigung und ihrem Hass mir gegenüber angetrieben.

»Okay«, sage ich. »Warum bist du außerdem noch hier?«

»Ich will wissen, was du im Fall meines Sohnes unternimmst.«

Ich schulde ihr keine Erklärung, aber ich werde ihr eine geben, wenn es diesen Besuch verkürzt. »Ich habe bereits einen Antrag auf Berufung beim Gericht eingereicht, wegen der Vertuschung entlastender Beweise durch das Sheriffbüro von Prince William County. Das Verfahren wurde aufgrund interner Korruption und der mangelhaften Untersuchung beschleunigt, außerdem durch einige Verbindungen, die ich habe. Wir sollten bald eine Antwort erhalten. Mit der Medienaufmerksamkeit nehme ich an, dass es zu unseren Gunsten ausfallen wird«, sage ich sachlich. »Und falls es zu einem neuen Prozess kommt, wird die Morgan Foundation den Fall übernehmen.«

»Also wird die Welt endlich erfahren, dass mein Adam unschuldig war?« Ihre Augen beginnen, feucht zu schimmern.

»Eine Berufung allein beweist keine Unschuld. Es ist nur ein kleiner Schritt im juristischen Prozess, der Jahre dauern kann. Aber wir haben Glück, dass der Fall überhaupt so schnell überprüft wird.«

»Glück?« Sie schnaubt. »Mein Sohn ist tot, oder hast du das vergessen?«

»Nein, Eleanor, ich habe es nicht vergessen.«

»Mom«, ruft Summer vom anderen Ende des Hauses. Ihre Schritte hallen auf dem Holzboden wider und werden lauter. Sie ruft mich erneut, als sie um die Ecke kommt, gekleidet in Leggings und ein einfaches langärmeliges Oberteil, und bleibt nur einen Meter vor mir stehen.

Eleanor kneift ihre faltigen Augen zusammen und mustert sie misstrauisch. Keine Spur von Freundlichkeit liegt in ihrem Blick, und ich weiß genau, was sie denkt. Summer ist eine Erinnerung an das, was ich Eleanor nie gegeben habe, und etwas, das sie niemals haben wird: ein Enkelkind.

»Ich habe meine Hausaufgaben gerade rechtzeitig fertig«, sagt Summer.

»Rechtzeitig für was?«

Mein Blick wechselt ständig zwischen meiner süßen Tochter und der bösartigen alten Frau, die Summer allein für ihre Existenz verachtet, hin und her. Summer ist für sie ein Dorn im Auge.

»Ich habe dir doch letzte Woche gesagt, dass Courtneys Mutter uns heute ins Kino mitnimmt, zu ihrem Geburtstag.« Ihre Stimme ist hoch und verrät ihren Frust.

Ich runzle die Stirn. »Ich kann mich nicht erinnern, dass du das gesagt hast.«

»Hab ich aber!«, stöhnt sie.

»Wird Courtneys Mutter den Film mit euch ansehen?«

»Ja, Mom.« Sie verdreht die Augen.

»Was habe ich dir über das Augenrollen gesagt, Summer?«, tadle ich sanft.

»Entschuldigung«, sagt sie und schaut auf ihre Füße.

Ein Auto hupt zweimal kurz hintereinander.

»Sie ist da.« Summer hebt den Kopf und lächelt. »Darf ich gehen?«

Ich presse die Lippen zusammen und überlege. Hat sie es mir wirklich gesagt? Vielleicht hat sie es getan. In letzter Zeit habe ich so viel im Kopf, dass ich kaum noch den Überblick behalte. Ich kann nicht nein sagen, wenn ich schon ja gesagt habe, und sie verdient ein so normales Leben, wie ich es ihr irgendwie bieten kann. Außerdem ist das Letzte, was ich jetzt brauche, ein Streit mit meiner Tochter vor Eleanor. Sie hat sowieso schon genug zu sagen, und ich brauche ihr Urteil über mich als Mutter nicht auch noch.

»Ja, du kannst gehen.«

»Danke, danke, danke!«, quietscht Summer, wirft ihre Arme um meinen Hals und drückt mich fest. Dann läuft sie zur Haustür, um ihre Schuhe anzuziehen.

»Nimm vierzig Dollar aus meiner Handtasche für dein Ticket und Snacks für dich und Courtney«, rufe ich ihr nach.

Ich höre, wie meine Handtasche geöffnet und wieder geschlossen wird. »Tschüss, Mom. Ich liebe dich«, sagt sie, bevor sie das Haus verlässt.

Ich wende mich wieder Eleanor zu. Ihre verschrumpelten Lippen sind fest aufeinandergepresst, und ich höre ihre Zähne – de facto ihre Prothese – knirschen, während sie den Kiefer hin- und herbewegt.

»Wer ist der Vater?«, fragt sie.

»Mein Ehemann.«

Eleanor verzieht das Gesicht. »Hast du meinen Sohn *jemals* wirklich geliebt?«

»Natürlich habe ich das«, sage ich. »Aber er ist schon lange fort.«

»Nein, ist er nicht. Es ist gerade etwas über ein Jahr her.« Sie verengt die Augen und schüttelt den Kopf voller Abscheu.

»Du weißt, was ich meine, Eleanor.«

»Nein, Sarah, ich weiß nicht, was du meinst. Adam wollte nichts mehr, als Vater zu sein, und du hast ihm das verwehrt. Außerdem, was ist das überhaupt für ein Name – Summer? Das ist doch kein Name, sondern eine Jahreszeit.«

Ich antworte ihr nicht, weil sie es ohnehin nicht verstehen würde, und ich werde es ihr auch nicht erklären. Meiner Tochter den Namen Summer zu geben, war mein Geschenk an Kelly Summers, eine Art, sie und ihr ungeborenes Kind zu ehren. Schließlich war sie nur ein Kollateralschaden in meinem Krieg gegen Adam, und Kelly hat mich von ihm befreit. Ich werde ihr für ihr Opfer immer dankbar sein, auch wenn sie keine Wahl hatte. Zur falschen Zeit am falschen Ort, wie man so sagt. Und dieser falsche Ort war der Schwanz meines Ehemanns, und die falsche Zeit war die gesamte Dauer unserer Ehe. Bob hat das nie hinterfragt, nie zwei und zwei zusammengezählt. Ich habe ihm gesagt, dass der Sommer meine Lieblingsjahreszeit ist, und das war für ihn Grund genug für den Namen.

»War das alles, warum du hergekommen bist, Eleanor?«

»Nein«, sagt sie und hebt ihr Kinn. Ihre knochige Hand verschwindet in ihrer übergroßen Designertasche und kommt mit einem Manilakuvert wieder zum Vorschein. »Ich dachte, ich tue dir den Gefallen, bevor es offiziell wird.«

Ich verenge die Augen, als sie es mir hinhält. »Was ist das?«

Sie grinst. »Öffne es.«

Ich will ihr die Genugtuung nicht gönnen, aber ich öffne den Verschluss, hebe die Lasche und ziehe einen kleinen Stapel Papiere heraus, die ich schnell überfliege. »Du verklagst mich wegen Verleumdung?«, frage ich und sehe in ihr triumphierendes Gesicht.

Sie nickt. »Genau. Du hast falsche Aussagen über meinen Geisteszustand gemacht, die sich negativ auf die Zivilklage auswirken, die ich gegen das Sheriffbüro von Prince William County anstrebe. Ich hätte dich wegen Anwaltsfehlern im Fall von Adam verklagt, aber zu deinem Glück ist die Verjährungsfrist abgelaufen.«

»Du weißt, dass du mir die Klage nicht persönlich zustellen kannst. Du bist eine Partei in dieser Klage«, sage ich mit geneigtem Kopf.

»Ich weiß.« Eleanor erhebt sich und greift nach ihrer Handtasche. »Es wird bald offiziell zugestellt. Ich wollte dir nur den Gefallen tun, dich darauf vorzubereiten.« Sie dreht sich auf dem Absatz um und geht zur Haustür, signalisiert, dass sie hier fertig ist.

»Ich denke, du wolltest dich einfach nur daran weiden«, sage ich.

Eleanor hält inne und wirft einen kurzen Blick über die Schulter. »Das auch.« Sie grinst erneut.

Ich sage nichts mehr, weil ich weiß, dass sie weitersprechen würde, wenn ich etwas erwidere. Die Haustür knallt hinter ihr zu und setzt hinter ihren Besuch ein Ausrufezeichen. Ich seufze genervt und werfe die Papiere auf den Küchentisch. Ich lasse ihr das letzte Wort, weil das alles ist, was sie in dieser Welt noch hat.

27

BOB MILLER

Durch die nächtlichen Straßen von Manassas zu laufen, erinnert mich daran, wie wenig die Stadt zu bieten hat – besonders im Vergleich zu Washington, D.C. Aber während D.C. mit Nachtleben, Restaurants, Unterhaltung und allem, was man von der siebtgrößten Metropolregion des Landes erwartet, auftrumpfen kann, bietet Manassas etwas anderes. Es ist ruhig, friedlich, sicher (für manche) und ein Ort, an dem man schnell Abgeschiedenheit findet. Das Geräusch meiner eigenen Schritte hallt von den Backsteinfassaden wider, und ich kann sogar das Summen der wenigen Straßenlaternen hören, die die geschlossenen Geschäfte beleuchten. Das Klingeln meines Telefons reißt mich aus meinen Gedanken. Ich fummle in meiner Tasche herum, bis ich es endlich finde und hervorziehe. Auf dem Display steht der Name *Brad Watson*.

»Hey, Brad«, sage ich und trete in eine nahegelegene Gasse, lehne mich gegen die Wand eines Gebäudes.

»Wie hältst du dich, Bob?«

»Was glaubst du? Meine Frau lässt sich scheiden, versucht, mir meine Tochter wegzunehmen, und die Frau, mit der ich eine

Affäre hatte, ist spurlos verschwunden.«Ich fuchtle mit meiner freien Hand herum, obwohl er das nicht sehen kann.

»Hör zu, ich weiß, dass das nicht einfach ist, aber du musst ruhig bleiben. Die Fassung zu verlieren, wird dir nicht helfen, das Sorgerecht für Summer zu bekommen. Ich brauche deinen klaren Kopf, okay?«

»Das ist leicht gesagt.«

»Vielleicht, aber du weißt auch, dass ich recht habe.«

»Na gut. Aber ich brauche Antworten, und ich muss Stacy finden.«

»Was meinst du damit? Selbst wenn sie wieder auftaucht, solltest du dich ihr nicht nähern, bevor deine Scheidung durch ist.«

»Ich weiß, dass das unerfreulich wäre, vor allem, wenn man mich mit ihr sieht …«

»Unerfreulich? Bob, das wäre eine Katastrophe. Du versuchst zu behaupten, dass das alles ein einmaliger Ausrutscher war und dass du im Kern immer noch der liebevolle Ehemann und Vater bist, der du immer warst. Wie wird das wohl aussehen, wenn du mit der Frau gesehen wirst, die die andere Hälfte dieser schmutzigen Affäre darstellt? Ich kann dir sagen, wie das ausgeht: Sarah wird dich in Stücke reißen, und wir können all deine Forderungen direkt vergessen.« Brads Stimme steigt fast auf ein Schreien an.

»Aber Stacy ist die Einzige, die mir die Wahrheit darüber sagen kann, was Sarah getan hat.«

»Was Sarah getan hat? Wovon redest du?« Seine Wut schlägt in Verwirrung um.

»Sarah hat Stacy angeheuert.«

»Ja, das wissen wir schon. Oder zumindest hat jemand aus ihrem Team sie engagiert, um auf einem Gala-Event zu arbeiten. Das ist ein alter Hut.«

»Nein, nicht die Gala. Sarah hat diese Frau angeheuert, damit sie mit mir schläft.«

»Whoa, whoa, whoa. Du glaubst, deine Frau hat eine Prostituierte angeheuert, damit sie mit dir schläft?« Brad beginnt zu lachen, seine lauten Lacher knacken durch den Lautsprecher. »Komm schon, Mann!«

»Ich meine es ernst! Ich glaube, sie hat Stacy engagiert, um mich zu verführen. Sie hat das Ganze inszeniert, nur um mich zu Fall zu bringen. Wahrscheinlich hat sie ihr auch Geld gegeben, um zu verschwinden.«

»Warum sollte Sarah das tun?«

»Um das alleinige Sorgerecht für Summer zu bekommen, offensichtlich.«

»Nein, ich meine, warum das alles überhaupt? Was war der Auslöser dafür, dass sie dich in so eine Falle locken wollte?«

Ich seufze schwer. »Das weiß ich noch nicht. Ich versuche es herauszufinden.«

»Tut mir leid, Bob, aber das, was du sagst, ergibt keinen Sinn. Der einzige Grund, warum Sarah die Scheidung eingereicht hat, ist, weil du eine Affäre hattest. Hättest du sie nicht betrogen, gäbe es keine Scheidung. Warum sollte sie also ein Szenario inszenieren, in dem du sie betrügst? Verstehst du, wie unbeholfen das klingt?«

»Du verstehst das nicht. Sarah schmiedet ständig Pläne. Sie ist in jeder Situation zwei Schritte voraus.« Ich spucke die Worte fast aus vor Wut.

»Nein, ich verstehe schon. Du machst deine Frau zu einer bösen Meisterstrategin, die es auf dich abgesehen hat, und du hast nicht mal eine Erklärung, warum. Ich mag dich, Mann, und es tut mir weh, das zu sagen, aber es klingt, als würdest du einfach nicht die Verantwortung für deinen eigenen Mist übernehmen wollen. Denn das war es schließlich, ein Fehler. Und weißt du was? Du hast sie betrogen. Du bist nicht der Erste, der das tut, und wirst sicher auch nicht der Letzte sein.«

»Brad, hör mir zu. Du hast keine Ahnung, wozu Sarah fähig ist.«

»Im Moment glaube ich, dass sie dazu fähig ist, das volle Sorgerecht für Summer zu bekommen und mehr als die Hälfte von deinem ganzen Kram, wenn du dich nicht zusammenreißt.«

Ich schlage meine Faust gegen die Ziegelwand und verziehe das Gesicht.

Brad versteht es einfach nicht. Er erkennt nicht, was hier wirklich vor sich geht. Er weiß nicht, was Sarah getan hat oder was sie bereit ist zu tun, um sich selbst zu schützen. Ich sehe auf meine Uhr und merke, dass ich zu spät zu meinem Friseurtermin komme.

»Ich muss Schluss machen«, sage ich.

»Okay, aber wie weit bist du mit den Vorbereitungen deiner …?«, hebt Brad an zu fragen, doch ich nehme das Telefon vom Ohr, seine Stimme wird leiser, und ich beende den Anruf.

Ich komme sechs Minuten zu spät beim Salon an, was sonst nicht meine Art ist. Ich bin immer pünktlich und stolz darauf. Es ist ein kleines Gebäude mit einer Glasfassade. Weiße Kalligrafie, die sich über das Fenster zieht, verkündet *Cuts by Carissa*, begleitet von der Grafik einer großen Schere, die aussieht, als würde sie die Worte gleich in zwei Hälften schneiden. Ich ziehe am Türgriff, nur um festzustellen, dass die Tür verschlossen ist.

Die Lichter im Inneren sind an, aber ich kann keine Bewegung erkennen, als ich durch die Glasscheibe spähe. Vielleicht hat sie schon geschlossen. Es ist ja bereits nach Feierabend. Ich ziehe mein Telefon aus der Tasche, bereit, sie anzurufen, als etwas in meinem peripheren Sichtfeld meine Aufmerksamkeit erregt. Carissa taucht aus dem Hinterzimmer auf, läuft halb joggend nach vorne, mit einem entschuldigenden Ausdruck auf dem Gesicht. Sie sieht eher aus wie die Leadsängerin einer Punkrock-Band als eine Friseurin, mit einem halben Dutzend Piercings in jedem Ohr und leuchtend pinken Haaren. Sie schiebt den Riegel aus seiner Halterung und öffnet die Tür.

»Entschuldige! Ich habe vergessen, dass ich die Tür nach meinem letzten Kunden abgeschlossen hatte. Bitte, komm rein.« Carissa macht eine einladende Handbewegung.

»Kein Grund, sich zu entschuldigen. Du bist diejenige, die den Salon extra nach Feierabend für mich offen hält.« Ich nehme mein Jackett ab, hänge es an den Garderobenständer und öffne den obersten Knopf meines Hemdes.

»Du bist mein treuester Kunde. Es ist das Mindeste, was ich tun kann.« Carissa lächelt und schließt die Tür, verriegelt sie wieder.

Ich setze mich, und sie nimmt ihre Position hinter dem Stuhl ein, blickt mich im großen Spiegel an, der an der Wand hängt.

Carissa wirft ein Umhangtuch über mich und befestigt den Klettverschluss in meinem Nacken. »Was darf es heute sein? Liberty-Spikes? Ein Irokese? Vielleicht ein paar verrückte Farben?« Sie lächelt, während sie ihre Finger durch mein Haar gleiten lässt, um die Länge zu prüfen.

»Deine Wahl«, antworte ich mit einem Grinsen.

»Grüne Liberty-Spikes also.« Sie greift nach einer Haarschneidemaschine ohne Aufsatz und beginnt, meinen Haaransatz zu säubern. »Wie geht's Sarah und Summer?«

Ich überlege, wie ich auf diese Frage antworten soll, entscheide mich aber für die Standardantwort. Die erwartete Antwort. Ich kann und werde ihr nicht den ganzen Mist aufbürden, der gerade in meinem Leben passiert. Außerdem ist das hier ein Ort, an dem ich mich entspannen und für eine Stunde abschalten kann – nicht, um mich über meine Scheidung auszulassen.

»Ihnen geht's gut«, sage ich. »Sarah ist wie immer mit der Stiftung beschäftigt, und Summer macht sich prima in der Schule und konzentriert sich gerade aufs Schwimmen. Sie hat kürzlich den Schwimmwettbewerb gewonnen.«

»Gut für sie«, sagt Carissa, ohne mit ihrer Arbeit zu pausieren.

»Das hat sie definitiv nicht von mir.« Ich lache gezwungen. »Und bei dir? Was gibt's Neues?«

»Immer dasselbe. Nur hier am Arbeiten. Wenn ich nicht Haare schneide, putze ich, bestelle Sachen nach, mache die Buchhaltung, bezahle Rechnungen oder bearbeite die Lohnabrechnungen.« Sie schaltet die Haarschneidemaschine aus und wirft einen schnellen Blick zur verschlossenen Tür rechts von uns. »Ich könnte wirklich mal Urlaub gebrauchen.«

»Oh ja, ich verstehe dich. Seit ich Partner in der Kanzlei geworden bin, heißt es nur noch arbeiten, arbeiten, arbeiten.«

»Mmhmm«, antwortet Carissa, sacht nickend. »Lass uns dich rüber zur Waschstation bringen. Ich gebe deinem großen Gehirn eine schöne Kopfmassage.«

Ich lache, während ich aufstehe und ihr folge. »Mir ist klar, dass ich dich schon genug aufgehalten habe. Du kannst dir das Haarewaschen auch sparen, wenn du möchtest, obwohl sich die Kopfmassage großartig anhört.«

»Unsinn.« Sie winkt ab. »Ich habe sowieso nichts Wichtiges vor.«

Es ist angenehm, mit einer Frau zu sprechen, die mir nicht bei jeder Gelegenheit an die Kehle springt. Sarah könnte wirklich ein oder zwei Dinge von Carissa lernen. Während wir durch den Salon gehen, bemerke ich, wie sie die Hintertür, die am Badezimmer und ihrem Büro vorbeiführt, prüft. Sie schaut auf ihre Uhr und wirft auch der Eingangstür erneut einen Blick zu.

»Bist du sicher, dass du nichts vorhast? Ich will dich nicht aufhalten.«

Ihr Mund öffnet sich, aber es dauert einen Moment, bis Worte herauskommen. »Ja, ich bin sicher. Setz dich ruhig.«

Sie wirkt nervös oder vielleicht angespannt, aber ich entscheide, nicht weiter nachzuhaken.

»Sag Bescheid, falls es zu heiß ist«, sagt Carissa und dreht den Wasserhahn auf. Warmes Wasser fließt über mein Haar und durchnässt es vollständig.

»Es ist perfekt«, sage ich, schließe meine Augen und lasse meinen Geist leer werden.

Ich muss eingenickt sein, denn plötzlich tippt jemand auf meine Schulter, und Carissa beugt sich herunter und flüstert: »Alles fertig. Wir treffen uns wieder an deinem Platz.«

Ich blinzele mehrmals und stehe langsam auf, beobachte sie, wie sie zu ihrer Station geht. Sie überprüft immer noch ihr Büro, die Hintertür und den Eingang. Ich folge ihr und setze mich wieder auf den Stuhl.

Sie streicht mit ihrem Daumen über die Haare an meinem Nacken. »Möchtest du heute Abend eine Rasur mit dem Rasiermesser?«

»Klar, warum nicht.«

Carissa zieht ein Rasiermesser heraus und inspiziert die Klinge, fährt mit dem Finger über die Schneide. Sie legt ein heißes, feuchtes Handtuch auf meinen Hals und sagt: »Lehn dich zurück und entspann dich«, bevor sie beginnt. Sie trägt Rasieröl auf und macht langsame Züge nach oben über meinen Hals. Ich höre das Schaben der Klinge, während die Haare nachgeben und nichts als glatte Haut zurückbleibt. Wenn das lange genug so weitergeht, könnte ich wieder einschlafen. Der Duft des Rasieröls mischt sich mit der beruhigenden ... Dann beißt ein scharfer Schmerz in meinen Hals, direkt unter dem Kinn.

»Scheiße!«, flucht Carissa und schlägt sich die Hand vor den Mund. »Oh Gott. Es tut mir so leid.«

Ich greife mit der Hand an die Stelle, wo der Schmerz sitzt, berühre sie und halte die Hand dann ins Sichtfeld. Blut klebt an meinen Fingern. Mehr davon rinnt meinen Hals hinunter, unter den Umhang, vermutlich mein Hemd befleckend. Ein paar Tropfen fließen über den Umhang und tropfen zu Boden. Ich glaube nicht, dass sie mich so schlimm geschnitten hat, aber wenn die Haut warm ist, wird sie weicher, und der Hals hat ohnehin eine starke Durchblutung.

»Hol mir ein Handtuch und etwas Kaltes!«, rufe ich panisch. »Sofort!«

»Es tut mir leid!« Sie rennt in ihr Büro und erscheint einen Moment später mit einem großen, trockenen Handtuch und einer Dose Sprudelwasser. »Hier«, sagt Carissa, drückt das Handtuch an meinen Hals und reicht mir die Dose.

»Wofür ist das?«, frage ich.

»Das ist das einzige Kalte, was ich habe.«

Ich wechsle zwischen dem Handtuch und der kalten Dose, die ich gegen meine Haut halte, während Carissa über mir steht, beobachtend und nervös an ihren Nägeln kauend. Sie schließt die Augen für einen Moment und atmet tief ein und aus, durch die Nase und dann durch den Mund. »Es tut mir wirklich, wirklich leid, Bob.«

»Schon gut«, antworte ich mit einem Seufzer. »Unfälle passieren. Hast du einen Erste-Hilfe-Kasten?«

Carissa sieht mich seltsam an, nickt dann aber und eilt davon. Ich höre ein Rumpeln, Dinge fallen und werden bewegt, und dann kehrt sie mit einem kleinen Kasten zurück. Es braucht zwei Pflaster, um die Wunde vollständig abzudecken.

»Wenn du den Haarschnitt überspringen willst, verstehe ich das«, sagt Carissa, Tränen steigen ihr in die Augen.

»Ich bin jetzt schon hier, also gibt es keinen Grund, den Haarschnitt nicht zu machen. Halt nur die Schere von meinem Hals fern«, scherze ich, um sie zu beruhigen.

Sie lacht nervös. »Bist du sicher?«

»Ja.«

»Okay, aber das geht auf's Haus.«

Das kann ich nicht annehmen, weil ich weiß, dass sie gerade genug verdient, um über die Runden zu kommen. Außerdem hatte sie ihren Anteil an Problemen und unfairen Umständen.

»Wie wäre es so …«Ich sehe sie im Spiegel an. »Ich zahle den Haarschnitt, und du übernimmst meine Reinigungskosten.«

Ihr Blick tanzt um meine Reflexion, bis sie schließlich sagt: »Deal.«

Ich starre zurück zu Carissa und frage mich, warum sie gezögert hat oder überhaupt über mein großzügiges Angebot nachdenken musste.

28

SARAH MORGAN

»Bist du sicher, dass du das wirklich tun willst?«, fragt Jess und nimmt den Umschlag aus meiner Hand. Sie sitzt mir gegenüber, gekleidet in einen schlichten Hosenanzug. »Wenn wir diesen Weg einschlagen, gibt es kein Zurück.«

»Ich bin sicher.« Ich lehne mich in meinem Stuhl zurück und schaue aus den großen Fenstern, die die Seitenwand meines Büros säumen. Der Morgenhimmel ist eine graue überfüllte Wolkendecke, die jeden Moment zu platzen scheint. Selbst sie können nur so viel ertragen, bevor sie zusammenbrechen.

»Ich möchte nur sichergehen«, sagt Jess. »Am Anfang war dein Hauptziel, die Trennung schnell und diskret durchzuführen, und das kann ich auf diesem Weg nicht mehr garantieren. Im Gegenteil, ich kann das Gegenteil garantieren. Es wird chaotisch.«

Ich wende meinen Kopf vom Fenster ab. »Das ist es schon.«

»Okay, ich werde es sofort einreichen und einen Notfalltermin beantragen, um den Prozess zu beschleunigen.« Sie schiebt den Umschlag in ihre Aktentasche und erhebt sich. »Ich melde mich bei dir«, fügt Jess hinzu, während sie zur Tür geht. Bevor sie mein Büro verlässt, bleibt sie stehen und wirft mir einen mitfühlenden Blick zu. »Pass auf dich auf, Sarah.«

»Das tue ich immer.«

Jess lächelt gequält und verlässt mein Büro, sodass ich wieder allein bin. Ich wollte diesen Weg nicht gehen, aber Bob hat mir keine andere Wahl gelassen. Ich weiß, dass er etwas im Schilde führt, irgendeinen Plan ausarbeitet. Die Warnung, die er kaum hörbar flüsterte – *oder im Gefängnis* – hat alles verändert. Außerdem kann ich ihm nicht zutrauen, sich um Summer zu kümmern. In der einen Nacht, in der sie bei ihm war, hat sie sich wegen seiner Nachlässigkeit verletzt, und dieses Risiko kann ich nicht noch einmal eingehen – nicht bei meiner Tochter. Ich wollte diese Trennung rasch und leise abwickeln. Aber nein, er musste es kompliziert machen.

Das erinnert mich an etwas. Ich nehme mein Handy vom Schreibtisch und tippe eine Nachricht.

> Hey, Alejandro. Hier ist Sarah.
> Mir ist gerade eingefallen,
> dass ich vergessen habe,
> Sie für Ihre Arbeit zu bezahlen.

Sekunden später erscheinen drei Punkte auf dem Bildschirm, die auf- und abtanzen.

> Haben Sie es absichtlich vergessen,
> nur um mich wiederzusehen?

> Haben Sie absichtlich vergessen, nach der Zahlung
> zu fragen, damit Sie mich wiedersehen können?

Seine Nachricht erscheint, bevor ich mein Handy überhaupt ablegen kann.

... vielleicht ;)

Ich bewege meinen Mund nachdenklich hin und her, während ich überlege, was ich antworten soll.

Ich kann heute vorbeikommen und es Ihnen bringen.

Wenn es keine Umstände macht. Ansonsten kann ich auch zu Ihnen kommen.

Kein Problem. Ich komme zu Ihnen.

Brauchen Sie meine Adresse?

Hab ich schon.

Stalken Sie mich??? ;)

Ich habe Ihnen die Schlüssel zu Ihrer Wohnung gegeben ...

Zwei leise Klopfgeräusche an meiner Bürotür unterbrechen den Austausch, dann öffnet sie sich und Natalie, die Empfangsdame der Stiftung, steckt ihren Kopf herein. »Sarah, entschuldigen

Sie die Störung, aber es sind zwei Polizisten da, die mit Ihnen sprechen wollen.«

Ich bewahre meine Fassung und überlege, warum sie hier sein könnten. Ich weiß, dass Bob etwas im Schilde führt, aber würde er die Polizei noch mehr einbeziehen, als sie es ohnehin schon ist? So dumm wäre er doch nicht, oder? Dann ist da noch die Wiederaufnahme der Kelly-Summers-Ermittlung. Ich weiß, dass sie alle erneut befragen müssen, aber ich hätte gedacht, das würde formeller ablaufen – indem sie einen Termin im Revier ansetzen. Egal, warum sie hier sind, ich kann sie nicht abweisen.

»Schicken Sie sie rein, Natalie.«

Sie nickt und verschwindet aus dem Türrahmen. Mit einem tiefen Seufzer richte ich mich auf, strecke meinen Nacken von einer Seite zur anderen und knacke ihn dabei. *Los geht's.*

29

SHERIFF HUDSON

Die Empfangsdame der Morgan Foundation ist vor ein paar Minuten losgeeilt, um zu prüfen, ob Sarah für ein Gespräch verfügbar ist. Ich habe ihr gesagt, dass wir bereit sind zu warten, egal, wie lange es dauert. Ich brauche Antworten und kann es mir nicht leisten, später wiederzukommen. Olson und ich haben uns entschieden, zu ihr ins Büro zu gehen, anstatt sie offiziell zu einer Befragung zu laden. Wir dachten, sie könnte etwas aufgeschlossener sein, wenn der Besuch informeller und auf ihrem eigenen Terrain stattfindet.

Der Fahrstuhl pingt, und die Türen öffnen sich hinter uns. Ich drehe mich um und sehe einen Mann in Khakis und einem Button-Down-Hemd. Seine Augen weiten sich, als er von seinem Handy aufblickt und uns bemerkt. Er zwingt sich zu einem angespannten Lächeln und einem schnellen Nicken, bevor er an uns vorbeieilt. Das ist keine ungewöhnliche Reaktion, wenn wir unangekündigt irgendwo auftauchen – genau deshalb wollte ich unvorhergesehen erscheinen. Sarah hat immer die perfekten Antworten parat, und das Letzte, was ich will, ist, ihr Zeit zu geben, noch perfektere vorzubereiten.

»Glaubst du, sie lässt uns warten?«, fragt Olson.

»Nein, das tut sie nie.«

Meiner Erfahrung nach wollen die Leute uns so schnell wie möglich wieder loswerden. Zwei voll ausgerüstete Polizisten, die mitten in einem Büro stehen, machen die Situation für alle unangenehmer. Das schürt nur noch mehr Klatsch und Spekulationen darüber, warum wir hier sind.

Die Empfangsdame kommt zurück und winkt uns, ihr zu folgen. »Sarah kann Sie jetzt empfangen«, sagt sie. »Möchten Sie etwas trinken?«

»Nein«, sage ich.

»Ich brauche nichts«, fügt Olson hinzu.

»Sind Sie sicher? Wir haben Kaffee, Wasser, Tee und Kombucha. Außerdem Bier, Wein und Prosecco.«

Olson und ich schütteln die Köpfe, wechseln aber einen neidischen Blick. Solche Getränke gibt es bei uns auf der Wache nicht. Dort gibt's entweder Folgers-Kaffee oder Wasser aus dem Trinkbrunnen. Offenbar befinden wir uns auf der falschen Seite des Justizgeschäfts.

Wir schlängeln uns durch das großzügig gestaltete Büro, vorbei an Schreibtischen, Arbeitsflächen und sogar Sitzbereichen mit albernen, ballförmigen Stühlen. Das Layout und die Einrichtung passen eher zu einem Technologieunternehmen als zu einer gemeinnützigen Organisation. Köpfe tauchen hinter Laptop-Bildschirmen auf, als die Mitarbeiter verdutzt einen zweiten Blick auf die beiden uniformierten Beamten werfen, die durch ihr Büro marschieren.

Die Empfangsdame klopft leicht an Sarahs Bürotür und streckt dann einen Arm aus, um uns den Weg ins Büro zu weisen. Sarah nimmt uns nicht wahr, als wir eintreten. Stattdessen hält sie ihre Augen auf den Bildschirm gerichtet und tippt weiter. Anders als ihre Mitarbeiter scheint sie von unserer Anwesenheit unbeeindruckt zu sein – oder sie tut zumindest so.

Mit einer Handbewegung bittet sie uns, weiter in ihr Büro einzutreten, die Augen immer noch auf ihren Monitor gerichtet. »Bitte setzen Sie sich«, sagt Sarah und deutet auf die beiden Stühle vor ihrem Schreibtisch.

Die Empfangsdame schließt die Tür hinter uns.

»Sarah, das ist Chief Deputy Olson«, sage ich, während wir Platz nehmen.

Endlich hebt sie den Blick von ihrem Bildschirm und sieht Olson an, dann mich. »Freut mich, Sie kennenzulernen, Chief Deputy Olson, und schön, Sie wiederzusehen, Sheriff Hudson.«

Wir nicken und erwidern die Begrüßung.

»Womit habe ich die Ehre verdient, dass zwei so angesehene Beamte des Gesetzes mir persönlich einen Besuch in meinem Büro abstatten?«

Olson hatte bisher kaum Interaktionen mit Sarah, und ich sehe an Pams Gesichtsausdruck, dass sie von der Mischung aus überlegener Selbstsicherheit, Sarkasmus und Schlagfertigkeit, die von der Frau vor uns ausgeht, irritiert ist. Aber ich kenne Sarah sehr gut, und wenn ich irgendetwas Wertvolles über das Verschwinden von Stacy Howard oder den Kelly-Summers-Fall herausfinden will, muss ich ihr Spiel mitspielen – sonst wird sie uns komplett im Regen stehen lassen. Vielleicht tut sie das bereits. Als Anwältin weiß sie, dass Wissen Macht ist, und genau deshalb gibt sie nichts davon preis.

»Ich bin mir sicher, dass Ihnen mittlerweile bekannt ist, dass wir die Ermittlungen im Fall Kelly Summers wieder aufgenommen haben«, beginne ich, da ich davon ausgehe, dass sie denkt, das sei der Grund für unseren Besuch.

»Sie meinen den Mord, für den Ihr Department meinen Ehemann zu Unrecht verurteilen ließ? Jenen, bei dem einer Ihrer Kollegen entlastende Beweise unterschlagen hat und eine sexuelle Beziehung mit dem Opfer unterhielt? Jene Ermittlungen?« Sie legt den Kopf schief und mustert uns.

»Nur weil ein Beweisstück ...«, beginnt Olson, doch ich hebe die Hand, um sie zu stoppen.

»Nein, Sheriff Hudson, bitte lassen Sie sie weitersprechen«, unterbricht Sarah und macht eine einladende Geste.

Olson sieht mich fragend an, wie sie vorgehen soll. Ich schüttele kaum merklich den Kopf, ein Signal, die Sache fallen zu lassen. Wenn Sarah es so spielen will, müssen wir darauf eingehen.

»Angesichts all dessen, was seit der Veröffentlichung der zurückgehaltenen Beweise passiert ist ...«

»Ja, der Suizidversuch und die Totschlagsanklage tragen sicherlich nicht zum guten Ruf des Countys bei«, unterbricht Sarah. »Wie geht es dem ehemaligen Sheriff übrigens? Ich hoffe, er erholt sich schnell, denn ich habe viele Fragen an ihn.«

»Tatsächlich ist das einer der Gründe, warum wir heute mit Ihnen sprechen wollten, zusätzlich zur Wiederaufnahme der Ermittlungen im Fall Kelly Summers.«

»Ich habe jede einzelne Frage beantwortet, die Ihr Sheriffbüro vor zwölf Jahren an mich gerichtet hat. Wenn Sie mehr über den Kelly-Summers-Fall wissen wollen, schlage ich vor, Sie fragen denjenigen, der Beweise dazu zurückgehalten hat.«

»Das können wir nicht«, sage ich.

»Und warum nicht?«

»Weil er tot ist«, antwortet Olson, bevor ich es tun kann.

Sarahs Mund öffnet sich, doch sie schließt ihn wieder. Ihre Augen huschen zwischen uns hin und her, sie kneift sie leicht zusammen. »Sie wollen mir also sagen, dass der Mann, der die Ermittlungen im Fall Kelly Summers geleitet hat und der Einzige war, der für die zurückgehaltenen Beweise zur Rechenschaft gezogen werden könnte, tot ist? Direkt bevor das County vermutlich mit einer Flut von Klagen aufgrund seiner miserablen Polizeiarbeit konfrontiert wird? Wenn Sie mich fragen, klingt das ziemlich praktisch für das Prince William County Sheriffbüro«, sagt sie, während sie sich in ihrem Stuhl zurücklehnt.

»Es ist für uns überhaupt nicht praktisch«, erwidere ich und verenge die Augen, um sie zu spiegeln.

Sarah dreht ihren Kopf langsam zu mir. »Oh ja? Und warum nicht, Sheriff?«

»Weil Stevens ermordet wurde. Jemand hat ihm die Kehle durchgeschnitten, während er geschlafen hat.« Ich erzähle ihr das nur, weil ich möchte, dass sie den Ernst der Lage begreift. Öffentliche Informationen hin oder her.

»Okay, und was hat das mit dem Summers-Fall zu tun?«, fragt sie gleichgültig angesichts der grausigen Details, die ich gerade offenbart habe. Aber sie ist Anwältin; sie hat über die Jahre von vielen Morden in allen Einzelheiten gehört, einschließlich dem in ihrem eigenen Zuhause.

»Wir wissen nicht, ob es überhaupt etwas damit zu tun hat, aber da die Ermittlungen wieder aufgenommen wurden und Stevens tot ist, gehen uns die Leute aus, die wir befragen können.

Deshalb würde ich Ihre Kooperation sehr schätzen.« Ich presse meine Lippen zusammen und halte ihrem Blick stand.

Sarah nickt und macht eine einladende Geste. »Bitte fahren Sie fort.«

Ich hole einen Stift und einen Notizblock aus meiner Tasche. »Sie haben bei den damaligen Befragungen ausgesagt, dass Sie in der Nacht, in der Kelly Summers ermordet wurde, in einer Bar in DC waren und dort mit Ihrer damaligen Assistentin Anne Davis etwas getrunken haben. Stimmt das?«

»Ja, das stimmt, und Anne hat das auch bestätigt. Sie arbeitet noch hier und kann es gern noch einmal bestätigen, wenn Sie möchten.« Sie beginnt sich von ihrem Stuhl zu erheben.

»Nein, nein. Das wird nicht nötig sein.« Olson macht eine Geste, dass Sarah sich wieder setzen soll.

Sarah spielt offensichtlich immer noch mit uns. Sie ist wütend und will, dass wir es wissen – also wird sie jede Gelegenheit nutzen, um uns das unter die Nase zu reiben.

»Wann sind Sie nach Hause gegangen?«, frage ich.

»Ich erinnere mich nicht. Was auch immer ich vor zwölf Jahren gesagt habe.«

Ich werfe einen Blick auf meinen Notizblock. »Kurz nach Mitternacht«, sage ich.

»Klingt plausibel.«

»Und wo haben Sie und Frau Davis etwas getrunken?«

Sie zuckt mit den Schultern. »Ich erinnere mich nicht. Was auch immer ich vor zwölf Jahren gesagt habe.«

Ich presse die Lippen zusammen. Diese Befragung führt ins Leere. Wenn ich ehrlich bin, gilt das für die ganze Untersuchung. Es ist zu lange her, und die ursprüngliche Arbeit ist ein einziges

Chaos – größtenteils unvollständig, dank Stevens. Er hat Sarah oder Anne damals nicht einmal gefragt, in *welcher* Bar sie waren, verdammt noch mal.

»Haben Sie jemals Beweise für Ihren Aufenthaltsort geliefert oder wurden diese überprüft?«, fragt Olson.

»Abgesehen von einer direkten Aussage und der Zeugenaussage einer angesehenen Bürgerin ohne Vorstrafen?«

»Ja, haben Sie eine Quittung von einer der Bars, in der Sie an diesem Abend waren?«

»Habe ich eine Quittung von einer Bar, in der ich vor zwölf Jahren war?« Sarah verdreht die Augen und schüttelt den Kopf. »Leider bewahre ich meine Quittungen nur elf Jahre lang auf.«

Olson hakt nach. »Wussten Sie, dass Adam eine Affäre hatte, bevor Kelly Summers ermordet wurde?«

»Glauben Sie, ich wäre noch mit ihm verheiratet gewesen, wenn ich es gewusst hätte?«

»Uns ist bekannt, dass Sie die Scheidung von Ihrem jetzigen Ehemann, Bob Miller, eingereicht haben«, sage ich und lenke das Gespräch auf den eigentlichen Grund unseres Besuchs. »Ist das korrekt?«

Sarahs Augen verengen sich leicht, als sie mich ansieht. »Ja, das ist korrekt.«

»Möchten Sie den Grund für Ihre Trennung erläutern?«, frage ich.

»Das möchte ich eigentlich nicht, aber wenn Sie es unbedingt wissen müssen – Bob hatte eine Affäre«, sagt sie und hebt ihr Kinn, während sie sich auf ihrem Stuhl zurechtrückt.

»Kennen Sie eine Frau namens Stacy Howard?«

»Nicht persönlich, nein, aber ich weiß, dass das der Name der Frau ist, mit der mein Mann die Affäre hatte«, sagt Sarah und hält meinem Blick stand.

»Können Sie uns sagen, wo Sie letzten Montagabend zwischen fünf und zehn Uhr waren?«, frage ich.

Sie bleibt einen Moment still, durchdenkt ihre Antwort. »Ich war bis etwa sechs Uhr hier im Büro, dann bin ich nach Hause gegangen, habe mit Bob und meiner Tochter zu Abend gegessen. Danach habe ich aufgeräumt, mit meiner Tochter gespielt, ein bisschen gelesen und war um zehn Uhr im Bett.«

»Wann kam Bob an?«

»Gegen halb acht.«

»Mit Ihrer Tochter?«, erkundigt sich Olson.

»Ja. Er hat sie von einer Freundin abgeholt und nach Hause gebracht«, sagt sie.

»Und wann ist Bob gegangen?«

»Kurz nach neun. Gibt es etwas, das ich wissen sollte, Sheriff?«, fragt Sarah und neigt ihren Kopf.

»Stacy Howard wurde als vermisst gemeldet, und nach unseren Informationen könnte Bob die letzte Person gewesen sein, die sie gesehen hat. Wissen Sie, ob die beiden sich weiterhin getroffen haben?«

»Das weiß ich nicht. Das müssten Sie ihn fragen«, sagt sie.

»Bob hat angegeben, dass er Stacy seit Wochen nicht mehr gesehen hat. Glauben Sie ihm das?«, fragt Olson.

»Ich glaube meinem Mann kein Wort.«

Mein Funkgerät knistert. *Kccchhh.* »*Lieutenant Neill an Sheriff Hudson, kommen.*«

»Hier Sheriff Hudson.«

»*Sir, wir brauchen Sie im Friseursalon in der Center Street.*«

»Warum? Was ist los?«

»*Dieser Einbruch sieht eher nach einem möglichen 187 aus.*«

Verdammt. Gerade als es aussah, dass es nicht schlimmer werden könnte. »Entschuldigung, aber wir müssen das hier abkürzen«, sage ich, während ich bereits aufstehe. »Ich danke Ihnen für Ihre Kooperation, Sarah, und wir melden uns, wenn wir weitere Fragen haben.«

»Ich bin eine vielbeschäftigte Frau, Sheriff, daher würde ich einen Hinweis zu schätzen wissen, bevor Sie das nächste Mal unangemeldet vorbeikommen«, sagt sie und wendet ihre Aufmerksamkeit wieder ihrem Computer zu.

»Ich behalte das im Hinterkopf.« Ich nicke und mache mich auf den Weg nach draußen, Olson direkt hinter mir.

Im Fahrstuhl drücke ich den Knopf mit der Aufschrift *Lobby*. Als sich die Türen schließen, frage ich: »Was denkst du?«

»Sarah ist echt ein Schätzchen.« Olson schmunzelt.

»Ich hab dich gewarnt. Sie ist taff.«

»Ja, sowas in der Art.«

»Sarahs Zeitangaben stimmen mit Bobs Geschichte überein, aber seine Aufenthaltsorte vor 19:30 Uhr und nach 21:00 Uhr sind immer noch nicht verifiziert. Das gab ihm also Gelegenheit.«

»Aber wir wissen auch nicht genau, wann Stacy verschwunden ist. Man könnte annehmen, dass es kurz nach fünf war, als sie sich laut Handyaufzeichnungen in der Nähe ihres Zuhauses aufhielt. Oder es war später am Abend, und ihr Handy war leer oder wurde ausgeschaltet«, sagt Olson.

»Stimmt. Nun, wir haben Bob seit heute Morgen unter Beobachtung, hoffentlich bringt uns das weiter.«

»Eine Sache fand ich bei Sarahs Befragung allerdings seltsam.« Ich neige meinen Kopf. »Und was war das?«

»Sie hat nicht gefragt, wie Stevens gestorben ist.« Olson hebt eine Augenbraue.

»Wie bitte?«

»Du hast ihr gesagt, dass Stevens tot ist, und Sarahs erste Reaktion war, zu unterstellen, dass sein Tod für unser Büro praktisch sei. Sie war überhaupt nicht schockiert.«

»Du meinst also, Sarah wusste bereits, dass Ryan ermordet wurde?«, frage ich.

»So schien es jedenfalls. Und die einzige Möglichkeit, wie Sarah das wissen konnte, ist …«

»Wenn es ihr jemand gesteckt hat«, werfe ich ein.

»Oder wenn sie selbst darin verwickelt war«, schlägt Olson vor.

30

BOB MILLER

Mein Knie wippt zweimal pro Sekunde. Ich sitze in einem kleinen Warteraum vor dem Büro meines Chefs Kent und warte darauf, dass er mich hereinruft. Er hat gestern Abend angerufen und darum gebeten, gleich am Morgen mit mir zu reden. Er sagte, es gäbe etwas zu besprechen, und das müsse persönlich geschehen. Ich habe keine Ahnung, worum es gehen könnte. Zugegeben, ich war in letzter Zeit ein wenig abwesend, aber mein Junior-Team hat alles im Griff. Nichts ist versäumt worden. Dafür habe ich gesorgt.

Kents Assistentin, Candace, beobachtet mich mit einer Mischung aus Abscheu und Genervtheit von ihrem Schreibtisch aus. Sie hat diesen sauren Gesichtsausdruck, als würde sie ununterbrochen auf einer Zitrone kauen – aber das ist einfach ihr normales Gesicht. Ihr Verhalten passt dazu. Es würde mich nicht überraschen, wenn sie bereits mit einem Stirnrunzeln auf die Welt gekommen wäre, enttäuscht darüber, dass der Kreißsaal nicht die richtige Temperatur hatte oder der Arzt keine luxuriösen Hautpflegeprodukte genutzt hat, als er sie rauszog. Ihr Nachname ist übrigens Williamson, wie in Williamson, Miller & Associates. Aber es ist der Name ihres Onkels, der auf dem Gebäude prangt, nicht ihrer. Mein Name steht zwar auch drauf, aber nach Williamson und offensichtlich auch nach Vetternwirtschaft.

Ich ziehe meinen Ärmel hoch und schaue auf meine Rolex. Ich sitze jetzt schon seit fünfzehn Minuten hier, also weiß ich, dass dieses Gespräch nicht gut werden wird. Kent lässt Leute gerne warten, wenn er wütend auf sie ist. Es ist eines seiner Machtspielchen: die Leute schwitzen lassen und sie in all den Möglichkeiten marinieren, was jetzt kommen könnte. Dabei lässt er dich an jede Kleinigkeit denken, die du jemals falsch gemacht hast, und wie er vielleicht davon erfahren haben könnte. Aber ich weiß wirklich nicht, worüber ich nachdenken soll.

»Wissen Sie, wie lange es noch dauern wird?«, frage ich.

Candace schaut zu mir und kneift die Augen zusammen. »Nein.« Sie senkt ihr Kinn, als sie sich wieder auf ihre Arbeit konzentriert.

»Könnten Sie vielleicht nachfragen?«

Sie seufzt und hebt ihren Kopf so langsam, als wäre es die größte körperliche Herausforderung, die je ein Mensch bewältigen musste. »Er wird Sie empfangen, wenn er bereit ist, Sie zu empfangen.« Sie beendet ihren Kommentar mit einem süffisanten Lächeln.

Candace widmet sich ihrem Handy und dreht mir dabei demonstrativ den Rücken zu. Leise murmele ich *Miststück*.

Es vergehen weitere zehn Minuten, bis Kents Assistentin und Nichte mir mitteilt, dass ich eintreten darf. Tief atme ich aus, als ich von meinem Stuhl aufstehe.

»Viel Glück«, sagt Candace und betont das Wort *Glück* extra übertrieben, während ich an ihr vorbei in Kents Büro gehe.

Ich ignoriere ihre sarkastische Freundlichkeit und schließe die Tür hinter mir. Kent sitzt in einem übergroßen Schreibtischstuhl – dem besten, den man für Geld kaufen kann. Sein Büro ist ordentlich, kein einziges Objekt liegt fehl am Platz, und seine Augen sind auf seinen Laptop gerichtet.

»Morgen, Kent«, sage ich, presse die Lippen zusammen und verschränke die Hände vor meiner Hüfte.

Er hebt den Kopf. »Bob, genau der Mann, den ich sehen wollte«, sagt Kent beiläufig, klappt seinen Laptop zu und deutet auf einen der beiden Stühle vor seinem Schreibtisch. »Setzen Sie sich.«

Ich nicke und tue, was er sagt. Als ich Platz nehme, stützt Kent seine Ellbogen auf den Schreibtisch und beugt sich vor, während er seine Finger miteinander verschränkt. Sein Haar ist silbern, sein Gesicht markant und seine Augen wachsam. Er ist nahe am Ruhestand, aber er wird nie aufhören. Diese Kanzlei ist sein Leben, sein Vermächtnis. Ihm das zu nehmen, wäre, als würde man jemanden von der Lebenserhaltung abklemmen. Wahrscheinlich wird er genau hier, in diesem Büro, sterben. Es ist im Grunde bereits ein Sarg, der auf einen Körper wartet.

»Wie läuft's, Bob?«, fragt er in einem jovialen Ton – na ja, so jovial, wie es bei Kent eben möglich ist.

Ich weiß genau, was Kent da macht. Er versucht so zu tun, als wäre alles in bester Ordnung, um mich dazu zu bringen, meine Deckung fallen zu lassen, damit er mich kalt erwischen kann, sobald das Gespräch unangenehm wird. Aber nichts ist in Ordnung, und ich habe diese Taktik schon viel zu oft miterlebt. Ich warte nur darauf, dass der Hammer fällt.

»Gut. Und bei Ihnen?«

Kent lehnt sich in seinem Stuhl zurück und schaukelt leicht hin und her. »Ach, es lief gut, bis ich gestern Abend ein paar unangenehme Anrufe von zwei unserer größten Kunden erhalten habe. Haben Sie eine Ahnung, worum es dabei ging, Bob?«

Ich schlucke schwer. »Nein.«

»Das dachte ich mir schon.« Er legt den Kopf schief. »Sie haben mich darüber informiert, dass sie alles andere als zufrieden mit der mangelnden Aufmerksamkeit sind, die sie von unserem Senior-Team erhalten. Anscheinend hatten sie im letzten Monat lediglich Kontakt mit unseren Juniormitarbeitern.«

»Ja, das stimmt«, sage ich schnell und versuche, die Situation zu drehen. »Ich dachte, es wäre eine gute Idee, mein Team zu fordern und ihnen mehr Verantwortung zu übertragen. Direkter Kundenkontakt bei Aufgaben, die normalerweise dem Senior-Management vorbehalten sind, würde ihr Wachstum beschleunigen. Ins kalte Wasser werfen, sozusagen.«

»Die Pflege unserer wichtigsten Kundenbeziehungen ist keine Verantwortung, die man einfach an das Junior-Team abgibt.«

Kent durchschaut meinen Unsinn sofort. Ehrlich gesagt war mir klar, dass ich in letzter Zeit bei der Arbeit nachgelassen habe, weil ich so sehr mit der Scheidung und der ganzen Sache mit der vermissten Frau beschäftigt war. Aber ich dachte nicht, dass es jemandem aufgefallen wäre. »Sie haben recht, Kent. Ich entschuldige mich.«

Er stößt einen tiefen Seufzer durch die Nase aus, was mir signalisiert, dass er erst am Anfang ist. Ich weiß jetzt schon, dass ihm eine Entschuldigung nicht reicht. Er will, dass ich um Vergebung bettle. Vor ihm auf die Knie gehe.

»Wissen Sie, Bob, es hat lange gedauert, bis ich jemanden gefunden habe, der würdig genug war, Partner in meiner Kanzlei zu werden. Ich meine, Sarah Morgans Stilettos waren wirklich große Fußabdrücke, die es zu füllen galt.« Er lässt ein kleines Lachen hören.

Ich beiße mir auf die Zunge, um ihn nicht zu unterbrechen. Kent muss man ausreden lassen, denn er wird ohnehin jedes Wort sagen, das er sich vorgenommen hat. Der einzige Unterschied, den eine Unterbrechung machen würde, wäre die Art und Weise, wie er es vorträgt – und ich bevorzuge herablassend statt wütend.

»Aber ich habe Sie gewählt, trotz Ihrer schwierigen Persönlichkeit. Denn wenn es darauf ankommt, haben Sie immer zurückgeschlagen – und das auch noch härter.« Er nickt entschieden. »Aber in den letzten Wochen … habe ich mich gefragt, ob ich die richtige Entscheidung getroffen habe.«

»Sie haben die richtige Entscheidung getroffen, Kent. Ich bin Ihr engagiertester Mitarbeiter. Das habe ich Ihnen bewiesen, und das werde ich wieder tun. Ich entschuldige mich dafür, dass ich in letzter Zeit nachgelassen habe. Wirklich. Es war nicht meine Absicht.« Ich mache eine Pause und reibe mir die Schläfe. »Ich hatte einfach mit einigen persönlichen Dingen zu kämpfen, aber …«

»Ich weiß alles über Ihr Privatleben, Bob.« Er hebt eine Augenbraue und fährt mit seiner vorbereiteten Rede fort. »Aber das entschuldigt nicht, dass Sie nicht im Büro auftauchen oder Junior-Mitarbeiter mit den Meetings unserer Top-Kunden betreuen. Sie sind ein Geist geworden. Das Echo Ihrer billigen Loafer und der nachhängende Duft von dem, was Sie als Parfüm bezeichnen, sind die einzigen Dinge, die zeigen, dass Sie einmal ein wertvolles Mitglied waren.« Kents Ärger steigt, und seine Stimme wird lauter. Jetzt wäre nicht der richtige Zeitpunkt, ihm zu widersprechen, dass meine Ferragamo-Loafer alles andere als billig sind und Creed Aventus definitiv ein Parfüm ist. »Ich höre Ihren Namen nur, wenn Ihre Kollegen fragen: `Wo ist Bob?` oder `Hat jemand Bob gesehen?` Ich habe Ihren Namen auf das verdammte Gebäude gesetzt!« Kent schlägt mit der Faust auf den Schreibtisch, sodass alles wie bei einem Erdbeben wackelt. »Das bedeutet, dass Sie praktisch hier wohnen sollten, besonders bei dem Gehalt, das ich Ihnen zahle!«

Ich halte den Blickkontakt mit ihm, um zu zeigen, dass ich zuhöre, aber in Wirklichkeit tue ich das nicht – denn ich hänge immer noch an einem Satz, den er gesagt hat. Er hallt in meinem Kopf wider. *Ich weiß alles über Ihr Privatleben, Bob.*

»Was meinen Sie damit, dass Sie alles über mein Privatleben wissen?«, frage ich und verenge die Augen.

Kent sitzt einfach nur da und starrt mich an. Lässt die Sekunden vergehen, bis sie fast zu Minuten werden. Warum antwortet er nicht? Ihm fehlen doch sonst nie die Worte, denn er liebt es, sich selbst reden zu hören. Es sei denn …

»Sie!«, sage ich und zeige mit dem Finger auf ihn. Er reagiert nicht. Er bleibt ruhig und hält unerschütterlich Blickkontakt. »Sie haben es Sarah erzählt. Wie zum Teufel konnten Sie mir das antun?«

»Jetzt beruhigen Sie sich mal.« Sein Tonfall ist genauso herablassend wie seine Worte. Seine Hände machen eine beschwichtigende Bewegung nach unten, als ob er erwartet, dass meine Nerven seinem Beispiel folgen.

»Ich kann es nicht fassen.« Ich schüttele den Kopf. »Ich bin Ihr Partner. Wir sind ... Kumpel. Wir sollen uns gegenseitig den Rücken freihalten.«

»Ich bin ein 65-jähriger Multimillionär. Ich besitze eine renommierte Anwaltskanzlei. Ich bin Absolvent von Princeton und Yale. Ich bin Mitglied der American Bar Association und sitze in zahlreichen Vorständen rund um DC. Ich bin Vater, Großvater und liebevoller Ehemann. Merken Sie, was auf dieser Liste nicht steht? Ein Kumpel. Ich bin nicht Ihr verdammter Kumpel, Bob!«

»Es gab keinen beschissenen Grund, ihr das zu erzählen. Es war ein einmaliger Fehler, ein riesiger Fehler, und jetzt haben Sie mit Ihrem großen Mundwerk meine Familie zerstört. Warum zum Teufel haben Sie das getan?«, schreie ich.

Kent blickt für einen Moment aus seinen bodentiefen Fenstern, bevor er mich wieder ansieht. »Weil Sarah wie eine Tochter für mich ist.«

»Bullshit. Als sie hier gearbeitet hat, sind Sie ständig mit ihr aneinander geraten. Sie hielt Sie für einen arroganten Arsch, der dachte, er wäre besser als sie.«

»Ich *bin* ein arroganter Arsch, und ich *war* besser als sie. Gerade so als Anwalt, aber auf jeden Fall als Geschäftsmann. Ich war hart zu Sarah – aus gutem Grund. Ich habe sie zu der Anwältin geformt, die ich wusste, die sie sein konnte. Was glauben Sie, warum sie so jung Partnerin wurde? Glauben Sie, das passiert, wenn ich es jemandem leicht mache statt ihn dazu anzutreiben, sein volles Potenzial zu erreichen? Es war harte Liebe, weil das meine Art ist, zu lieben. Ich sorge mich um Sarah, und ich wollte nicht zusehen, wie Sie sie als Idiotin dastehen lassen.«

»Sie haben keine Ahnung, was Sie angerichtet haben«, sage ich und balle meine Fäuste, die in meinem Schoß liegen. Es kostet mich alles, nicht über diesen Schreibtisch zu springen.

»Das haben Sie angerichtet. Nicht ich. Sie sind derjenige, der seinen Schwanz nicht aus einer heißen Kellnerin herauslassen konnte. Ich war nur der Bote.« Kent hebt sein Kinn.

»Ach, jetzt reicht es aber. Als ob Sie nicht die Hälfte Ihrer Sekretärinnen flachgelegt hätten. Wir haben alle die Gerüchte gehört.«

»Vorsicht, Bob«, warnt er mich.

»Ist das der Grund, warum Ihre zickige Nichte jetzt Ihre Assistentin ist? Hat Ihre Frau endlich durchgegriffen und Sie gezwungen, jemanden einzustellen, den Sie legal nicht vögeln können?«

»Genug«, sagt er und schlägt mit der Faust auf den Schreibtisch, sodass alles darauf wackelt. »Sie sind suspendiert. Drei Wochen ohne Bezahlung. Klären Sie Ihren Scheiß und kommen Sie mit einer deutlich besseren Einstellung zurück.«

»Ich bin Ihr Partner. Sie können mich nicht suspendieren.«

»Oh doch, das kann ich. Oder haben Sie vergessen, dass mein Name auf dem verdammten Gebäude steht?«

»Meiner auch«, sage ich durch zusammengebissene Zähne.

»Machen Sie weiter so, und das wird nicht länger der Fall sein.«

Ich knirsche mit den Zähnen, und jede Faser meines Körpers glüht vor Wut, während mir der Schweiß den Rücken hinunterläuft. Ich schlucke all die Worte runter, die ich ihm entgegenschleudern möchte, weil ich diesen Job nicht verlieren will. Kent starrt mich mit verengten Augen und erhobenem Kinn an.

Ich weiß, dass er diesen Streit genießt, wie ein Relikt aus seinen Glanzzeiten. Das Feuer hinter seinen fleischigen Lidern wird so schnell nicht erlöschen. Ich stehe zu schnell auf, sodass der Stuhl nach hinten kippt und krachend zu Boden fällt. Ich mache mir nicht die Mühe, ihn aufzuheben. Ich reiße die Bürotür auf, sodass der Griff gegen die Wand schlägt.

»Jetzt sind es sechs Wochen!«, brüllt Kent.

Candace schaut nicht von ihrem Handy auf. »Genießen Sie Ihre freie Zeit, Bob«, sagt sie in fröhlichem Ton.

Ich hebe den Mittelfinger über meine Schulter, während ich wütend aus dem Büro stürme.

31

SHERIFF HUDSON

»Was haben wir hier?« Ich mache einen großen Schritt über die Scherben hinweg; sie liegen überall auf dem Boden, fast unmöglich, sie zu umgehen. Meine Stiefel knirschen über die Splitter, während ich weiter in den Friseursalon *Cuts by Carissa* hineingehe.

Die Szene vor mir besteht aus mehr als nur einem eingeschlagenen Fenster, wie ursprünglich gemeldet. Der Ort wurde verwüstet – umgestoßene Stühle, verstreute Salonutensilien, zerbrochene Spiegel. Ich gehe in die Hocke und betrachte mehrere blutrote Flecken in der Nähe eines Stylistenplatzes sowie verstreute, dunkelbraune, fast schwarze Haarreste. Hier ist Blut, und zwar eine Menge davon, und genau deshalb bin ich überhaupt hier. Das Forensik-Team ist bereits vor Ort, sammelt Beweise und fotografiert jeden Quadratzentimeter dieses Ladens.

»Ich bin mir nicht sicher, Sheriff«, sagt Neill. »Deputy Lane kam wegen eines gemeldeten Einbruchs, aber als ihm klar wurde, dass es vielleicht mehr sein könnte, hat er einen Vorgesetzten angefordert. Als wir reinkamen und das ganze Blut gesehen haben ... na ja, da habe ich Sie angerufen.« Er deutet auf eine Schere, die in einer Blutlache liegt. Eine Spur aus roter Flüssigkeit führt in den hinteren Teil des Salons, beginnt mit nassen Tropfen und wird dann zu verschmiertem Blut, als ob etwas oder jemand dorthin geschleift wurde.

»Wer hat das gemeldet?«, frage ich.

»Ein Mitarbeiter des Cafés nebenan. Er hat das eingeschlagene Fenster bemerkt, als er auf dem Weg zur Arbeit vorbeiging.«

»Haben wir eine Ahnung, wem das Blut gehören könnte?«

»Meine Vermutung wäre die Besitzerin, Carissa Brooks. Ihre Handtasche und ihr Handy sind im Büro, und ein Kia Sorento, der auf sie zugelassen ist, steht hinten geparkt.«

Ich betrachte die Szene, nehme jedes Detail auf und versuche, sie alle zusammenzufügen, um die Geschichte dessen zu rekonstruieren, was hier passiert sein könnte. Ich folge der Blutspur, bis sie verschmiert und plötzlich an der Hintertür endet. Als ich die Tür öffne, überblicke ich den Parkplatz. Der Kia Sorento parkt vor einem Schild, auf dem *Cuts by Carissa Mitarbeiter* steht, und eine Überwachungskamera ist an der Außenwand befestigt, auf die Ausgangstür gerichtet.

»Was ist mit dieser Kamera?«, frage ich und zeige nach oben.

»Das war das Erste, was ich überprüft habe. Sie ist mit nichts verbunden. Nur eine Attrappe, um potenzielle Diebe abzuschrecken.«

Ich schüttele den Kopf. Das ist das Problem in einer Kleinstadt. Niemand glaubt, dass etwas Schlimmes passieren könnte, also setzen sie auf Sicherheitsmaßnahmen, die abschrecken sollen, aber tatsächlich nichts bewirken. Ich folge der Blutspur zurück nach drinnen, überprüfe doppelt, ob ich etwas

Ungewöhnliches übersehen habe – nun ja, ungewöhnlicher als eine Blutspur.

»Was denken Sie, Sheriff?«

»Die naheliegendste und einfachste Erklärung wäre, dass jemand hereinkam, um den Laden auszurauben, und nicht erwartet hat, dass noch jemand hier ist. Es kam zu einem Kampf, Chaos brach aus, jemand wurde verletzt, vielleicht hat sie den Täter mit einer Schere erstochen …« Ich gehe um den umgestürzten Stuhl herum, achte darauf, nicht in das Blut zu treten. Auf einem Schrank unter dem zerbrochenen Spiegel liegt ein Rasiermesser. Die Klinge ist rot gefärbt. »Oder mit einem Rasiermesser. Dann ist der Verletzte durch die Hintertür geflohen.« Ich mustere den Salon weiterhin, ohne wirklich an meine eigene Erklärung zu glauben.

»Das dachte ich mir auch«, sagt Neill.

Ich kratze mein Kinn. »Das war jedoch kein schiefgelaufener Einbruch.«

»Meinen Sie?«

»Ich weiß es. Wenn es einer wäre, dann wäre Carissa hier – oder zumindest ihr Körper.«

»Vielleicht hat derjenige, der das getan hat, sie mitgenommen«, mutmaßt Neill.

»Von Einbruch zu Entführung ist es ein großer Sprung, und derjenige hat nicht einmal ihre Handtasche oder ihr Handy mitgenommen.«

»Also denken Sie, es war eine Entführung?«

»Möglich. Was wissen wir über Carissa?«

Leutnant Neill antwortet nicht sofort, was deutlich macht, dass wir bisher nichts wissen. »Geben Sie eine landesweite

Fahndung nach ihr raus und machen Sie einen Hintergrund-check. Weisen Sie ein paar Streifenpolizisten an, mit Carissas Freunden, Arbeitskollegen und möglichen Familienangehörigen zu sprechen. Überprüfen Sie, ob es funktionierende Überwachungskameras in diesem Bereich gibt, und wenn ja, lassen Sie einen Beamten das Filmmaterial sichten. Und ich will, dass die Laborergebnisse vom Tatort beschleunigt werden, damit wir genau wissen, womit wir es hier zu tun haben.«

»Ja, Sir«, sagt Neill. »Soll ich die BCI hinzuziehen?«

Ich seufze. »Ja, wäre wohl besser.«

»Was habe ich verpasst?«, ruft Olson. Ich drehe mich um und sehe, wie sie vorsichtig über das zerbrochene Glas tritt und sich dabei ein Paar Latexhandschuhe überstreift, während sie die Szene betrachtet.

»Mögliche Entführung.«

Ihre Augenbrauen ziehen sich zusammen. »Noch eine? Könnten sie miteinander in Verbindung stehen?«

»Wer weiß? Es hört einfach nicht auf«, sage ich und schüttle den Kopf. Stevens ist tot, ermordet von Gott weiß wem. Stacy Howard ist vermutlich entführt worden. Und jetzt haben wir eine weitere vermisste Frau. Dazu kommt noch der Kelly-Summers-Fall, der mir von der Öffentlichkeit und den Medien aufgedrängt wird.

Etwas auf dem Empfangstresen erregt meine Aufmerksamkeit. Der gesamte Salon ist auf den Kopf gestellt, aber auf dem Tresen liegt das Terminbuch, unberührt und an seinem Platz. Ich gehe darauf zu und überfliege die Liste der Termine der letzten Woche, bis ich den allerletzten Eintrag von gestern Abend um 20 Uhr erreiche.

»Das darf doch nicht wahr sein«, sage ich.

»Was? Was ist?«, fragt Olson.

»Kaum zu glauben, wer gestern den letzten Termin hatte.«

Neill und Olson tauschen verwirrte Blicke aus, bevor sie mich wieder ansehen.

»Bob Miller.«

32

SARAH MORGAN

Das Messer gleitet durch das Fleisch wie durch Butter, Blut sammelt sich in der Mitte. Ich spieße mit der Gabel ein Stück Fleisch auf und führe es zum Mund, kaue langsam, um den Geschmack auszukosten.

Bob sitzt mir gegenüber und zerteilt sein Steak in kleine Stücke. Er sticht mit der Gabel in ein Stück Fleisch, tunkt es in seinen Kartoffelbrei und schiebt es sich in den Mund. Vor Summer, die zu meiner Linken sitzt, steht eine große Schüssel Mac and Cheese. Ich habe sie extra für sie gemacht, weil es ihr Lieblingsessen ist. Steak und Kartoffelbrei sind Bobs Favoriten. Und der kräftig eingeschenkte Cabernet aus Paso Robles in unseren Gläsern ist meiner. Ich dachte mir, wenn das Gesprächsthema schon für niemanden von uns angenehm sein würde, dann sollten zumindest Essen und Trinken es sein. Es ist eine Art letztes Abendmahl für unsere Familie, denn Bob und ich werden Summer endlich von unserer Scheidung erzählen – bevor die Dinge noch schlimmer werden, als sie es ohnehin schon sind.

»Wie war dein Tag in der Schule, Liebling?«, frage ich.

»Gut ... aber nicht so gut wie dieses Mac and Cheese«, sagt sie mit vollem Mund. Ich könnte sie auf ihre Tischmanieren hinweisen, aber jetzt ist nicht der richtige Moment.

Ich lächle und sehe zu Bob. »Und wie war dein Tag bei der Arbeit?«

Er hebt den Kopf und zwingt sich zu einem Lächeln, seine Lippen zittern in alle Richtungen. »Einfach großartig. Und wie war deiner, Schatz?« Sein Ton trieft vor Sarkasmus.

»Wie immer wunderbar«, sage ich, nehme mein Glas Wein und führe es an meine Lippen.

Ich trinke es in einem Zug aus, bereit, Summer die Wahrheit zu sagen, denn ich kann es einfach nicht länger hinauszögern. Ich war nicht viel älter als sie, als meine Mutter mit mir ein ähnliches Gespräch führen musste. Der einzige Unterschied ist, dass ich Summer sage, dass ihr Vater und ich uns trennen, während meine Mutter mir damals sagte, dass mein Vater tot sei. Die Nachricht, die ich erhielt, war weitaus schlimmer, und ich habe es überstanden – und das wird Summer auch.

Ich stelle mein Glas ab und tupfe die Mundwinkel mit einer Serviette ab. »Summer«, sage ich. »Dein Vater und ich haben etwas, worüber wir mit dir sprechen müssen.«

Ihre Augen wandern zu ihm und dann zurück zu mir. Bob legt sein Besteck auf den Teller und stützt die Ellbogen auf den Tisch, die Hände vor seinem Gesicht verschränkt. Röte zieht sich wie ein Vorhang des Zorns über seinen Hals. Ich habe ihm nicht gesagt, dass dieses Gespräch heute Abend stattfinden würde – weil ich wusste, dass er entweder dagegen argumentieren oder einfach nicht erscheinen würde. Aber ich fand es wichtig für Summer, dass er hier ist.

Meine Tochter runzelt die Stirn, sagt aber nichts.

»Dein Vater und ich lassen uns scheiden. Weißt du, was das bedeutet?«

Ihre Augen füllen sich sofort mit Tränen, und ihre Unterlippe bebt.

»Summer?«, frage ich.

»Ja«, presst sie das Wort heraus. »Courtneys Eltern sind geschieden, und sie sagt, dass es furchtbar ist.«

»Das ist es, und es wird am Anfang nicht leicht sein, Liebling, aber irgendwann wird es normal werden, und du wirst nicht mehr darüber nachdenken.«

»Ich will nicht, dass ihr euch scheiden lasst«, sagt sie, während Tränen über ihr Gesicht laufen.

»Ich weiß. Aber es ist das Beste für uns alle.«

»Nein, ist es nicht!«, schreit Summer. »Warum macht ihr das?«

Bob bleibt stumm, sein Kinn immer noch auf seinen verschränkten Händen ruhend. Es ist klar, dass ich von ihm keine Unterstützung bekommen werde, obwohl er derjenige ist, der für die Trennung verantwortlich ist. Aber irgendwie hat er es geschafft, sich selbst zum Opfer zu machen. Es überrascht mich nicht. Ein Narzisst kann entweder im Recht sein oder Unrecht erlitten haben. Ein Dazwischen gibt es nicht.

»Manchmal funktionieren Ehen einfach nicht, Summer, und ich möchte, dass du weißt, dass unsere Entscheidung, uns zu trennen, nichts mit dir zu tun hat. Du hast nichts falsch gemacht.« Ich strecke meine Hand aus, um ihre zu nehmen, aber sie zieht sie weg und versteckt sie unter dem Tisch.

»Warum könnt ihr es nicht einfach hinkriegen?«, weint sie.

»Wir haben es versucht, aber es ging nicht.«

Aus dem Augenwinkel sehe ich, wie Bob die Augen verdreht. Ich werfe ihm einen bösen Blick zu und richte meine Aufmerksamkeit wieder auf meine weinende Tochter. »Es tut mir leid, dass das so schwer für dich ist, Schatz. Für uns ist es auch schwer.«

Summer springt von ihrem Stuhl auf. »Es ist nicht schwer für euch. Wenn es das wäre, würdet ihr zusammenbleiben. Ich hasse dich!«, schreit sie mich an. »Und dich auch!«, sagt sie zu ihrem Vater, bevor sie aus dem Raum stürmt. »Ich wünschte, ich könnte mich von euch beiden scheiden lassen!«, brüllt sie, bevor ihre Zimmertür zuknallt. Einen Moment später dröhnt ein Taylor-Swift-Song aus ihrem Zimmer.

Ich nehme einen tiefen Schluck Rotwein, lasse ihn kurz im Mund, um die scharfen Tannine zu spüren und die reichen Noten von reifen schwarzen Kirschen und rauchigem Kakao zu schmecken.

»Bist du jetzt glücklich?«, fragt Bob, während er seine Gabel in ein Stück Steak sticht. Ein selbstgefälliges Lächeln liegt auf seinem Gesicht.

»Nein, bin ich nicht, aber wir mussten es ihr früher oder später sagen.«

»Oh, und es musste jetzt sein? Bevor du mir Stacys Verschwinden anhängst, meine ich?« Seine Augen blitzen vor Wut, während er das Essen in seinen Mund stopft und laut kaut. Vielleicht kaut er auch normal, aber ich finde mittlerweile alles an ihm unerträglich.

Ich werfe ihm einen scharfen Blick zu und nehme einen weiteren Schluck Wein, weigere mich, auf seine Frage einzugehen. Es spielt keine Rolle, was ich sage, denn er wird mir ohnehin nicht glauben – genauso wenig, wie ich ihm glaube. Wenn das

Vertrauen einmal verloren ist, bekommt man es nie wirklich zurück. Selbst wenn man denkt, es wäre wieder da, bleibt immer dieser kleine nagende Gedanke im Hinterkopf: *Lügt er mich an … schon wieder?*

Als ich nicht antworte, sagt er: »Ich hätte es geschätzt, wenn du mir vorher Bescheid gesagt hättest, dass du es ihr heute Abend sagen willst.«

»Und ich hätte es geschätzt, wenn du mich nicht betrogen hättest. Wir können nicht alle bekommen, was wir wollen, oder, Bob?«

Das meine ich. Der Groll, den ich ihm gegenüber empfinde, und dieser nagende Gedanke sind jetzt feste Bestandteile meines Gehirns.

»Ich habe mich unzählige Male entschuldigt, aber es spielt keine Rolle, weil du mir niemals verzeihen wirst. So bist du einfach.«

»Da liegst du falsch. Ich habe dir vergeben; ich habe nur entschieden, dich außerdem zu vergessen.« Ich blicke über den Rand meines Glases hinweg zu ihm, während ich langsam trinke. Mein Abendessen habe ich längst vergessen.

Er sitzt regungslos und mit steinerner Miene da. »Ich glaube, es wird dir schwerfallen, mich zu vergessen, Sarah.«

Ich unterdrücke ein Lachen. »Oh ja? Warum? Was macht dich so unvergesslich?«

Bob hatte schon immer einen Gottkomplex. Die meisten Narzissten haben das. Er denkt, er sei wichtiger, einprägsamer, charmanter, interessanter – einfach mehr von allem, als er tatsächlich ist.

»Hat Adam dich jemals vergessen?«, fragt er und legt den Kopf schief. »Hat er nicht, oder? Er hat jeden einzelnen Tag an dich gedacht, während er elf Jahre lang in einer sechs mal neun Meter großen Zelle eingesperrt war – in einer Zelle, in die du ihn ohne sein Wissen gebracht hast. Und er hat in seinen letzten Momenten an dich gedacht, als ihm das bisschen Leben, das ihm noch geblieben war, genommen wurde. Ja, Sarah, ich glaube, es wird dir schwerfallen, mich zu vergessen.« Er besiegelt seine kaum verhüllte Drohung mit einem kleinen, bedrohlichen Lächeln.

»Ich bin nicht dein Adam, Bob, und du bist definitiv nicht meine Sarah.«

»Bist du dir da sicher? Denkst du, ich hätte damals nicht gewusst, dass ich eine Versicherung gegen dich brauche? Etwas, das garantiert, dass du mit mir nicht das Gleiche machen kannst, wie mit Adam.«

Ich verenge die Augen, nehme jedes Detail in seinem Gesicht auf, suche nach einem Anzeichen, dass er lügt. Aber er bleibt stoisch. »Du bluffst«, sage ich. Meine Hände ballen sich unter dem Tisch zu Fäusten, und mein Herz hämmert so schnell und heftig in meiner Brust, dass es sich anfühlt, als könnte es durch meinen Brustkorb brechen und direkt auf meinem Teller landen. Ich bin sicher, dass Bob nicht zögern würde, es zu essen. Ich atme mehrmals kurz und tief durch, versuche, ruhig zu bleiben. Ich weiß nicht, was er gegen mich in der Hand hat. Mein Gehirn arbeitet wie ein Rolodex, durchsucht unsere gemeinsamen Erlebnisse, alle Momente, in denen ich mich möglicherweise angreifbar gemacht habe. Aber nichts fällt mir ein. Ich war immer vorsichtig, doch vielleicht nicht vorsichtig genug.

»Finde es raus«, sagt Bob. »Ich war geduldig mit dir, Sarah, und ich war mehr als nett. Aber darüber sind wir hinaus. Wenn

Stacy Howard nicht wieder auftaucht, geht meine Versicherung direkt zur Polizei.« Er hebt das Kinn, und das Feuer in seinen Augen lodert auf.

»Ich weiß nicht, wovon du redest.« Ich leere den Rest meines Weins.

»Natürlich nicht.« Er grinst und kaut langsam auf einem Stück Steak herum. »Aber sag nicht, ich hätte dich nicht gewarnt.«

Ich spiele mit dem Stiel des Glases, drehe es, während meine Augen auf Bob fixiert bleiben. Er schaufelt das Essen, das ich gekauft, vorbereitet und gekocht habe, in seinen gierigen Mund – und alles, woran ich jetzt denken kann, ist: *Ich hätte ihn töten sollen, als ich die Chance dazu hatte.*

33

UNBEKANNT

Ein Wimmern reißt mich aus dem Schlaf. Es dauert einen Moment, um meine Augen zu öffnen und mich in eine sitzende Position zu ziehen. Selbst jetzt bin ich benommen, fast wie im Delirium, als würde ich nach einer mehrtägigen Sauftour langsam wieder zu mir kommen. Das Wimmern kommt von der anderen Seite des Raumes – oder zumindest glaube ich, dass es die andere Seite des Raumes ist. Es ist das erste Geräusch, das ich höre, abgesehen von den Schritten schwerer Stiefel, die über mir den Boden entlangstampfen, dem Geräusch einer Wasserflasche oder eines in Plastik verpackten Sandwiches, das auf den Boden geworfen wird, oder dem Schließen der Tür oben an der Treppe. Ich kann die Treppe nicht sehen, aber ich weiß, dass sie da ist.

»Hallo?«, rufe ich.

Das Wimmern verstummt, als würde jemand scharf einatmen, und Stille senkt sich über den Raum.

»Ist da jemand?«, frage ich.

»Hallo?« Eine zitternde, schwache Stimme antwortet.

»Oh, Gott sei Dank. Sie müssen mir helfen. Mein Bein ist …«

Das vertraute Geräusch einer Kette, die über Beton schleift, hallt durch den Keller. Die Frau schreit panisch auf. »Warum tun Sie das mit mir?« Ihre Stimme bricht, und ein Schluchzen ertönt. »Ich habe nichts getan …«

»Lasst mich gehen!«, schreit sie. Ob zu mir oder in den Raum hinein, weiß ich nicht.

»Ich kann nicht«, sage ich. »Ich bin auch angekettet.«

Ich denke an den Moment zurück, als ich das erste Mal hier unten aufgewacht bin. Ich war panisch, orientierungslos, voller Angst. Ich weiß nicht einmal, wie lange das her ist. Aber wenn ich sie wäre, würde ich mir auch misstrauisch gegenüberstehen.

»Hast du ihn gesehen?«

Die Frau antwortet nicht sofort, aber schließlich sagt sie: »Wen?«

»Den Mann, der uns hier runtergebracht hat.«

»Nein …«, weint sie. »Hast du ihn gesehen?«

Ich schüttle den Kopf, merke aber, dass sie mich in der Dunkelheit nicht sehen kann. »Nein. Ich habe ihn nicht gesehen. Er wirft Essen und Wasser vom oberen Treppenabsatz herunter, immer wenn ich schlafe. Aber er ist nie heruntergekommen.«

»Wie lange bist du schon hier?«, fragt sie.

»Ich weiß es nicht. Es dringt kein Licht herein, also habe ich keine Ahnung, wie oft die Sonne auf- und untergegangen ist, während ich an diesen verdammten Pfeiler gekettet war.« Ich schüttle meine Kette, die auf dem Boden klappert, und lasse einen langen, frustrierten Schrei los. Als ich fertig bin, höre ich nur mein eigenes keuchendes Atmen, und ich mache mir Sorgen, dass ich ihr noch mehr Angst gemacht habe, als sie ohnehin schon hat.

»Entschuldigung«, sage ich und atme tief aus. »Bist du verletzt?«

Es dauert einen Moment, bis sie antwortet. »Mein Kopf tut weh, mir ist übel und ich fühle mich schwindelig, irgendwie ... nicht real. Ich weiß nicht, ob das Sinn ergibt.«

»Doch, das ergibt Sinn. So habe ich mich auch gefühlt, als ich hier unten aufgewacht bin«, sage ich, um sie zu beruhigen, aber es gibt nichts Beruhigendes an unserer gemeinsamen Erfahrung, außer der Tatsache, dass ich noch lebe.

Sie schnieft. »Warum tut er uns das an?«

»Ich weiß es nicht.«

Diese Antwort gefällt ihr offensichtlich nicht, denn sie beginnt wieder zu schreien. Ihre Kette schlägt immer wieder gegen den Beton, während sie daran zerrt, zieht und rüttelt.

»Schhh. Schhh. Niemand kann uns hören«, sage ich. »Spar deine Kraft.«

»Ich will nicht sterben.« Sie weint durch ihre Worte hindurch.

»Ich auch nicht, und wir lassen das nicht zu, okay?« Vielleicht nickt sie in der Dunkelheit, aber ich höre nichts außer ihrem anhaltenden Weinen. »Ich bin übrigens Stacy. Wie heißt du?«

Sie zögert. »Carissa ... Mein Name ist Carissa.«

34

BOB MILLER

Brad ist nicht auf der Wache, als ich am nächsten Morgen ankomme, also sitze ich allein in einem Verhörraum und weigere mich, mit jemandem zu sprechen, bis mein Anwalt da ist. Wieder einmal weiß ich nicht, warum ich hier bin, aber ich werde ihnen nicht die Gelegenheit geben, meine Worte zu verdrehen, also warte ich still, bis er eintrifft. Hudson und Olson haben mich nicht an den Metalltisch gefesselt, was gut ist, denn das bedeutet, dass dieses Gespräch freiwillig ist und sie nichts gegen mich in der Hand haben … zumindest noch nicht.

Ich kann nicht sehen, was sich hinter dem Einwegspiegel zu meiner Linken abspielt, aber ich kann mir denken, dass sie mich beobachten, sehen, wie ich reagiere. Gerate ich in Panik? Sehe ich nervös aus? Schwitze ich? Huschen meine Augen mit hundert Meilen pro Stunde hin und her, während ich versuche, die Haut von meinen Händen zu wringen? Nein. Ich sitze ruhig da, starre nach vorne und warte ab. Sie denken, sie hätten mich in die Ecke getrieben, hätten durch ihren Heimvorteil die Oberhand. Aber sie irren sich. Dies ist nicht mein erstes Rodeo, und ich bin sicher, es wird nicht mein letztes sein.

Die Tür knarrt, als Brad eintritt.

»Hast du schon irgendwas gesagt?«, kommt er direkt zur Sache, bevor er sich überhaupt gesetzt hat. Er trägt einen eleganten marineblauen Anzug, ein frisch gestärktes, strahlend weißes Hemd und eine rote Krawatte mit verspielten Mustern, die signalisiert, dass sie nur von einer bestimmten Marke stammen kann. Er sieht aus wie ein hochkarätiger Strafverteidiger, genau das, was ich jetzt brauche.

»Nein«, sage ich und schüttle den Kopf.

Einen Moment später betreten Chief Deputy Olson und Sheriff Hudson den Raum. Hudson schließt die Tür hinter sich, und sie setzen sich auf die Stühle gegenüber von mir und Brad.

»Würden Sie mir erklären, warum Sie meinen Mandanten zweimal innerhalb einer Woche zu einer Befragung auf die Wache bestellt haben?« Brad zieht einen Notizblock und einen Stift aus seiner Designer-Aktentasche.

Sheriff Hudson mustert Brad. »Darauf kommen wir noch zu sprechen«, sagt er und wendet dann seinen Blick mir zu. »Bob, kennen Sie eine Carissa Brooks?«

Meine Augenbrauen ziehen sich zusammen, und ich blicke zu Brad, um Rat zu suchen. Er nickt, was bedeutet, dass ich antworten kann, wenn ich es will. Ich weiß, was ich meinen eigenen Mandanten raten würde, aber ich bezahle Brad aus gutem Grund. Manchmal kann man nicht erkennen, was direkt vor einem liegt.

Ich habe keine Ahnung, worauf sie hinauswollen oder warum Hudson mich nach einer Friseurin fragt. Ich dachte, ich wäre hierher zitiert worden, um erneut zum Kelly-Summers-Fall befragt zu werden, oder um weitere Fragen im Zusammenhang mit dem Verschwinden von Stacy Howard zu beantworten.

»Ja, ich kenne Carissa. Sie schneidet mir die Haare.«

»Wann haben Sie sie zuletzt gesehen?«, fragt Olson.

»Sonntagabend.«

»Um welche Zeit?«

»Mein Termin war um acht, aber ich bin ein paar Minuten zu spät gekommen.«

Hudson nickt. »Und wann haben Sie den Salon verlassen?«

»Vielleicht um Viertel nach neun, vielleicht halb zehn. Ich bin mir nicht sicher«, sage ich.

»Wie ging es ihr, als Sie gegangen sind?«, fragt Hudson.

Ich sehe zu Brad, damit er weiß, dass er eingreifen soll. »Mein Mandant kann keine Beurteilung über den Gemütszustand von Miss Brooks abgeben.«

»Dann formuliere ich die Frage um: Hat sie normal gewirkt, als Sie gegangen sind?«

»Definieren Sie *normal*«, sagt Brad.

Hudson stößt einen genervten Seufzer aus, und Olson schaltet sich ein: »Ist während Ihres Termins irgendetwas Merkwürdiges oder Ungewöhnliches passiert?«

»Nein«, sage ich, und möchte das hier einfach nur hinter mich bringen … was auch immer das ist.

»Haben Sie und Carissa gestritten?«

Ich antworte erneut mit nein.

»Haben Sie jemals gestritten?«

»Nein«, sage ich mit Nachdruck.

»Waren Sie und Carissa jemals intim?«, fragt Hudson.

»Was? Nein, absolut nicht«, sage ich fassungslos.

Sheriff Hudson verzieht die Lippen. »Wie sah der Salon aus, als Sie gegangen sind?«

»Genau wie bei meiner Ankunft.«

Brad räuspert sich. »Mein Mandant ist ein hoch angesehener Anwalt und ist freiwillig hier, also bei allem Respekt, Sheriff Hudson und Chief Deputy Olson, könnten Sie bitte zum Punkt kommen?«

»Wir kommen gleich dazu, Mister Watson«, sagt Hudson zu Brad und wendet sich wieder mir zu. »Mister Miller, gestern Morgen haben wir einen Anruf wegen eines Einbruchs bei *Cuts by Carissa* erhalten. Als wir ankamen, fanden wir den Salon durchwühlt vor. Es wurde nichts gestohlen, doch überall war Blut. Die Handtasche, das Handy und das Auto von Miss Brooks wurden zurückgelassen. Laut dem Terminkalender des Salons waren Sie Carissas letzter Kunde am Sonntagabend und vermutlich die letzte Person, die sie gesehen hat.«

Meine Augen weiten sich. Das kann nicht wahr sein. Alles war in Ordnung, als ich gegangen bin … na ja, abgesehen davon, dass Carissa ein bisschen seltsam wirkte. Hat sie etwas geahnt? Hat sie jemanden erwartet?

Hudson lehnt sich in seinem Stuhl nach vorne, stützt die Ellbogen auf den Tisch. »Angesichts Ihrer Verbindung zum Verschwinden von Stacy Howard ist das schon ein bisschen merkwürdig, finden Sie nicht? Zwei Frauen verschwinden in derselben Woche, und Bob Miller ist die letzte Person, die beide gesehen hat.«

»Das ist bestenfalls spekulativ. Es gibt keinen Beweis dafür, dass mein Mandant die letzte Person war, die eine der beiden

Frauen vor ihrem Verschwinden gesehen hat«, argumentiert Brad. Er ist aufgebracht, lehnt sich nach vorne und winkt die Implikation ab.

»Es gibt immer eine Möglichkeit, etwas zu beweisen, Mister Watson«, sagt Hudson kühl.

»Mein Mandant hat bereits ausgesagt, dass er seit Wochen keinen Kontakt zu Miss Howard hatte. Wenn Sie das Gegenteil beweisen können, dann höre ich gerne zu. Was Miss Brooks betrifft: Einen Friseurtermin zu haben, ist kein Beweis für irgendetwas, außer dass mein Mandant Kunde des Salons war, was er bereits zugegeben hat. Und wie man an seinem Haar erkennen kann, hat er es kürzlich schneiden lassen.« Brad deutet auf mich.

Der Sheriff lehnt sich zurück, verschränkt die Hände hinter dem Kopf und blickt zu Chief Deputy Olson.

»Wir haben Stacys verlassenes Auto gefunden«, sagt sie und sieht mir direkt in die Augen. »Und in dem Auto haben wir Ihre Visitenkarte und Stacys Handy gefunden. Es gab Textnachrichten mit einem Kontakt, der als *Bob Miller* gespeichert war. Wissen Sie etwas darüber?«

»Welche Nummer ist mit diesem Kontakt in ihrem Telefon verbunden? Ist sie auf meinen Mandanten registriert?« Brad hebt das Kinn.

Hudson lässt leicht die Schultern hängen und nimmt die Hände herunter. »Wir untersuchen das noch.«

»Genau«, sagt Brad. »Sie haben nichts.«

Der Raum wird still, während der Sheriff und sein Chief Deputy einen offenbar selbstgefälligen Blick austauschen. *Scheiße.* Ich weiß, was jetzt kommt. Mein Magen zieht sich zusammen und meine Kehle wird trocken, sodass ich kaum noch schlucken kann.

»Aber Stacy hat vor ein paar Wochen eine Nachricht an eine Nummer geschickt, die auf Ihren Mandanten registriert ist. Das stimmt doch, Bob?« Hudson neigt den Kopf.

Bevor ich etwas erklären kann, holt Olson bereits ein Blatt Papier hervor und schiebt es über den Tisch. *Verdammt!*

»Das ist ein Textaustausch, den wir von Stacys Handy abgerufen haben. Er stammt von vor drei Wochen, bevor Stacy verschwunden ist, und hat zwischen ihr und der registrierten Nummer Ihres Mandanten stattgefunden«, sagt Olson. »Erinnern Sie sich an diesen Austausch, Bob?«

Brad stößt hörbar Luft durch die Nase aus, offensichtlich frustriert, dass ich ihm das nicht vorher gesagt habe.

STACY HOWARD
Hey, Bob, ich habe ein Angebot für dich.

BOB MILLER
Wer ist da?

STACY HOWARD
Stacy, dein Lieblings-One-Night-Stand. 😊

BOB MILLER
Woher hast du meine Nummer?

STACY HOWARD
Ich wusste, dass wir noch etwas zu klären haben, also habe ich mir eine deiner Visitenkarten mitgenommen, als ich gegangen bin.

BOB MILLER

Ja, zusammen mit meiner Rolex und
dem Bargeld aus meinem Portemonnaie.
Du kannst froh sein, dass ich keine
Anzeige erstattet habe.

STACY HOWARD

Ich wusste, dass du das
nicht tun würdest, weil du
nicht möchtest, dass deine
Frau von uns erfährt, oder?

BOB MILLER

Was willst du von mir?

STACY HOWARD

Was jeder will. Geld.

BOB MILLER

Wie viel?

STACY HOWARD

Das sagst du mir. Wie viel ist deine Ehe wert?

BOB MILLER

Leg dich nicht mit mir an. Du bist eine verdammte
Diebin und eine Hure. Du bedeutest nichts, und
wenn ich nicht betrunken gewesen wäre, wäre es
nie passiert. Das weißt du genauso gut wie ich.

STACY HOWARD

Das Einzige, was ich weiß, ist,
dass du deine Frau betrogen hast, Bob.
Wie viel ist dir mein Schweigen wert?

BOB MILLER

Es war ein Fehler.
Du hast mich ausgenutzt.

STACY HOWARD

Lol, ich glaube, ich habe
den Kürzeren gezogen – im
wahrsten Sinne des Wortes. 😉

BOB MILLER

Fick dich, Schlampe!

STACY HOWARD

Hast du doch schon.

»Da waren Sie bestimmt außer sich vor Wut, Bob«, sagt Hudson mit hochgezogener Augenbraue. »Ich meine, Stacy hat versucht, Sie zu erpressen, und dann hat sie auch noch Ihre Männlichkeit verspottet. Das muss Ihnen doch das Blut in den Adern zum Kochen gebracht haben.«

»Nichts sagen«, weist Brad mich an und presst die Lippen fest zusammen.

Hudson versucht, mich in die Ecke zu drängen, aber ich habe nichts falsch gemacht ... na ja, zumindest nichts, wovon er Ahnung hat. Ich weiß, dass ich nach diesem Gespräch keine weiteren Nachrichten an Stacy geschickt habe, obwohl sie mich weiter kontaktierte. Ich habe aufgehört, ihr zu antworten, weil ich vor Gericht musste, und bevor ich dann darauf eingehen konnte, hatte Sarah bereits alles herausgefunden.

»Diese Beweise sind belastend«, merkt Olson an und deutet auf das Blatt Papier.

»Das ist bestenfalls ein Indizienbeweis«, entgegnet Brad. »Wo ist der Rest des Gesprächs, oder war's das? Das Einzige, was das beweist, ist, dass Stacy eine Erpresserin ist.«

»Am Lenkrad von Stacys Wagen wurde auch Blut gefunden. Die Forensik untersucht gerade die DNA von beiden Tatorten. Gibt es etwas, das Sie uns sagen möchten, bevor die Ergebnisse zurückkommen, Bob?«, fragt Hudson.

»Nein«, antworte ich nur, denn ich weiß, wie wichtig es ist, bei der Polizei so wenig wie möglich zu sagen. Je mehr Worte man ihnen gibt, desto besser können sie daraus eine ganz neue Geschichte drehen, besonders vor Gericht.

Der Sheriff kneift die Augen zusammen, während er mich mustert. »Dieser Schnitt an Ihrem Hals sieht ziemlich frisch aus. Wie haben Sie sich den geholt?«, fragt er und zeigt auf meinen Hals.

Instinktiv greife ich hoch und fühle die lange, dünne Kruste an meinem Hals. *Scheiße*. Ich hatte das völlig vergessen. Das hätte ich gleich erwähnen sollen. Sie werden mein Blut im Salon finden. »Carissa hat mich versehentlich geschnitten, als sie mich rasiert hat.«

Brad wirft mir einen angespannten Blick zu. Er ist sauer, dass ich das jetzt erst erwähne.

»Das muss wehgetan haben. Hat Sie das wütend gemacht, Bob?«, fragt Olson.

»Nein, es war nur ein Unfall.«

»Ich wäre ziemlich sauer, wenn mich jemand schneidet«, sagt Hudson.

Sie versuchen offensichtlich, mich als einen wütenden Verrückten darzustellen, der in einem Anfall von Zorn ausgerastet ist. Aber ich falle nicht darauf rein. Ich muss ruhig bleiben und ihnen das Gegenteil von dem liefern, was sie von mir denken.

»War ich nicht. Carissa ist normalerweise eine sehr gute Stylistin. Sie war am Sonntagabend einfach nicht sie selbst.«

Olson sieht mich durchdringend an. »Was meinen Sie damit?«

»Sie war nicht wie sonst. Sie wirkte fast paranoid, als würde sie nach etwas oder jemandem Ausschau halten. Die Tür war verschlossen, als ich ankam, was sonst nie der Fall ist. Und sie hat sie sofort wieder verschlossen, nachdem sie mich hereingelassen hatte. Ich denke, das ist der Grund, warum sie mich versehentlich geschnitten hat. Sie war abgelenkt, vielleicht sogar beunruhigt.«

Ich kann sehen, dass Olson beginnt, meiner Geschichte Glauben zu schenken, aber Hudson ist immer noch entschlossen, kein einziges Wort zu glauben, das aus meinem Mund kommt.

»Vielleicht waren *Sie* der Grund für ihre Besorgnis, Bob?«, sagt er.

»Nein, sie war schon nervös, bevor ich kam.«

»Aber das kann niemand außer Ihnen bestätigen ...« Hudson kneift die Augen noch mehr zusammen.

»Mein Mandant hat Ihnen bereits alles gesagt, was er weiß«, mischt sich Brad ein.

»Besitzen Sie ein Wegwerf-Handy, Bob?«, fragt Sheriff Hudson, während er aufsteht.

»Ein was?«

»Ein Prepaid-Handy. Ein Einweg-Handy. Wie auch immer man es nennen will. Diese billigen Telefone, die man an zwielichtigen Tankstellen kaufen kann. Besitzen Sie eins?« Er lehnt sich mit der Hüfte an den Tisch und positioniert sich direkt vor mir.

»Nein. Ich habe ein normales Handy mit einem Vertrag bei Verizon. Das können Sie gerne überprüfen«, sage ich und schiebe meinen Stuhl zurück, um etwas Abstand zwischen mich und den Sheriff zu bringen.

»Ja, dieses Handy können wir natürlich überprüfen. Aber nicht ein Prepaid-Handy. Genau deshalb sind sie ja bei Kriminellen so beliebt. Sie sind Anwalt, Bob. Ich bin mir sicher, Sie wissen alles über Prepaid-Handys, oder?«

Das ist eine Fangfrage, also antworte ich nicht. Etwas in Hudsons Augen blitzt auf.

»Wir sind hier fertig«, sagt Brad. Er verstaut seinen Notizblock wieder in seiner Aktentasche und steht auf.

»Wir sind noch nicht fertig, Mister Watson.« Auch Chief Deputy Olson erhebt sich.

»Oh, ich denke doch. Und ich mache uns das sehr einfach: Werden Sie meinen Mandanten anklagen?«

»Noch nicht, aber er hat zugegeben, dass seine DNA am Tatort ist«, sagt Hudson.

»Meinen Sie die Haare auf dem Boden von einem Haarschnitt, den er im Salon bekommen hat?« Brad lässt ein kurzes, scharfes Lachen hören.

Hudson zeigt mit dem Finger direkt auf meinen Hals. »Vergessen wir das Blut nicht.«

Brad schüttelt den Kopf und wendet sich an mich. »Komm, Bob, wir gehen«, sagt er und marschiert zur Tür.

Das Blut ist ein Problem. Brad weiß das, und ich weiß es auch. Deshalb ignoriert er Hudsons Kommentar.

Ich stehe auf und sehe Hudson und Olson direkt in die Augen. Sie sind offensichtlich überzeugt, dass ich der Hauptverdächtige im Verschwinden von nicht einer, sondern gleich zwei Frauen bin.

»Ich habe Ihnen alles gesagt, was ich weiß. Ich verstehe, dass die Umstände ... verdächtig aussehen, aber das ist alles, was es ist – reine Äußerlichkeiten ... und genau das, was Sarah will.«

Ich wollte den letzten Teil nicht laut aussprechen, aber er rutscht mir einfach leise heraus.

Brad dreht abrupt den Kopf zu mir.

Hudson und Olson tauschen verwirrte Blicke aus. »Was war das?«, fragt Olson.

»Was meinen Sie damit, dass es genau das ist, was Sarah will? Warum sollte Ihre Frau so etwas wollen?« Hudson neigt den Kopf.

Bevor ich noch mehr sagen oder sie in das, was wirklich vor sich geht, einweihen kann, unterbricht mich Brad – und wahrscheinlich ist das auch besser so.

»Genug!«, ruft er und dirigiert mich zur Tür. »Mein Mandant steht unter großem Druck, sowohl privat als auch beruflich. Wenn Sie weitere Fragen haben, wenden Sie sich an mein Büro.«

Er führt mich zur Tür, öffnet sie und schiebt mich hinaus. Ich gehe den Flur entlang, durch die Lobby und nach draußen. Die frische Luft tut gut, als würde ein Stück Leben zurück in meinen Körper gepumpt. Ich schließe die Augen, schaue in den blauen Himmel, atme tief durch die Nase ein und langsam durch den Mund aus, während ich die Spannung in meinen Schultern loslasse. Plötzlich drückt eine Hand auf ebendiese Schultern und stößt mich nach vorne.

»Was zur Hölle war das da drin?« Ich drehe mich um und sehe Brad, der sich vor mir aufbaut, sein Gesicht rot vor Wut, seine Augen huschen hastig zwischen meinen hin und her, während er nach Antworten sucht.

»Ich habe dir das schon gesagt. Sarah will mir etwas anhängen.«

Er schnauft. »Selbst wenn das wahr wäre, sagst du das nicht den Cops, besonders nicht, wenn du keinen einzigen Beweis hast. Du bist mitten in einer Scheidung und plapperst der Polizei, die dich ohnehin schon als Verdächtigen sieht, etwas davon vor, dass deine Frau dir einen Komplott anhängt? Mein Gott, Bob, das ist verrückt, und das weißt du.« Brad hält inne und reibt sich frustriert die Stirn. »Ich bin hier, damit du nichts sagen musst, aber du servierst der Polizei, die dich sowieso schon auf dem Kieker hat, frei heraus lächerliche Theorien auf dem Silbertablett.«

»Ich sage dir, das ist alles ihr Werk. Es muss so sein.« Ich wende mich von ihm ab, starre ins Leere. Ich weiß, dass Sarah dahintersteckt, aber wie macht sie es? Wie kann ich es beweisen? Wie passen die Puzzleteile zusammen? Ich könnte mir vorstellen, dass sie Stacy bezahlt hat, um unterzutauchen. Aber der Einbruch in den Salon ergibt keinen Sinn.

»Was ist ihr Werk, Bob? Hilf mir, das zu verstehen.«

»Ich weiß es nicht genau.«

Brad tritt näher und legt eine Hand auf meine Schulter. »Tut mir leid, aber ich glaube, du bist paranoid.«

Ich schüttele seine Hand ab. »Ich bin nicht paranoid. Du musst mir einfach vertrauen.«

»Gut. Ich vertraue dir, okay? Aber mein Vertrauen ändert nichts. Wenn du wirklich glaubst, dass Sarah hinter *all dem* steckt, dann brauchst du etwas Handfestes, etwas Todsicheres. Denn im Moment siehst du aus wie ein wirrer, paranoider Arsch, der nicht mit den Konsequenzen seiner eigenen Taten umgehen kann.«

»Nichts davon stimmt.«

»Das habe ich auch nicht gesagt, aber so wirkt es gerade. Und was ist mit diesen Textnachrichten mit Stacy? Warum hast du mir davon nichts gesagt?«

»Es ist mir entfallen«, sage ich mit einem schweren Seufzer.

»Herrgott, Bob. Mein bester juristischer Rat für dich ist: Halte dich zurück, lass deine Frau in Ruhe und halte dich von dieser Ermittlung fern.«

»Nein, ich werde beweisen, dass Sarah dahintersteckt. Sie steht unter Beobachtung und irgendwann wird sie einen Fehler machen«, sage ich und presse die Lippen fest zusammen.

»Moment mal.« Brad hebt die Hand. »Was meinst du damit, sie steht unter Beobachtung?«

»Genau das, wonach es klingt. Ich habe einen Tracker an ihrem Auto angebracht. So habe ich alles abgedeckt, und wenn sie irgendwohin fährt, wo sie nicht sein sollte …«

»Bob!«, unterbricht mich Brad und knirscht mit den Zähnen. »Was zur Hölle denkst du dir dabei? Wenn sie davon erfährt, bist du noch mehr am Arsch, als du es ohnehin schon bist!«

»Wie könnte es noch schlimmer werden, als es schon ist?«

Brad schwenkt seine Hand durch die Luft, als würde er den Titel eines Theaterstücks von einem beleuchteten Schild ablesen. »*Nachdem die Frau eines untreuen Ehemannes die Scheidung eingereicht hat, findet sie einen GPS-Tracker an ihrem Auto, den eben dieser untreue Ehemann angebracht hat.* Wie klingt das? Glaubst du, du hast dann noch den Hauch einer Chance auf irgendein Sorgerecht für Summer?«

»Ich muss nur eine Sache herausfinden, das ist alles, und dann ist es endgültig vorbei.«

Brad verzieht das Gesicht. »Was auch immer du da vorhast, du musst es schnell und vor allem unauffällig machen. Als dein Freund verstehe ich, warum du gerade nicht in Bestform bist, aber als dein Anwalt sage ich«, – er tritt näher und tätschelt mir den Arm – »musst du dich zusammenreißen, sonst wird die Scheidung dein kleinstes Problem sein.«

Ich nicke zustimmend. Er hat recht. Ich muss wirken wie der verrückte, verzweifelte Ehemann, der die Kontrolle verliert, aber er weiß nicht, was ich weiß. Er weiß nicht, zu welchen Mitteln Sarah greift, um zu bekommen, was sie will. Ich muss sie einfach in ihrem eigenen Spiel schlagen, und das schaffe ich nur, wenn ich schneller bin und das tue, von dem sie denkt, ich wäre unfähig dazu. Denn wenn jemand Sarah schlagen kann, dann bin ich es.

Brad dreht sich um und geht zu seinem Auto. »Hey, erinnerst du dich an diese Sache, die du mir erzählt hast?« Er bleibt stehen und schnippt mit den Fingern. »Die Sache, von der du gesagt hast, sie würde dir das volle Sorgerecht für Summer sichern. Was ist das?«

»Es ist eine heiße Spur, die direkt zu Sarah führt. Aber …« Ich zögere, ob ich Brad wirklich einweihen soll.

»Aber was?«

»Es hat weit größere Konsequenzen, als mir nur das Sorgerecht für Summer zu sichern.«

»Okay, was genau ist es?«

Ich atme tief durch und starre einen Moment auf den Boden, bevor ich ihm in die Augen sehe. »Es ist besser, wenn ich es dir zeige.«

35

SHERIFF HUDSON

Chief Deputy Olson beendet das Anheften der Fotos der beiden vermissten Frauen an der Pinnwand im Besprechungsraum. Stacy Howard und Carissa Brooks blicken mich lächelnd an – beide mit hoffentlich noch mindestens fünfzig Jahren Lebensspanne vor sich. Ihre Bilder hängen nun an einem Ort, an dem niemand jemals sein Foto sehen möchte. Die Beweise, über die wir bislang zu ihrem Verschwinden verfügen, sind minimal: ein verwüsteter Friseursalon; zwei zurückgelassene Autos, eines leer, im anderen ein Handy; Bob Millers Visitenkarte; und Blut, auf dessen Analyseergebnisse wir noch warten. Schade, dass wir Bob in der Nacht, als Carissa verschwand, nicht überwachen konnten. Das hätte wirklich geholfen, aber wir sind unterbesetzt und haben zu viele Brände zu löschen.

Meine diensthabenden Deputys trudeln langsam ein und ich warte, bis sie Platz genommen haben.

»Na gut, Leute, es ist ein hektischer Dienstag. Wir haben viel Arbeit vor uns und die Zeit läuft uns davon. Also lassen Sie uns anfangen.«

Ich trete zur Pinnwand und zeige auf die Fotos von Stacy und Carissa, die ihrem Wohlergehen gleich in der Schwebe hängen.

»Stacy Howard und Carissa Brooks. Diese beiden Namen sollten Ihnen vertraut sein. Vermisstenfälle gehören zu den zeitkritischsten Fällen, die wir bearbeiten, und ich muss Ihnen nicht sagen, dass jede Sekunde zählt. Was haben wir bisher? Leider sehr wenig. Es gibt keine neuen Updates zum Howard-Fall seit dem letzten Briefing, und wir warten immer noch auf die forensischen Ergebnisse vom Tatort im Salon.« Ich räuspere mich. »Wie beim Howard-Fall hat das BCI eine Erwachsenen-Vermisstenmeldung mit hoher Dringlichkeit für Carissa Brooks herausgegeben, ergänzt durch eine Pressemitteilung und Social-Media-Posts. Wir hoffen, dass wir von der Öffentlichkeit einen brauchbaren Hinweis erhalten.«

Ich nehme ein Foto vom Tisch vor mir und hefte es neben die beiden vermissten Frauen an die Pinnwand.

»Bob Miller«, sage ich und zeige auf das professionelle Porträt, das wir von der Website Williamson, Miller & Associates gezogen haben, »ist eine Person von Interesse in beiden Fällen. Laut unseren Erkenntnissen ist er die letzte Person, die mit beiden Frauen Kontakt hatte, bevor sie verschwanden.«

»Warum sitzt er dann nicht in Haft?«, fragt Sergeant Lantz wie gewohnt von seinem Platz an der hinteren Wand, die Arme verschränkt.

»Uns fehlen die Beweise, um ihn festzunehmen. Bis jetzt ist alles rein indizienbasiert. Olson und ich haben ihn heute Morgen verhört, aber sein Anwalt hat uns größtenteils blockiert, und Mister Miller hat nichts Substanzielles gesagt. Er hat zugegeben, dass wir *sein* Blut im Salon finden werden, hatte jedoch eine einigermaßen plausible Erklärung dafür, wie es dorthin gelangt ist. Wir müssen aber ohnehin auf die Ergebnisse des Labors warten.«

Ein Deputy hebt die Hand, bevor er spricht. »Was wissen wir über Carissa Brooks? Abgesehen davon, dass sie Bobs Friseurin war, wie ist sie sonst mit ihm verbunden?«

»Das ist tatsächlich die perfekte Überleitung.« Ich trete beiseite und mache eine einladende Geste. »Olson, könnten Sie uns die Ergebnisse des Hintergrundchecks von Carissa Brooks erläutern?«

»Natürlich, Sheriff.« Sie tritt vor und öffnet die Mappe in ihrer Hand. »Miss Brooks hatte eine permanente Schutzanordnung gegen ihren Ex, George Carrigan. Diese Schutzanordnung lief vor weniger als zwei Jahren aus, aber eine Verlängerung wurde bewilligt. Die kam jedoch zu spät, denn George griff Carissa in der Zwischenzeit an und brachte sie damit ins Krankenhaus. Er wurde wegen Körperverletzung ins Gefängnis geschickt, verbüßte aber nur ein Drittel seiner Strafe. Aufgrund guter Führung wurde er vor drei Wochen vorzeitig entlassen.«

»Wann läuft die verlängerte Schutzanordnung aus?«, frage ich.

Olson blättert eine Seite um. »Nächsten Monat.«

»Wissen wir, ob Carissa einen Antrag auf Verlängerung der Anordnung gestellt hat?« Meine Stirn legt sich in Falten.

Sie schüttelt den Kopf. »Ich konnte keine Unterlagen dazu beim Gericht finden.«

»Hatte Carissas Ex in letzter Zeit Kontakt zu ihr?«, fragt Lantz.

Olson und ich tauschen einen Blick, aber keiner von uns hat eine Antwort.

»Ich hab das Gefühl, der Typ ist Verdächtiger Nummer eins«, fügt Lantz hinzu.

Die Tür zum Besprechungsraum öffnet sich, und Neill schlüpft herein, mit einem zufriedenen Ausdruck im Gesicht, als hätte er gute Nachrichten.

»Da haben Sie recht, Sergeant Lantz. Aufgrund seiner Vorgeschichte mit Miss Brooks ist George Carrigan eine Person von Interesse. Wir müssen ihn zum Verhör herholen.«

»Bin Ihnen schon einen Schritt voraus, Boss.« Neill tritt vor. »Einige von Carissas Mitarbeiterinnen und Freunde haben ihren Ex erwähnt, also habe ich mich an seine Bewährungshelferin gewandt und sie über die Situation informiert. George sitzt bereits in Verhörraum Eins.«

»Ausgezeichnete Arbeit. Bevor wir Schluss machen: Gibt es Neuigkeiten im Fall Stevens?«, frage ich.

»Nein, Sir, leider nicht«, sagt er. »Wir befragen weiterhin alle, die Ryan online bedroht haben, und wir überprüfen die Aufnahmen der Verkehrskameras in der Umgebung des Krankenhauses. Aber mit Stevens' Mord, Howards Verschwinden, der Wiederaufnahme des Summers-Falls und zusätzlich der Untersuchung zu Carissa Brooks sind wir extrem ausgelastet.«

Zustimmendes Nicken geht durch den Raum, und ich betrachte die Gesichter meiner Beamten. Die meisten haben dunkle Ringe unter den müden Augen. Vor ihnen stehen Kaffeebecher oder Energydrinks.

»Ich weiß, dass Sie alle erschöpft sind. Glauben Sie mir, ich bin es auch. Aber Menschenleben hängen von uns ab. Versuchen Sie durchzuhalten, nur ein bisschen länger. Das BCI unterstützt uns bei den Ermittlungen zu Stevens, Howard und Brooks, aber wir führen die Ermittlungen an. Ich werde sehen, ob wir mehr Unterstützung bekommen können. Ich schätze Ihre harte Arbeit. Machen Sie weiter so. Lassen Sie uns diese Fälle lösen und Howard und Brooks nach Hause bringen.«

Der Raum lebt auf, und die Energie, die uns die Erschöpfung und der fehlende Fortschritt genommen haben, kehrt zurück – zumindest für den Moment. Stühle scharren über den Boden, als mein Team aufsteht. Es gibt Zurufe wie »Auf geht's!« und »Wir schaffen das!« sowie High-Fives und Schulterklopfen. Genau das brauchen wir gerade.

Ich wende mich Olson zu. Sie lächelt, zufrieden mit meiner kleinen Motivationsrede. »Willst du mitkommen und mit George reden?«

»Ich glaube, ich möchte mehr als nur mit ihm reden«, sagt sie und verengt die Augen.

Mir geht es genauso. Männer, die Frauen schlagen, sind der Abschaum der Erde, und es wird mich einiges kosten, ihm nicht das anzutun, was er Carissa angetan hat.

Durch den Einwegspiegel können wir sehen, wie George Carrigan am Tisch in Verhörraum Eins sitzt. Er trägt ein weißes T-Shirt, zerrissene Jeans und Kampfstiefel. Eine schwarze Lederjacke hängt über der Rückenlehne seines Stuhls, und sein blondes Haar ist zu einem straffen Pferdeschwanz gebunden.

»Da möchte sich jemand als harter Biker präsentieren«, sage ich zu Olson.

»Nein, schau dir den Pferdeschwanz an – passt nicht unter einen Helm.« Sie grinst.

Wir betreten den Raum, und ich lasse Chief Deputy Olson dem Mann gegenüber Platz nehmen, während ich in der Ecke stehen bleibe. Er hat eine Vorgeschichte von Missbrauch von Frauen, also will ich sehen, wie er damit umgeht, von einer Frau verhört zu werden.

»Guten Morgen, George. Danke, dass Sie gekommen sind, um mit uns zu sprechen«, sagt Olson.

»Teil meiner Bewährungsauflagen ist, dass ich mit euch Leuten zusammenarbeiten muss, wann immer ihr es verlangt. Also hatte ich keine Wahl.« Er wirft ihr einen finsteren Blick zu.

»Trotzdem wissen wir das zu schätzen.« Sie hält einen lockeren Tonfall ... vorerst. »Wann hatten Sie zuletzt Kontakt zu Carissa Brooks?«

George lehnt sich in seinem Stuhl zurück, kneift sein linkes Auge zusammen und verzieht die Lippen. »Ich darf nicht mit ihr reden oder in ihrer Nähe sein, sonst werfen sie mich direkt wieder ins Gefängnis.«

»Ja, uns sind die Einschränkungen bezüglich der Schutzanordnung gegen Sie bekannt. Möchten Sie uns mehr darüber erzählen?«

»Nein.«

Olson dreht sich kurz um und schaut mich über ihre Schulter hinweg an. Es gibt immer einen Punkt in einem Verhör, an dem man erkennt, ob die befragte Person hilfreich sein wird oder nicht – und wir haben gerade unsere Antwort erhalten.

»Haben Sie in letzter Zeit mit Carissa gesprochen oder sie gesehen?«, fragt Olson erneut.

»Ich habe Ihnen doch gesagt, dass ich das nicht darf.«

»Richtig, aber *nicht dürfen* und *nicht tun* sind zwei verschiedene Dinge, oder?«

George schiebt sein Kinn nach vorne, und die ersten Anzeichen eines finsteren Blicks breiten sich auf seinem Gesicht aus. »Beschuldigen Sie mich etwa?«

»Warum? Haben Sie etwas getan, das eine Beschuldigung rechtfertigt?« Sie neigt ihren Kopf zur Seite.

George zeigt mit einem Finger auf sie. »Fangen Sie gar nicht erst mit diesen beschissenen Cop-Spielchen an. Ich habe nichts getan, okay?« Sein Finger bleibt in der Luft, als ob er dadurch die Sache schneller beenden könnte.

»Dann beantworten Sie doch einfach die Frage«, sagt sie. »Wann hatten Sie das letzte Mal Kontakt zu Carissa?«

»Vor ein paar Wochen. Aber sie war diejenige, die mir geschrieben hat, okay? Ich habe die Regeln nicht gebrochen.« Georges Stimme zittert panisch, und seine harte Fassade beginnt zu bröckeln wie das Leder seiner Jacke.

»Warum hat sie Ihnen geschrieben?«, frage ich, die Arme vor der Brust verschränkt, während ich mich gegen die Wand lehne.

Er wendet mir ruckartig den Kopf zu und sieht mich überrascht an, als hätte er vergessen, dass ich noch im Raum bin. »Sie wollte wissen, ob ich wirklich raus bin.«

»Warum sollte sie so etwas fragen? Besonders nachdem Sie sie ins Krankenhaus gebracht haben und sie sich die Mühe gemacht hat, gleich zweimal eine Schutzanordnung gegen Sie zu erwirken?«, frage ich.

»Ich weiß es nicht.« Er zuckt mit den Schultern. »Vielleicht bedeutet das, dass sie immer noch etwas für mich empfindet.«

»Klar. Und was wurde noch gesagt?«, fragt Olson.

»Nichts. Ich habe ihre Frage beantwortet. Ich habe ihr gesagt, dass ich frühzeitig entlassen wurde, dass es mir leid tut und dass ich nicht mehr derselbe Mann bin, der ins Gefängnis gegangen ist. Ich habe ihr gesagt, dass ich sie liebe und immer lieben werde.« George schaut in seinen Schoß.

»Das war ein bisschen zu viel des Guten, finden Sie nicht?«, sagt Olson.

Er antwortet nicht.

»Und hat Carissa auf Ihre Nachricht geantwortet?«, fügt sie hinzu.

»Nein, hat sie nicht.«

»Wieder zurückgewiesen zu werden, muss Sie sehr wütend gemacht haben, oder? Besonders nachdem Sie Ihr Herz ausgeschüttet und sich so sehr verändert haben, während Sie monatelang hinter Gittern saßen. Sie müssen vor Wut gekocht haben.«

Georges Finger schnellt wieder in die Luft und zeigt auf Olson. »Ich weiß genau, was Sie hier abziehen. Halten Sie den Mund ...«

Ich trete instinktiv einen Schritt vor.

»Oder was? Schlagen Sie mich?« Olson legt den Kopf schief.

»Nein! Ich werde nicht ... ehm ... Sehen Sie, das ist es, was ihr Cops immer macht. Ihr bringt die Leute dazu ...«

»... die Beherrschung zu verlieren? Ihr wahres Ich zu zeigen?«, unterbricht sie.

»Ich verliere nicht die Beherrschung!« George schlägt mit der Faust auf den Tisch, der metallische Hall erfüllt den Raum.

Das Geräusch verklingt in einer absoluten Stille, abgesehen von Georges schwerem Atem. Seine Augen huschen zwischen Olson und mir hin und her, und sein Gesichtsausdruck wechselt von Wut zu Schock und schließlich zu Verlegenheit.

»Es tut mir leid«, sagt er und lässt den Kopf hängen, während er mit seiner anderen Hand die Unterseite seiner Faust reibt.

Olson beugt sich vor und legt beide Hände auf den Tisch. »Wo waren Sie am Sonntagabend zwischen 21 Uhr und 2 Uhr?«

»Zu Hause.«

»Kann das jemand bestätigen?«, frage ich.

»Ja, ich kann es.« George hebt den Kopf und erwidert meinen Blick.

»Jemand anderes?«

»Nein. Muss man etwa jemanden im Haus haben, um sich einfach nur zu entspannen?«, fragt er herausfordernd.

»Zum Entspannen? Nein«, sage ich. »Aber um einen Aufenthaltsort zu bestätigen? Ja, das wäre hilfreich.«

»Ich weiß nicht, was ich Ihnen sagen soll. Ich war zu Hause mit einer Tiefkühlpizza und einem Sixpack.«

Olson zieht ihr Notizbuch heraus und schreibt ein paar Zeilen. »Sie haben das Haus also zwischen 21 Uhr und 2 Uhr am Sonntagabend nicht verlassen?«

Er schüttelt den Kopf.

»Worum geht's hier überhaupt?« Georges Stimme wird erneut laut, seine Geduld sichtlich am Ende. »Ich beantworte keine weiteren Fragen mehr, bis Sie mir verdammt noch mal sagen, warum ich hier bin.«

Olson wirft mir einen Blick zu und hebt die Augenbrauen, als wollte sie fragen: *Sollen wir?* Ich nicke und gebe ihr das Okay.

»Wir haben gestern Morgen einen Anruf wegen eines Einbruchs in Carissas Salon erhalten. Aber als wir vor Ort waren, schien es mehr zu sein als nur ein gewöhnlicher Einbruch.«

Röte breitet sich über Georges Hals und Gesicht aus. »Was meinen Sie? Geht es ihr gut?«

»Das wissen wir nicht, weil sie verschwunden ist.«

Sein Blick wird intensiver, er wechselt zwischen Olson und mir hin und her. »Warum sitzen Sie dann hier und reden mit mir? Sie sollten draußen sein und nach ihr suchen!«

»Sie haben es selbst gesagt, Mister Carrigan: Sie würden nie aufhören, sie zu lieben. Als sie nicht geantwortet hat, haben Sie dann die Dinge selbst in die Hand genommen? Haben Sie sichergestellt, dass, wenn Sie sie nicht haben können, niemand sonst sie haben kann?« Ich gehe langsam auf den Tisch zu.

Er zieht den Kopf zurück. »Sie denken, ich habe Carissa etwas angetan?«

»Ich weiß es nicht. Haben Sie?«

George verengt seine Augen und steht schnell von seinem Stuhl auf. »Nehmen Sie mich fest?«

»Nein. Wir reden nur«, sage ich.

»Werde ich wegen irgendetwas angeklagt?«

»Noch nicht«, antwortet Olson.

»Dann will ich entweder einen Anwalt oder ich gehe.«

Olson und ich tauschen einen frustrierten Blick aus. Er kennt sich aus, weil er das alles schon mehrmals durchgemacht hat.

»Sie können gehen, Mister Carrigan. Aber wir werden uns bei Ihnen melden«, sage ich und trete zur Seite.

George stürmt zur Tür, greift nach dem Griff und drückt ihn herunter – ohne Erfolg. Er kämpft einige Sekunden damit, bevor ich eingreife.

»Dafür brauchen Sie eine Karte«, sage ich und ziehe meine Karte von meinem Gürtel, während ich den kleinen Raum durchquere. »Das ist eine Sicherheitsmaßnahme.« Ich scanne die Karte, und das Schloss klickt.

Georges Ausdruck ist eine Mischung aus Verärgerung und Angst. Er stößt die Tür auf und verschwindet ohne ein weiteres Wort.

Ich drehe mich zu Olson um, die gerade aufsteht. »Und, was denkst du?«

»Ich denke, er ist ein Arschloch, aber abgesehen davon … keine Ahnung.«

Ich seufze und schüttle den Kopf. »Zumindest sind wir uns da einig.«

36

SARAH MORGAN

Es stimmt, was man sagt. An alles kann man sich gewöhnen – auch daran, dass Reporter sich vor der Tür drängen und Fragen oder Kommentare rufen, fast jedes Mal, wenn ich vor meinem Büro vorfahre. Zum Glück kommen sie nur am Vormittag, und sie verschwinden, nachdem ich das Gebäude betreten habe. Aber sie werden so lange kommen, wie es eine Story gibt, und ich weiß, dass unsere Geschichte noch nicht auserzählt ist. Ich steige aus meinem Fahrzeug und halte meinen Kopf hoch, denn ich habe nichts, wofür ich mich schämen müsste. Meine Stilettos klackern auf dem Asphalt, während die Kameras unaufhörlich blitzen und Mikrofone in den Händen übereifriger Reporter mir ins Gesicht gehalten werden.

Miss Morgan, haben Sie eine Meinung zu Ryan Stevens' Tod? Sind Sie froh, dass er tot ist? Wollten Sie ihn tot sehen, nach allem, was er Ihnen und Ihrem Mann angetan hat? Waren Sie beteiligt? Glauben Sie, dass Ryan Kelly Summers getötet hat? Was denkt Ihr jetziger Mann über all das?

Das Sheriffbüro hat letzte Nacht eine Erklärung zu Ryans Mord veröffentlicht – zusammen mit einem unscharfen

Standbild eines Mannes in OP-Kleidung, mit OP-Mütze und Maske – und einer Bitte an die Öffentlichkeit, mit Informationen zur Identität des Verdächtigen zu helfen. Ich antworte nicht und nehme keine der Fragen zur Kenntnis, auch nicht die lauten. Jeder Anwalt, der sein Handwerk versteht, weiß, dass das Beste, was man manchmal sagen kann, nichts ist – und das Zweitbeste ist eine Lüge.

»Verdammt«, grummelt Roger, als ich die Lobby erreiche. Die Medien wissen, dass sie nicht eintreten dürfen, aber das hält sie nicht davon ab, gegen die Glastüren zu hämmern. Roger erhebt sich von seinem Platz und schlurft um den Empfangstresen herum. Seine Hand schwebt ein paar Zentimeter über der Waffe in seinem Holster. Es soll mir ein Gefühl von Sicherheit geben, aber ich fühle mich eher weniger sicher dadurch, dass er sie hat.

»Haut ab, verschwindet«, ruft Roger und winkt sie weg. Er dreht sich zu mir um. »Alles in Ordnung, Sarah?«

Ich nicke. »Ja, mir geht's gut. Sie sind wie Mücken«, sage ich und wedle mit der Hand. »Nur ein Ärgernis, nichts Ernstes.«

Roger brummt. »Mücken töten jedes Jahr mehr Menschen als jedes andere Tier, einschließlich Menschen.« Sein Blick wandert zu den schreienden Reportern und dann zurück zu mir. »Ich würde sagen, das ist eine passende Beschreibung.« Er schmunzelt.

»Ich mache mir keine Sorgen um sie.« Ich lächle knapp, während ich die Lobby durchquere und den Aufzug rufe. »Einen schönen Tag noch, Roger«, sage ich, als ich eintrete.

»Ihnen auch, Sarah.«

Natalie erhebt sich hinter dem Empfangstresen, sobald ich die Tür zur Morgan Foundation aufstoße. »Guten Morgen, Sarah.«

»Morgen, Natalie.«

»Hier ist Ihr Kaffee«, sagt sie und reicht mir einen To-go-Becher aus einem nahegelegenem Café.

Ich nehme ihn und bedanke mich bei ihr.

Anne erscheint um die Ecke. »Da bist du ja«, sagt sie und atmet erleichtert aus. Sie trägt einen Bleistiftrock mit passendem Blazer und hat eine Mappe unter dem Arm.

»Ja, da bin ich.« Ich gestikuliere mit meinem Kaffeebecher, bevor ich einen schnellen Schluck nehme.

Anne passt sich meinem Schritt an und wir gehen gemeinsam durch das Büro. Ich lächle und grüße meine Mitarbeiter, während ich an ihnen vorbeigehe.

»Ich habe gehört, die Polizei war gestern hier«, flüstert Anne.

»Du hast richtig gehört«, sage ich, während ich die Tür zu meinem Büro aufschließe und das Licht einschalte. »Sheriff Hudson und sein Chief Deputy hatten ein paar Fragen zum Kelly-Summers-Fall«, füge ich hinzu, während ich meine Tasche neben meinem Schreibtisch abstelle und mich setze. »Wo warst du gestern?«, frage ich Anne, als mir auffällt, dass ich sie den ganzen Tag nicht gesehen habe. Ich hatte einfach angenommen, dass sie hier gewesen war, weil sie immer hier ist.

»Ich habe einen Krankentag genommen«, antwortet Anne und setzt sich. »Ich habe mich nicht gut gefühlt.«

»Geht es dir jetzt besser?«

Sie nickt. »Ja, es war nur Migräne. Hast du die Nachrichten über Ryan Stevens gesehen?«

»Flüchtig«, sage ich, während ich meine Tasche ausräume. »Aber Hudson hat mich gestern schon darüber informiert, bevor die Nachricht rauskam.«

»Ich kann nicht glauben, dass er tot ist.« Anne kaut auf ihrem Daumennagel und starrt in die Zimmerecke, als wäre sie tief in Gedanken versunken. »Wer würde überhaupt Stevens umbringen wollen?«

»Viele Leute in dieser Stadt wollten Stevens tot sehen.« Ich lege einen Stapel Ordner auf meinen Schreibtisch.

Sie runzelt die Stirn. »Also kam er vorbei, um mit dir über den Summers-Fall zu sprechen, erwähnte dann aber Stevens' Mord? Glaubt er, dass die beiden Fälle zusammenhängen?« Anne stellt gerade viele Fragen, und ich bin mir nicht sicher, ob mir das gefällt.

»Das hat er nicht gesagt. Wie steht's mit dem Einspruch?«, frage ich, um das Thema zu wechseln.

»Oh, entschuldige. Genau deswegen habe ich dich gesucht. Wir haben gerade die Nachricht erhalten: Das Gericht hat dem Einspruch stattgegeben.«

Ich zwinge meine Mundwinkel, sich zu einem Lächeln zu heben. Es sind gute Nachrichten … jedenfalls, wenn ich wollte, dass der Fall wieder aufgerollt wird – was ich nicht tue. Aber ich wusste, dass es so kommen würde.

»Gut«, sage ich. »Haben sie entschieden, ob er für einen neuen Prozess an das Bezirksgericht zurückverwiesen oder vollständig abgewiesen wird?«

»Das wird noch entschieden. Ich denke, der Einspruch wurde so schnell wegen des medialen Aufruhrs und des Drucks aus der Öffentlichkeit gewährt. Außerdem konnte die Foundation einige Fäden ziehen. Was denkst du, wie sie entscheiden werden?«

»Zurück ans Gericht für einen neuen Prozess. Abweisungen sind extrem selten.«

Sie nickt und starrt mich einen Moment lang still an. »Wie läuft es mit der Trennung? Macht Bob immer noch Probleme?«

»Ständig. Außerdem ist er völlig unzuverlässig. Ich habe ihn am Wochenende mit Summer nach DC fahren lassen, und er hat sie stundenlang allein gelassen.«

»Was?!« Anne hebt die Stimme. »Warum? Was hat er gemacht?«

»Ich weiß es nicht. Als ich ihn gefragt habe, sagte er wörtlich: Das geht dich nichts an.«

»Das ist lächerlich. Sie ist deine Tochter. Das ist sehr wohl deine Angelegenheit.«

»Genau das habe ich ihm auch gesagt, aber Bob ist zu dickköpfig, um das zu begreifen.«

Anne schüttelt fassungslos den Kopf. »Schade, dass derjenige, der Stevens erledigt hat, nicht auch Bob erledigen konnte.« Sie lacht.

»Die Scheidung lässt ihn viel mehr leiden als der Tod es je könnte.« Ich lächle schwach.

Anne erstickt ihr Lachen, ihre Miene wird wieder ernst. »Und wie geht es Summer mit all dem?«

»Nicht gut. Wir haben ihr gestern von der Trennung erzählt, und sie hat es nicht gut aufgenommen. Jetzt weigert sie sich, mit mir zu reden.« Ich seufze.

»Sie wird sich einkriegen. Meine Eltern haben sich scheiden lassen, als ich dreizehn war, und ich weiß noch, dass ich sie zuerst gehasst habe – bis ich gemerkt habe, wie viel besser es war, in einem Haus ohne ständiges Streiten und Schreien zu leben.« Anne presst die Lippen zusammen.

»Ich hoffe es, denn ich kann es nicht ertragen, dass sie mich hasst. Alles, was ich tue, ist für sie. Sie versteht das nur nicht.«

»Kein Kind versteht das, aber irgendwann wird sie es tun.«

Mein Telefon vibriert auf meinem Schreibtisch, und *Unbekannt* erscheint auf dem Display.

»Ich sollte rangehen.«

Anne nickt, steht auf und geht zur Tür. Bevor sie mein Büro verlässt, dreht sie sich noch einmal um. »Wenn du irgendetwas brauchst, egal, was, lass es mich wissen.«

Ich weiß, dass sie es ernst meint.

»Werde ich«, sage ich.

Sie schließt die Tür hinter sich, während ich den Anruf annehme.

»Sarah Morgan.«

»Sarah, hier ist Sheriff Hudson. Haben Sie einen Moment?«

»Sie hatten gestern mehr als einen Moment meiner Zeit.«

»Das hier hat nichts mit Kelly Summers oder Stacy Howard zu tun«, sagt er.

»Worum geht es dann?«

»Carissa Brooks. Ich habe gehört, dass Ihre Firma einige Pro-Bono-Fälle für sie übernommen hat, stimmt das?«

»Ja«, sage ich. »Aber hier gilt die anwaltliche Schweigepflicht, Sheriff.«

»Ich weiß, Sarah.«

Ich höre ihn tief seufzen, vielleicht aus Frustration, vielleicht aus Erschöpfung. Ich bin mir nicht sicher. Aber das Geräusch ist so laut, dass es durch den Lautsprecher vibriert, und ich ziehe das Telefon kurz vom Ohr weg. Er klingt verzweifelt, und angesichts dessen, womit er sich herumschlagen muss, überrascht mich das nicht. Ich atme tief durch und beschließe, ihm einen kleinen Gefallen zu tun.

»Was brauchen Sie, Sheriff?« Mein Ton wechselt von defensiv zu entgegenkommend, damit er weiß, dass ich bereit bin, ihm ausnahmsweise zu helfen, ungeachtet der Schweigepflicht.

»Wissen Sie, ob Carissa Familie außerhalb des Bundesstaates hatte, an die sie sich hätte wenden können?«, fragt er.

»Nicht, dass ich wüsste. Alles, was ich weiß, ist, dass sie einen Ex hatte, der sie wie einen Boxsack behandelt hat.« Meine freie Hand ballt sich zur Faust bei dem Gedanken an diesen erbärmlichen Mann. Und ich weiß, dass das von jemandem wie mir ironisch klingen mag. Aber wir alle haben einen moralischen Kompass – bei manchen ist er nur lockerer als bei anderen.

»Und Ihre Stiftung hat Carissa geholfen, eine einstweilige Verfügung gegen ihren Ex, George Carrigan, zu erwirken?«

»Ja, sogar zweimal«, sage ich und drehe mich in meinem Stuhl.

»Und die Verfügung läuft nächsten Monat aus, richtig?«, fragt Sheriff Hudson.

»Das kommt hin. Sie gelten jeweils für zwei Jahre, also ja. Ich kenne das genaue Datum nicht … Ehrlich gesagt, bin ich überrascht, dass ich nichts von ihr gehört habe. Ich hätte erwartet, dass sie erneut eine Verlängerung beantragen will.«

»Wann haben Sie das letzte Mal von ihr gehört?«

»Etwa zu der Zeit, als wir die letzte Verfügung beantragt haben. Ich meine, ich habe sie seitdem in der Stadt gesehen, habe gewunken und hallo gesagt, aber wir haben nicht über die Verfügung gesprochen … Warum? Geht es ihr gut?«

Er lässt erneut einen schweren Seufzer hören. »Ich weiß es nicht, aber sie wird vermisst.«

»Vermisst!? Haben Sie mit ihrem Ex gesprochen? Wenn ihr etwas zugestoßen ist, hat er etwas damit zu tun.«

»Wir haben mit ihm gesprochen. Er hat kein solides Alibi, aber wir haben noch nichts, was ihn direkt mit der Sache in Verbindung bringt.«

»Mit welcher Sache genau?«

Sheriff Hudson bleibt still, und für einen Moment denke ich, der Anruf wurde unterbrochen. Ich ziehe das Telefon vom Ohr, um das Display zu prüfen. Der Timer für die Gesprächsdauer läuft weiter. »Sind Sie noch dran, Hudson?«

»Ja«, sagt er. »Ich sollte Ihnen das wahrscheinlich nicht sagen, da es sich um eine laufende Ermittlung handelt, aber Sie waren ihre Anwältin und wissen mehr über die Beziehung zwischen ihr und ihrem Ex als jeder andere.«

»Was ist los?«

»Carissas Salon wurde in der Nacht zum Sonntag verwüstet. Es wurde nichts gestohlen. Ihr Auto, ihre Handtasche und ihr Handy wurden zurückgelassen, aber … es gab überall Blut.«

»Herrgott! Sie müssen sich diesen verdammten Mistkerl von Ex vorknöpfen.«

»Da bin ich ganz bei Ihnen. Das Problem ist, dass wir nicht wissen, ob das Blut im Salon überhaupt von ihr stammt, weil sie nicht im System ist und wir keine Familienangehörigen haben, um es zu vergleichen.«

»Zumindest wissen Sie, dass sie vermisst wird.«

»Ja, das wissen wir, und wenn ihr Ex etwas mit ihrem Verschwinden zu tun hat, werden wir es herausfinden.«

»Gut. Das sollten Sie auch.«

»Ich schätze Ihre Kooperation, Sarah.«

»Ich würde sagen jederzeit, Sheriff, aber wie Sie wissen, ist das nicht der Fall.«

»Oh, das weiß ich«, sagt er, und ich kann praktisch hören, wie er am anderen Ende der Leitung lächelt. »Passen Sie auf sich auf.«

»Sie auch.«

Noch bevor ich mein Telefon ablegen kann, klopft es an meine Bürotür.

»Herein«, rufe ich.

Die Tür öffnet sich langsam und gibt den Blick auf Alejandro frei, der ein Hemd und eine Jeans trägt.

»Sie sind gestern nicht gekommen, also dachte ich, ich komme zu Ihnen.« Er lächelt schüchtern.

»Oh, tut mir leid. Ich war total beschäftigt und dann habe ich es vergessen. Kommen Sie rein«, sage ich und winke ihn näher.

Alejandro schließt die Tür hinter sich und macht ein paar Schritte auf mich zu, während seine Augen den Raum mustern.

»Schönes Büro. Es passt zu Ihnen.«

»Das tut es.« Ich deute auf einen Stuhl. »Setzen Sie sich.«

Er setzt sich und schlägt ein Bein über das andere, der Fußknöchel ruht auf seinem Knie.

»Haben Sie absichtlich vergessen, vorbeizukommen?«

»Keinesfalls«, sage ich und ziehe mein Scheckbuch aus einer Schublade. Ich greife nach einem Stift aus einem Becher, klicke ihn und setze die Spitze auf die Zeile für den Betrag. »Glauben Sie, ich würde meine Rechnung nicht begleichen?« Ich sehe ihn an.

Alejandro erwidert den Blick. »Nein, ich dachte nur, Sie wollten mich vielleicht nicht wiedersehen.«

»Wie gesagt, ich war beschäftigt und es ist mir durchgerutscht.« Der Stift gleitet über das Papier.

»Ich könnte Ihnen Zinsen berechnen, wissen Sie?« Sein Mundwinkel hebt sich. »Für die verspätete Zahlung.«

»Könnten Sie«, sage ich. »Aber wie wäre es stattdessen mit einem Abendessen?«

Sein Lächeln wird breiter. »Ich schätze, ich könnte diese Bedingungen akzeptieren. Wann?«

»Morgen Abend um sieben.«

Ich reiße den Scheck aus dem Heft und strecke ihn ihm entgegen. Es sind ein paar hundert mehr, als wir vereinbart hatten – nicht als Zinsen, sondern weil ich weiß, dass er es mehr braucht als ich. Und er hat es sich verdient … oder besser gesagt, er wird es sich verdienen.

Er nimmt ihn und erhebt sich. Den Scheck in der Mitte faltend, steckt Alejandro ihn in die hintere Tasche, ohne auch nur einen Blick darauf zu werfen.

»Und woher weiß ich, dass Sie mich nicht wieder sitzen lassen?«, fragt er.

»Das wissen Sie nicht. Aber wir können das Abendessen bei mir zu Hause machen, damit ich keine Gelegenheit habe, Sie sitzen zu lassen.«

»Und was, wenn Sie nicht zu Hause sind?«

»Ich werde da sein«, sage ich. »Versprochen.«

37

BOB MILLER

Ich stehe neben Brad und beobachte seine Reaktion, während er den Gegenstand mit seinen behandschuhten Händen hin und her dreht. Er sitzt an seinem Schreibtisch, seine Augen sind weit aufgerissen, und er schüttelt langsam den Kopf.

»Was genau sehe ich mir hier an?«, fragt Brad.

»Das ist das Messer, das benutzt wurde, um Kelly Summers zu töten.«

Er starrt mich ungläubig an. »Woher weißt du das, und warum hast du es?«

»Weil Sarah es mir vor elf Jahren gegeben hat. Sie sagte, ich solle es verschwinden lassen und dafür sorgen, dass es nie gefunden wird.«

»Aber das hast du nicht getan.«

»Nein.« Ich grinse. »Ich brauchte eine Versicherung, falls sie jemals versuchen sollte, mir das Gleiche anzutun.«

»Das Gleiche wie was?«, fragt Brad, aber ich antworte nicht. Ich lasse die Schwere dessen, was ich gerade angedeutet habe, auf ihn wirken. Sein Blick wechselt von Neugier zu Entsetzen. »Lass mich das klarstellen. Willst du sagen, dass Sarah Kelly Summers getötet hat … und du davon wusstest?«

»Ja.«

»Aber … warum? Warum hast du …« Er bricht ab, als ihm die Antwort klar wird. »Weil Kelly oder Jenna oder wie auch immer ihr Name war, deinen Bruder getötet hat.«

Ich nicke und sage: »Auge um Auge.«

Brad legt das Messer ab und steht von seinem Stuhl auf, läuft in seinem Büro auf und ab. »Du lieber Himmel, Bob, weißt du, was du mir gerade gesagt hast? Bist du dir der Auswirkungen bewusst?«

»Natürlich. Ich lebe seit über einem Jahrzehnt damit.«

Ich sehe, wie die Zahnräder in seinem Kopf arbeiten. Vielleicht ist ihm das alles zu viel. »Was denkst du, Kumpel? Willst du aussteigen?«, frage ich.

»Nein … nein, nein. Ich verstehe es. Sie hat deinen Bruder getötet … und ich kannte das Mädchen nicht mal. Warum sollte mich das was angehen? Aber verdammt. Jetzt ergibt alles Sinn. Die Sachen, die du über Sarah gesagt hast, und wie paranoid du warst.« Er setzt sich wieder an seinen Schreibtisch, reibt sich die Schläfen und lehnt sich zurück. »Wie?«

»Wie was?« Ich setze mich ihm gegenüber.

»Wie kannst du beweisen, dass Sarah dieses Messer bei dem Mord benutzt hat?«

»Nun, darauf ist getrocknetes Blut. Eine DNA-Analyse wird bestätigen, dass es zu Kelly Summers gehört, und ich habe ein wasserdichtes Alibi für die Nacht, in der sie ermordet wurde.«

»Okay, das hilft zu beweisen, dass du Kelly nicht getötet hast. Das Blut auf dem Messer bestätigt, dass es die Tatwaffe ist. Aber was bringt das Messer mit Sarah in Verbindung?«

»Nichts. Und wenn dieses Ding« – ich zeige auf das Messer, das in der Tüte auf Brads Schreibtisch liegt – »nicht voller Fingerabdrücke von ihr ist, was ich bezweifle, können wir es nur benutzen, um Druck auf Sarah auszuüben. Vielleicht findet dieses Messer ja seinen Weg zum Sheriffbüro von Prince William County, begleitet von einer anonymen Notiz.« Ich hebe und senke mehrmals rasch die Augenbrauen und wedle mit den Fingern.

Brad beginnt, mit Daumen und Zeigefinger sein Kinn zu reiben. »Der Fall wurde wieder eröffnet, und sie werden jedes Beweisstück neu prüfen. Das Timing wäre … vorteilhaft.«

»Ziemlich.«

Er lehnt sich vor und deutet auf das Messer. »Das reicht nicht aus, um sie zu verurteilen, selbst wenn das Blut darauf Kellys ist.«

»Das weiß ich, aber ich brauche keine Verurteilung. Ich brauche nur, dass das Spotlight auf Sarah gerichtet wird. Jeder ihrer Schritte würde unters Mikroskop gelegt werden, und was immer sie gerade plant, würde zehnmal schwerer durchzuziehen sein. Unter diesem Druck könnte sie einen Fehler machen und ihr ganzes Vorhaben ruinieren.«

»Welches Vorhaben?«, fragt er.

»Ich bin mir noch nicht sicher, aber ich weiß, dass es darum geht, mich zu Fall zu bringen. Also muss ich sie zuerst zu Fall bringen.«

»Sie wird wissen, dass du es warst, der das eingereicht hat«, sagt Brad und wirft einen Blick auf die Waffe.

»Gut. Ich will, dass sie es weiß.« Und das meine ich ernst. Ich will, dass Sarah lernt, sich davor zu fürchten, wovor sie sich zu Recht fürchten sollte … vor mir.

Er klopft mit den Knöcheln auf den Schreibtisch, zieht die Lippen ein und stößt Luft durch die Nase aus, wie ein Bulle, der bereit ist, anzugreifen. »Nun, ich hasse es, dir das jetzt zu sagen, aber …«

»Was?«, sage ich, Panik in der Stimme. »Was ist los?«

»Ich habe von einem der Angestellten im Büro des Bezirksrichters etwas erfahren. Sarah …« Brad zögert. »Sie hat eine Schutzanordnung gegen dich beantragt.«

»Auf welcher Grundlage?«

»Sie behauptet, du hättest sie bedroht und körperlich angegriffen.«

»Das ist Bullshit!«, zischt es aus mir heraus.

Das ist selbst für Sarah ein Tiefschlag. Sie versucht nicht nur, mir etwas in Bezug auf Stacy anzuhängen, sondern sie stellt mich jetzt auch noch als gewalttätigen Ehemann dar, vor dem sie sich nicht sicher fühlt. Herrje, dabei bin ich derjenige, der sich vor ihr fürchten sollte.

»Sarah hat Textnachrichten vorgelegt, die du ihr geschickt hast, und auch Fotos von Verletzungen, die sie angeblich von dir hat, als du sie am Arm gepackt hast – bei Summers Schwimmwettkampf.«

»Ich habe sie kaum berührt. Schau dir an, was sie mir angetan hat!« Ich halte meine Hand hoch und zeige die zwei Zoll lange Kruste auf meiner Handfläche.

»Ich dachte, du hättest gesagt, das wäre ein Unfall gewesen.«

»Ich habe gelogen. Ich wollte herunterspielen, was passiert ist, aber sie hat mich mit einem verdammten Messer aufgeschlitzt.«

»Absichtlich?«

»Sarah macht nie etwas aus Versehen.«

Brad stößt einen schweren Seufzer aus. »Hör zu, ich kenne nicht alle Details, aber ich wollte dich nur vorwarnen. Es wurde noch nicht genehmigt, und es muss erst eine Anhörung angesetzt werden, aber wundere dich nicht, wenn bald was kommt.«

»Bedeutet das, dass ich nicht in Summers Nähe darf?«

»Technisch gesehen, nein. Die Schutzanordnung würde sich nur auf Sarah beziehen, aber ...«

»Aber was?«

»Wenn Summer bei Sarah ist, musst du sie beide meiden.«

»Meine eigene Tochter, Brad. Meine eigene gottverdammte Tochter. Siehst du nicht, was sie hier macht?« Ich springe aus dem Stuhl und beginne auf und ab zu gehen, meine Hände zu Fäusten geballt. Sie muss wirklich verzweifelt sein, um so einen Zug zu bringen. Aber warum? Vielleicht habe ich sie mit der Drohung über meine *Versicherung* erschreckt. Wahrscheinlich hätte ich das für mich behalten sollen, ganz nach Sun Tzu und so, aber ich habe es genossen, sie zappeln zu sehen. Es war das erste Mal, dass ich sie tatsächlich nervös, angespannt, besorgt gesehen habe – fast, als wäre sie für einen Moment menschlich. Ich halte inne und schaue zu Brad.

»Was soll ich jetzt tun?«, frage ich, obwohl ich schon weiß, was ich tun werde, was ich tun muss. Ich wollte nicht, dass es so weit kommt, aber Sarah hat mir keine andere Wahl gelassen.

»Als dein Anwalt würde ich dir raten, sie zu meiden, auch wenn die Schutzanordnung noch nicht genehmigt wurde. Verhalte dich, als ob sie es wäre. Gib ihr nicht noch mehr Munition, als sie ohnehin schon hat.« Er schaut zum Messer. »Was willst du damit machen?«

»Ich? Nichts. Aber du wirst dafür sorgen, dass dieses Messer in Sheriff Hudsons Händen landet. Ich vertraue darauf, dass du das diskret hinbekommst.«

»Das weißt du doch«, sagt Brad. »Und du willst, dass es auf Sarah hinweist?«

Ich würde es ihr am liebsten direkt ins Herz stechen ... aber das sage ich natürlich nicht laut, auch nicht bei anwaltlicher Schweigepflicht. »Ja, bring es mit ihr in Verbindung, egal, wie du das schaffst.«

Brad nickt, und ich verlasse sein Büro, gehe zu meinem Auto. Als ich sitze, lasse ich den Blick durch die Tiefgarage schweifen, um sicherzugehen, dass niemand zusieht. Einige Fahrzeuge stehen verstreut herum, alle leer. Ich greife nach unten und hole ein Klapphandy unter meinem Sitz hervor. Es gibt dort eine kleine Aussparung zwischen zwei Metallstreben, gerade groß genug für das unauffällige Gerät.

Ich klappe das Handy auf und schalte es ein. Der Bildschirm erwacht leuchtend zum Leben. Meine Finger huschen über die Tasten, während ich eine Nachricht tippe. Als ich fertig bin, sende ich die Nachricht an den einzigen Kontakt, der auf diesem Telefon gespeichert ist.

> Die Pläne haben sich geändert. Treffen wir uns morgen in dem Boutique-Hotel an der 28sten, nahe Sudley. 11 Uhr. Zimmer 518.

Sofort erhalte ich eine Antwort. Kurz und präzise.

> Verstanden.

Ich schalte das Handy aus und stoße einen langen Atemzug aus.

Bis dass der Tod uns scheidet, Sarah. Deiner ... nicht meiner.

38

STACY HOWARD

»Hey, Carissa, bist du wach?«, flüstere ich im Dunkeln.

Sie schläft die meiste Zeit, und ich kann es ihr nicht verdenken. Das habe ich auch gemacht, nachdem ich hier gelandet bin – abgesehen von Schreien und verzweifelten Fluchtversuchen. Aber es ist schwierig, einen Weg hinauszufinden, wenn man in der Dunkelheit gefangen ist, ohne etwas, das Orientierung oder Halt gibt. Carissa hat lange geschrien und geweint, bis sie völlig erschöpft war. Die wenige Energie, die sie hatte, war komplett aufgebraucht. Eine Zeit lang war sie so still, dass ich dachte, sie wäre tot. Ich habe gewartet, gelauscht, ob ich Atmen, ein Wimmern oder irgendein Lebenszeichen höre. Als ich schließlich ein leises Schnarchen wahrnahm, war ich erleichtert, dass sie noch lebt, denn immerhin bin ich nicht mehr allein hier unten.

Nachdem sie eingeschlafen war, habe ich das Sandwich und das Wasser zu mir genommen, das die Treppe heruntergeworfen worden war. Ich wollte ihr etwas anbieten, aber sie schlief, und ich bin schon länger hier unten, also brauchte ich es mehr.

Außerdem bekommt sie sicher bald ihr eigenes Essen und Wasser. Nicht lange nachdem ich gegessen hatte, bin ich wieder eingeschlafen. Das Essen macht mich immer müde, weil mein Verdauungssystem mehr Energie braucht, als ich aufbringen kann.

»Carissa«, flüstere ich erneut.

Ihre Kette kratzt über den Beton. Ich höre sie gähnen, und dann muss ich auch gähnen. Selbst in völliger Dunkelheit, ohne sie zu sehen, ist es ansteckend.

»Geht es dir gut?«, frage ich.

Ihre Stimme klingt heiser. »Nein. Wo bin ich?«

Ich fühle mich jedes Mal so, wenn ich in diesem Keller aufwache, und muss mich daran erinnern, wo ich bin und wie ich hierherkam. Ich frage mich, wie lange es dauert, bis ich mich daran gewöhne. Wahrscheinlich werde ich es irgendwann tun. Eines Tages werde ich die Augen öffnen und tief einatmen, den modrigen, feuchten Geruch willkommen heißen. Meine schwarze Umgebung, die so dunkel ist, dass es nicht einmal Schatten gibt, wird mich beruhigen und mir Halt geben. Ich werde das dicke Metallschloss, das fest um meinen Knöchel geschnallt ist, nicht mehr spüren und vielleicht sogar vergessen, dass es da ist. Die Geräusche der Tiere, die von draußen hereinkommen, um Wärme zu suchen, und das Knarren der Fundamente werden mich nicht mehr erschrecken oder überraschen. Ich werde Trost in ihren vertrauten Lauten finden. Und wenn all das passiert, werde ich wissen, dass mein Gehirn sich umprogrammiert und mich erfolgreich davon überzeugt hat, dass dies hier mein Zuhause ist. Das ist der menschliche Geist. Wir können das Schlimmste in der physischen Welt ertragen und dennoch weitermachen, weil nur unser Körper hier lebt. Und deshalb lassen wir, wenn wir sterben, nur unseren Körper zurück. Ich frage mich, ob irgendjemand meinen jemals finden wird.

Carissas panisches Atmen holt mich zurück in die Realität.

»Es ist alles in Ordnung, Carissa«, sage ich. Das ist eine Lüge, aber es ist das, was sie hören muss. »Wir kommen hier raus.« Noch eine Lüge, denn ich weiß nicht, ob ich diese Treppe jemals lebend hinaufgehen werde oder ob man meinen leblosen Körper hinaufträgt, die Gliedmaßen schlaff über jemandes Schulter hängend.

»Wo *ist* hier?«, fragt sie.

»Ich weiß es nicht.«

Ihr Atem verlangsamt sich, während die Panik darüber, in einer unbekannten Umgebung aufzuwachen, allmählich nachlässt.

»Ich glaube, ich erinnere mich an etwas«, flüstert sie in der Dunkelheit.

Ich rutsche näher zu der Stelle, von der ihre Stimme kommt, aber ich schaffe nur ein paar Zentimeter, bevor die Kette sich spannt und die Manschette über meine wunde Haut kratzt. Mein Gehirn schickt sofort Schmerzsignale durch meinen Körper. Ich zucke zusammen und ertrage die Qual in Stille. Schreien hat keinen Sinn. Es wäre nur verschwendete Energie, und ich muss so viel davon wie möglich bewahren, wenn ich auch nur den Hauch einer Chance haben will, hier rauszukommen.

»An was erinnerst du dich, Carissa?«

Ich für meinen Teil erinnere mich immer noch an nichts … na ja, fast nichts. Ich saß in meinem Auto und las eine Textnachricht auf meinem Handy. Meine Fahrertür wurde aufgerissen, und dann spürte ich etwas Weiches und Feuchtes auf meinem Gesicht. Es roch süß, tatsächlich angenehm – jedoch war der starke Druck auf meinem Mund und meiner Nase alles andere als angenehm. Ich versuchte zu schreien, aber es klang gedämpft, als würde ich in ein Kissen brüllen. Ich spürte auch einen Stich in meinem Arm. Ich zappelte kurz, bevor meine Welt schwarz wurde. Und als ich aufwachte, war sie immer noch schwarz.

»Ich war bei der Arbeit«, sagt sie.

»Wo ... wo arbeitest du?«

»In einem Salon. Mein letzter Kunde des Tages kam rein, und dann war da Blut.«

»Hat er dir wehgetan?«

»Nein ... ich habe ihm wehgetan. Es war ein Unfall. Ich habe seinen Bart rasiert und bin abgerutscht.«

»Was ist danach passiert?«

»Ich habe ihn versorgt, den Haarschnitt beendet, und dann ... ich weiß es nicht mehr.«

»Ist er gegangen? Kam jemand anderes rein? Hast du den Salon verlassen?« Meine Fragen kommen schnell, eine nach der anderen.

»Ich glaube nicht, dass er gegangen ist.«

»Wer ist er?«

»Bob. Sein Name ist Bob.«

Der Name trifft mich wie ein Schlag in die Magengrube, als wäre mir plötzlich ein Puzzlestück in den Schoß gefallen, aber ich weiß noch nicht, wo es hingehört.

»Miller?« Das Wort kommt langsam und zitternd aus meinem Mund.

Carissa ist für einen Moment still. Die feuchte, stille Luft schluckt alle Geräusche, bis sie fragt: »Woher kennst du seinen Namen?«

Wenn sie mich sehen könnte, würde sie das Weiß meiner Augen sehen, während meine Lider sich weiten. Mein Herz rast, schlägt schnell und hart. Ich wäre nicht überrascht, wenn sie es durch das Echo an den Betonwänden und Rohren hören könnte. Vielleicht spürt sie sogar seine Vibration durch den Boden – wie die Schockwelle nach einer nuklearen Explosion.

»Ich hatte etwas mit ihm ... na ja ... eine Affäre, aber nur einmal.«

Carissa schnappt nach Luft.

»Was? Was ist?«

»Ich erinnere mich an noch etwas. Es ist verschwommen, fühlt sich fast wie ein Traum an, aber ich glaube, es war real. Ich war im hinteren Teil eines Fahrzeugs, gefesselt ... oder vielleicht war ich gar nicht gefesselt. Ich weiß es nicht. Ich weiß nur, dass ich mich nicht bewegen konnte.«

»Woran erinnerst du dich noch?«

»Er hat mit jemandem gesprochen oder vielleicht mit sich selbst. Irgendwas davon, dass er nicht zulassen würde, dass jemand mit etwas davonkommt. Er würde sie zuerst zu Fall bringen ... seine Frau oder *eine* Frau. Und dann ...« Carissa verstummt.

»Hast du ihn gesehen?«

»Nicht im Auto. Ich konnte mich nicht bewegen, konnte nicht mal meinen Kopf heben ... aber vorher, im Salon, habe ich ihn gesehen. Im Auto habe ich nur seine Stimme gehört.«

»Bist du sicher, dass es Bob Miller war?«

»Es klang wie er. Ich verstehe nur nicht, warum er mir das antun würde«, weint sie.

Ich lasse meinen Kopf hängen, denn ich weiß, warum er mir das angetan hat. Ich habe gedroht, seiner Frau von uns zu erzählen. Er sagte mir, es sei ein Fehler gewesen, ein einmaliger Ausrutscher. Er war betrunken, ich hätte ihn ausgenutzt. Er nannte mich eine Hure und eine Diebin. Und er hatte nicht ganz Unrecht. Ich habe ihn bestohlen. Ich habe seinen Rauschzustand ausgenutzt. Ich habe ihn gezielt ausgesucht, weil ich wusste, dass er Geld und eine Frau hat. Das ist mein Typ. Eventmodel zu sein zahlt keine Rechnungen, aber andere Leute zu übervorteilen schon. Es ist ein riskantes Geschäft, und es hat mich schon in rechtliche Schwierigkeiten gebracht, aber ich hätte nie gedacht, dass es mich sechs Fuß unter die Erde bringen könnte – und an diesem Punkt ist das vielleicht noch das Beste, was mir passieren konnte.

»Ich habe ihm gedroht, seiner Frau von der Affäre zu erzählen, wenn er nicht zahlt«, gebe ich zu.

»Wie – Erpressung?«

»Ja, genau wie Erpressung«, sage ich.

»Hast du es ihr gesagt?« In Carissas Stimme schwingt ein bisschen Hoffnung mit, als könnte das unser Ausweg sein.

»Nein, ich habe es ihr nicht gesagt.«

»Also hat er dich bezahlt?«

»Nein, das hat er nicht. Ich erzähle es der Frau eigentlich nie.«

»Was …? Wovon redest du?«

»Bob ist nicht der erste Mann, dem ich mit der Wahrheit gedroht habe. Er ist nur der erste, der die Dinge selbst in die Hand genommen hat.«

Ich höre, wie Carissas Panik wieder einsetzt. Ihre Atemzüge werden schnell und kurz, während sie versucht, große Luftzüge einzusaugen.

»Carissa.«

Ihr Atem wird immer angestrengter, während Angst und unkontrollierbare Schluchzer sich vermischen.

»Alles wird gut werden. Beruhige dich«, sage ich, in dem Versuch, sie zu beschwichtigen, bevor sie einen ausgewachsenen Panikanfall oder Schlimmeres bekommt.

»Nein«, schreit sie. »Nichts wird gut werden. Wir werden hier unten sterben, und es ist alles deine Schuld, du verdammte Hure.«

Ich öffne meinen Mund, um sie anzuschreien, um ihr zu widersprechen, um sie zu überzeugen, dass alles gut wird … aber dann schließe ich ihn wieder. Ich denke, sie könnte recht haben.

39

SHERIFF HUDSON

Ich reibe mir die Augen, um die Anspannung zu lindern, die sich vom langen Starren auf den Computerbildschirm im Dunkeln aufgebaut hat. Als ich meinen Arm hebe, um die Zeit zu überprüfen, zeigt die Anzeige meiner G-Shock 2:28 Uhr an. Ich kann nicht im Bett liegen, eingekuschelt unter der Decke und eine angenehme Nachtruhe genießen, wenn ich weiß, dass zwei Frauen vermisst werden und ein Mörder frei herumläuft.

Seit über einer Stunde studiere ich die Aufnahmen der Überwachungskameras aus dem Krankenhaus. Unser Tech-Team hat alle Sequenzen, in denen der Verdächtige auf der Kamera erscheint, zu einem durchgehenden Video zusammengeschnitten, damit ich nicht zwischen den einzelnen Dateien hin- und herspringen muss. Doch selbst mit den zusammengefügten Aufnahmen und der leicht verbesserten Qualität offenbart mir das Video nichts. Aber da muss ein Hinweis sein. Tief in meinem Inneren weiß ich, dass ich etwas übersehe.

Ich bin kurz davor, die Aufnahmen wieder von vorne zu starten, als die Tür zu meinem Büro knarrend aufgeht. Als ich mich in meinem Drehstuhl umdrehe, sehe ich Pam im Türrahmen stehen. Sie trägt eine meiner Boxershorts und ein weißes T-Shirt und reibt sich den Schlaf aus den Augen.

»Es ist fast drei Uhr morgens. Warum bist du noch wach?«, sagt sie, wobei der zweite Teil ihrer Frage von einem Gähnen begleitet wird.

»Ich kann nicht schlafen. Also dachte ich, ich sehe mir die Aufnahmen aus dem Krankenhaus nochmal an.«

»Die wurden schon von einem halben Dutzend Deputys bestimmt hundert Mal überprüft. Sie haben nichts gefunden.«

»Ich weiß. Aber vielleicht haben sie etwas übersehen«, sage ich und strecke ihr eine Hand entgegen, um sie einzuladen, sich zu mir zu setzen.

Pam schlurft durch den Raum, nimmt meine Hand und lässt sich auf meinen Schoß ziehen. Gemeinsam drehen wir uns zurück zum Monitor.

Sie bewegt die Maus und klickt auf »Play«. Das Video startet von vorne. »Wir werden diesen Typen nie identifizieren. Er trägt OP-Kleidung, eine Kappe und eine Maske.« Sie zeigt auf den Monitor, ihre Stimme klingt frustriert und ein wenig weinerlich. »Das ist nicht irgendwer. Dieser Typ ist ein Profi. Vielleicht Ex-Militär, Polizei oder sogar ein Auftragsmörder. Das ist definitiv nicht sein erstes Mal, jemanden zu töten und spurlos zu verschwinden.«

Den Verdächtigen für das Tech-Team zu identifizieren, damit die Aufnahmen zusammengeschnitten werden konnten, war einfach – zumindest am Anfang. Alles, was wir tun mussten, war, die große Sicherheitslücke zu betrachten, die entstanden war, als Deputy Morrow seinen Posten verlassen hatte. Ein Mann in chirurgischer Kleidung betrat Stevens' Zimmer und verließ es weniger als eine Minute später – mit Blut an seinen Handschuhen und seiner Kleidung. Er verschwand in einem Abstellraum und wechselte in saubere Kleidung, sodass ihn niemand bemerkte, und genau das tat man auch nicht.

»Es wird nicht einfach, aber jeder macht Fehler«, sage ich, während ich auf den Bildschirm starre und den Mann auf seinem Weg aus dem Krankenhaus beobachte. Er ändert nie sein Tempo. Selbst als er den Ausgang sieht, beschleunigt er nicht. Er ist ruhig, gefasst und wirkt, als gehörte er dorthin. Etwas an seiner Gangart kommt mir bekannt vor, aber es reicht nicht, um ihn zu identifizieren. Eine der kniffligen Dinge daran, so lange Polizist zu sein wie ich, ist, dass so viele Menschen im Laufe der Jahre ineinander verschwimmen. Sicher, wir haben unsere »Stammkunden«, die notorischen Wiederholungstäter: die Typen, die mehrmals wegen Trunkenheit am Steuer verurteilt werden, die Kerle, die nicht aufhören können, ihre Frauen zu schlagen, die Kleindealer, die direkt nach ihrer Entlassung aus dem Gefängnis wieder mit dem Dealen anfangen. Aber selbst die verschwimmen miteinander, da sie alle aus dem gleichen schmierigen, schmutzigen Holz geschnitzt sind.

Draußen entfernt der Mann seine chirurgischen Handschuhe und wirft sie in einen Mülleimer. Seine Hand fährt nach oben, als er die Handschuhe loslässt und beobachtet, wie sie in das schwarze Loch fallen. Das Licht einer Straßenlaterne beleuchtet seine jetzt freigelegte Hand.

»Halt an!«, sage ich zu Pam. Sie klickt mit der Maus. »Kannst du seine Hand heranzoomen?«

»Klar, aber das Bild wird unscharf.«

»Das ist egal. Mach es einfach, bitte.« Ich kneife die Augen zusammen, als das Bild näher und näher kommt, bis es den gesamten Bildschirm einnimmt. »Heilige Scheiße.«

»Was?«

»Ich weiß, wer das ist.«

Eine Erinnerung drängt sich auf. Sie ist so stark, dass es sich anfühlt, als würde sie sich direkt auf dem Monitor vor mir abspielen.

Bang! Bang! Bang! Bang!

Schüsse hallen von den Wänden des Schießstands wider, und Patronenhülsen klirren auf den Boden, während ich ihm dabei zusehe, wie er auf eine Papierscheibe feuert. Einige Kugeln durchlöchern das Ziel, andere treffen es überhaupt nicht und schlagen stattdessen in die Rückwand ein. Sein Ziel sollte zwischen den Augen und hinunter zur Kehle liegen. Dieser Bereich wird als tödliches Dreieck bezeichnet – die Zone, in der ein Schuss am effektivsten das Kleinhirn, den Hirnstamm oder die Halswirbelsäule trifft. Cops lernen nicht »schießen, um zu töten«, sondern »schießen, um zu stoppen«. Der Unterschied ist subtil, aber das Ergebnis ist dasselbe. Bei einem unbeweglichen Ziel, ohne jegliche Gefahr, sollte er jedes Mal ins Schwarze treffen – tut er aber nicht.

»Du brauchst mehr Physiotherapie, Kumpel. Du schießt wie ein Blinder«, rufe ich.

»Was!?«, schreit er zurück. Mit dem Gehörschutz sind meine Worte für ihn vermutlich kaum mehr als ein Flüstern. Er nimmt es ab. »Was hast du gesagt?«

»Ich sagte, du schießt wie ein Blinder.«

»Das weiß ich. Genau deshalb übe ich ja, damit ich die Prüfung bestehe und endlich von diesem verdammten Schreibtischdienst wegkomme. Es bringt mich um.« Er schüttelt seine Hand aus, beugt und streckt sie, während er dabei das Gesicht vor Schmerz verzieht.

Es war eine unglückliche Situation für ihn. Bei einer routinemäßigen Verkehrskontrolle, während er den Fahrer anwies, aus dem Fahrzeug auszusteigen, weil er einen Verdacht auf Trunkenheit am Steuer hatte, fuhr der Fahrer plötzlich los. Dabei wurde seine Hand in der Tür eingeklemmt und brach. Er musste operiert werden, monatelang zur Physiotherapie gehen und nun erneut das Waffentraining bestehen, um wieder im Außendienst arbeiten zu dürfen.

»Hast du die Physiotherapie nicht vor drei Wochen abgeschlossen?«, frage ich.

»Ja, und ich verstehe nicht, warum es so lange dauert, bis ich meine Treffsicherheit zurückbekomme«, sagt er und schüttelt diesmal seine Hand noch heftiger.

»Liegt wahrscheinlich an deinen komischen Fingern«, stichle ich.

»Was zur Hölle ist mit meinen Fingern verkehrt?« Er schaut auf seine Hand und dreht sie immer wieder hin und her.

»Dein Zeigefinger ist länger als dein Mittelfinger. Wahrscheinlich ziehst du dadurch komisch am Abzug.«

»Halt die Klappe. Mein Schießstil war besser als deiner vor der Verletzung, dank dieses Fingers«, sagt er und formt eine Fingerpistole.

»Jetzt nicht mehr. Vielleicht solltest du zum Arzt gehen und deinen Zeigefinger kürzen lassen. Oder besser noch, schnapp dir einen Bolzenschneider und trimme ihn.« Ich lache und mime, wie ich ihn abschneide.

»Klares Nein zu beidem, Arschloch. Ich übe einfach weiter, und irgendwann kommt es schon zurück. Hoffentlich früher als später. Wie gesagt, Mann, ich halte diesen Schreibtischdienst nicht mehr aus.«

»Besser wäre es, sonst bist du eine Gefahr, wenn ich Backup brauche.«

»Ich bin keine verdammte Gefahr«, sagt er und streckt stolz die Brust raus, bevor er mir den Mittelfinger zeigt. »Setz dich drauf und dreh dich, du Mistkerl.«

»Setz dich worauf? Ich sehe da nicht viel hinter deinem Alienfinger. Willst du etwa nach Hause telefonieren?«

Wir beide fangen an zu lachen, während er eine ET-Imitation zum Besten gibt und über den Schießstand watschelt, mit dem Zeigefinger erhoben. »Nach Hause telefonieren. Nach Hause telefonieren.«

»Marcus«, sagt Pam und reißt mich aus der Erinnerung, in die ich versunken war. »Wer ist es?«

Ich starre erneut auf die Hand auf dem Bildschirm. Der Zeigefinger ist deutlich länger als der Mittelfinger, und plötzlich ergibt der vertraute Gang Sinn. Ich erkannte ihn auch in der Menge, als ich mein Statement vor der Presse abgab. Der Bart hatte mich zunächst verwirrt, da ich ihn nie mit einem gesehen hatte, aber er war es. Er muss ihn abrasiert haben, bevor er sich entschloss, Stevens zu töten, doch jetzt sehe ich ihn so klar, als hätte er sich überhaupt nicht verkleidet.

»Es ist Scott Summers«, sage ich. »Er ist zurück.«

40

SARAH MORGAN

»Könntest du bitte deine Füße runternehmen, Summer?«, sage ich und umklammere das Lenkrad, während ich über eine Nebenstraße in Richtung Stadt fahre. Es ist ein heller, sonniger Tag ohne eine einzige Wolke am Himmel, und ich würde ihn wahrscheinlich weit mehr genießen, wenn da nicht meine wütende Beifahrerin wäre. Sie zeigt mir weiterhin die kalte Schulter. Heute ist ihr Verhalten jedoch viel schnippischer – Türen knallen, mit den Füßen stampfen, wahlloses Seufzen und Schnauben, das Frühstück verweigern und alles andere, was sie tun kann, um mich zu nerven oder zu frustrieren.

Summer schnaubt. *Da ist es wieder.* Wie gesagt, wahlloses Seufzen und Schnauben. Widerwillig nimmt sie ihre Füße vom Armaturenbrett und stellt sie auf den Boden.

»Danke«, sage ich und werfe ihr einen kurzen Blick zu, während ich ein gezwungenes Lächeln aufsetze.

Ihr blondes Haar hängt wie ein Vorhang vor ihrem Gesicht, sodass ich ihren Gesichtsausdruck nicht sehen kann, aber ich bin mir sicher, dass sie eine finstere Miene zieht – extra für mich.

»Warum hast du meine Sachen in einen Koffer gepackt?« Ihr Tonfall ist scharf, fast anklagend. Aber zumindest redet sie mit mir. Summer verschränkt die Arme vor der Brust und rutscht tiefer in den Beifahrersitz.

»Du wirst ein paar Tage bei Tante Anne bleiben.«

»Warum?«, schnauzt sie.

»Weil du gesagt hast, du willst dich auch von mir scheiden lassen.«

Sie schnaubt erneut und pustet dabei eine Haarsträhne aus ihrem Gesicht.

»Anne wird dich nach der Schule abholen und zu sich nach Hause bringen. Es wird dir guttun, etwas Abstand zu gewinnen und Zeit zu haben, um all die Veränderungen zu verarbeiten.«

Das ist nur die halbe Wahrheit. Ja, ich möchte, dass sie sich abkühlt, und ich denke, es wird ihr guttun, mit jemandem zu reden, der selbst mit geschiedenen Eltern aufgewachsen ist. Anne kann sich auf eine Weise in Summer hineinversetzen, wie ich es nicht kann. Aber ich habe auch keine Ahnung, was Bob vorhat, und ich bin mir sicher, dass er ausflippen wird, sobald er von der Schutzanordnung hört. Ich kann Summer nicht um mich haben, falls oder wenn das passiert. Letzte Nacht träumte ich, dass Bob Summer mitnahm und ich sie nie wieder sah. Ich weiß, dass es nur ein Traum war, aber ich traue ihm so etwas zu. Er will mich verletzen, und das wäre der beste Weg, es zu tun. Also wird es mich zumindest ein wenig beruhigen, sie bei Anne zu wissen.

»Warum könnt ihr und Dad nicht einfach zusammenbleiben?«, schmollt sie.

»Das haben wir schon besprochen, Summer, und egal, wie oft du fragst, die Antwort wird sich nicht ändern. Warum siehst du es nicht mal von der positiven Seite? Du wirst zwei Weihnachtsfeste haben, zwei Geburtstage, zwei von jedem Feiertag und zwei Schlafzimmer.« Ich verlangsame das Fahrzeug, halte an einer roten Ampel und lächle sie wieder an.

Summer hat ihren Kopf zum Beifahrerfenster gedreht, und ich sehe ihr Gesicht im Glas gespiegelt – wütend verzogen. »Das will ich nicht. Ich will dich und Dad zusammen.«

»Nun, ich will nicht mit deinem Vater zusammen sein«, sage ich mit erhobener Stimme, während ich das Gaspedal durchtrete und über die Kreuzung beschleunige.

Summer dreht ihren Kopf zu mir und starrt mich an. »Warum?«

»Weil ich ihm nicht vertraue. Er hat unser Vertrauen gebrochen«, sage ich, während ich das Fahrzeug in die Straße vor ihrer Schule lenke, die nur ein paar Blocks entfernt liegt.

»Kannst du ihm nicht einfach … wieder vertrauen?« Ihr Ton hat sich geändert, ist nun eher verständnisvoll, oder zumindest versucht sie, es zu verstehen.

»Ich wünschte, ich könnte. Aber der Schaden ist bereits angerichtet, und manche Dinge kann man nicht reparieren.«

»Was hat Dad getan?«, fragt sie.

Ich halte vor der Schule und stelle das Automatikgetriebe auf Parken. Andere Kinder steigen aus den Autos ihrer Eltern aus, lächeln und winken, bevor sie zu ihren Freunden rennen.

Ich atme kurz tief durch, drehe mich halb auf meinem Sitz, um meiner Tochter ins Gesicht zu sehen. Ihre grünen Augen haben einen leichten Glanz, als wäre sie entweder verängstigt oder bereits traurig über das, was ich sagen werde.

»Das ist etwas zwischen deinem Vater und mir, Summer. Dein Dad mag mein Vertrauen gebrochen haben, aber deins hat er noch. Und obwohl er nicht immer gut zu mir war, war er das immer zu dir. Wir lieben dich beide mehr als alles andere, und egal, ob dein Vater und ich zusammen sind oder nicht, daran wird sich nichts ändern.« Ich greife nach ihrer Hand, fürchte, dass sie sie wegziehen könnte, aber das tut sie nicht. Stattdessen drückt sie meine Hand, und ich drücke ebenfalls. »Es tut mir leid, dass du unglücklich bist, Schatz, und ich weiß, dass das alles nicht einfach ist. Aber eines Tages wirst du verstehen, dass alles, was ich je getan habe, nur deshalb geschah, weil ich das Beste für dich will.«

Eine Träne läuft über ihre Wange, und ich wische sie schnell weg. Sie streckt ihre Arme aus und lehnt sich zu mir. Ich schlinge meine Arme um ihren kleinen Körper und halte sie fest, während ich mit einer Hand durch ihr weiches Haar fahre.

»Du bist das Einzige, was für mich auf dieser Welt zählt«, flüstere ich. Eine Träne rinnt aus meinem Augenwinkel und fällt auf ihren Kopf. Sie drückt mich noch fester.

»Es tut mir leid, dass Dad dich verletzt hat.« Ihre Worte klingen gedämpft.

Ich fange meinen eigenen Blick im Rückspiegel auf. Manchmal erkenne ich die Frau nicht, die mich anstarrt. Aber heute tue ich es.

»Mir tut es auch leid«, sage ich.

Summer sagt mir, dass sie mich liebt, und ich sage ihr, dass ich sie noch mehr liebe. Wir lösen unsere Umarmung, und ich wische ihre nassen Augen trocken. Sie versucht, dasselbe bei mir zu tun, tupft vorsichtig an meinen Augen, aber ich sage ihr, dass es in Ordnung ist. Manchmal ist es gut, die Tränen zu sehen.

Die Schulglocke läutet. »Los jetzt«, sage ich.

Summer nickt, steigt aus dem Auto und schließt die Tür hinter sich, bevor sie den Gehweg hinaufrennt. Sie dreht sich um und winkt, und ich winke zurück, lächelnd. Kinder sind belastbar. Sie erleben jeden Tag Veränderungen – ihre Körper wachsen, ihre Gehirne entwickeln sich – und deshalb können sie Veränderungen schneller akzeptieren und sich anpassen als Erwachsene. Sie wird es hinter sich lassen, so wie ich.

Mein Telefon klingelt über die Freisprechanlage des Autos, was mich zusammenzucken lässt. Der Name *Bob Miller* erscheint auf dem Display des Armaturenbretts. Ich schalte meinen SUV in den Fahrmodus, fahre von der Schule weg und nehme den Anruf an.

Ich habe nicht einmal die Chance, »Hallo« zu sagen, bevor seine Stimme durch die Lautsprecher brüllt. »Du elende Schlampe«, spuckt er.

»Dir auch einen guten Morgen, Bob.«

»Du hast eine Schutzanordnung gegen mich beantragt. Bist du total übergeschnappt?«

Ich halte kurz an einem Kreuzungsstoppschild.

»Nein, aber ich glaube, *du* könntest es sein, und deshalb habe ich sie beantragt.«

Er lacht. Es ist gezwungen, mehr ein manisches Lachen. »Du legst dich mit der falschen Person an, Sarah.«

»Nein, Bob, genau mit der richtigen. Spiel nicht mit dem Feuer, sonst verbrennst du dich, wie man so schön sagt.«

Einen Moment lang ist er still. »Ich hoffe, du bist bereit für das, was als Nächstes kommt.« Sein Tonfall klingt arglistig, und der Anruf wird sofort beendet.

41

SHERIFF HUDSON

Olson tritt durch die offene Tür meines Büros, einen Karton in den Händen tragend. Sie stellt ihn auf meinen Schreibtisch und setzt sich, ohne ein Wort zu sagen, während sie mich anstarrt.

Ich mustere die Schachtel, die in Packpapier eingewickelt ist, mit einer einzelnen Schnur, die oben zu einer Schleife gebunden ist. »Was ist das? Hast du mir ein Geschenk gemacht? Ist es ein Steak, vielleicht sogar Wagyu-Fleisch!?«

»Tut mir leid, ich muss dich enttäuschen. Es wurde im Paketkasten der Station hinterlegt. Die Rezeption hat es mir auf dem Weg hierher gegeben.« Sie seufzt und fragt: »Haben wir schon etwas von Scott Summers gehört?«

»Die BCI übernimmt ab hier«, sage ich, während ich die Schachtel von allen Seiten begutachte und mich frage, was wohl darin sein könnte. Die Station hat einen anonymen Paketkasten, in den Leute illegale Drogen oder verschreibungspflichtige Medikamente einwerfen können, die sie gefunden haben und abgeben wollen, aber so verpackt ist das nie.

»Gibt es sonst noch etwas, was wir tun können?«

»Im Moment nicht. Sie haben eine landesweite Fahndung nach Summers herausgegeben, und sein Foto wurde an alle Polizeistationen in den umliegenden Staaten geschickt. Ich bleibe in Kontakt mit ihnen, falls es etwas gibt, wobei wir helfen können. Aber im Moment haben wir selbst genug um die Ohren.«

Auf dem Paket steht keine Adresse, nur die Worte »z.H.: Sheriff Hudson« in schwarzem Filzstift auf die Oberseite gekritzelt.

»Sollte ich mir Sorgen machen?« Ich ziehe eine Augenbraue hoch. Mein Cop-Instinkt läuft auf Hochtouren mit all den gruseligen Möglichkeiten, die darin sein könnten: Anthrax, eine Rohrbombe, etwas noch Schlimmeres.

»Die Jungs haben es durch den Röntgenscanner geschickt. Ich weiß, was es ist, aber ich weiß nicht, *was* es ist.«

»Wie bitte?« Verwirrung legt sich über meine Miene. »Du weißt, was es ist, aber nicht, *was* es ist?«

»Ich weiß, was der Gegenstand ist, aber ich weiß nicht, warum er da drin ist, was ihn besonders macht oder warum er dir geschickt wurde.«

»Jetzt bin ich neugierig, Olson. Möchtest du die Ehre haben?« Ich schiebe die Schachtel zu ihr, mit einem breiten Grinsen.

»Nee.« Sie schiebt sie zurück. »Ich habe sie dir nicht grundlos gebracht.«

Ich nicke, ziehe ein Paar Handschuhe an und ziehe an der Schnur. Die Schleife löst sich leicht. Ich ziehe mein Messer aus meinem Gürtel, klappe es auf und schneide vorsichtig in die Verpackung. Im Inneren der Schachtel befindet sich ein Stoffbeutel mit einem Zettel daran. Ich entfalte ihn und lese die Worte laut vor:

»Das gehört Sarah Morgan. Lassen Sie das Blut analysieren, und Sie werden herausfinden, wofür es zuletzt verwendet wurde.«

Olson und ich tauschen einen verwirrten Blick, während ich meine Hand in den Beutel stecke und langsam den Gegenstand herausziehe. Es ist ein Messer mit einer 15 cm langen Klinge, bedeckt mit etwas, das wie getrocknetes Blut aussieht.

»Was zum Teufel?« Olson steht auf und sieht sich das genauer an.

Ich stecke es zurück in den Beutel, lege den Beutel in die Schachtel und schiebe sie zu ihr. »Bring das Messer so schnell wie möglich ins Labor.«

Sie nickt, nimmt die Schachtel und geht zur Tür.

Egal, was ich tue, die Vergangenheit scheint mich immer wieder zu verfolgen, mich in eine Ecke zu drängen, aus der ich nicht herauskomme.

Bevor Olson mein Büro verlässt, hält sie inne und sieht mich an. »Was glaubst du, bedeutet das?«

»Es könnte nichts bedeuten. Es könnte alles bedeuten.«

42

BOB MILLER

Drei leise Klopfgeräusche hallen gegen die Holztür meines Hotelzimmers. Ich drücke die Stummschalttaste der Fernbedienung, schwinge meine Beine aus dem Bett und setze meine Füße auf den Boden. Mit meinem Auge am Türspion werfe ich einen schnellen Blick hinaus, bevor ich die Tür aufschließe und öffne. Der Mann, den ich erwartet habe, steht da, die Schultern aufrecht, die Hände vor sich verschränkt.

»Komm rein«, sage ich und trete zur Seite, damit er an mir vorbei kann.

Er mustert das Zimmer, und ich bin mir nicht sicher, ob er einfach nur die Annehmlichkeiten des Hotels prüft oder ob er sicherstellen will, dass wir wirklich allein sind.

Ich schließe die Tür und verriegle sie doppelt, bevor ich auf meine Uhr schaue. Er ist genau pünktlich, keine Sekunde zu spät, ein wahrer Profi.

»Danke, dass du hergekommen bist, Alejandro.«

Er setzt sich in den Sessel in der Ecke, schlägt ein Bein über das andere und sagt: »Nett hier.«

Ich kann nicht sagen, ob das sarkastisch ist oder nicht, aber ich bin ein Leben gewöhnt, das wesentlich komfortabler ist als seines.

»Es ist nur ein Ort zum Übernachten.«

»Warum bist du überhaupt in einem Hotel?«, fragt Alejandro. »Hast du nicht mehrere Häuser?«

»Weil ich ein Alibi brauche für das, was du« – ich zeige mit dem Finger auf ihn – »tun wirst.«

Verwirrung breitet sich auf seinem Gesicht aus, während er den Kopf in meine Richtung neigt und die Lippen verzieht. »Was *denkst* du, werde ich tun?«

Ich nehme die Fernbedienung und drehe die Lautstärke des Fernsehers auf, bevor ich mich auf die Bettkante setze, nur wenige Schritte von Alejandro entfernt. »Du musst sie ausschalten«, sage ich, gerade so laut, dass es über die Werbung im Fernsehen zu hören ist. Man kann nie vorsichtig genug sein, und ich weiß bereits, dass ich auf Hudsons Radar bin.

Alejandros Augen huschen über mein Gesicht, suchen in jedem Winkel nach einem Anzeichen, dass das, was ich sage, ein Witz sein könnte. »Meinst du das ernst?«

»Absolut.«

»Ich dachte, ich soll sie nur beobachten.«

»Das wollte ich. Aber die Dinge haben sich geändert, und jetzt brauche ich deine … anderen Dienste.«

Alejandro schüttelt langsam den Kopf, erhebt sich aus dem Sessel und geht zur Tür. Ich denke, er will gehen, aber er bleibt vor dem Ganzkörperspiegel stehen und mustert den Mann, der ihm entgegenblickt. Nach ein paar Sekunden dreht er sich zu mir um. Ich stehe auf und sehe ihm in die Augen.

»Willst du das wirklich?« Sein Gesicht ist stoisch, und ich kann nicht sagen, was er denkt. Entweder verbirgt er seine Emotionen gut, oder er hat keine.

»Es geht nicht darum, was ich will. Es geht darum, was getan werden muss.«

»Und du bist dir sicher?«

»Ja. Du weißt nicht, wozu Sarah fähig ist, deshalb muss es schnell gehen«, sage ich.

»Wie schnell?«

»Heute Nacht.«

Er verengt seine Augen. »Und du hast das gut durchdacht?«

»Ja, habe ich. Warum all die verdammten Fragen?« Ich schnaube. »Vielleicht bist du nicht der Richtige für den Job. Du hast schon zu viel Zeit in ihrer Nähe verbracht, und sie hat eine Art, Leute in ihren Bann zu ziehen. Wahrscheinlich hat sie dich schon um den Finger gewickelt.« Ich verschränke die Arme vor der Brust und atme hörbar durch die Nase aus.

»Du willst, dass ich jemandem das Leben nehme, also ja, ich werde Fragen stellen, Bob. Wenn du dir nicht sicher bist und ich es durchziehe, dann ist das ein Problem. Denn wenn du plötzlich ein Gewissen entwickelst, steht mein Leben auf dem Spiel.« Alejandro hebt das Kinn und stellt sich mir gegenüber. »Und das gefällt mir nicht. Also beantwortest du meine Fragen oder du machst es verdammt nochmal selbst – und wir beide wissen, dass du das nicht kannst.«

Er hebt nie die Stimme, aber das muss er auch nicht, um eine gewisse Angst in mir zu wecken. Ich erinnere mich daran, wer er ist und was er getan hat. Er ist nicht der Typ Mann, den ich herumschubsen kann. Ich hebe die Hände, die

Handflächen ihm zugewandt, als Zeichen, dass ich es nicht als Respektlosigkeit meinte. »In Ordnung«, sage ich. »Welche Fragen hast du?«

Alejandro öffnet den Mund, schließt ihn wieder, presst die Kiefer zusammen und starrt mich intensiv an, als würde sich Wut in ihm aufbauen. Männer wie er mögen es nicht, respektlos behandelt zu werden, auch wenn sie ein respektloses Leben führen. Vielleicht will er mir sagen, dass ich ihn mal kann, dass er raus ist und ich auf mich allein gestellt bin, oder vielleicht will er mir direkt ins Gesicht schlagen, als Vergeltung für die Respektlosigkeit. Aber er tut nichts von alledem. Stattdessen sagt er: »Ich brauche die Hälfte im Voraus.«

»Nein«, sage ich entschieden. »Nicht nach dem, was das letzte Mal passiert ist. Du bekommst alles, wenn der Job erledigt ist.«

Seine Augen verengen sich zu Schlitzen, und er verzieht seinen Mund. Ich ahne, dass er an die Ereignisse denkt, die mehr als ein Jahrzehnt zurückliegen, daran, wie die Dinge verlaufen sind im Vergleich dazu, wie sie hätten verlaufen sollen – alles, weil er zu spät war.

»Ich habe damals auch nie das Geld zurückverlangt«, erinnere ich ihn, »obwohl du deinen Teil der Abmachung nicht eingehalten hast.«

Sein Gesicht entspannt sich, und er nickt nur zustimmend. »Wie soll es erledigt werden?«

»Das ist mir egal. Du bist der Experte. Wenn ich mein Auto zum Mechaniker bringe, sage ich ihm ja auch nicht, wie er es reparieren soll. Überleg dir was und mach es schnell.«

Alejandro steckt die Hände in die vorderen Taschen und verengt die Augen. »Ich dachte, du hättest noch andere Sachen in der Hinterhand, Pläne, die dir verschaffen, was du willst, ohne dass du so weit gehen musst.«

»Hab ich auch. Aber dass Sarah lebt, ist keine Voraussetzung für irgendetwas davon. Eigentlich funktioniert es sogar besser, wenn sie tot ist. Dann muss ich mir keine Sorgen machen, dass sie sich da rauswieselt oder mir etwas antut.«

»Du hast Angst vor ihr, nicht wahr?«, sagt er mit einem Lachen.

»Ich wäre ein Idiot, wenn ich das leugnen würde.« Ich gehe auf ihn zu, hebe das Kinn und bleibe direkt vor ihm stehen. Mit der flachen Hand klopfe ich ihm leicht auf die Schulter und drücke sie dann. »Unterschätz sie nicht, Alejandro. Denn ich garantiere dir, wenn du das machst …« Ich verenge meine Augen. »… wird es das Letzte sein, was du tust.«

Das Lächeln verschwindet aus seinem Gesicht, dann räuspert er sich.

Ich nehme die Hand von seiner Schulter und trete wieder zurück, schaffe etwas Abstand zwischen uns. »Schick mir eine Nachricht, wenn es erledigt ist.«

»Und wann kann ich mit dem Geld rechnen?«

»Sobald ich die Bestätigung habe.« Ich greife in meine Tasche und hole einen gefalteten Zettel hervor, den ich ihm reiche. »Das Geld wird auf dieses Konto überwiesen.«

»Wird das keine Spur hinterlassen?«, fragt er, während er den Zettel nimmt.

»Keine, die jemand zu seinen Lebzeiten nachverfolgen könnte. Es ist alles ziemlich kompliziert, aber es wird da sein … und auf dich warten.«

»Mein Tarif ist heute höher als vor vierzehn Jahren.« Er steckt den Zettel in die Vordertasche seiner Jeans. »Inflation und so.«

»Wie viel höher?«

»Doppelt so viel.«

»Perfekt, denn ich würde deine Fähigkeiten infrage stellen, wenn dein Preis nicht gestiegen wäre. Das Letzte, was ich will, ist ein Schnäppchen-Killer. Keine Fehler diesmal.«

Alejandro nickt und verlässt mein Hotelzimmer, ohne ein weiteres Wort zu sagen. Jetzt bleibt nicht mehr viel zu tun, außer zu hoffen, dass Sarah mir diesmal einen Schritt hinterher ist.

43

STACY HOWARD

Ich wache nicht von selbst auf, und es ist weder das fiepende Getier noch das Knarren des Fundaments, das mich ins Bewusstsein zurückholt. Es ist ein markerschütternder Schrei, der nur dann ausgestoßen wird, wenn das eigene Leben in Gefahr ist.

Ich setze mich auf, mein Herz rast, der unregelmäßige Rhythmus dröhnt in meinen Ohren. Mein Körper schwitzt, trotz der kühlen, feuchten Luft. Ein weiterer Schrei durchschneidet die Dunkelheit, gefolgt von lauten Geräuschen, Schlägen, Dingen, die umfallen, dumpfen Geräuschen auf dem Boden über mir. Glas zersplittert. Ein weiterer lauter Knall. Mehr Schreie. Schwere Schritte oder strampelnde Füße, die gegen den Boden donnern.

»Carissa«, flüstere ich im Dunkeln. »Wach auf. Da ist jemand.«

Sie antwortet nicht. Sie rührt sich nicht.

Ich ziehe so fest an meiner Kette, dass die Haut meiner Handflächen aufreißt. Ich beiße die Zähne zusammen vor Schmerz, aber ich ziehe weiter. Sie gibt nicht nach.

Ein Schrei zerreißt die Stille. Etwas schlägt gegen eine Wand über mir. Es zerspringt, die Scherben klirren auf den Boden.

Er muss eine andere Person hierher gebracht haben ... oder vielleicht hat uns jemand gefunden.

»Carissa«, rufe ich, um sie aufzuwecken. Sie reagiert nicht.

Ohne andere Optionen schreie ich: »Wir sind hier unten! Bitte helft uns!«

Eine Frau schreit erneut auf. Es klingt nach purer Angst, und ich begreife schnell, dass sie nicht in der Lage ist, uns zu helfen – zumindest noch nicht.

Es ertönt noch mehr Lärm. Treten und Schreien und Gerangel, ein anhaltender Kampf.

»Stacy!«, ruft die Stimme von oben. »Hilf mir!«

Mein Mund klappt auf, und Tränen steigen mir in die Augen, als mir klar wird, dass die Frau, die nach mir ruft, mich anfleht, ihr zu helfen ... Carissa ist.

»Carissa!«, schreie ich zurück, in der Hoffnung, sie würde meinen Namen aus der Dunkelheit flüstern. Aber sie ist nicht mehr hier unten. Sie ist oben mit ihm.

Wann ist er heruntergekommen und hat sie geholt? Wie konnte ich das verschlafen? Oder hat sie sich befreit und versucht zu fliehen? Ich wanke unsicher auf die Füße, kaum in der Lage, mich aufrecht zu halten, und taste mich in Richtung der Treppe vor. Die Kette lässt mich nur ein paar Schritte weit kommen.

»Hilf mir!«, schreit sie erneut. Es dröhnt laut von oben, wie hastige Schritte ... oder vielleicht tritt sie wild um sich, was bedeutet, dass er sie hat.

»Carissa!«, brülle ich und rüttle an der Kette, in der Hoffnung, dass ein schwaches Glied bricht und mich befreit, damit ich zu ihr kann. »Ich komme«, lüge ich, und schreie: »Kämpf weiter!«

Ich weiß nicht, was ich sagen soll, aber ich muss versuchen, ihr die Kraft zu geben, zu überleben. Ich schreie und weine und brülle Worte, von denen ich nicht einmal sicher bin, ob sie sie hört oder versteht. Die Schläge gegen die Decke werden weniger, als ob er sie zu Boden gedrückt hat oder sie die Kraft zum Kämpfen verliert.

»Bitte!«, ruft sie, aber es klingt angespannt und atemlos.

»Halte durch, Carissa«, schreie ich, reiße wieder an der Kette, doch alles, was ich erreiche, ist, meine Haut noch mehr zu zerfetzen. Ich schreie vor Schmerz und Frustration.

Wie konnte ich nicht hören, dass er sie geholt hat? Ich verstehe es nicht. Und warum sie und nicht mich? Mein Fuß rutscht auf etwas auf dem Boden aus, was mich das Gleichgewicht verlieren und fallen lässt. Mein Knie knallt auf den Beton, und ich schreie vor Schmerz auf, halte mein pochendes Knie einen Moment, bevor ich den Boden abtaste, um zu finden, worüber ich gestolpert bin. Es ist die Verpackung des letzten Sandwiches, das heruntergeworfen wurde. Eigentlich waren es zwei, eins für mich und eins für Carissa. Wir haben den Geschmack verglichen – na ja, uns gegenseitig beschrieben – und festgestellt, dass sie gleich waren, Schinken und Käse. Ich bin eingeschlafen, nachdem ich meines gegessen hatte. Jedes Mal schlafe ich nach dem Essen ein ...

Meine Augen weiten sich. Er betäubt uns. Das muss es sein. Deshalb habe ich nicht gehört, wie er Carissa herunterbrachte. Deshalb bin ich nicht aufgewacht, als er sie holte. Es muss im Essen sein. Ich denke an die anderen Male, als er mich versorgt hat, bevor Carissa hier war. Jedes Mal war ich bewusstlos, und zwar für wer weiß wie lange. Kam er in dieser Zeit herunter? Und wenn ja, was hat er getan? Was hat er mir angetan?

Ich schreie erneut Carissas Namen, fordere sie auf, zu kämpfen, stark zu bleiben, zu leben und ihm nicht den Sieg zu überlassen. Oben ist es jetzt viel ruhiger, aber es herrscht immer noch Unruhe. Es klingt nur weiter entfernt. Plötzlich wird die Dunkelheit von einem grellen Licht durchbrochen. Es ist zu viel für mich, um es zu erfassen. Meine Augen brennen, und ich schließe sie fest, während ich sie instinktiv mit meinen Händen abschirme und von der Lichtquelle wegsehe. Ein Summen ertönt in der Nähe – das Geräusch alter Glühbirnen, die lange nicht mehr eingeschaltet wurden.

Ich glaube, ich höre sie keuchen ... oder ich bilde es mir ein. Ich bringe meine Finger zu meinen Augen und ziehe meine Lider auf. Es tut weh, aber ich muss die Augen offen halten, sie zwingen, sich an das Licht zu gewöhnen, das ich seit Tagen, vielleicht sogar einer Woche, nicht gesehen habe.

Etwas schlägt gegen die Decke, direkt über mir. Es fühlt sich endgültig an, als würde ich nichts Weiteres zu hören bekommen. Dann herrscht Stille. Nach einer Ewigkeit ertönt ein dumpfer Schlag gegen die Decke, einmal, zweimal. Die Dielen knarren und ächzen; dann wieder Stille.

Ich blinzle immer wieder, bis meine Augen sich von allein offen halten können und ich mehr sehe als nur das grelle Licht. Meine Umgebung beginnt sich abzuzeichnen. Über mir stampfen schwere Stiefel langsam vorwärts, gefolgt von einem anhaltenden Schaben über die Decke. Tränen strömen über mein Gesicht. Ich weiß, was dieses Geräusch bedeutet. Es ist Carissas Körper, der von einem Raum in einen anderen geschleift wird. Eine Tür hinten im Haus öffnet sich quietschend. Ein weiterer dumpfer Schlag. Dann fällt sie zu, und es herrscht wieder Stille – zumindest oben.

Hier unten befinde ich mich in einem Zustand völliger Panik oder vielleicht habe ich sogar einen Schock. Ich kann nicht atmen. Ich schnappe nach Luft, keuche und ringe um Atem. Meine Kehle fühlt sich an, als würde sie in einem Schraubstock zerdrückt. Ich schreie, aber es kommt kaum ein Laut heraus. Ich rufe mir in Erinnerung, dass ich in Ordnung bin. Nicht wirklich natürlich, aber doch irgendwie – weil ich noch am Leben bin. Ich habe Glück. Ich schließe die Augen und atme tief durch die Nase ein, halte den Atem vier Sekunden lang an und atme dann langsam durch den Mund aus. Ich konzentriere mich nur auf meinen Atem, auf nichts anderes. Das mache ich so lange, bis sich meine Atmung beruhigt und mein Geist klar wird. Panik wird mich hier nicht herausholen, also muss ich ruhig bleiben.

Als ich die Augen wieder öffne, nehme ich meine Umgebung genauer wahr. Die Treppe ist genau dort, wo ich sie vermutet habe. Sie besteht aus altem Holz, das an einigen Stellen verrottet ist. Ich gehe in die Hocke und schaue nach oben, um einen Blick auf das zu erhaschen, was sich oben an der Treppe befindet. Eine Tür. Ich stehe auf und schaue dorthin, wo ich dachte, dass Carissa gewesen sei. Sie ist nicht mehr da, aber ich weiß, dass sie dort war. Denn auf dem Boden liegt eine dünne, alte Matratze neben einem Stützpfeiler, an dem eine dicke Metallkette befestigt ist. Die Fußfessel liegt geöffnet auf dem Beton. Daneben befinden sich eine leere Wasserflasche, eine Sandwich-Verpackung und ein großer, blutroter Fleck. Meine Hände legen sich über meinen Mund. *Was hat er ihr angetan?*

Ich wende mich ab, bevor die Panik erneut die Oberhand gewinnt, und konzentriere mich, versuche, alles zu erfassen. Ich stehe in einem großen, verfallenen Keller, der sich hinter der

Treppe weiter erstreckt, so weit, dass ich das Ende nicht sehen kann. Es gibt Stapel von Kartons und verstreute Möbelstücke, die alle morsch, schimmelig und zerfallen sind. Ich drehe mich leicht, und da sehe ich es – es liegt auf dem rissigen Betonboden in seiner ganzen Pracht. Es ist rechts von mir, etwas hinter der Stelle, an der Carissa angekettet war. War es die ganze Zeit dort? Und wenn ja, wie konnte ich es übersehen? Vielleicht ist es während seines Kampfes mit Carissa heruntergefallen. Es scheint zu gut, um wahr zu sein. Mein Herz rast, aber ich will mir keine Hoffnungen machen. Es könnte nichts sein ... oder mein Ticket hier raus. Die Metallkette kratzt über den Beton, während ich darauf zuhinke. Es klingt wie Nägel auf einer Tafel, aber ich mag das Geräusch, weil ich weiß, dass ich am Ende meiner Leine angekommen bin, sobald ich es nicht mehr höre.

Ich strecke meinen Arm aus, schiebe die Hand so weit wie möglich nach vorn, die Fingerkuppen berühren gerade so das kalte Metall. Es ist noch nicht ganz in meiner Reichweite, aber es ist nah, und ich glaube, ich kann es schaffen. Ich setze meinen nicht angeketteten Fuß ein oder zwei Schritte vor mich und lasse mich nach vorn fallen. Die Fessel gräbt sich in meine Haut und reibt über meinen Knöchel, während ich mich strecke. Ein Schrei entrinnt mir, als das Metall sich tiefer in die Haut eingräbt, aber ich höre nicht auf, egal, wie sehr es schmerzt – denn ich weiß, dass das, was kommt, viel schlimmer ist. Meine Fingerspitzen streifen es, nicht genug, um es zu greifen. Ich stöhne und krieche zurück zu meiner Matratze, schnappe mir den Schlafsack darauf. Als ich den Sack schleudere, landet er darauf, und ich ziehe langsam, in der Hoffnung, dass er den Gegenstand näher zu mir zieht, aber das tut er nicht. Ich versuche es erneut, doch nichts passiert. Diesmal sammle ich Stücke des rissigen Betons und werfe sie in den geschlossenen Schlafsack. Wieder und wieder schleudere ich ihn und ziehe ihn zurück, bis schließlich das Gewicht der Steine den Gegenstand erfasst. Er kratzt über den Beton, während er zu mir gezogen wird. Ich hebe den Schlafsack an und sehe, dass er nun in Reichweite liegt. Ich kann meinen Augen kaum trauen, als ich ihn sehe. Ich blinzele mehrmals, nur um sicherzugehen, dass ich es mir nicht einbilde. Als ich die Augen öffne, ist er immer noch da. Vorsichtig hebe ich ihn auf. Er fühlt sich kalt auf meiner Haut an und ist schwerer, als er aussieht. Das Licht bricht sich auf dem silbernen Metall und lässt es glänzen. Als ich ihn auf Augenhöhe bringe, klappt der Zylinder auf. Ein erleichterter Seufzer entfährt mir, als ich sehe, dass durch zwei der sechs Kammern kein Licht hindurchfällt – die Patronen sitzen fest in ihren kleinen Rettungskapseln, bereit, in die Umlaufbahn geschossen zu werden. Zwei Patronen sind ein Geschenk – denn ich brauche nur eine.

44

SARAH MORGAN

Alejandro sitzt mir am Esstisch gegenüber, auf einem Platz, der einst für Bob reserviert war, doch er füllt ihn besser aus. Er trägt ein weißes Hemd und dunkle Jeans – die besten Klamotten, die er besitzt, das weiß ich, und ich schätze die Mühe. Er ist nicht mit leeren Händen gekommen. Der Strauß Wildblumen in der Vase auf der Anrichte stammt von ihm. Ungewöhnliche Blumen, mit winzigen blauen Blüten und gelben Zentren, aber hübsch. Auch der tiefrote Wein, der großzügig in zwei Château-Baccarat-Gläser eingeschenkt wurde, ist von ihm. Ich hätte fast abgesagt, angesichts all der Dinge, die gerade passieren, doch ich entschied, dass eine Ablenkung schön wäre. Außerdem ist es in meinem Interesse, ihn nicht wieder sitzen zu lassen – und was in meinem Interesse ist, steht für mich stets an erster Stelle.

»Das ist unglaublich«, sagt er, während er eine Gabel mit gebratenem Lachs und Kartoffelpüree zum Mund führt. Allein die Zubereitung der Kartoffeln nach französischer Tradition dauert Stunden, daher bin ich froh, dass sie die verdiente Anerkennung erhalten.

»Freut mich, dass es Ihnen schmeckt.« Ich halte mein Weinglas in der Hand, nippe langsam daran und beobachte ihn über den Rand hinweg.

Anders als bei dem Frühstück, das er neulich hastig heruntergeschlungen hat, isst er das heutige Abendessen in einem viel gemächlicheren Tempo. Ob es Absicht ist, weiß ich nicht.

»Wo ist Ihre Tochter?«, fragt er.

Ich lächle sanft und stelle das Weinglas auf den Tisch. »Sie übernachtet bei einer Freundin.«

Beim Gedanken daran, dass wir allein sind, bemerke ich ein leichtes Aufflackern in seinen Augen – flüchtig, aber ich sehe es. Ich habe für heute Abend keine konkreten Absichten, aber ich glaube, er hat welche. Ich drücke die Seite meiner Gabel gegen den gebratenen Lachs, trenne ein saftiges Stück ab. Es hat die perfekte Balance aus reichhaltigem Aroma, Zitrusnoten und einem Hauch von Süße.

»Ich war erleichtert, als Sie heute Abend die Tür geöffnet haben«, sagt Alejandro mit ernstem Gesichtsausdruck und einem intensiven Blick. Das ist noch kein Geplänkel, noch nicht jedenfalls. Er klingt gerade so sachlich, dabei ist Geplänkel das, was ich will. Ich hätte gern eine unterhaltsame Ablenkung, kein weiteres schwieriges Gespräch voller Erwartungen.

»Das glaube ich Ihnen«, antworte ich, neige den Kopf leicht und befeuchte meine Lippen mit der Zunge. Sein Blick fällt ein paar Zentimeter tiefer auf meinen Mund, während seine Finger den Stiel des übergroßen Weinglases vor ihm umklammern.

»Wie läuft die Jobsuche?«, frage ich, lasse meine Wimpern ein wenig häufiger als nötig schlagen.

»Gut.« Er nickt. »Ich habe heute sogar eine Arbeit angenommen.« Er hebt das Glas, trinkt einen Schluck und hält dabei ununterbrochen Blickkontakt.

»Das ist großartig. Was ist das für ein Job?«

Alejandro stellt das Glas ab und greift nach seiner Gabel, deren Metallzinken über den Porzellanteller kratzen.

»Nun ... also ... Abfallwirtschaft«, sagt er. »Nur vorübergehend, aber es zahlt sich aus.« Er schaut nach unten, wirkt fast beschämt.

»Daran ist nichts auszusetzen. Das ist ein guter Job«, sage ich und lächle breit, in der Hoffnung, ihn zu überzeugen, genauso zu empfinden.

Er hebt den Kopf und erwidert das Lächeln. Ich bin mir nicht sicher, ob es bedeutet, dass er mir zustimmt, oder ob er etwas Unausgesprochenes andeutet.

Wir essen eine Weile schweigend, tauschen Blicke und höfliches Lächeln aus. Wir müssen nicht sprechen, um zumindest einen der Gedanken zu kennen, die uns durch den Kopf gehen. An seinem Blick sehe ich, dass er mich am liebsten verschlingen würde – und vielleicht erlaube ich es ihm.

»Ich hätte den Job fast nicht angenommen«, sagt er und schiebt die letzte Gabel des Essens in seinen Mund. Er kaut langsam und sieht mich dabei an.

»Wieso das?«

Alejandro wischt sich mit der Stoffserviette den Mund ab, faltet sie dann und legt sie auf seinen leeren Teller, ein Zeichen, dass er fertig ist.

»Ich war mir nicht sicher, ob es der richtige Job für mich ist.« Er hebt das Glas an die Lippen und trinkt es aus, lässt die rote

Flüssigkeit verschwinden. Die letzten Tropfen gleiten die Seiten des Kristalls hinab.

Ich stehe auf, greife nach der Karaffe in der Mitte des Tisches und gehe langsam zu ihm. Meine Hüfte streift seinen Arm, als ich mich über ihn beuge, um sein Glas nachzufüllen.

»Was hat Sie umgestimmt?«, frage ich.

Er sieht zu mir hoch, sein Blick wandert über meinen Ausschnitt, meinen Hals, meine Lippen und bleibt dann an meinen Augen hängen. Ich bemerke ein leichtes Zucken in seinem Mundwinkel. »Auf gewisse Weise ... Sie.«

Ich stelle die Karaffe ab, drehe mich zu ihm und lehne mich halb auf den Tisch. Mein Bein drückt gegen seinen Arm, doch er rührt sich nicht.

»Wie das?«

Alejandro braucht einen Moment, um zu antworten. Seine Augen fangen meinen Blick auf, als suche er nach etwas. Vielleicht hat er es schon gefunden und ist mit seiner Entdeckung nicht zufrieden.

»Das Programm Ihrer Stiftung funktioniert nicht, es sei denn, ich mache mit.«

»Das ist wahr.« Ich neige den Kopf. »Aber wenn der Job nicht passt, passt der Job nicht.«

»Ich bin der Einzige, der es tun kann«, sagt er und spiegelt meine Bewegung.

»Sie sind ziemlich überzeugt von sich, Alejandro.«

»Ist das eine Frage?«

Ich schenke ihm ein schelmisches Lächeln. »Es ist, was immer du möchtest.«

Er streckt seine große Hand nach mir aus und streicht mir über die Wange, ehe er sie in mein Haar schiebt, um mich zu sich heranzuziehen. Unsere Lippen stoßen aufeinander, es raubt mir den Atem. Dies alles geschieht dermaßen übergangslos und schnell, als hätte er es sich bereits vorgestellt. Ich frage mich, welche anderen Szenarien er noch in seinem Kopf durchgespielt hat.

45

SARAH MORGAN

Alejandro ist in mir und ich bin in ihm – verstrickt in der honig-farbenen Bettwäsche aus ägyptischer Baumwolle, die Bob aus-gesucht hat. Ich erinnere mich, wie seine Hand über sie glitt, nachdem er das Bett damit bezogen hatte. Sein Lächeln eine Mischung aus Stolz und Leidenschaft, erfreut darüber, dass er uns dieses fantastische Geschenk gemacht hatte. Er beschrieb sie als pure Perfektion. Ich frage mich, ob er sie immer noch so be schreiben würde.

Alejandro hinterlässt eine Spur von Nässe an meinem Hals, während er jeden Zentimeter meiner Haut leckt und küsst. Wir haben kein Wort mehr gesprochen, seit er mich vom Küchen-tisch pflückte und hierher trug. Als wir im Schlafzimmer an-langten, waren wir beide wie durch Zauberhand ausgezogen. Aber er war schon lange vorher nackt für mich. Er wusste es nur nicht. Ich hatte recht mit seinen Tattoos. Sie setzen sich überall fort und bedecken seine harten Brustmuskeln, den Waschbrett-bauch, seine Schultern und den breiten, muskulösen Rücken. Ich habe viel über ihn gelernt durch die Tinte, die in seine Haut eingestochen wurde. Er ist religiös … oder zumindest gefällt ihm Ikonographie. Ein Tattoo, das behauptet, er kenne keine Angst, widerspricht einem anderen, denn er hat Angst vor dem Tod und deshalb finden sich auf seiner bunten Haut vorwiegend Bilder von Totenköpfen und Kreuzen.

Seine Lippen finden meine, und sein Kuss wird aggressiv, und ich zahle es ihm mit gleicher Münze heim. Meine Zähne versinken in seinem Fleisch, und er stöhnt auf, stößt fester in mich, als ob er den Schmerz, den er fühlt, mit mir teilen möchte. Ich schnappe nach Luft und lasse seine Lippe los. Er packt meine Brust und schnippt mit seinem Finger gegen meine erigierte Brustwarze. Es ist, als ob er sicherstellen möchte, dass jeder Teil von mir ihm Aufmerksamkeit schenkt. Meine Hände wandern zu seinem Rücken, die Nägel kratzen darüber. Seine Haut ist nass, also weiß ich, dass ich ihn Blut gekostet habe, doch er reagiert nicht. Vielleicht, weil er schon weit Schlimmeres in seinem Leben gespürt hat. Er stößt tiefer und schneller. Ich schlinge meine Beine um seine Hüften, ziehe ihn noch näher an mich heran, damit ich ihn in seiner ganzen Länge aufnehmen kann. Alejandro lächelt und drückt sich an mich, trennt meine Lippen mit seiner Zunge. Meine umgarnt seine wie Stacheldraht, schlängelt und windet sich in einer Doppelhelix der Leidenschaft.

Sein Körper versteift sich, spannt sich an, während er keucht und brummt. Ich passe meinen Atem dem seinen an, damit sich auch das für ihn gut anfühlt. Als er kommt, verspannt sich jeder Muskel seines Körpers und er bricht atemlos auf mir zusammen. Seine feuchte Haut klebt an meiner, seine Lungen weiten sich und ziehen sich zusammen, im Gleichklang mit meinen. Sein Herz rast, sein Blut pulsiert durch seinen Körper. Ich kann jeden

Pulsschlag fühlen. Schlägt es für diesen Moment oder für den nächsten? Alejandro hebt den Kopf und starrt mich an. Der kleine schwarze Punkt inmitten seiner Iris ist unverändert. Er ist müde, vielleicht vom Sex oder vielleicht vom Leben selbst. Aber er ist ausdruckslos. Dann sehe ich etwas anderes. Es ist flüchtig, eine Traurigkeit in seinen Augen, bevor er sich wegrollt und unsere Körper separiert.

Neben mir liegt er auf dem Rücken und starrt zur Decke hinauf. Keiner von uns sagt ein Wort; nur unser langsames, leiser werdendes Keuchen erfüllt die Stille. Was soll man auch sagen? Wie toll es war? Das wissen wir beide. Wie gut es sich anfühlte? Das wissen wir ebenfalls beide. Ich strecke meine Arme über meinen Kopf aus, als Alejandro beginnt, sich von der Matratze zu lösen. Dann spüre ich es, etwas Hartes und Kaltes drückt sich in die Seite meines Bauches.

Mein Blick wandert zu ihm. Die Traurigkeit in seinen Augen ist zurück, aber sie ist mit etwas anderem vermischt ... Scham ... oder vielleicht ist es Entschlossenheit. Es sieht genau so aus, wenn man das Falsche tut, weil man denkt, es aus dem richtigen Grund zu tun.

»Es tut mir leid, Sarah«, sagt er und spannt den Hahn der Waffe.

46

BOB MILLER

Mein Handy vibriert. Ich stelle den Fernseher stumm und setze mich im Hotelbett auf, den Blick auf das Gerät gerichtet. Mein Herzschlag beschleunigt sich sofort auf eine Intensität, die ich nicht erwartet hatte. Ein Licht blinkt an der Seite, ein Hinweis, dass ich eine Nachricht erhalten habe. Ich weiß, was diese Nachricht bedeuten soll, was sie aussagen soll. Im Moment kann ich noch im Ungewissen bleiben, weil ich die Schachtel nicht geöffnet habe, um zu sehen, ob die Katze noch atmet, aber sobald ich das Telefon aufklappe …

Alejandros Fragen rasen durch meinen Kopf: *Willst du das wirklich? Und du bist dir sicher?* Das Problem mit Sarah ist, dass sie nicht aufzuhalten ist, dass man sie nicht umstimmen kann. Sobald man in ihrem Fadenkreuz steht, ist man so gut wie tot, es sei denn, man greift zu drastischen Maßnahmen. Ich hatte keine Wahl, weil sie mir keine gelassen hat. Ich hatte nur die Gelegenheit, zuerst zuzuschlagen.

Ich klappe das Telefon auf und lese die Nachricht auf dem Bildschirm.

> Es ist erledigt.

Ich tippe mit T9-Wortwahl über die Tasten.

> Beweis schicken.

Und dann warte ich. Die Sekunden ziehen sich wie Stunden, und ich habe Angst, vor lauter Anspannung und Erwartung ohnmächtig zu werden. Endlich lädt ein Bild langsam auf dem Bildschirm, Reihe für Reihe enthüllen die Pixel die grausigen Details jener Tat, die ich in Gang gesetzt habe. Zuerst die Kissen auf unserem Bett, dann die Haare, die sich bis zum Kopf hinab schlängeln. Und dann erscheint sie. Sarah. Ihr lebloses Gesicht blickt zur Seite, Blut ist darauf verschmiert, noch frisch und hell.

Tränen steigen in meine Augen, bis sie über den Rand der Lider treten. Ich bin erleichtert, dass sie tot ist, weil der Horror, den sie mir angetan hätte, weit unerträglicher gewesen wäre als das, was ich jetzt empfinde. Was ich getan habe, ändert nichts daran, dass ich sie geliebt habe. Ich starre auf das Bild meiner toten Frau und der Mutter meines Kindes – und fühle mich gleichzeitig erleichtert und gebrochen. Es ist wie bei einem alten Hund, der senil geworden ist und aus Verwirrung anfängt, Menschen zu beißen. Ihn einzuschläfern ist das Richtige, aber es zerreißt einem trotzdem das Herz. Sarah musste eingeschläfert werden.

Ich greife nach einem Taschentuch aus der Schachtel auf dem Nachttisch und wische mir die Tränen aus den Augen. Mein Handy vibriert erneut. Eine weitere Nachricht. Ich öffne sie, und ein weiteres Bild lädt. Dieses Mal ist es nicht nur ihr Gesicht, sondern ihr ganzer Körper, nackt in unserem Bett liegend. Ihre Gliedmaßen sind verdreht und von sich gestreckt. Eine große Blutlache hat sich unter ihren Hüften und drumherum gesammelt. Meine Stirn runzelt sich. Warum musste sie dafür nackt sein? Dann wird es mir klar, und eine Welle der Wut steigt in mir auf. Ich schließe die Nachricht und wähle die einzige Nummer in diesem Telefon.

Es klingelt einmal, bevor Alejandro mit einem »Was?« antwortet.

»Hast du meine Frau gefickt, bevor du sie getötet hast?« Ich beginne schreiend, werde aber rasch leiser bis hin zu einem aggressiven Flüstern, weil mir einfällt, dass ich Nachbarn hinter den Wänden meines Hotelzimmers habe. Ich schalte den Fernseher wieder ein, um meine Stimme zu überdecken.

»Ich glaube, dein direkter Wortlaut war: Ich sage dem Mechaniker nicht, wie er mein Auto reparieren soll. Also mach dir keine Sorgen darum.«

»Ich mache mir Sorgen darum. Das ist meine Frau, und sie zu ficken war nicht Teil des Deals.«

»Du wolltest, dass sie tot ist, und das ist sie. Außerdem ist sie nicht mehr deine Frau. Sie ist … gar nichts mehr.« Die Stimme dringt kalt und spöttisch durch das Telefon.

Ich seufze tief und reibe mir die Schläfe. »Und was ist mit Summer? Wo ist sie?«, frage ich, besorgt über die mögliche Antwort.

»Sie ist bei dieser Anne. Die Frau, die bei der Stiftung arbeitet.«

»Ich weiß, wer Anne ist.« Es ist nicht der ideale Ort für Summer, da Anne sich weigern wird, sie mir ohne Rücksprache mit

Sarah zu überlassen, aber im Moment kann ich daran nichts ändern.

»Und jetzt?«, fragt Alejandro.

»Räum die Szene auf und verschwinde aus der Stadt. Schaffe so viel Abstand wie möglich zwischen dir und hier. Fahr nach Kalifornien. Es ist mir egal. Aber tauch unter.«

»Und mein Geld?«

»Es wird morgen Früh überwiesen.«

»Nein, ich will es heute Nacht, und darüber verhandle ich nicht. Es sei denn, du möchtest, dass ich meine Liste erweitere.«

»Das war nicht Teil der Abmachung, und du weißt, dass ich dafür gerade stehe. Es wird morgen Früh überwiesen. Du musst mir nicht drohen, um sicherzugehen, dass du es bekommst.«

Er schweigt einen Moment, als würde er nachdenken.

»In Ordnung.« Alejandro gibt vorerst nach. Ich weiß, wozu er fähig ist, und habe nicht vor, ihn nicht zu bezahlen.

»Hat Sarah irgendetwas über Stacy Howard gesagt, bevor du …«, ich breche ab. Es ist nicht nötig, auszusprechen, was wir beide wissen.

»Nein.«

»Verdammt.« Ich muss einen Weg finden, diesen Dorn im Auge namens Stacy loszuwerden … und vielleicht auch Carissa.

»Ich weiß, dass sie etwas geplant hat.«

»Wenn sie etwas geplant hat, tut sie es jetzt nicht mehr«, sagt er sachlich.

Alejandro versteht es nicht. Selbst ein halbherziger Plan, den Sarah nicht mehr zu Ende führen kann, könnte mir noch gefährlich werden. Das Einzige, was sich geändert hat, ist, dass sie mich nicht mehr behindern kann.

»Ich muss Stacy finden. Ich kann das nicht über mir schweben lassen.«

»Du hast mich doch einen Tracker an Sarahs Auto anbringen lassen. Nutz den einfach.«

»Habe ich versucht. Es ist sinnlos. Sie fährt nur zur Stiftung, zum Supermarkt und zur Schule von Summer. Alles langweilige Routine, nichts Auffälliges.«

»Klingt, als wäre da wohl nichts.«

Es ist möglich, dass er recht hat. Sarah war großartig darin, für alle Eventualitäten vorzuplanen, aber wahrscheinlich hatte sie das nicht vorhergesehen. Vielleicht verlaufen ihre Pläne im Sand, aber darauf kann ich mich nicht verlassen.

»Hau einfach ab und entfern den Tracker von Sarahs Auto, bevor du gehst. Und kontaktiere mich nicht mehr unter dieser Nummer. Es wird sowieso nicht funktionieren.«

»Und was, wenn es ein Problem mit dem Geld gibt?«, fragt Alejandro, eine Mischung aus Nervosität und Gereiztheit in seiner Stimme.

»Wird es nicht. Sobald ich die Summe überwiesen habe, melde ich mich von einer anderen Nummer.«

Ich drücke auf das rote Telefonsymbol auf dem Touchpad und beende den Anruf. Es hat keinen Sinn, weiter zu diskutieren. Er muss aus der Stadt verschwinden, und zwar schnell. Ich rufe das Bild von Sarah auf, sehe sie ein letztes Mal an, in dem Wissen, dass ich diese Nachricht löschen und sie dann nie wieder sehen werde – nicht wirklich.

Nach ein paar Minuten, in denen ich meinen Verstand dazu zwinge, das Blut und das leblose Gesicht zu ignorieren, lösche ich das Anrufprotokoll, Alejandros Nummer und all unsere

Nachrichten. Dann zerbreche ich das Handy in zwei Teile. Ich wickele die Stücke in ein Handtuch, trete darauf und zermahle sie zu kleinen Fragmenten, von denen ich die meisten in der Toilette herunterspüle.

Im Badezimmer spritze ich mir Wasser ins Gesicht und sehe meine Reflexion im Spiegel. Ich starre den Mann an, der zurückblickt. Tränen laufen mir über die Wangen, und ich beginne zu kichern. »Ich habe es getan. Ich habe es endlich getan.« Jemand hat die großartige Sarah Morgan besiegt. Sie dachte, sie könnte einfach so weitermachen und damit durchkommen. Menschen wie Marionetten behandeln, gefangen in einem Netz aus Lügen, Täuschung und Korruption, während Sarah am anderen Ende lächelt. Jetzt nicht mehr.

Ich blicke auf meine Uhr, und die Realität wird von etwas so Konkretem wie der Zeit eingeholt und das bringt mich zurück zum Plan. So gut die moderne Forensik auch ist, die Festlegung der Todeszeit hat immer noch ein Zeitfenster, in das wir jetzt gerade fallen. Also muss ich von so vielen Leuten wie möglich gesehen werden, irgendwo in der Öffentlichkeit.

Ich ziehe etwas Formelleres und Auffälligeres an, bevor ich mich auf den Weg zur Hotelbar mache.

»Guten Abend, Sir«, begrüßt mich der Barkeeper, als ich am Tresen Platz nehme. »Was darf ich Ihnen bringen?«

Er sieht jung aus, vielleicht Anfang dreißig, trägt einen Man-Bun und eine schwarze Lederschürze mit hellbraunen Riemen.

»Was empfehlen Sie?«, frage ich.

Ich weiß genau, was ich will, aber ich muss ein Gespräch führen, damit er sich an mich erinnert und, falls später befragt, den Polizisten sagen kann, dass ich ruhig, gesprächig und höflich war.

»Kommt drauf an, welche Basis wir nehmen wollen. Gin? Bourbon? Scotch? Wodka?«

»Bourbon.«

»Etwas Süßes? Starkes? Rauchiges? Oder eine Mischung?«

»Überlasse ich Ihnen, aber nicht zu süß.«

»Verstanden«, sagt er mit einem kleinen Grinsen. Er trommelt kurz mit den Händen auf die Theke und dreht sich weg, um seinen Drink zu mixen.

Ich drehe mich um und lasse meinen Blick durch die Hotelbar schweifen, die mit einem Kronleuchter, stimmungsvoller Beleuchtung, eichenfarbenen Elementen in einer dunkelgrün-burgunderroten Farbpalette gestaltet ist. Sie soll elegant und raffiniert wirken, doch ein geübtes Auge erkennt, dass der Kronleuchter aus Plastik besteht und die Eichentöne nur eine Laminatschicht über billigem Pressspan sind. Viele Dinge im Leben können einen täuschen, wenn man sich nicht die Zeit nimmt, sie genau anzusehen.

Wie erwartet ist die Bar ziemlich leer. Es ist ein Wochentag in einer Stadt, die weder Touristen noch Geschäftsleute anzieht. Doch zwischen dem Barkeeper, den wenigen Gästen im Restaurant und dem Empfangspersonal, das mich hereinkommen sah – ganz zu schweigen von der Überwachungskamera in der Lobby – wird mein Alibi wasserdicht sein. Ich bin sicher, dass es auch hier irgendwo eine Kamera gibt.

Ich ziehe mein persönliches Handy heraus und starre auf den schwarzen Bildschirm, unfähig, es einzuschalten. Nach einem tiefen Seufzer lege ich es auf die Theke. Ich weiß, dass ich auch auf diesem Handy einige Dinge löschen muss, wie die App, mit der ich Sarahs Auto getrackt habe, aber mein Kopf kreist nur um

das Bild von ihr. Ich weiß, dass ich das Richtige getan habe …
für mich. Aber das macht es nicht einfacher, und ich wünschte,
meine Liebe zu Sarah wäre mit ihr gestorben.

»Bitteschön«, sagt der Barkeeper und stellt ein Holzbrett mit
einem Glas darauf vor mich, das von einer Glaskuppel umschlos-
sen ist. Rauch tanzt darin umher und verhüllt den Cocktail. Der
Barkeeper wartet darauf, dass ich ihm meine volle Aufmerksamkeit schenke. Er will seine Show vollenden, also lasse ich ihm
diesen Moment. Mit einer ausladenden Geste entfernt er die
Kuppel und lädt mich ein, am Rauch zu riechen. Es duftet nach
reichhaltigem Apfelholz und Hickory.

»Ich nenne ihn Bull Run Mists«, sagt er mit einem Grinsen.

Ich nehme das Cocktailglas und nippe daran. Die Aromen
explodieren, und meine Geschmacksknospen gehen auf eine
süß-rauchige Achterbahnfahrt.

»Wie finden Sie ihn?«, fragt er und wirft ein Tuch über seine
Schulter.

»Er ist unglaublich.«

»Genießen Sie ihn, und sagen Sie Bescheid, falls ich noch
etwas für Sie tun kann.«

Ich lächle, endlich wieder fokussiert, während der Alkohol
meinen Magen auskleidet und mich aus meinem Dämmerzu-
stand holt. Ich nehme mein Handy vom Tresen und entsperre es,
gehe direkt zur Tracking-App, die ich benutzt habe, um Sarah zu
überwachen. Es ist das Letzte, was von ihr übrig ist – ihr Leben,
dargestellt als ein Netz aus Routine in blauen Linien auf dem
Bildschirm. Arbeit, Schule, Laden, Zuhause. Arbeit, Schule, Laden, Zuhause. Immer wieder. Es wirkt irgendwie erbärmlich,
wenn man es so betrachtet.

Ich setze meinen Daumen auf den unteren Bildschirmrand, bereit, die App zu schließen und zu löschen – doch dann verschwindet die Karte und wird durch ein sich drehendes Lade-Symbol ersetzt. Ich habe die App zuletzt gestern überprüft, also hat sie sich wohl nicht aktualisiert. Als sie neu lädt, sieht sie nicht anders aus als zuvor, abgesehen von einer Linie. Ich nehme Daumen und Zeigefinger, berühre die Linie und zoome in die Route hinein. Sie führt von unserem Haus am See nach Süden, vorbei an Greenwich und dem Golfplatz, mitten ins Nirgendwo. Ich tippe darauf, und die Details erscheinen – sie wurde heute Nachmittag zurückgelegt.

»Das glaube ich nicht«, sage ich laut, unfähig, meine Überraschung zu verbergen.

»Ziemlich abgefahrener Drink, oder?«, sagt der Barkeeper und wirft mir ein Grinsen zu, während er ein Glas poliert.

»Ja, unglaublich«, antworte ich dankbar, dass er mir einen Vorwand für meinen Ausruf liefert.

Wo bist du hingefahren, Sarah? Ich ziehe meinen Geldbeutel aus der Tasche, bereit, meine Karte auf die Theke zu werfen und diesen Ort zu untersuchen. Doch dann erinnere ich mich, dass ich noch nicht gehen kann. Das Zeitfenster der Todesfeststellung. Ich sehe auf meine Uhr. Ich muss mindestens noch eine Stunde warten.

»Ehrlich gesagt, ich nehme noch einen, sobald ich den hier fertig habe«, rufe ich die Bar hinab.

»Geht klar.«

47

STACY HOWARD

Meine Hände und Finger schmerzen vom festen Griff um die Waffe. Sie ist ausgestreckt, auf die Treppe gerichtet. Die Muskeln in meinen Armen sind erschöpft, zittern vor Anstrengung. Ich weiß nicht, wie lange ich schon hier sitze, mit dem Rücken gegen den Pfosten gelehnt, an den ich angekettet bin, die Beine vor mir ausgestreckt, während ich den Lauf des Revolvers entlangblicke. Schweißperlen sammeln sich an meinem Haaransatz, rinnen über meine Stirn und den Nacken hinunter. Über mir höre ich Schritte, schwer, wie immer. Sofort strömen Tränen über mein Gesicht. Mein Herz rast, als das Adrenalin einsetzt und die ganze Welt langsamer erscheinen lässt.

Die Tür oben an der Treppe knarrt, als sie ganz aufschwingt, und endlich sehe ich sie – die Schuhe, deren Geräusche ich so oft gehört habe. Sie steigen herab, methodisch, ruhig, Stufe für Stufe. Mehr von der Gestalt wird sichtbar: seine Schienbeine, seine Knie, die Fingerspitzen, die an seinen Seiten hängen, seine Hüfte, seine Brust, sein Hals und schließlich sein Gesicht.

»Stacy«, sagt er mit geweiteten Augen, als sei er schockiert, mich hier unten zu finden.

Ich erkenne ihn sofort. Er hebt die Hände und macht einen kleinen Schritt auf mich zu.

Sein Mund öffnet sich, als wolle er etwas sagen, doch kein Wort kommt heraus, denn ich lasse ihm keine Gelegenheit mehr. Ich drücke den Abzug und schreie gleichzeitig mit den zwei ohrenbetäubenden Schussgeräuschen auf. Mit zusammengekniffenen Augen höre ich, wie der Hahn des Revolvers wieder und wieder klickt, aber es sind keine Patronen mehr übrig. Alles, was ich höre, sind ein hohes Pfeifen und meine eigenen Schreie.

48

SHERIFF HUDSON

Der Name von Lieutenant Neill leuchtet auf meinem Handybildschirm auf. Ich nehme schnell ab, in der Hoffnung, dass es Neuigkeiten von einer anderen Polizeistation gibt, die Scott gesichtet hat. »Neill, was gibt's?«

»Wir haben Bob zu einer verlassenen Farm südlich von Greenwich, abseits der 603, verfolgt. Wir stehen ein Stück die Straße runter, um unsere Deckung nicht zu gefährden, aber wir haben gerade Schüsse gehört. Was sollen wir tun?«

Ich springe aus meinem Stuhl und greife nach meinem Dienstgürtel, der am Haken hängt. »Bleiben Sie da. Warten Sie auf Verstärkung. Ich bin unterwegs.«

Ich lege auf und stürme in Olsons Büro. »Schüsse sind gefallen. Komm mit.«

Ohne ein Wort steht sie auf und rennt hinter mir her. Ich drücke die Taste meines Funkgeräts und rufe alle verfügbaren Einheiten.

In meinem Streifenwagen schalte ich das Blaulicht ein und trete aufs Gaspedal. Der Motor wird an seine Grenzen gebracht, die Drehzahlnadel schlägt tief in den roten Bereich.

»Was ist los?«, ruft Olson über die heulende Sirene hinweg.

»Neill und sein Team haben Bob zu einer verlassenen Farm verfolgt. Kurz nachdem er reingegangen ist, fielen Schüsse. Sie warten auf Verstärkung, falls wir es mit einer Geiselsituation zu tun haben.«

Sie nickt und zieht ihre Waffe aus dem Holster, prüft sie sorgfältig, zieht den Schlitten zurück und entnimmt das Magazin, um zu prüfen, dass es voll ist.

In weniger als zwölf Minuten sind wir vor Ort. Das SWAT-Team war schneller und bereitet sich hinter seinem Van vor, als Olson und ich aus dem Fahrzeug steigen. Der SWAT-Kommandant gibt energisch Anweisungen, seine Arme zeigen hektisch auf verschiedene Einstiegspunkte des Gebäudes. Tragbare Scheinwerfer sind bereits aufgestellt und erleuchten die Umgebung vor dem Haus. Das Gebäude vor uns ist heruntergekommen. Manche Holzbretter fehlen komplett, und das Fundament sieht aus, als würde es jeden Moment in sich zusammenfallen.

Neill joggt zu uns herüber.

»Wie ist die Lage?«, frage ich, während ich die Szene überblicke.

Lieutenant Neill fasst die wenigen verfügbaren Details schnell zusammen. »Wie gesagt: Bob Miller ist hineingegangen, und ein paar Minuten später hörten wir zwei Schüsse. Wir haben die Eigentumsakten überprüft, aber kein Besitzer ist eingetragen, also wissen wir nicht, wer sich alles darin befinden könnte.«

»Ist es eine Geiselsituation?«, fragt Olson.

»Das SWAT-Team ist sich nicht sicher, und es gab keine Reaktion von innen, was normalerweise untypisch ist für eine …«

Ein durchdringender Schrei zerreißt die Luft, ausgehend von dem verlassenen Haus. Sofort erstarren alle und blicken in Richtung der Geräuschquelle. Ein Mensch kann innerhalb von Minuten an einer Schussverletzung verbluten, und diese Zeit haben wir bereits auf der Fahrt hierher verbraucht. *Scheiß drauf.* »Ich gehe rein«, sage ich und renne zum Haus.

»Sheriff, warten Sie! Lassen Sie mein Team das Gebäude zuerst sichern!«, ruft der SWAT-Kommandant, als ich an ihm vorbeilaufe. Ich kann nicht warten. Ich habe einen Eid geschworen, meine Gemeinde zu schützen und ihr zu dienen, und ich werde nicht zulassen, dass jemand leidet oder stirbt, während wir den besten Plan ausarbeiten. Mein eigenes Leben zu riskieren, ist, wofür ich mich entschieden habe.

»Verdammt! Team, sofort rein!«, höre ich den Kommandanten hinter mir schreien, als ich den Eingang durchbreche.

Meine Glock taucht zuerst in das Haus ein, meine Arme sind vor mir ausgestreckt. Eine feuchte Wolke aus Modergeruch hängt in der Luft. Ich drücke einen Schalter, aber nichts passiert, also nehme ich meine Taschenlampe und schalte den Lichtstrahl ein, lasse ihn durch den Raum wandern. Ein umgeworfener Tisch, der Boden übersät mit Scherben, Schutt und umgestürzten Stühlen. Dunkle Flecken und Tropfen, vermutlich Blut, verteilen sich auf den Möbeln und dem Boden. Insekten krabbeln durch dichten Staub und hinterlassen Spuren.

»Hier ist die Polizei! Ist da jemand?«, rufe ich.

»Hilfe!«, schreit eine Frau, aber die Stimme kommt von unter mir.

Ich durchsuche hektisch das Haus, bemüht, nicht über die verstreuten Gegenstände auf dem morschen Boden zu stolpern.

Blutspritzer zieren rissige Trockenbauwände, die aussehen, als wäre etwas oder jemand dagegen geschleudert worden. Durch eine Schwingtür betrete ich eine Küche, die sich am hinteren Ende des Hauses befindet. Kakerlaken flüchten, als der Lichtstrahl meiner Taschenlampe über sie hinweg streift. Am anderen Ende des Raumes, ganz rechts, fällt mir ein Türrahmen auf, durch den ein gelbes Licht scheint.

Meine Stiefel knirschen auf zerbrochenem Glas, als ich mich der offenen Tür nähere. Eine Treppe führt hinunter in einen Keller, und unten am Ende der Stufen kann ich die Hosenbeine und Schuhe von jemandem erkennen, der auf dem Boden liegt. Jetzt herrscht Bewegung im anderen Teil des Hauses. Beamte betreten die Räume und rufen »Gesichert«, während sie sie durchsuchen.

Ich höre Olson meinen Namen rufen.

»Marcus.«

Sie benutzt meinen Vornamen nie im Dienst … also weiß ich, dass sie Angst hat. Aber ich antworte nicht, weil meine Augen auf die reglose Person im Keller gerichtet sind.

»Sheriffbüro von Prince William County!«, rufe ich nach unten.

»Bitte, helfen Sie mir!«, schreit eine Frau zurück.

Langsam beginne ich, die Treppe hinunterzugehen, die Waffe vor mir erhoben. Die Stufen knarren unter meinen Stiefeln, und ich bemerke Blutflecken, die die Treppe hinunterführen. Pam steht jetzt hinter mir, aber sie bleibt still. Sie legt ihre Hand auf meine Schulter und drückt sie einmal, um mir zu signalisieren, dass sie meinen Rücken sichert. Ich gehe leicht in die Hocke, während ich die Treppe hinabsteige, damit ich unter der

Deckenlinie in den Keller spähen kann, bevor ich die untersten Stufen erreiche.

Das Erste, was ich sehe, ist Bob Miller, der mit dem Gesicht nach unten auf dem Beton liegt. Sein Kopf ist zur Seite gedreht, die Augen weit geöffnet, leblos. Ich muss seinen Puls nicht prüfen, um zu wissen, dass er tot ist. Als ich eine weitere Stufe hinabsteige und nach rechts schaue, entdecke ich eine alte, fleckige Matratze, eine Kette, die an einem Träger befestigt ist, und eine bereits getrocknete Blutlache. Noch eine Stufe weiter, und ich kann die Frau endlich sehen, etwas links von mir. Ihr Knöchel ist an einen Pfosten gekettet, ihre Arme sind vor ihr ausgestreckt, ein Revolver in ihren Händen.

»Ma'am, legen Sie die Waffe weg«, sage ich ruhig.

»Er hat sie getötet, und er wollte auch mich töten«, schreit sie.

»Ich höre Sie, und ich glaube Ihnen, aber Sie müssen die Waffe weglegen«, antworte ich, während ich meine Stiefel fest auf dem Betonboden platziere, sodass wir uns vollständig sehen können. Ich hebe eine Hand, während die andere meine Waffe an der Seite hält. Ich will nicht, dass sie sich noch mehr bedroht fühlt, als sie es ohnehin schon tut. Aber wenn ich die Waffe ziehen muss, um mich und Pam zu schützen, werde ich es tun. Ihr rotes Haar ist verfilzt und steht in alle Richtungen ab, Tränen rinnen über ihr Gesicht, das mit Schmutz und Dreck bedeckt ist. Ich erkenne sie sofort. Wie könnte ich auch nicht? Ihr Foto hängt seit einer Woche an der Wand des Besprechungsraums.

Stacy Howard blinzelt mehrmals, als könne sie ihren eigenen Augen nicht trauen, als müsse sie sich davon überzeugen, dass ich real bin und sie jetzt tatsächlich in Sicherheit ist. Sie blickt auf die Waffe in ihren Händen, dann auf die Leiche am Boden und schließlich wieder auf die Waffe. Die Pistole zittert in ihren Händen, und mit einer schnellen Bewegung wirft sie sie schließlich in meine Richtung. Die Waffe rutscht über den Boden.

Ich stecke meine Waffe ins Holster und gehe in die Hocke, um zwei Finger an Bobs Hals zu legen. Kein Puls, wie ich vermutet habe. Ich werfe einen Blick zurück zu Olson und schüttle den Kopf, um ihr zu signalisieren, dass er tot ist.

Ich nähere mich Stacy, allerdings nicht zu schnell. »Es wird jetzt alles in Ordnung kommen.«

Sie hält ihr Gesicht in ihren Händen, wiegt sich hin und her, zitternd, und ich kann es ihr nicht verdenken. Dieser Keller scheint der Stoff zu sein, aus dem Albträume gemacht sind.

»Ich musste es tun. Ich musste es tun«, sagt Stacy, unkontrolliert schluchzend.

49

SHERIFF HUDSON

Stacy Howard liegt in einem Krankenhausbett, eingehüllt in die kratzigen, sterilen Laken. Das Piepen des Vitalmonitors signalisiert einen gesunden, normalen Herzschlag – hoffentlich ist sie jetzt bereit, mit uns zu sprechen. Sie ist an eine Infusion angeschlossen, die ihr all die Flüssigkeit und Nährstoffe zuführt, die sie braucht, um ihre Kräfte wiederzuerlangen. Abgesehen von Dehydrierung und den Wunden an ihren Händen und ihrem Knöchel, die von der Kette stammen, ist sie größtenteils unverletzt. Aber nicht alle Verletzungen sind körperlich sichtbar. Die Ärzte fanden außerdem Spuren von Scopolamin in ihrem Blut, einem starken Anticholinergikum, das in hohen Dosen eine Person für 24 Stunden oder länger bewusstlos halten kann.

Olson und ich setzen uns auf die Gästestühle neben ihrem Bett.

»Stacy, können Sie uns sagen, wie lange Sie in diesem Keller waren?«, frage ich.

Ihre Stimme ist schwach, und es fällt ihr schwer, zu sprechen.

»Es war schwierig zu sagen ohne Licht, aber ich schätze, mindestens eine Woche, vielleicht. Welcher Tag ist heute?«

»Donnerstag, der 8. Juni«, sagt Olson.

»Wurden Sie vor dem Keller an einen anderen Ort gebracht?«, frage ich.

»Ich weiß es nicht. Entschuldigung«, sagt sie, während ihr Tränen über die Wangen laufen. »Ich bin einfach dort unten aufgewacht.«

»Entschuldigen Sie sich nicht. Jede kleine Information, die Sie uns geben können, ist hilfreich, und machen Sie sich keine Sorgen über das, woran Sie sich nicht erinnern können.« Olson berührt Stacys Hand.

Wir wissen, dass sie aufgrund der in ihrer Blutprobe gefundenen Droge wahrscheinlich nicht viel in Erinnerung behalten wird.

»Da war noch jemand mit mir da unten, aber nicht die ganze Zeit. Sie sagte, sie heiße Carissa. Aber …«, Stacy stoppt, als Schmerz ihr Gesicht verzerrt, und ein Schluchzen droht auszubrechen. »Ich glaube, er hat sie getötet. Sie hat geschrien, meinen Namen gerufen, mich um Hilfe angefleht, aber ich konnte nichts tun. Und dann … dann … habe ich sie nicht mehr gehört.« Stacy blickt Olson an und beginnt zu weinen, ihre Schultern zittern heftig.

Pam streicht ihr die Haare aus dem Gesicht, die an ihren Tränen kleben. »Schhh, schhh, es ist okay. Sie sind in Sicherheit. Niemand wird Ihnen mehr wehtun. Ruhen Sie sich einfach aus.« Olson schaut zu mir und schüttelt den Kopf.

Jetzt ist nicht der richtige Moment für weitere Fragen, auch wenn wir dringend Informationen über Carissas Verbleib brauchen. Aber das Letzte, was wir wollen, ist, eine gequälte Frau zurück in den Abgrund der Hölle zu stoßen, aus der sie gerade herausgekrochen ist.

Olson und ich verabschieden uns und sagen Stacy, sie solle sich keine Sorgen machen. Wir verlassen den Raum und gehen durch das Krankenhaus, halten an einem Automaten an, um uns einen sicherlich schrecklichen Becher Fünfzig-Cent-Kaffee zu holen.

»Die Forensik hat die Ergebnisse der Blutspuren am Messer, das bei der Station abgegeben wurde«, sagt Olson, während die Maschine die heiße, braune Flüssigkeit in einen passenden braunen Pappbecher abgibt.

»So schnell?«, frage ich, überrascht von der Geschwindigkeit.

Sie nickt.

»Und?«

»Es ist Schweineblut.« Sie befestigt einen Deckel auf dem Kaffeebecher und reicht ihn mir. Dann wirft sie noch zwei Münzen ein und drückt einen Knopf, um den Brühvorgang erneut zu starten; ein Becher fällt herunter und landet an der vorgesehenen Stelle.

»Schweineblut?«, wiederhole ich und verziehe das Gesicht vor Unglauben.

»Ich war genauso überrascht wie du. Es sei denn, die Person wollte uns mitteilen, dass das Letzte, was Sarah Morgan mit diesem Messer getan hat, war, ein Schwein zu schlachten. Wir haben es wohl mit einem Spaßvogel zu tun.«

»Und Fingerabdrücke?«, frage ich.

»Sauber abgewischt.«

Ich nehme einen großen Schluck von dem Kaffee. Er ist kochend heiß und geschmacklos, genau wie ich es erwartet hatte.

»Warum sollte jemand uns das schicken und warum auf Sarah hinweisen?«

»Ich weiß es nicht, aber du hattest recht«, sagt sie, nimmt ihren Becher und setzt einen Deckel darauf.

»Womit?«

»Du hast gesagt, es könnte alles oder nichts sein. Es stellt sich heraus, es ist nichts.« Sie zuckt mit den Schultern und führt den Becher an ihre Lippen.

»Apropos Sarah, jemand muss ihr von Bob erzählen.«

Olson schüttelt den Kopf. »Das sind jetzt zwei tote Ehemänner. Sie tut mir leid.«

»Sie steckten mitten in einer Trennung«, sage ich.

»Trotzdem. Sie haben ein Kind zusammen.«

Ich seufze, weil ich Mitleid mit ihrer Tochter habe. Sie wird es am härtesten treffen. »Wir sollten Sarah informieren«, sage ich. Als wir in Richtung Ausgang gehen, nagt noch immer etwas an mir. »Wir wissen, dass Bob Stacy entführt hat, und das Motiv ist ziemlich klar, wenn man ihre Vorgeschichte betrachtet. Aber was ich nicht verstehe, ist, warum Carissa?«

»Ich weiß es nicht«, sagt Olson. »Es ist nicht so, als könnten wir ihn noch fragen.«

Wenn Bob Carissa tatsächlich ermordet hat, wie Stacy andeutete, finden wir ihre Leiche vielleicht nie. Im Moment warten wir auf die Ergebnisse der Forensik, um das Blut, das im Keller in der Nähe der anderen Matratze und im ganzen Haus gefunden wurde, mit dem Blut aus dem Salon zu vergleichen. Wenn sie übereinstimmen, wissen wir zumindest, dass Carissa dort unten war.

Ich klopfe dreimal an die Haustür von Sarahs Haus und trete einen Schritt zurück, während ich darauf warte, dass sie erscheint. Es ist Donnerstag, kurz vor acht Uhr morgens. Die Vögel zwitschern, und die Sonne strahlt hell. Die nächste Angehörige darüber zu informieren, dass ein geliebter Mensch verstorben ist, ist der schlimmste Teil dieses Jobs, selbst wenn der Verstorbene ein Krimineller war oder bekommen hat, was er verdient. Die Person, die die Nachricht erhält, hat oft keine Ahnung vom Ausmaß der Vergehen ihres geliebten Menschen und ist stattdessen einfach nur geschockt von der Nachricht, dass diese Person für immer fort ist.

Dreißig Sekunden vergehen, und niemand kommt zur Tür – also klopfe ich erneut, diesmal nachdrücklicher.

»Vielleicht ist sie nicht da«, sagt Olson.

»Ihr Auto steht hier.« Ich deute auf den weißen Range Rover, der in der Einfahrt geparkt ist, bevor ich erneut an die Tür klopfe. Ich gehe entlang der Vorderseite des Hauses und versuche, durch die Fenster irgendwelche Anzeichen von Bewegung zu erkennen, aber die Vorhänge sind alle zugezogen. Ich kehre zur Tür zurück und klopfe lautstark.

»Meinst du, wir sollten reingehen?«

»Ich weiß nicht«, sage ich. Die Liste der Umstände, unter denen wir eine Tür aufbrechen und das private Eigentum einer Person betreten dürfen, ist kurz, aber die Gefahr schwerer körperlicher Verletzungen gehört dazu. Könnte Bob seiner Frau etwas angetan haben?

Ein Gefühl des Unbehagens beginnt sich in meinem Magen auszubreiten. Was, wenn die Farm nicht der einzige Ort war, den Bob letzte Nacht besucht hat?

Ich hämmere hektisch weiter an die Tür und rufe: »Polizei!«
Machen Sie auf!« Mein Herzschlag beschleunigt sich mit jeder
vergehenden Sekunde, und Olson beginnt den Kopf zu schütteln, vermutlich denken wir beide dasselbe. Ich trete zurück
und ziehe mein Hosenbein hoch, bereit, die schwere Holztür
einzutreten.

Ein Schloss klickt.

Ein Riegel wird zurückgezogen.

Die Tür öffnet sich, und dahinter steht Sarah Morgan. Ihr
Kopf ist leicht geneigt, während sie ihr nasses Haar mit einem
Handtuch trocknet. Sie trägt einen weißen Bademantel und
dazu passende Hausschuhe. Ein paar Wassertropfen rinnen ihren
Hals hinunter und verschwinden in dem Stoff, der sie aufsaugt.

Ihre Augen wandern zwischen uns beiden hin und her. »Sheriff Hudson. Chief Deputy Olson«, sagt sie mit einem leichten
Nicken. »Womit habe ich das Vergnügen verdient?«

50

SARAH MORGAN

ZEHN STUNDEN FRÜHER

Die Waffe, die gegen meinen Bauch gedrückt wird, ist nicht so tödlich wie die, die ich an Alejandros Kopf halte. Wenn er abdrückt, würde ich wahrscheinlich einen langsamen und schmerzhaften Tod sterben, während seiner schnell und unmittelbar wäre. Sein Gehirn würde abschalten, bevor es überhaupt Zeit hätte, Signale an den Körper zu senden, um Schmerz zu registrieren.

»Nein, es tut *mir* leid«, sage ich. »Jetzt sag mir, wer du verdammt nochmal wirklich bist.«

Seine Augen weiten sich, als sie zwischen seiner Waffe und der Stelle hin- und herspringen, wo er meine vermutet. Schließlich trifft er meinen Blick und sieht den entschlossenen Ausdruck in meinem Gesicht – eine Warnung: Wenn er sich bewegt, drücke ich ab. Er kann von Glück reden, dass ich es nicht schon getan habe. Ich hätte ihn erledigen können, sobald ich die Tür öffnete. Aber ich wollte, dass er den ersten Schritt macht ... oder zumindest denkt, dass er ihn macht.

Schon als ich Alejandro zum ersten Mal sah, wie er in meinem Konferenzraum saß und darauf wartete, dass ich ihn im Programm willkommen heiße, wusste ich, dass er nicht der war, für den er sich ausgab.

»Wie hast du es rausgefunden?«, fragt er.

»Bob hat noch nie einen Kandidaten für das Programm empfohlen, nicht ein einziges Mal, und ich wusste, dass es nicht daran lag, dass er plötzlich für dich ein weiches Herz entwickelt hat.« Ich verenge die Augen. »Und dieser beschissene Hintergrundcheck, den er zusammengestellt hat, hat auch nicht standgehalten. Also sag mir, wer du wirklich bist.« Ich drücke den Lauf der Waffe fester an die Seite seines Kopfes.

Er zuckt zusammen und schluckt schwer, sein Adamsapfel bewegt sich auf und ab. Ich kann praktisch sehen, wie sein Gehirn arbeitet, abwägend, ob er die Frage beantworten oder versuchen soll, mich zu überlisten.

»Ich frage dich nicht noch einmal«, sage ich ruhig.

»Er hat mich angeheuert, um dich zu töten.«

»Ernsthaft?« Ich schnaube enttäuscht darüber, dass es nichts Clevereres war, als dass er sich nicht selbst die Hände schmutzig machen wollte. »Er ist so ein Feigling.«

Der Mundwinkel von Alejandro zuckt leicht. Er scheint das Gleiche über meinen Ehemann zu denken. Er bleibt still, wartet auf meinen nächsten Zug; seine Hände sind ruhig, unerschütterlich, als wäre das nicht das erste Mal, dass er in dieser Position ist. Seine Waffe ist immer noch auf meinen Bauch gerichtet. Meine bleibt fest an seiner Schläfe.

Ich bin überrascht, wie weit Bob bereit war, zu gehen. Ich hätte nicht gedacht, dass er dazu in der Lage ist. Nun, offensichtlich war er es auch nicht – schließlich konnte er es nicht selbst tun. Aber ich frage mich, was ihn über die Grenze getrieben hat … hatte er es von Anfang an geplant oder erst ab dem Moment, als ich ihm sagte, dass ich die Scheidung wollte? War seine Vorstellung eines Gnadenschusses schon immer, mich irgendwo in der Erde zu begraben, während er mit der widerwilligen Hand unserer Tochter in den Sonnenuntergang reitet?

»Wann hat er dich angeheuert?«, frage ich.

Es dauert einen Moment, bis Alejandro antwortet, als wolle er sicherstellen, dass er die richtige Antwort gibt. Ein falscher Schritt, eine Lüge, und er bekommt keine Chance, noch eine weitere Frage zu beantworten.

»Vor ein paar Wochen.«

Ich wusste es. Er ging sofort in die Offensive, als er wusste, dass es vorbei war. Aber warum das ganze Geflehe und Gebettle, dass ich ihn zurücknehme?

»Ursprünglich wurde ich nur angeheuert, um dich im Auge zu behalten«, fügt er hinzu.

»Was hat sich geändert?«

»Ich weiß es nicht genau. Er hat mir gestern eine Nachricht geschickt und mich gebeten, ihn heute Morgen zu treffen. Da hat er mir von der neuen Vereinbarung erzählt. Er sagte etwas von anderen Plänen, die besser funktionieren würden, wenn du tot wärst.«

»Welche anderen Pläne?«

»Das hat er nicht gesagt.«

Ich suche in seinen Augen nach einem Zucken, irgendetwas, das mir verrät, dass er lügt. Aber da ist nichts. Er starrt mich stoisch an, sein Blick wankt nicht.

»Wie lange kennt ihr euch schon, du und mein Mann?«

»Schon lange.«

»Und hat er deine Dienste schon einmal in Anspruch genommen?«

Alejandro stößt einen leisen Seufzer aus und sagt: »Ja.«

Ich erinnere mich, dass es Bob war, der vorschlug, jemanden zu engagieren, um Kelly zu töten, aber ich war dagegen – denn wenn man etwas richtig machen will, muss man es selbst erledigen. Offensichtlich hat er nichts von mir gelernt.

»Es lief aber nicht wie geplant«, fügt Alejandro hinzu. Ich glaube, er bietet die Informationen freiwillig an, in der Hoffnung, Zeit zu gewinnen, damit ich nicht abdrücke.

»Also ein zweiter Fehlschlag.« Ich grinse. »Wenn du beim ersten Mal Mist gebaut hast, überrascht es mich, dass er dich noch einmal angeheuert hat.«

»Bob wusste nie, wie sehr es schiefging.«

»Was meinst du damit?«

Er beißt die Zähne zusammen. »Ich erzähle es dir, wenn du die Waffe von meinem Kopf nimmst.«

Ich reagiere auf seine Bitte, indem ich den Lauf noch fester an seine Schläfe drücke, sodass er zusammenzuckt. »Du bist nicht in der Position, um zu verhandeln. Also wirst du reden, und vielleicht lasse ich dich leben.«

Schweißperlen beginnen sich an seinem Haaransatz zu bilden. Seine Augen springen zwischen der Waffe, die er auf meinen nackten Körper gerichtet hält, und meinem Gesicht hin und her, dann dorthin, wo er peripher immer noch meine Pistole sehen kann. Mein Zeigefinger ruht mit minimalem Druck auf dem Abzug. Ein Milligramm mehr Gewicht, und der Schlagbolzen würde zuschlagen, die Patrone würde durch den Lauf schießen und direkt in sein Gehirn eindringen. Er wäre tot, bevor er überhaupt blinzeln könnte. Meine Wand bekäme eine neue Schicht roter Farbe. Und er weiß das …

»Vor fast fünfzehn Jahren hat Bob mich angeheuert, um eine Frau namens Jenna Way zu töten.«

»Nun, ich weiß, dass du sie nicht getötet hast«, sage ich.

»Woher?«

»Weil ich es vor zwölf Jahren getan habe – in diesem Zimmer.«

Alejandros Augen weiten sich. Vielleicht ist es Schock oder die Erkenntnis, dass ich tödlicher bin als er. Dann flackert etwas anderes in seinem Blick auf … Leidenschaft, Lust, Verlangen. Wenn ich nicht schon nackt wäre, würde er mich mit seinen Augen ausziehen.

»Tu nicht so überrascht«, sage ich.

»Bin ich nicht. Ich bin beeindruckt.«

»Bob wusste offensichtlich, dass du bei Jenna versagt hast. Also, was weiß er nicht?«

»Er bringt mich um, wenn er es erfährt.«

»Nein, wird er nicht. Deshalb heuert er dich ja an.« Ich verenge die Augen. »Aber ich *werde* dich umbringen, wenn du nicht redest.«

Alejandro seufzt schwer, offensichtlich erkennt er, dass er keine Wahl hat. »Ich war in Jennas Haus eingebrochen und wartete darauf, dass sie wie jeden Abend nach Hause kommt. Aber sie kam nicht, nicht an diesem Abend. Anscheinend hatte sie einen Platten, der sie sich 45 Minuten verspäten ließ. Stattdessen kam ihr Mann zuerst nach Hause – Greg, Bobs Bruder, und zwar früher als sonst. Ich dachte, es wäre Jenna, und drückte den Abzug in dem Moment, als die Haustür aufging, aber die Waffe klemmte. Greg hörte es und stürzte auf mich zu. Er hatte mein Gesicht gesehen, also wusste ich, was ich tun musste. Er kämpfte erbittert, aber ich kämpfte erbitterter. Ich gewann die Oberhand und stieß ein Küchenmesser in seinen Bauch. Ich wollte es wie einen missglückten Einbruch aussehen lassen, entschied dann aber, es als Verbrechen aus Leidenschaft zu inszenieren, also stach ich immer wieder auf ihn ein und ließ das Messer schließlich in seiner Brust stecken. Ich wischte den Griff ab, beseitigte alle Spuren und verschwand, gerade als Jenna nach Hause kam. Er nahm seine letzten Atemzüge und hustete noch Blut, als ich aus der Tür schlüpfte. Zum Glück für mich geriet sie in Panik und zog das Messer aus seiner Brust, in der Annahme, sie würde ihm helfen. In Wirklichkeit beschleunigte sie seinen Tod und fügte Beweise hinzu, die auf sie als Mörderin hindeuteten.«

Ich breche in ein manisches Lachen aus. »Also hat Bob seinen eigenen Bruder umgebracht?« Ich kann die Frage kaum stellen, weil ich es zu witzig finde.

»In gewisser Weise, ja. Ich habe ihm gesagt, dass ich keine Gelegenheit hatte, Jenna zu töten. Als er dann erfuhr, dass sein Bruder tot war, dachte er, sie hätte es getan. Es deuteten ja alle Beweise auf sie.«

»Aber warum hat er dich überhaupt angeheuert, sie zu töten?«

»Es ging wohl darum, dass Jenna herausgefunden hatte, was für schmutzige Geschäfte er führte. Sie drohte, die Behörden einzuschalten, wenn Bob nicht selbst reinen Tisch machte. Anscheinend war das, was sie wusste, genug, um ihn ins Gefängnis zu bringen. Also fand Bob, der einzige Weg, sie zum Schweigen zu bringen, wäre, sicherzustellen, dass sie nie wieder sprechen kann«, sagt er.

Ich schüttle den Kopf.»Das ist erbärmlich.«

»Ist es«, stimmt Alejandro zu.

»Aus Neugier, wie viel hat Bob dir angeboten, um mich zu töten?«

»Zweihundertfünfzigtausend.«

»Ich zahle dir dasselbe, damit du mich nicht tötest.«

Er hebt eine Braue und starrt mir in die Augen, versucht zu erkennen, ob ich es ernst meine. Er hat ohnehin keine Wahl. Entweder spielt er mit, oder er spielt gar nicht mehr. Ich bin sicher, er fragt sich, warum ich ihm überhaupt Geld anbiete. Ich könnte ihn genauso gut zum Nulltarif umbringen. Aber das wäre ein viel größerer Aufwand, als ich bereit bin, zu bewältigen. Außerdem ... mein Blick gleitet über seinen durchtrainierten Körper; er wiegt wahrscheinlich 100 Kilo reine Muskelmasse. Und ich habe keine Lust, die ganze Nacht damit zu verbringen, ihn loszuwerden.

Alejandro nimmt die Waffe von meinem Bauch, dreht sie um und reicht sie mir mit dem Griff voran. »Abgemacht.«

»Kluge Entscheidung. Aber ich brauche noch ein paar andere Dinge von dir.«

»Was immer du willst«, sagt er mit einem kleinen Lächeln.

»Ach, übrigens, Bob hat mich dazu gebracht, einen Tracker an deinem Auto anzubringen. Er verfolgt jede deiner Bewegungen seit Wochen.«

Das ist ein Olivenzweig, Alejandros Art, zu zeigen, dass seine Loyalität bereits umgeschwenkt ist.

»Das weiß ich längst.« Ich lächle zurück, während ich die Waffe von seiner Schläfe nehme. Sie hinterlässt einen hässlichen roten Fleck, der Abdruck der Mündung auf seiner Haut.

Unsere Blicke treffen sich, eine intensive Spannung brennt zwischen uns. Ich lege meine Hand um seinen Kopf und ziehe ihn zu mir. Unsere Lippen und Zähne prallen aufeinander, während ich auf seinen Körper gleite und ihn in mich aufnehme. Dieses Mal werde ich ihn ficken.

51

SARAH MORGAN

ZEHN STUNDEN UND SECHS MINUTEN SPÄTER

Man hat mir gerade gesagt, dass mein Ehemann tot ist. Mein Gesicht ist wie erstarrt, der Mund leicht geöffnet, die Augen weit aufgerissen. Hudson und Olson sitzen mir am Küchentisch direkt gegenüber. Sie hatten gesagt, es sei besser, wenn ich sitze, bevor sie mir die Nachricht überbringen. Es fällt mir schwer, mein Gesicht für Bob traurig aussehen zu lassen. Dieser Mistkerl wollte mich umbringen – na ja, er hatte jemanden angeheuert, der es tun sollte. Wenn sein Plan funktioniert hätte, wäre er jetzt derjenige, der hier sitzt und die Nachricht von zwei Polizisten erhält. Hat er wirklich nichts von mir gelernt? Zu viele lose Enden, und die einzige Person, auf die man sich verlassen kann, ist man selbst. Aber Bob wusste das nicht und jetzt wird er es nicht mehr lernen. Er wird nie wissen, dass ich noch lebe, und er wird nie erfahren, dass er derjenige war, der für den Tod seines Bruders verantwortlich ist. Irgendwie wünschte ich, er hätte diese Dinge vor seinem vorzeitigen Tod erfahren. Ich beiße mir auf die Zunge, um mich daran zu hindern, erneut zu lachen.

»Sarah«, sagt Sheriff Hudson und reißt mich aus meinen Gedanken.

Ich blinzle, lasse es so aussehen, als wäre ich schockiert, noch überwältigt von der Nachricht. Aber nun ist es Zeit, die Tränen einzuschalten. Nicht zu viel, da wir mitten in einer Scheidung steckten, aber gerade genug, um zu zeigen, dass ich ihn als meinen Ehemann und den Vater meines Kindes geschätzt habe. Meine Augen bekommen sofort einen feuchten Glanz. Ein paar Tränen laufen meine Wangen hinunter. Mein Gesicht verzieht sich leicht, nicht zu sehr, nur ein bisschen. Und meine Lippe zittert. Dieser Teil ist besonders schwierig hinzubekommen. Es muss wirken, als sei es unwillkürlich, eine Reaktion auf tiefen Kummer – aber Übung macht den Meister.

Chief Deputy Olson presst die Lippen zusammen und schaut auf ihre Hände. Ich weiß, dass es funktioniert, weil sie sich unwohl fühlt, diesem Trauerspiel beizuwohnen. Sie weiß nicht, was sie tun oder sagen soll. Hudson atmet tief ein und lässt die Luft langsam durch die Nase entweichen. Auch bei ihm funktioniert es.

»Wie?«, frage ich. Meine Stimme bricht bei diesem einen Wort.

»Wir sind uns noch nicht sicher. Aber wir haben seine Leiche im Keller einer verlassenen Farm am Stadtrand gefunden. Es wurde zweimal auf ihn geschossen«, erklärt Hudson.

»Von wem?«

Die beiden tauschen einen Blick aus.

»Im Keller befand sich eine Frau, die an einen Pfosten gekettet war. Sie hat Bob erschossen und behauptet, er habe sie und eine andere Frau entführt«, sagt er.

Meine Hände legen sich schlagartig über meinen Mund, und ich schüttle leicht den Kopf, in gespieltem Unglauben. »Nein, das … das kann nicht wahr sein.«

»Wir überprüfen ihre Geschichte noch, aber wir hätten ein paar Fragen an Sie, wenn das in Ordnung ist?«, fragt Olson.

Ich nicke und nehme die Hände vom Mund. Sporadisch kullern weitere Tränen. »Natürlich. Natürlich. Wie auch immer ich helfen kann.«

Sie zieht ein Papiertaschentuch aus ihrer Tasche und reicht es mir. Ich nehme es und bedanke mich, tupfe leicht an meinen Augen. Ich will nicht alle Tränen abtupfen. Sie sind eine Tarnung dafür, wie ich mich wirklich fühle. Olson holt ein Notizbuch und einen Stift aus der Tasche ihrer Uniform. Sie schlägt es auf und setzt die Stiftspitze auf die leere Seite, bereit, all die Lügen aufzuschreiben, die ich gleich erzählen werde.

»Hat Bob hier bei Ihnen gewohnt?«

»Nicht in den letzten Wochen. Wir sind mitten in einer … ich meine, wir waren mitten in einer Trennung.« Ich zwinge meine Lippe erneut zum Zittern.

»Die Frau, die wir angekettet im Keller gefunden haben, war Stacy Howard«, sagt Hudson. »Erinnern Sie sich, wer sie ist?«

Ich nicke und drücke mehr Tränen heraus. »Ich kann es nicht glauben«, lüge ich.

Ich *kann* es glauben, denn ich war diejenige, die sie dort hingebracht hat. Tatsächlich hatte ich nichts damit zu tun, dass Bob mit Stacy geschlafen hat, so sehr er mir das auch anlasten wollte.

Er ist ganz allein in ihr Netz aus Täuschung und Erpressung geraten. Aber dieser Fehler hat sie beide in mein Netz geraten lassen, und es kann nur eine Königin geben. Stacy kann froh sein, dass sie in diesem Krieg nicht auch zum Opfer geworden ist.

»Es ist schwer, das zu begreifen«, sagt Olson und versucht, mich zu trösten. »Manchmal denkt man, man kennt einen Menschen, aber man weiß nie alles.«

Damit hat sie recht.

»Ist Stacy sich sicher, dass Bob das war?«, frage ich. »Er kann es nicht gewesen sein. Ich meine, er hatte seine Schwächen, aber das hier ist etwas völlig anderes. Ich … ich kann es einfach nicht glauben. Ist sie sich wirklich sicher?« Ich trage ein bisschen dick auf.

Diese Frage ist mehr für mich als für sie. Ich war vorsichtig. Extrem vorsichtig, um sicherzustellen, dass Stacy mich nie gesehen hat, nicht einmal einen flüchtigen Blick. Nachdem Stacy durch das mit Chloroform getränkte Tuch, das ich ihr ins Gesicht gedrückt hatte, und die Propofol-Injektion in ihrem Arm bewusstlos wurde, schleppte ich sie zu dem verlassenen Farmhaus. Das war viel früher am Tag. Auf dem Heimweg von der Arbeit kehrte ich zu Stacys Wohnung zurück und schrieb ihrer Mitbewohnerin von ihrem Handy, das ich dort gelassen hatte. Ich gab vor, Stacy würde sich mit Bob treffen. Dadurch wurde ihr Verschwinden auf Montagabend datiert, obwohl sie tatsächlich schon Montagnachmittag verschwunden war. Anschließend schickte ich ein paar Nachrichten an einen Kontakt mit dem Namen *Bob Miller* – eine Nummer, die ich in ihrem Telefon gespeichert hatte und die zu einem Wegwerfhandy führte. Selbst wenn sie sie danach fragen, ist ihr Gedächtnis so lückenhaft, dass sie nicht wissen wird, ob sie diese Nachrichten wirklich verschickt hat.

»Das ist sie«, sagt Hudson.

Ich hole tief Luft, ein durch die Nase, aus durch den Mund, als hätte ich Schwierigkeiten, diese Information zu verarbeiten. In Wirklichkeit ist es ein erleichtertes Aufatmen.

»Stacy berichtete, dass noch eine andere Frau mit ihr im Keller war: Carissa Brooks«, erklärt Hudson.

Mein Gesicht zeigt eine Mischung aus Traurigkeit und Schock. Ich füge ein Zittern der Lippe hinzu. »War? Was meinen Sie mit war? Geht es ihr gut?«

Die beiden tauschen erneut einen Blick aus. »Wir können sie derzeit nicht ausfindig machen«, sagt er.

Und sie werden es auch nie, denke ich, während ich weitere Tränen heraufbeschwöre und sie so schnell herausdrücke, wie ich sie erzeuge.

»Wir haben Blut im Keller gefunden, an der Stelle, von der Stacy berichtete, dass Carissa dort angekettet war, ebenso wie auf der Treppe und im Erdgeschoss des Hauses. Es sieht so aus, als hätte es einen Kampf gegeben. Die Forensik vergleicht es mit dem Blut, das im Salon gefunden wurde, um festzustellen, ob es übereinstimmt.«

Es wird übereinstimmen. Da brauche ich nicht auf die Forensik zu warten.

»Wir haben zuvor über Carissa Brooks und die juristische Arbeit gesprochen, die Sie für sie in Bezug auf die Schutzanordnung gegen ihren Ex, George Carrigan, geleistet haben«, sagt Hudson.

Ich nicke schlicht.

»Ich weiß, dass Sie sicher waren, dass George in ihr Verschwinden verwickelt sein musste, und wir dachten das auch. Aber angesichts der Umstände hat sich das geändert. Haben Sie irgendeine Ahnung, welche Art von Beziehung Bob und Carissa hatten?«

»Soweit ich weiß, eine freundschaftliche. Er war ein Kunde von ihr.« Mit traurigem Gesicht schüttle ich den Kopf. »Ich bin der Grund, warum sie sich überhaupt kennengelernt haben. Wenn ich sie nicht als Klientin der Stiftung akzeptiert hätte, hätte Bob sie nie getroffen, und vielleicht wäre sie …« Ich breche ab, überwältigt von Nachdenklichkeit und Kummer.

»Sie können sich nicht dafür die Schuld geben«, sagt Olson mit einem mitfühlenden Blick.

»Wie könnte ich das nicht?«

»Also wurde Bob ein Kunde von Carissa, nachdem Sie sie vertreten haben?«, fragt Hudson und versucht, das Gespräch wieder auf die Fakten zu lenken.

»Ja, ich dachte, er habe den Salon gewechselt, um ihr zu helfen und sie im Auge zu behalten, angesichts ihrer Situation – zumindest hat er es so dargestellt.«

»Das ist eine schwierige Frage, aber glauben Sie, dass Carissa und Bob eine Affäre hatten?«, fragt Sheriff Hudson und zieht sein Kinn ein.

Ich zwinge weitere Tränen hervor, denn das scheint eine weinenswerte Vorstellung zu sein – der Gedanke, dass mein Mann mit mehr als einer Frau fremdgegangen sein könnte. »Ich weiß es nicht«, sage ich. »Vor ein paar Monaten hätte ich nein gesagt, aber jetzt …«

In Wahrheit weiß ich es, und die Antwort *ist* nein.

»Glauben Sie, dass es Carissa gut geht?«, füge ich hinzu.
»Angesichts der Menge an Blut, die im Salon und im verlassenen Haus gefunden wurde, sieht es nicht gut aus – ich meine, falls es übereinstimmt. Aber wir hoffen, sie trotzdem zu finden«, sagt Hudson.

Ich senke den Kopf und schniefe. »Ich hoffe es auch.« Aber sie werden Carissa nicht finden. Sie ist längst weg. Carissa kam vor sieben Wochen zu mir und bat mich um Hilfe. Sie hatte gehört, dass ihr Ex vorzeitig entlassen werden könnte, und sie wusste, dass er wieder auftauchen würde. Die Schutzanordnung, die sie gegen ihn hatte, lief bald aus. Ich sagte ihr, wir könnten sie verlängern, aber sie meinte, das würde nicht reichen. Sie sagte, er würde sie diesmal umbringen, und ein dummes Stück Papier würde ihn nicht aufhalten. Sie sagte, der einzige Weg, wie er sie jemals loslassen würde, wäre, wenn sie tot wäre – und sie fühlte sich im Grunde bereits, als wäre sie es. Sie sagte, sie könne so nicht mehr leben, immer in Angst, ständig über die Schulter blickend, sich vor jedem Schatten fürchtend. Sie flehte mich um Hilfe an, flehte mich an, ihr zu helfen, endgültig von ihm wegzukommen. Und ich stimmte zu, solange sie genau das tun würde, was ich ihr sagte. Wenn sie es tue, sei sie für immer frei von ihm.

Ich gab ihr die Utensilien, um ihr eigenes Blut abzunehmen, und erklärte ihr, wie sie es richtig lagern sollte. Einen halben Liter alle zehn Tage, sodass sie fast fünf Liter sammeln würde – genug, damit die Polizei sie für tot erklären würde, auch ohne eine Leiche. Ich erklärte ihr, welche Vitamine sie nehmen sollte, um die Symptome des Blutverlusts zu lindern: Eisen, B12, Folsäure und ein paar andere. Sie würde während des Prozesses schwach und verwirrt sein – aber sie würde überleben und endlich für immer frei von ihrem Ex sein.

Bob erzählte ich nichts von meinem Plan, und als ich herausfand, dass er mich betrogen hatte, war ich froh, dass ich es nicht getan hatte. Denn jetzt würde er ungewollt dabei helfen, Carissa zu befreien. Ich informierte sie vor etwa vier Wochen über eine kleine Planänderung. Ich legte den Tag fest, an dem sie verschwinden würde. Praktischerweise fiel er auf einen Tag, an dem Bob seinen festen Termin hatte – jeden dritten Sonntag, wie ein Uhrwerk. Ich wies sie an, den letzten Kunden versehentlich zu verletzen. Sie fragte, warum. Ich sagte ihr, sie solle keine Fragen stellen und mit niemandem über irgendetwas davon sprechen, weil es für alles einen Grund gab. Sie konnte natürlich nicht ahnen, dass mein Grund war, Bob in die Falle zu locken. Sie dachte bestimmt, er wäre eingeweiht, weil er mein Mann war.

Nach dem letzten Kunden des Tages sollte sie ihre Haare färben und schneiden, alle Beweise für ihre neue Frisur beseitigen und ihre Piercings entfernen. Dann sollte sie den Salon so inszenieren, dass es aussah, als wäre er durchsucht worden. Drei der fünf Liter Blut, die sie sich abgenommen hatte, sollten im Salon verteilt werden – eine Lache bei einem umgekippten Stuhl, Schmierer und Tropfen hier und da, und eine Spur, die nach hinten führte. Ich habe im Laufe meiner Arbeit als Anwältin viele Tatorte gesehen, also wusste ich genau, wie man sie echt aussehen lässt, und das brachte ich auch Carissa bei.

Während sie die physischen Beweise vorbereitete, die für den Plan nötig waren, sorgte ich für eine neue Identität für sie – denn sobald alles vorbei war, konnte sie nicht mehr Carissa sein. Auf dem hinteren Parkplatz wartete ein Auto auf sie, die Schlüssel im Sonnenblendenfach, eine Tasche auf dem Beifahrersitz mit Wechselkleidung, Bargeld, einer Perücke und einer Baseballkappe, um inkognito zu reisen, zumindest bis sie raus aus dem Bundesstaat war. In einer Handtasche befanden sich ihre neuen Dokumente: Reisepass, Führerschein, Sozialversicherungskarte, eine Kreditkarte auf ihren neuen Namen und ein Flugticket für den nächsten Morgen ab Atlanta nach Ecuador. Alles, was sie tun musste, war loszufahren.

»Da war noch etwas«, sagt Hudson und verengt die Augen. »Stacy berichtete, dass Carissa ihr erzählt habe, sie hätte gehört, wie Bob – oder zumindest jemand, der wie er klang – bei ihrer Entführung über Sie gesprochen habe. Angeblich sagte er, er würde Sie nicht damit davonkommen lassen, und dass er Sie zuerst erledigen würde. Haben Sie eine Ahnung, was er damit meinen könnte? Insbesondere mit dem Teil, dass Sie damit davonkommen?«

Es ist seltsam, jemanden die Worte wiederholen zu hören, die ich selbst gesagt habe, und sie jemand anderem zuzuschreiben. Carissa war nie in diesem Keller. Ich war es. Ich habe Stacy alles gesagt, was sie wissen musste, und alles, was sie der Polizei mitteilen sollte, wenn sie sie irgendwann finden würden. Es war einfach, in diesen Keller rein- und rauszuschleichen. Ich fuhr zur Arbeit und nahm eines der vielen Fahrzeuge der Stiftung, um zu Stacy zu fahren. Wenn ich tagsüber keine Möglichkeit fand, sie zu besuchen, tat ich es spät in der Nacht – allerdings nicht, bevor ich Bobs dummen Tracker von meinem Auto entfernt hatte. Dann zog ich bei meiner Ankunft ein Paar Stahlkappen-Arbeitsstiefel für Herren an, trampelte über ihr herum und warf ihr ein Sandwich und eine Wasserflasche hinunter – beide mit

Scopolamin versetzt, auch bekannt als »Teufelsatem«. Die Droge kann, je nach Dosis, sehr lange wirken, also kehrte ich zurück, wenn ich wusste, dass die Wirkung nachließ, und schlich mich durch die Kellertür am hinteren Ende des Hauses herein. Dann gab es ein weiteres Sandwich und Wasser, und ich positionierte mich etwa sechs Meter von Stacy entfernt, um darauf zu warten, dass sie aufwachte. Immer wenn Stacy Carissa nicht hörte, nahm sie an, Carissa wäre bewusstlos. Stacy war leicht zu manipulieren, weil sie die meiste Zeit unter Drogen stand.

Selbst jene Nacht, in der ich es so aussehen ließ, als hätte Bob Carissa getötet, lief einfacher, als ich dachte. An diesem Abend war ich allein oben, machte Lärm, schrie, tobte, warf Dinge um, rief nach Stacys Hilfe. Dann zog ich die Arbeitsstiefel an und schleifte einen Schlafsack voller Ziegelsteine aus dem Haus. Es war alles äußerst überzeugend. Ich benutzte den Rest von Carissas Blut, um alles in Szene zu setzen, bevor ich so tat, als würde ich sie töten. Es gab eine Pfütze, wo sie angekettet war, mehr auf der Matratze, dann Tropfen auf der Treppe und im ganzen Haus, mit Schmierern und Spritzern auf Böden und Wänden.

»Sarah«, sagt Hudson.

»Bob hat die Nachricht von unserer Trennung nicht gut aufgenommen«, sage ich, senke den Kopf und schüttle ihn sacht, um mir Zeit zu verschaffen, mehr Tränen für diese Lügen zu produzieren. Ich hebe den Kopf und starre den Sheriff an. »Er hat sich zum Schlechten verändert, nachdem ich die Scheidung eingereicht hatte – wurde missbräuchlich und ziemlich labil. Ich hatte ihn noch nie so erlebt. Er hat sogar mein Leben bedroht … mehr als einmal, und ich hatte Angst um meine Sicherheit und die meiner Tochter. Also habe ich eine Schutzanordnung gegen ihn beantragt – na ja, meine Scheidungsanwältin hat das getan. Bob ist völlig durchgedreht, als er davon erfuhr. Also, nein, ich weiß nicht genau, was er damit meinte, denn er war ein Mensch geworden, den ich nicht mehr erkannte. Alles, was ich weiß, ist, dass er fest entschlossen war, das alleinige Sorgerecht für Summer zu bekommen«, sage ich und pflanze einen Samen, der in ihren Köpfen wachsen soll.

Olson hebt eine Augenbraue. »Glauben Sie, Bob hätte versucht, Ihnen ein Verbrechen anzuhängen, um das alleinige Sorgerecht zu bekommen?«

Da ist er … der Samen, der in ihrem Kopf keimt. Danke, Chief Deputy Olson, dass Sie ihn pflegen und ihm die Nahrung geben, die er zum Wachsen braucht.

»Ich hoffe nicht.«

Ich darf diese Theorie nicht zu überzeugt vertreten, denn jetzt ist es ihre, oder zumindest denken sie das. Solch clevere Polizisten.

Es vergehen ein paar Sekunden der Stille, bevor Hudson von seinem Stuhl aufsteht. Ich habe ihnen genug gegeben. Jetzt müssen sie sicherstellen, dass all diese Teile zu einer Geschichte zusammengesetzt werden, die sie der Öffentlichkeit, den Medien und dem Justizsystem verkaufen können. Ich weiß, dass alles perfekt zusammenpassen wird und eine unglaubliche Story abgibt, an die schließlich jeder glauben wird. Denn die Wahrheit ist seltsamer als jede Fiktion – oder zumindest werden die Leute das sagen, wenn sie davon hören.

»Nun, wir lassen Sie jetzt in Ruhe, Sarah. Es tut mir sehr leid um Ihren Verlust«, sagt Hudson mit einem Nicken. »Wir melden uns, wenn wir weitere Fragen haben.«

Olson steckt ihr Notizbuch in die Tasche und erhebt sich ebenfalls, wobei sie die Worte des Sheriffs ähnlich wiederholt.

»Danke«, sage ich und stehe ebenfalls auf.

»Außerdem«, fügt Hudson hinzu, »werden wir einen Durchsuchungsbefehl für Bobs Wohnung in der Stadt sowie sein Büro in der Kanzlei vollstrecken. Hoffentlich hilft uns das, alles besser zu verstehen.«

»Okay«, antworte ich und begleite sie zur Haustür.

Das ist gute Polizeiarbeit. Sie werden das Messer finden, das ich in Bobs Safe versteckt habe, hinter einem Stück kitschiger Kunst an der Wand. Es wird Kellys Blut an der Klinge und Bobs Fingerabdrücke am Griff aufweisen. Ich erinnere mich an die Nacht, als ich es ihm gab. Er hielt es in den Händen und bewunderte die blutverschmierte Klinge. Ich bat ihn, es loszuwerden, und sagte, er solle einen Lappen holen, um den Griff abzuwischen. Als er den Raum verließ, tauschte ich die Messer aus – ersetzte die echte Tatwaffe durch eine, die mit Schweineblut besudelt war. Ich wusste, dass er es behalten würde. Das konnte ich in seinen Augen sehen. Er liebte mich, aber er hatte auch Angst vor mir – zu Recht. Bob brauchte etwas, um sich in Zukunft schützen zu können, falls er jemals auf meiner Abschussliste landen würde. Es war ein Test, und er hat kläglich versagt.

»Bitte lassen Sie es mich wissen, wenn ich irgendwie helfen kann«, sage ich, als sie auf die Veranda treten.

»Das werden wir, und nochmals mein Beileid«, nickt Sheriff Hudson, und die beiden gehen zu ihrem Fahrzeug.

Als ich die Tür schließe, lächle ich so breit, dass es sich anfühlt, als würde meine Oberlippe aufplatzen. Es wird weitere Fragen geben. Weitere Nachforschungen. Eine Reihe von Theorien darüber, was wirklich passiert ist. Manche werden sogar spekulieren, dass ich etwas damit zu tun hatte. Aber alle Beweise werden auf Bob und nur auf Bob hinweisen. Tränen treten mir in die Augen ... aber dieses Mal sind sie echt.

52

Ich werfe den Bericht auf meinen Schreibtisch. »Es war Bob«, sage ich zu Olson, die mir gegenüber sitzt. »Die Fingerabdrücke auf dem Messer, das in seinem Safe gefunden wurde, stimmen mit seinen überein, und das Blut gehört zu Kelly Summers.«

»Wow, das ist … unglaublich.« Sie nimmt den Bericht und liest ihn durch.

»Damit ist dieser Fall wohl gelöst.«

»Es ist wirklich praktisch.« Olson schüttelt den Kopf und blättert weiter durch den Bericht.

»Das ist es, nicht wahr?« Ich bewege meinen Mund nachdenklich von einer Seite zur anderen. »Bob stirbt, erschossen von der Frau, die er entführt hat, und bei der Durchsuchung seiner Wohnung finden wir die Mordwaffe aus dem Fall Kelly Summers, nach all diesen Jahren, in seinem Safe, wie ein Geschenk mit Schleife drumherum.« Ich klopfe ein paar Mal leicht mit der Faust auf mein Knie, eine Angewohnheit, die ich habe, wenn ich nachdenke.

Manchmal ist Beweismaterial in einem Fall praktisch, weil … na ja, genau dafür ist Beweismaterial gut: Es hilft, ein Verbrechen aufzuklären und erzählt die Geschichte dessen, was wirklich passiert ist. Aber normalerweise wird es uns nicht auf dem Silbertablett serviert, in einem Versteck, an das wir nie gedacht hätten. »Und das andere Blut im Keller?«, fragt sie.

»Es stimmt mit dem Blut im Salon überein, also können wir annehmen, dass es Carissas ist.«

»Wow«, ist alles, was Olson dazu sagen kann.

»Die Forensik schätzte, dass an den beiden Tatorten zusammen etwa fünf Liter Blut gefunden wurden.«

»Also können wir davon ausgehen, dass Carissa Brooks tot ist?«

Ich nicke und seufze tief.

»Glaubst du wirklich, Bob hat das alles allein getan?«

»Was meinst du?«, frage ich.

»Nun, Bob und Sarah haben kurz nach Adams Hinrichtung geheiratet. Und du willst sagen, dass Bob Adam den Mord angehängt und dann Sarah geheiratet hat.« Sie legt den Kopf schief und wirft den Bericht auf meinen Schreibtisch.

»Aber Sarah wusste davon noch nichts.«

»Oder wusste sie es doch?«

Ich stehe vom Schreibtisch auf und gehe in meinem Büro auf und ab. Aber warum? Warum sollte Sarah den Mann heiraten und ein Kind mit ihm bekommen, der ihren ersten Ehemann für einen Mord verantwortlich gemacht hat? Es sei denn natürlich, sie war eingeweiht. Adam hatte eine Affäre mit Kelly Summers. Doch Bob entpuppte sich als schlimmer als Adam. Er betrog Sarah und entführte dann noch seine Geliebte und Carissa, um Sarah den Mord anzuhängen. Vielleicht ging es gar nicht um ihre Tochter Summer. Vielleicht ging es nur darum, sicherzustellen, dass er nicht für Kellys Mord zur Rechenschaft gezogen wird.

Ich verenge die Augen und sehe zu Olson. »Es scheint einfach zu weit hergeholt. Sarah und Bob töten die Geliebte ihres ersten Ehemanns und hängen ihm den Mord an? Sie werden nie erwischt und fangen ein neues Leben an, bis sie sich schließlich gegenseitig verraten? Das überlässt viele Dinge dem Zufall, besonders die Sache mit Adam.«

»Nicht, wenn du auch die Verteidigerin des Ehemanns bist«, sagt Olson mit verschränkten Armen.

Das stimmt. Es war eine ungewöhnliche Situation. Aber ich war jeden Tag in diesem Gerichtssaal. Sarah hat einen phänomenalen Job gemacht. Es war eine der besten Verteidigungen, die ich je gesehen habe.

»Ich denke, wir lehnen uns hier etwas zu weit aus dem Fenster. Was ist wahrscheinlicher? Dass Sarah mit Bob einen bösen, genialen Masterplan ausgeheckt hat, der sich über ein Jahrzehnt erstreckt, oder dass Bob einfach ein kranker Mensch war, der Sarah ausgenutzt hat?«

Olson zuckt mit den Schultern, immer noch nicht überzeugt.

»Und außerdem …« Ich setze mich wieder in meinen Stuhl. »Selbst wenn deine Theorie wahr wäre, wir haben keine Beweise, die Sarah mit diesem Fall in Verbindung bringen, keinen einzigen Hinweis.«

»Abgesehen von dem Messer, das vor unserer Tür aufgetaucht ist.«

»Abgesehen davon.«

»Und es sah genau aus wie das echte Messer.« Olson lehnt sich vor, um ihren Punkt zu verdeutlichen.

»Das *war* merkwürdig, aber mehr ist es im Moment nicht. Merkwürdig. Bob steckte höchstwahrscheinlich dahinter, und er wusste, wie das echte Mordmesser aussah. Es war wahrscheinlich eine weitere seiner Finten, um Sarah zu belasten.«

Wir sitzen ein paar Minuten schweigend da, bevor ich auf meine Uhr schaue und die Zeit checke. »Ich muss die Presse informieren. Die werden sich darauf stürzen.«

»Was ist mit Scott Summers?«

»Was soll mit ihm sein?«

»Er ist ein Mörder, der frei herumläuft. Wir können nicht einfach nichts tun.«

»Olson, du weißt, dass die Bundesbehörden den Fall übernommen haben, also ist das nicht mehr eine Sache vom BCI, und unsere auch nicht.«

Sie schüttelt den Kopf. »Ich wünschte nur, wir könnten mehr tun, um zu helfen.«

»Ich auch, aber mir sind die Hände gebunden. Und schau, was wir inzwischen erreicht haben. Wir haben drei Fälle gelöst.«

Sie seufzt. »Ich weiß, aber Scott ist immer noch da draußen.«

»Falls es dich beruhigt, ich glaube nicht, dass Scott eine Gefahr für die Gesellschaft ist, es sei denn, er denkt, es gibt noch jemanden, der mit dem Tod seiner Frau zu tun hat.«

»Das tut es nicht, aber ich lasse dich jetzt deine Erklärung für die Presse schreiben.« Olson steht auf und geht zur Tür.

»Chief Deputy Olson«, rufe ich ihr nach.

Sie blickt über ihre Schulter zu mir. »Ja?«

»Ich liebe dich.«

Ein Lächeln breitet sich auf ihrem Gesicht aus. »Ich dich auch«, sagt sie und verlässt mein Büro.

Ich drehe mich zu meinem Computer und beginne zu tippen: »Guten Abend, meine Damen und Herren. Man sagt, die Wahrheit ist seltsamer als jede Fiktion, und wenn Sie diesen Satz bisher nicht geglaubt haben, werden Sie ihn spätestens dann glauben, wenn ich Ihnen erkläre, wie die Ereignisse der letzten anderthalb Wochen mit einem Mord zusammenhängen, der vor über zwölf Jahren geschehen ist.«

53

SARAH MORGAN

EIN JAHR SPÄTER

Ich sitze Caroline Wood von *60 Minutes* gegenüber, in einem gemütlichen Set, das an eine Sitzecke erinnert, wie man sie zu Hause haben könnte. Caroline ist eine elegante Frau, fünfzehn Jahre älter als ich, gekleidet in eine teure Stoffhose, eine Seidenbluse und einen schicken Blazer. Ihr graues glänzendes Haar reicht bis zu den Schultern und ist in einem perfekt geschnittenen Bob gestylt. Sie blickt auf ihre Notizen, überfliegt sie noch einmal, bevor die Kameras aufzunehmen beginnen. Hinter mir gibt es einen Teleprompter für sie, aber sie ist altmodisch und bevorzugt das Gefühl von Papier in ihren Händen.

Eine junge Frau richtet mein Haar, sodass es symmetrisch über meine Brust fällt. Sie pudert mein Gesicht und schenkt mir ein sanftes Lächeln, bevor sie sich hinter die Crew zurückzieht.

Ein Mann ruft: »Ruhe am Set!«, und fragt dann, ob wir bereit sind. Caroline und ich nicken.

Sie schenkt mir ein knappes Lächeln, das genauso schnell verschwindet, wie es gekommen ist, während sie sich darauf vorbereitet, anzufangen. Ich höre die Einführung zu meinem Interview nicht, da sie zuvor aufgezeichnet wurde – aber ich weiß, was gesagt wurde, und ich weiß, wie ich vorgestellt werde. Dies ist das erste Interview, dem ich zugestimmt habe. Ich hatte Dutzende Angebote erhalten, viele mit hohen Summen verbunden. Aber ich brauche und will das Geld nicht. Ich will nur eine Geschichte erzählen.

»Haben Sie immer geglaubt, dass Ihr Ehemann Adam Morgan unschuldig war?«, fragt sie, direkt ins Thema einsteigend.

»Nein, ich *wusste*, dass er es war, weshalb ich an seiner Seite blieb – als seine Frau und seine Anwältin.«

»Haben Sie sich die Schuld gegeben, als er für schuldig befunden wurde?«

»Lange Zeit, ja, bis die Nachricht bekannt wurde, dass der ermittelnde Sheriff Beweise zurückgehalten hatte, einschließlich einer Affäre mit dem Opfer. Dann habe ich dem Justizsystem die Schuld gegeben.«

»Es muss schrecklich gewesen sein zu erfahren, dass Ihr Ehemann nicht nur zu Unrecht des Mordes beschuldigt, sondern auch zu Unrecht hingerichtet wurde«, sagt sie mit leicht geneigtem Kopf.

Ich hole kurz tief Luft. »Es war verheerend. Adam war die Liebe meines Lebens, und der Staat Virginia hat ihn vor meinen Augen ermordet.«

Sie macht eine Pause, gibt mir Zeit, mich zu sammeln. Doch da gibt es nichts zu sammeln.

»Erzählen Sie mir von Robert Miller«, sagt Caroline.

»Bob?«, korrigiere ich sie. Robert war ein zu distinguiert klingender Name für ihn. »Er war nicht der, für den ich ihn hielt.«

»Aber Sie haben ihn geheiratet. Er war Ihr zweiter Ehemann.«

»Leider«, sage ich.

»Haben Sie jemals vermutet, dass Bob Kelly Summers ermordet und Adam das Verbrechen angehängt hat?«

Es ist eine dumme Frage, aber ich beantworte sie trotzdem. »Nein, nicht im Geringsten.«

»Und wie, glauben Sie, ist er damit davongekommen?«, fragt sie.

»Er ist nicht davongekommen.«

»Aber er hat es lange Zeit geschafft. Wie glauben Sie, war das möglich?«

Sie hält den Blickkontakt mit mir, blinzelt kaum. Es ist beunruhigend, aber ich tue es ihr gleich.

»Das Sheriffbüro von Prince William County hat das ermöglicht. Sie waren Komplizen von Bobs Verbrechen«, sage ich und hebe das Kinn.

»Und was ist mit Ihnen, Sarah? Wie konnte er Ihnen so nahekommen?«

Ich räuspere mich, bevor ich antworte. »Ich war verletzlich, und das wusste er. Ich habe meinen Mann an dem Tag verloren, an dem er für schuldig befunden wurde und in die Todeszelle kam. Die Welt hielt ihn für ein Monster, also konnte ich ihn nicht einmal angemessen betrauern. Es ist ein schreckliches Gefühl, jemanden zu verlieren, und niemanden interessiert es, weil sie es nicht als Verlust ansehen. Bob nutzte meine Trauer und meine Verletzlichkeit aus. Die ganze Situation war für mich zu kompliziert, um sie zu verarbeiten. Aber Bob war da, als niemand sonst da war, und das machte es ihm leicht, mir nahe zu kommen.«

»Bereuen Sie es, ihn geheiratet zu haben?«

Ich schüttle den Kopf. »Nein, er hat mir zwei Dinge gegeben, die ich sonst nicht gehabt hätte: meine Tochter Summer und einen Abschluss.«

»Was meinen Sie mit Abschluss?«

»Ich weiß jetzt, was wirklich mit Kelly Summers passiert ist, und die Welt weiß es ebenfalls. Ich bin mir nicht sicher, ob ich jemals die Wahrheit herausgefunden hätte, hätte ich Bob nicht geheiratet«, sage ich mit einem Hauch von Überzeugung.

»Wie hat das alles Ihre Tochter beeinflusst?«

»Ihre Trauer ist komplex, wie es meine bei Adam war, als die Welt dachte, er wäre ein Monster. Sie versteht, dass die Taten ihres Vaters unmoralisch, abscheulich und unverzeihlich waren, aber er war immer noch ihr Vater. Es war wirklich schwer für sie, aber jetzt geht es ihr bereits besser.«

Ich fühlte mich schrecklich, als ich Summer erzählen musste, was mit ihrem Vater geschehen war und was er getan hatte. Es hat eine Weile gedauert, bis sie es begreifen konnte. Sie wollte es nicht glauben – aus gutem Grund, denn es war nicht die Wahrheit. Aber schließlich akzeptierte sie die Geschichte. Uns geht es jetzt erheblich besser, genau wie ich es vorhergesagt hatte. Und sie hat Alejandro ebenfalls ins Herz geschlossen. Es ist angenehm, ihn in der Nähe zu haben; meine Beziehung zu ihm ist nichts Ernstes, hauptsächlich nur Sex. Außerdem ist er ein kleines loses Ende, und die einzige Möglichkeit, lose Enden davon abzuhalten, sich zu lösen, ist, sie nah bei sich zu behalten. Und ich sage *klein*, denn wer würde schon dem Wort eines Kriminellen

Glauben schenken? Ich meine, einer Person mit einem Vorstrafenregister. Alejandro und ich haben beide Leichen im Keller, und wir wissen genau, wer sie sind.

»Glauben Sie, Sie waren Teil von Bobs Masterplan oder nur ein Bonus?«

»Ich weiß nicht, was ich für ihn gewesen bin, und es ist mir auch egal.«

»Verständlich«, sagt sie mit einem Nicken. »Adams Mutter, Eleanor Rumple, ist gestorben, bevor die Verurteilung ihres Sohnes aufgehoben wurde. Was meinen Sie, wie hätte sie sich gefühlt, wenn sie erlebt hätte, dass der Name ihres Sohnes endlich reingewaschen wurde?«

»Sie wäre überglücklich gewesen, und es ist eine Tragödie, dass sie das nicht mehr erleben konnte.«

»Das ist es wirklich«, sagt Caroline. »Eine Bundesjury in Virginia hat Ihnen zweiunddreißig Millionen Dollar für die ungerechtfertigte Verurteilung und Hinrichtung Ihres Mannes Adam Morgan zugesprochen. Sind Sie mit diesem Vergleich zufrieden?«

»Nicht wirklich. Wie könnte mich das glücklich machen? Es macht nicht ungeschehen, was sie getan haben. Es bringt Adam nicht zurück.«

Sie presst die Lippen zusammen und nickt, bevor sie mit dem Interview fortfährt. »Haben Sie Pläne für dieses Geld?«

Es ist eine unsensible Frage, doch die Leute wollen es wissen.

»Ein Teil wird in einen Treuhandfonds für Summer fließen. Der Rest wird in die Morgan-Stiftung reinvestiert, um weiterhin kostenlose Rechtsberatung für Bedürftige zu bieten und das Second-Chance-Programm auszubauen.«

»Das ist bewundernswert, Sarah. Die meisten würden verreisen oder in den Ruhestand gehen.«

»Ich bin nicht wie die meisten.«

Sie deutet ein Lächeln an. »Nein, das sind Sie nicht. Sie haben eine unglaubliche Geschichte durchlebt, eine, die von vielen als seltsamer als jede Fiktion bezeichnet wird. Sie haben so viel verloren, mehr ertragen, als sich die meisten je vorstellen könnten, und dennoch machen Sie weiter. Sie haben es sich zur Lebensaufgabe gemacht, anderen zu helfen, obwohl es niemanden gab, der Ihnen und Ihrem Mann Adam geholfen hat, als Sie es gebraucht hätten. Empfinden Sie irgendeine Art von Groll?«

»Ich würde lügen, wenn ich nein sagen würde.«

»Wie schaffen Sie es dann, sich für Großzügigkeit und Mitgefühl zu entscheiden?«

Das ist die letzte Frage. Ich weiß das, weil sie mir vorher zugeschickt wurden, damit ich mich vorbereiten konnte. Diese Antwort habe ich öfter geübt als alle anderen, um sicherzugehen, dass ich den richtigen Ton und die gewünschte Botschaft treffe. Sie ist kurz und knackig, und ehrlich gesagt auch etwas lächerlich. Aber Amerika wird sie lieben. Gut gegen Böse ist der älteste Kampf der Menschheit. Es ist klischeehaft und übermäßig vereinfacht, weil Menschen weder von Natur aus gut noch böse sind. Sie sind ein bisschen von beidem, vielleicht mehr das eine als das andere, aber das ist für die meisten zu komplex, um es zu begreifen. Also gebe ich ihnen etwas Einfaches. Das Licht am Set wird ein wenig heller, bevor ich antworte. Wie poetisch.

»Ich habe keine Wahl, Caroline. So bin ich einfach«, sage ich mit einem sanften, engelsgleichen Lächeln.

DANKSAGUNG

Hallo zusammen! Einige von euch sind hier, weil ihr neugierig seid, wen ich erwähnen werde. Die meisten von euch sind hier, weil ihr das tiefe, dunkle Geheimnis sucht, das ich euch in meinen vorherigen Danksagungen versprochen habe. Und die große Mehrheit von euch ist überhaupt nicht hier, weil ihr aufgehört habt zu lesen, als das Buch zu Ende war. Das ist ein Fehler, denn ich werde tatsächlich ein tiefes, dunkles Geheimnis in diesem Text teilen ... also lest weiter.

Im Jahr 2017, als ich den Entwurf schrieb, der später *The Perfect Marriage* werden sollte, hätte ich niemals gedacht, dass ich eines Tages die Danksagungen für dessen Fortsetzung schreiben würde. Aber hier bin ich, und das verdanke ich meinen Leser:innen – also möchte ich euch an erster Stelle danken. Ich darf meinen Lebensunterhalt mit dem verdienen, was ich liebe, und das ist wirklich ein Geschenk, das beste, das ich je erhalten habe. Also danke! Ein besonderer Gruß geht an meine Schar alberner Gänse, also die Mitglieder meiner Facebook-Lesergruppe »Jeneva Rose's Convention of Readers«, denen ich dieses Buch gewidmet habe. Danke, dass ihr Teil meines Schwarms und eine positive kleine Nische im Internet seid.

Jedes Mal, wenn ich ein Buch schreibe, lasse ich eine ausgewählte Gruppe von Menschen einen frühen Entwurf lesen, um konstruktive Kritik zu erhalten – und, am wichtigsten, Komplimente und Lob. Es ist ein schwieriger Balanceakt, denn manchmal habe ich die Haut eines Nashorns, und manchmal ist sie eher wie der Flügel einer Motte. Danke an Cristina Montero, Bri Becker und Delaney Starr, dass ihr einen frühen Entwurf von *The Perfect Divorce* gelesen habt.

Danke an April Gooding dafür, dass du tust, was du immer tust. Du hast dieses Buch so viel besser werden lassen.

Danke an das Team von Blackstone Publishing, dass ihr meine Arbeit unterstützt. Ein besonderer Dank an Sarah Riedlinger und Stephanie Stanton für das wunderschöne Cover und das Innendesign; an John Lawton dafür, dass meine Bücher in den Läden stehen; an Kathryn Zentgraf und Josie Woodbridge für die redaktionelle Arbeit; Tatiana Radujkovic, Rachel Sanders und Kathleen Carter für PR und Marketing; und an Stephanie Koven dafür, dass du weltweit die Fäden ziehst.

Danke an all die Menschen, die die Buchwelt zu einem besseren Ort machen. Ich denke an euch, Bibliothekar:innen, Buchhändler:innen, Booktoker:innen, Bookstagrammer:innen, Blogger:innen und Lehrer:innen.

Danke an meinen Mann, Drew, für deine endlose Unterstützung, dafür, dass du mich immer dazu bringst, die beste Autorin zu sein, die ich sein kann, und dafür, dass du nicht ausgeflippt bist, als du einen frühen Entwurf gelesen hast. Ich verspreche, es ist Fiktion … größtenteils.

Jetzt zu einem tiefen, dunklen Geheimnis, da ich weiß, dass ihr hier auf der Suche danach seid. Es ist kein pikantes Geheimnis. Es ist nicht einmal dunkel. Es ist kaum ein Geheimnis. Aber wenn ihr jemals dieses Satzzeichen →: in meinen Romanen seht, sage ich euch gleich: Ich habe es nicht dort hingemacht, weil ich nicht weiß, wie man es benutzt. Wohin gehört es:? Was: ist sein Zweck? Puh! Tat gut, das loszuwerden. Das war's von mir. Entschuldigt, dass mein tiefes, dunkles Geheimnis weder Tiefe, Dunkelheit noch etwas Geheimnisvolles hat. Bei den nächsten Danksagungen werde ich ein echtes Geheimnis für euch haben. Also bleibt dran.

Oh, Moment, hier ist ein kleines Geheimnis: Sarah Morgans Geschichte ist noch nicht vorbei.

Xoxo:

: Jeneva : Rose :